BEST 嚴選

奇幻基地出版

刺客後傳1

經典紀念版

The Tawny Man Trilogy 1

弄臣任務・下冊

Fool’s Errand

羅蘋・荷布 著

麥全 譯

Robin Hobb

BEST 嚴選

緣起

在繁花似錦的奇幻文學花園裡，你或許還在門外徘徊，不知該如何抉擇進入的途徑；也或許你已經置身其中，卻因種類繁多，或曾經讀過不合口味的作品，而卻步、遲疑。

BEST嚴選，正如其名，我們期許能透過奇幻基地對奇幻文學的瞭解，以及對讀者的理解，站在出版者與讀者的雙重角度，為您精選好作家與好作品。

他們是名家，您不可不讀：幻想文學裡的巨擘，領域裡的耀眼新星。

它們最暢銷，您怎可錯過：銷售量驚人的大作，排行榜上的常勝軍。

這些是經典，您務必一讀：百聞不如一見的作品，極具代表的佳作。

奇幻嚴選，嚴選奇幻。請相信我們的眼光，跟隨我們的腳步，文學的盛宴、幻想世界的冒險，就要展開。

excellent bestseller classic

讓想像飛翔

人活在眞實與想像之間。

眞實有具象的一切：工作、學習、親人、朋友……想像則無所不能：可能存在、也可能發生，但更可能永遠不實現、也不可能發生。想像塡補了眞實的不足，可能也引領了眞實的未來方向，更彌補了人類眞實的痛苦，形成一個可以寄託的空間。

奇幻文學是人類諸多想像的一部分，和許多的創作類型一樣，自成一個流派、各自吸引一群讀者，形成一個以想像爲主軸，與眞實相去甚遠的虛擬世界。

在西方，這個閱讀（創作）類型是成熟的，從中古的騎士、古堡、魔怪，到演化成科幻……等不同特性的分支類型。本身就有足夠的閱讀人口，不斷形成創作的動力。

有時候也會因爲某些事件、作品，一下子使奇幻文學成爲大衆關注的焦點，像《哈利波特》、《魔戒》等作品，不但擴張了奇幻文學的版圖，也給奇幻文學帶來新的生命。

在華文世界裡，沒有西方式的奇幻文學，或者說沒有出版機構，有計畫大規模地引進西方式的奇幻作品。但是我們逃不過穿透力強大的奇幻話題，《哈利波特》、《魔戒》都是例證。可是中國有他自己的奇幻傳統，從《鏡花緣》、《東周列國演義》、《西遊記》，到近代的武俠，其想像與虛擬的特質，其實是東西相互輝映的。

我們可以確定，奇幻文學已在中國社會萌芽，雖然人口可能不夠多，雖然讀者的理解可能像瞎子摸象一般，人人不同，人人只得其中一小部分，但做爲一個出版工作者，我們要說：是時候了！應該下定決心，在閱讀花園中，撒下奇幻的種子，並許願長期耕種、呵護。

「奇幻基地」出版團隊是在這樣的心情與承諾下成立的。以基地爲名，意義深遠。這是奇幻讀者永遠的家，這是意義之一，家是不會關門的，永遠等待奇幻讀者的遊子們，隨時回來，補充知識、停留、分享。當然也是所有奇幻作者、工作者的家，長期陪伴奇幻文學前進。

不擇類型、不論主流與支流、不論傳統或現代、不論西方或中國本土，這種寬容的出版涵蓋面，則是基地的第二項意義。讀者可以想像，未來奇幻基地的出版園地，繁花似錦、眾聲喧譁。

從原點出發，奇幻基地是城邦出版團隊的新許願，讓想像飛翔，在眞實之外，有一個讀者可以寄託的世界，有興趣的，大家一起來！

奇幻基地發行人　何飛鵬

For RUTH AND
HER LOYAL STRIPERS,
ALEXANDER AND
CRUSADES

謹獻給
茹絲與她的忠實夥伴，
亞歷山大
及
好朋友們

瞻遠家族家系表

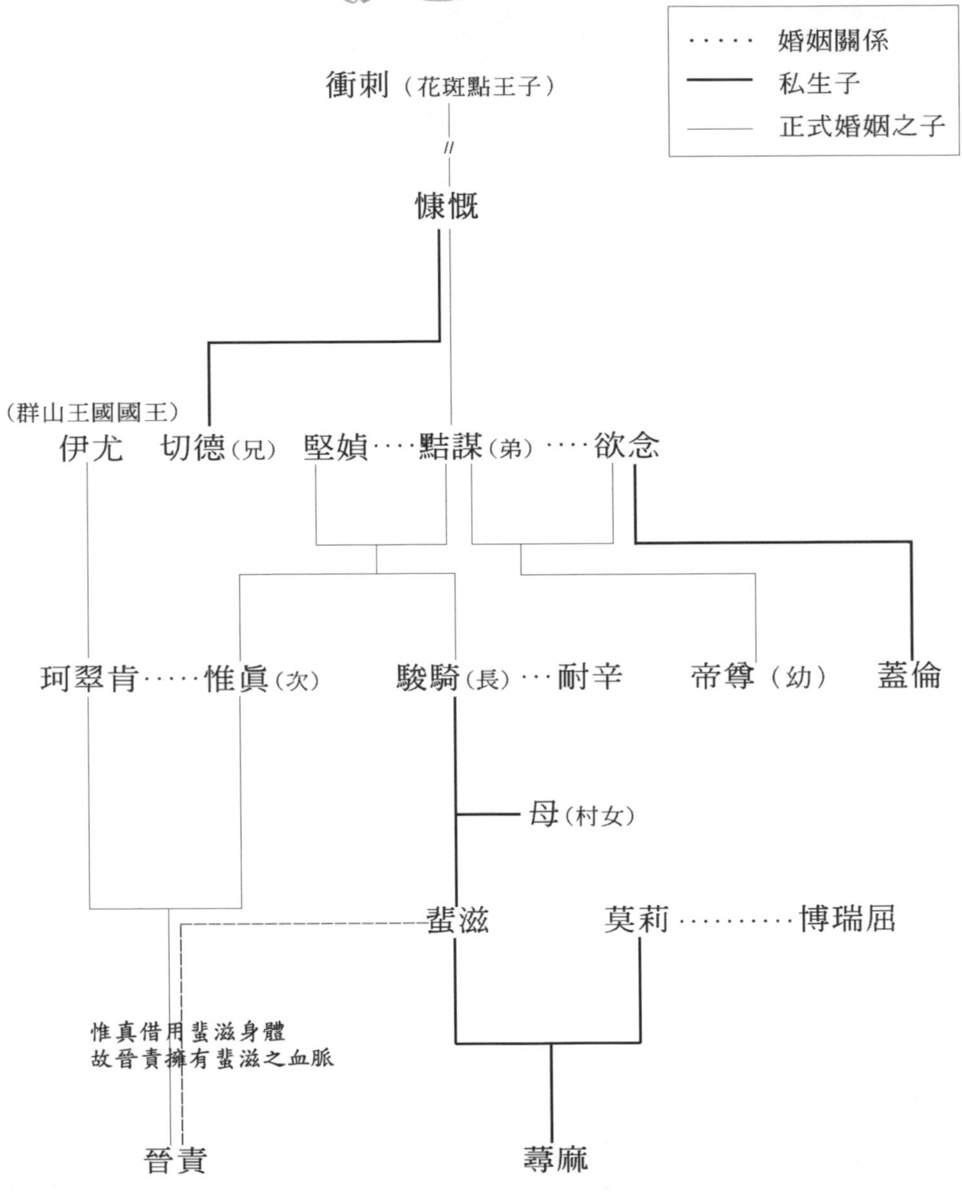

‥‥‥ 婚姻關係
私生子
正式婚姻之子
衡刺（花斑點王子）
慷慨
（群山王國國王）
伊尤
切德（兄）
堅媜
黠謀（弟）
欲念
珂翠肯
惟真（次）
駿騎（長）
耐辛
帝尊（幼）
蓋倫
母（村女）
蜚滋
莫莉
博瑞屈
惟真借用蜚滋身體
故晉責擁有蜚滋之血脈
晉責
蕁麻

〔前情提要〕

刺客正傳・蜚滋駿騎自述

撰文整理：莎拉

六歲前，我的人生是一片空白。直到某個寒冬，外祖父將我交給在月眼城裡的一群陌生人。那一天，我遇見博瑞屈，公鹿公國的馬廄總管；也聽說我是當時的王儲駿騎王子的私生子；還遇見第一個與我分享夢境的狗兒，大鼻子。就在同一天，我開始有了名字：蜚滋*，而我豐富又坎坷的人生也就在那一刻開展。

當我隨著一行人回到公鹿堡時，我的父親駿騎因爲發生這件醜聞，已放棄王位繼承權，和王妃耐辛夫人提前離開至細柳林，所以我沒見著他，但我與他幾乎相似的容貌以及私生子身分，讓我在公鹿堡中

---

*譯注：Fitz用在名字的字首，有「……之子」的意思（如現在頗爲普遍的Fitzgerald這個姓，本意就是「Gerald之子」），尤其是指國王、王子的私生子。博瑞屈以這個詞來稱呼他，其實帶有貶意（跟直接叫他bastard差不了多少，只不過fitz同時還指出父親方面的王室血緣），因此本書音譯爲「蜚滋」，借取「蜚」短流長由此而「滋」生之意。

過著衆人指指點點的日子。

我在公鹿堡城區裡結識不少可以一起玩的夥伴，其中一位叫莫莉．小花臉的女孩，身上總是有新舊交錯的瘀傷，但她有張漂亮的臉，跟她的名字一點也不配。她父親常常醉醺醺的，把家中經營的蠟燭店生計都丟給了她，而且只要一喝醉酒就對她拳腳相向。

大鼻子始終跟在我身邊，我們互相分享彼此的一切，到最後，我和牠建立起非常深厚的牽繫，很少把自己的頭腦跟牠的頭腦完全分開來。我用牠的鼻子、眼睛、利牙就像用自己的一樣方便自然。悲劇發生在某個夏日，因爲一樁偷香腸事件，博瑞屈發現我和大鼻子間親密的連繫。那個晚上，我第一次在博瑞屈氣呼呼的警告中聽到古老原智會讓人變得像野獸一樣失去人性的事，我不懂原智到底跟我有什麼關係，只明白我因此失去了大鼻子。在那之後，我有好長一段時間不敢碰觸身邊動物的心靈，生怕被博瑞屈發現之後，我又會失去牠們。我永遠忘不了當晚放聲尖叫捶著門，卻尋不著我和大鼻子之間的牽繫時，心中那股絕望的孤寂。

在我快滿十歲的某天早上，我遇見了我的祖父，黠謀國王。他用物質而不是用我們之間的血緣關係收買我的忠誠，只爲了不讓我這個擁有王室血統的私生子，最後變成別人用來對付他的工具。於是，我開始上課學寫字、學劍術，也擁有自己的馬兒，煤灰。但這些都不比黑夜來臨時切德這位老刺客教我成爲刺客的課程來得有趣。切德教我的事，全都只爲了一個目的——殺人，爲國王殺人。而且，關於切德這個人和所有這些夜半課程，全都得保密，不得向任何人透露。

在堡裡接受訓練，讓我幾乎有一年左右的時間都無法進城去，但在一次外出的機會中，我再度和莫莉重逢。她變得像個小女人一樣，披散過肩的長髮和裙裝打扮，完全不像以前的她。她和我分享她製燭的生活，言談間，我們似乎又尋回過往的溫暖情誼。在那之後，我不見得每次進城都有機會跟她相處，但我一有機會就會去看看她，久而久之，彼此也產生了情侶般的感情。

我十三歲那年，父親死了，不管他是像外傳的那樣從馬上摔下來死的，還是如切德和我所猜測的是被謀殺而死，他的死就像是一種警告，警告我這個私生子別對王位有所覬覦。而我也因此對欲念王后更加提防。我猜想，爲了讓她的兒子，也就是我父親同父異母的弟弟帝尊登上王位，她什麼都做得出來。

我父親遜位後，由他的親弟弟惟眞繼任王儲，捍衛王國的任務就落在他身上。有一次，爲了解決紅船劫匪對沿海公國的劫掠，他必須到潔宜灣去協調瑞本與修克斯兩大公國間的問題，而我也被指派陪同前往。知道要出任務的那一天，我恍恍惚惚，心裡納悶著他們爲什麼會要我去。也在那一天我遇見國王那外表蒼白的弄臣，他瘋言瘋語、莫名其妙地對我說了一堆我聽不懂的話，他說這是一個訊息，但他不是解夢人，不能告訴我那是什麼意思。事後證明他的這段訊息，解決了我在這次任務中遇見的一件難題，也讓惟眞得以順利完成任務。後來許多機會中，也都顯示不管弄臣的預言多麼晦澀難懂，他所預測的事情確實都成眞了。

十四歲那年，我首次遇見我父親的妻子，耐辛夫人。我父親死後，她從細柳林回到公鹿堡來。在別人眼中，她是一個怪人，滿腦袋都是奇幻的想像。她對適合她這個階級女子該學的課程很排斥，反而去學了一些製陶、種植植物一類的手藝。很多事情她喜歡自己動手，不知情的人老以爲她是哪位夫人的侍女。她對我沒有接受適合王子的教育感到非常不諒解，也向黠謀要求要親自教我很多東西，後來也把我當成她的孩子般教會我許多事情。更重要的是，她讓黠謀答應讓我學習精技。

當時的精技師傅蓋倫對我敵意甚深，他認爲都是我的緣故，才讓我父親遜位甚至死去，而我的存在是侮辱了我父親的聲名。他對我父親情感之深，也讓他對我恨到極點。學習精技的過程中，他用言語對我們這群學生百般羞辱，看不順眼的便用鞭子極盡所能地鞭打我們。有些人受不了這般的訓練而離開，留下來的八個人也正式被傳授了精技運用方式。我的精技能力比我或蓋倫能想像得更強大，他幾次進入我腦海中與我對抗時，我們總是勢均力敵。在一次試驗中，他突然朝我的腦中撞進來，洗劫我的思緒，亂翻我的隱私，我無力對抗；但在他掉以輕心時，我找到一處開口，抓住他不放。我在精技的狂喜中忘了一切，只知道探索這種至樂，忽略了他已離開我的思緒。他不停地踢打我的身體，雖然我全身疼痛，但精技的迷醉卻讓我醒不過來。當那股歡欣過後，取而代之的是失敗與罪惡的感覺。那次事件過後，蓋倫疑似在我身上留下疤痕，彷彿讓我活在迷霧之中，造成日後我使用精技時的某種殘缺。時間過去，當其他學習精技的成員彼此間已經建立起某種網絡，宛如一體時，我卻無法感覺到他們的碰觸。

王儲總是要娶妻，好確保有人繼承王位。惟真同意了這項建議，並授權帝尊替他找一位王妃；因爲惟真得用精技維護沿岸安全，而大量使用精技的結果，幾乎耗盡他的精力。我陪同帝尊前往群山迎娶珂翠肯公主，這次的行程還有另一項任務，就是帝尊要我暗殺珂翠肯的哥哥盧睿史王子，好讓珂翠肯成爲群山唯一的繼承人，繼而擴張六大王國的勢力。但我卻反遭帝尊設計，和盧睿史一同喝下毒酒。盧睿史死了，而我只剩下顫抖和虛弱，還被帝尊狠狠踢打。雖然花了很長一段時間休養，我還是無法掌控自己的體力，隨時都會痙攣或出其不意地垮倒。而惟真吸取原本想謀害他的蓋倫的力量，順利地用技傳的方式讓珂翠肯看見他的影像，讓她知道自己嫁了一位高尚的人，繼而心甘情願啓程前往公鹿堡。但來自群山的珂翠肯，在六大公國的宮廷上顯得格格不入，且此時公鹿堡正爲劫匪的問題而亂成一團，加上人民對王室失去信心，她的處境可一點都不好受。

莫莉在她父親死後揹了一筆債，不得不賣掉店面，到泥濘灣的親戚家幫忙。在一次劫掠事件過後，她回到公鹿堡，並在耐辛夫人身邊當侍女，也和我培養出更親密的關係。但帝尊暗地裡威脅她，警告她王室可不能生出個僕人小孩，王國不容許任何醜聞發生，加上我一直都將王國的命運擺在她之前，於是，她選擇離開了我。她說，她生命中有了另一個重要的人，爲了那個人，她一定要離開。她沒告訴我那是我的孩子。

某次進城，我在市場裡救下一隻關在籠中即將被賣掉的小狼。我將牠帶回去，時間一久，便培養出原智牽繫的默契。牠叫夜眼，牠說我和牠是同個狼群，所以我們可以在需要時分享彼此的心靈。於是我們一起打獵，一起守護彼此的身軀與思緒。

人們對弄臣幾乎一無所知，他冬月般蒼白的臉及不尋常的外表和怪異的言語，總是讓人們離他遠遠的。我從群山回來之後，他來看過我幾次，並用一些怪異的方式關心著我。

精技，是一種利用心靈便可以傳遞訊息或者改變對方想法的能力，他們將這個過程稱之爲「技傳」。黠謀國王的精技能力，因帝尊不斷以燻煙麻痺他，讓他思緒昏沉、身體狀況也越來越差，到後來就彷彿帝尊操弄的傀儡一般。而我也沒好到哪兒去，每一次嘗試技傳都會掏空我所有的心神及體力，加上精技小組裡的端寧及擇固不時在我的意識邊緣技傳，試圖攫取我鬆散的思緒，好獲知我腦海中的一切，讓我不得不戰戰兢兢地過每一天。

紅船劫匪的劫掠行動總是在夏天進行，遭殃的沿海村落幾乎被燒燬殆盡，人們也被一種不明的方式給「冶煉」，變成沒有思想、不具人性的邪惡行屍。連我平常得以探尋人們心靈的能力，也幾乎感受不到他們。當紅船大肆劫掠，六大公國的命運一息尚存之時，惟眞決定前往群山後方的雨野原尋求古靈協助，而博瑞屈也在遠征行列中。古靈，就像織錦掛毯上的影像一般，是個神祕而又模糊的盟友。睿智國王在位時，古靈曾許諾，如果有一天六大公國需要協助，牠們會再度回來。然而，惟眞就這麼一去不回，帝尊也宣告了惟眞的死訊。但我透過技傳，能感受到他微弱的氣息，我相信他並沒有死。

不久後，帝尊自封爲王儲，不僅大肆將公鹿堡中所有的良駒及庫藏拋售一空，並計畫將國王及珂翠肯送往內陸法洛的商業灘去。為了不讓國王及懷了身孕的珂翠肯，成為帝尊日後用來對抗返鄉試圖取回王位的惟真的人質，切德建議我應將國王及珂翠肯送走。在帝尊的王儲繼位典禮那天，我們展開行動，意外的是，國王不肯離開，他以精技跟我連結，讓我明白他對我的愛之後，就斷了氣。此刻，我感受到是端寧和擇固在吸取國王的精技能力，讓國王緩慢地衰竭而死。國王的死，讓計畫變了調，珂翠肯和弄臣連夜逃出公鹿堡，往群山而去。我則一心只想為我的祖父報仇。我找到端寧和擇固，並殺了他們倆，而自己也被侍衛擊昏關入地牢中。地牢中的日子，是用酷刑堆疊而成的，帝尊命人毒打我，好讓我鬆懈心防，讓另一名精技小組成員欲意得以進入我的思緒，證明我的確擁有邪惡的野獸魔法。那一次的毒打，讓我日後頭上冒出一撮白髮，臉上也有著一道明顯的傷疤和看得出被打斷的鼻子。就在我將要被執行吊刑前夕，博瑞屈送來一種毒藥讓我服下。我的靈魂跟著夜眼離開牢房，去過狼兒的生活，而軀體則被埋入冰冷的雪地裡。後來博瑞屈和切德挖出我的屍體，並用他本身的原智魔法召喚我的靈魂回來。我又是一個人了，然而我卻花了好長一段時間才記得我曾經是個人。

博瑞屈帶著我住在夏季放牧區的一間小屋中，切德偶爾會來探望我。我在半人半狼的思緒中過了好一段日子，學習成為一個人可花去我不少時間。一次爭吵後，我和博瑞屈及切德分道揚鑣，我還告訴他們，我可以自力更生，而且我要去商業灘殺帝尊。在那段路途中，我喬裝成文書學徒，盡量避開人群及被冶煉的人，終於來到目的地。當我潛入王宮，等待機會下手暗殺帝尊之時，卻發現自己落入欲意事先設計好的圈套之中，讓自己身陷險境。而惟真和我一直沒斷過的精技連結在此刻救了我，他犧牲他所有的精技力量救了我，並呼喚我去找他，那道命令就灌輸在那股精技力量之中，讓我毫無選擇餘地。於是，我離開了商業灘，步上尋找惟真之路。

博瑞屈離開我之後，曾回到小屋去找我，卻發現小屋曾被被冶煉者攻擊過，他也傷心地以為我已經在攻擊中喪命。之後，我從我的精技之夢中得知他離開我後，便和莫莉在一起。一開始，他只是幫我照顧著她，我驚訝地在夢中看見，莫莉生下了一名女嬰，取名蕁麻，是我的女兒。爲了讓她王室私生女的身分不致被發現，進而被帶回公鹿堡，博瑞屈和莫莉結婚，將蕁麻視如己出。

我在尋找惟眞的路途中，遇見一位名叫椋音的女吟遊歌者，她的願望是目睹重大事件並將它編寫成歌，流芳百世。當她知道我是那個被通緝的小雜種時，她並沒有出賣我，反而在一路上幫了我不少忙，只因，她覺得跟著我，必定能得到她想要的那個可以讓她流芳百世的故事。我們跟著走私車隊以及一群朝聖者渡過藍湖，前往群山王國，途中還有個旅伴水壺嬸陪同，她說她的目的是尋找白色先知，她認爲每個世代中都會有一位先知出現，讓整個時代好轉，而此刻正逢先知來臨的關鍵。

帝尊從不肯放過我，他駕馭他的精技小組成員四處搜尋我。我在無意中能感受到帝尊對精技小組的技傳，當然，他是利用欲意的精技能力，將自己的思緒傳達給博力及愒懦兩位精技小組成員。當我們一行人抵達月眼城時，我不幸被逮住，也被迫和椋音及水壺嬸分開。後來椋音救了我，於是我們再度會合，三人一直往群山而去。即使如此，我仍時刻感覺得到欲意在和我的心防作戰，我的人是自由的，但卻必須牢牢看守住自己的心。爲了躲避帝尊爪牙的追捕，我和她們兩人分開來前進，途中我和夜眼卻遭到攻擊，在逃亡過程中，我受了箭傷。當我以爲死神降臨而昏死之時，竟遇見了弄臣，此時的他，膚色不再似以往蒼白，反倒成了象牙色。弄臣告訴我，他就是別人口中的白色先知，而且打從小時候他就知道，只有透過他和我兩人才能讓歷史步入正軌。他的預言告訴他，瞻遠家族會有繼承人，而他也相信我是催化劑，我會與他一同改變歷史，然而這一切全都在聽見我的死訊以及珂翠肯產下死嬰後幻滅了。現在再次遇見我，更讓他相信他的預言還會繼續下去。幾天後，椋音和水壺嬸找到了我。

珂翠肯回到群山後，在一次搜尋惟眞的行動中發現惟眞的物品散布在一堆骨骸上時，她認爲惟眞已經過世，哀痛逾恆；加上產下死嬰後，弄臣就很少看見她。直到弄臣救了我，由我這兒得知惟眞還活著的消息後，珂翠肯便計畫前往雨野原找尋惟眞。而我、弄臣、椋音和水壺嬸也加入了她的遠征計畫。我們依著地圖上標示的小路前行，穿過林間小徑，進入一片古老的森林，直到我看到如箭般筆直的裂痕穿越我們前方的樹叢。一條寬闊的路面出現眼前，這時夜眼感覺到了一股強大的氣息，而我們也發現沒有半棵樹的樹根擠到路面上，沒有樹芽由路上長出來，覆蓋在地上的積雪更沒有任何獸類的爪印。我走到路面上，感覺自己彷彿從冰冷的寒風中一腳踏進炎熱的廚房般，是一種無法形容的強烈感受。水壺嬸說這是一條精技淬煉而成的路。而我發現走在這條路上，讓我心智恍惚，總是走著走著，會超越整個隊伍而不自知。爲了讓我能集中思緒，不被精技之路誘惑，他們會盡量不讓我呆坐或睡太久。而水壺嬸更教我玩起一種石頭棋局，讓我更能全神貫注，不致心思渙散，也藉此避開心防鬆散時，精技小組其他成員的入侵。

我們隨著路不停盤旋向上，越走越高。弄臣在一次高燒之後，膚色變得越來越深，眼珠顏色也變成像麥酒一般的色澤。而他也用某種嘲弄的方式告訴我他愛我之類的話語。

精技夢境困擾了我好一陣子。我在夢中看見惟眞在一個城市裡，他把手和手臂浸在一條神奇的河流中，然後滿載力量地離開。還有一次我深陷夢中，身處在那個城市裡，看見了許多不可思議的畫面。水壺嬸說，我的思緒在一個路標處離開了身體，而在另一個路標才清醒過來。我會在某些地方看見一座城市街道人群擁擠，而其他未受過精技訓練的人卻看不見。

我們經過一處石頭花園，裡頭全是一隻又一隻伸展著四肢、有著翅膀的石龍，但我的原智卻能感覺到，牠們是活的。最後來到露天石礦場，這裡是地圖上所標示的終點，顯然也是精技之路的盡頭。我感受到在礦場更深處有活的東西存在，全部的人便一起小心翼翼地接近那兒。我們沿路經過一座石雕，是一位年輕女騎士跨騎在翅膀半開的龍身上，她的表情痛苦，線條繃緊，而龍嘴唇扭曲，應該是雙腳及尾巴的地方只見膠著的黑石，彷彿踩在瀝青中無法脫身。這是座令人感到痛苦的雕像。她，是乘龍之女。

更深處有另一隻石龍，牠的每一個線條都顯露出力量和尊貴，深深打動了我。我注視著牠片刻，竟在牠身旁發現了惟眞的身影。他像個心智衰退的老人，對於過去的事，似乎有些已經找不到回憶。他專心雕著龍，完全不放鬆。當我朝他探尋時，發現他的生命在他的身體和巨龍雕像間擺盪。我很訝異惟眞爲何會和雕像產生牽繫。後來才知道，這些石龍就是古靈，惟眞因爲無法喚醒牠們，只好雕刻自己的龍，透過精技的雕刻，他將他的記憶收藏在巨龍體內，等完工後，他將喚醒牠，回到六大公國對抗紅船。爲了幫助惟眞完成這條龍，水壺嬸透露了她在兩百三十年前曾是精技小組成員茶隼，因某次的錯誤，被榨乾體內的精技，驅逐出六大公國。她請求惟眞重新開啓她的精技，讓她用記憶幫忙填滿這條龍。最後弄臣利用他在某次碰觸精技河流留下的銀色指尖觸摸我，藉由我這個催化劑開啓了茶隼的精技能力。

與惟眞的重逢，讓珂翠肯在感動之餘卻也悲傷不已，因爲惟眞充滿精技魔法的雙手不能碰觸她，連一個擁抱也給不起。珂翠肯只能默默在惟眞身旁支持著他。直到惟眞什麼都不剩，沒有任何感情可以放進龍中。眼看龍差點就可以完成時，他向我提出一個要求，允許他的靈魂和我交換身體，讓他得以多燃起一夜的熱情，將珂翠肯擁在懷裡，並將這樣的熱情和對我的羞愧感放進龍中。我答應了，這是我唯一能幫助他的。惟眞的龍完成之後，他和水壺嬸告別大家，兩人融入石龍之中，惟眞化成龍展翼醒了過來，載著珂翠肯與椋音返回六大公國。

而弄臣被乘龍之女的哀傷所吸引，不停地幫她把深陷黑石的雙腳及尾巴給雕刻完成。然而他明白，即使他將生命給了她，也喚不醒她。那時的弄臣，膚色是淡淡的金色，頭髮也變成黃褐色。

帝尊的追兵來到露天礦場，博力被夜眼狠狠地咬死了，而他的鮮血噴灑在乘龍之女的龍身上，龍醒了，載著弄臣展翼飛上了天，也喚醒了群龍，聲勢浩大地升天，往六大公國而去。龍群，也就是傳說中的古靈，依照約定在六大公國需要時前來相助，將紅船逐出六大公國沿海。

而我則在和欲意的對決中得知，帝尊要的並不是我們這些人，而是露天礦場的這群龍，他要喚醒這些龍，讓六大公國甚至外島人都臣服於他。可惜他失敗了，乘龍之女攻擊了欲意，讓將精神灌注在欲意體內的帝尊縮了回去，而我則利用欲意斷氣前與帝尊的那一絲精技連結找到帝尊，我恫嚇他，用精技在他腦中烙下忠誠的烙印。在他變了個人一般回到公鹿公國，宣示效忠珂翠肯及她懷的王位繼承人後，便不知原因地死了。

後來，珂翠肯生下了晉責王子。博瑞屈和莫莉除了蕁麻之外，也有了更多自己的孩子。我和夜眼過著隱士般的生活，身邊有著椋音在某日從比目魚灣帶回的小男孩，幸運。椋音偶爾會來探訪我，並和我有了更深一層的親密關係。切德成了王后的榮譽顧問。而弄臣則在短暫地回到公鹿堡之後，就再沒有人知道他的消息……

弄臣任務

目錄

下冊

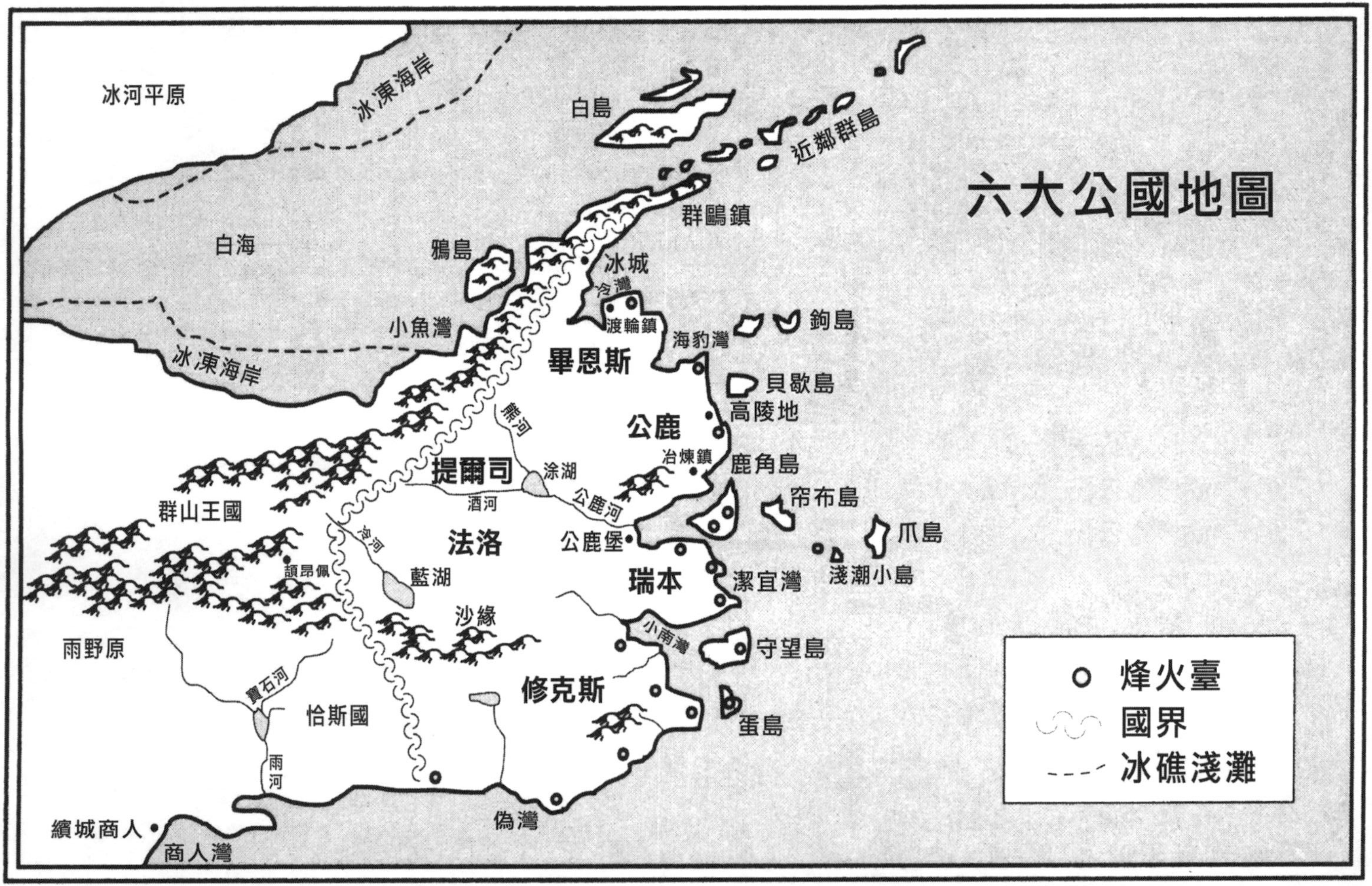
六大公國地圖
冰河平原
冰凍海岸
白島
近鄰群島
群鷗鎮
白海
鴉島
冰城
冷灣
小魚灣
渡輪鎮
海豹灣
鉤島
冰凍海岸
畢恩斯
貝歇島
高陵地
熊河
公鹿
冶煉鎮
鹿角島
提爾司
涂湖
帘布島
群山王國
酒河
公鹿河
爪島
法洛
公鹿堡
冷河
頡昂佩
瑞本
淺潮小島
藍湖
潔宜灣
沙緣
雨野原
小南灣
守望島
寶石河
修克斯
恰斯國
蛋島
雨河
繽城商人
偽灣
商人灣
烽火臺
國界
冰礁淺灘

16

爪

紅船之戰時，沿海諸公國的損失最爲慘重。代代相傳的財富流失散盡，家系後繼無人，一度傲人的莊園則衰頹爲雜草叢生的廢墟。然而正如春日的野火引發萬物滋長，同樣地，在紅船之戰的戰火後，許多旁支末微的貴族也發現他們的財富不斷膨脹。許多較爲普通的莊園逃過了劫匪的耳目，於是牲畜與莊稼得以保存，而且過去被視爲次流的產業，一躍而成爲豐饒的象徵，所以這些土地上的次流爵爺（lesser lords）與小姐們，突然晉身爲足以與家系淵遠流長，但是財富突然縮水的繼承人論及婚嫁。就是因爲這個緣故，所以長風鎮附近，貝馨嘉莊園的男主人，才會在喪妻之後，娶了公鹿公國的綠陵一帶、耳木家族的女兒爲妻；而這位耳木家的小姐，不但比他年輕得多，財富亦遠遠凌駕於他之上。耳木家族雖也是古老且尊貴的家系，然而其地位與財富早就衰微；不過在紅船之戰那幾年，耳木家所居的山谷由於不易出入，所以欣欣向榮，而且當比鄰的貝馨嘉莊園的人們無以爲繼時，耳木家更慷慨地拿出收成與隔鄰分享。耳木家的善心最後得到了善報；因爲佳蕾雅・耳木後來成爲貝馨嘉夫人。這位新任的貝馨嘉夫人在年老的爵爺因爲熱症過世之前，爲爵爺產下一子，即儒雅・貝馨嘉。

——摘錄自杜夫稜書記所著之《耳木家系史》一書

黃金大人的一舉一動，盡皆優雅且自信滿滿，而這兩點乃是咸認的天生貴族之特質。他毫無差錯地帶我來到一間華麗的等待廳，而女主人母子二人已經在廳裡等著了。月桂也已經抵達；她穿著一襲式樣簡單、飾著蕾絲的奶油色禮服，正與貝馨嘉府上的獵人頭子相談甚歡。我覺得那襲禮服遠不如她白天時穿的束腰外衣和馬褲來得適合她，因爲她那曬得黝黑的手臂與臉龐，似乎與飾著細膩蕾絲的領口和蓬袖不太搭調。貝馨嘉夫人的禮服則奢華地運用了大量荷葉邊與皺摺，大量的布料使她益加顯得胸滿臀豐。除此之外，等待廳裡還有三位客人：一對顯然是地方名流的夫妻，與他們年約十七歲的女兒。眾人都在等待黃金大人。

我們進門時，眾人的反應與先前弄臣聲稱的一模一樣。貝馨嘉夫人轉過頭來，滿臉堆笑地跟她的貴客打招呼；她的目光在他身上流轉，眼睛因爲高興而睜得大大的。「我們的貴賓到了。」貝馨嘉夫人對大家宣布道。此時黃金大人微微地將頭偏向一邊，狀似清純地輕輕點了個頭，彷彿他根本就不曉得自己如此俊美秀逸似的。貝馨嘉夫人將黃金大人介紹給來自農工丘的灰鱒大人與夫人，以及他們的女兒惜黛兒時，月桂則明白地以愛慕的眼光凝視著他。我雖沒聽過「灰鱒」這個姓氏，卻隱約記得農工丘是法洛公國的山麓丘陵上一處小小的產業。惜黛兒因爲黃金大人一鞠躬的對象之中也包括她在內，所以臉也紅潤起來，甚至還顯得有點侷促不安；而且自此之後，這位年輕的貴族小姐就再也不看別人了。惜黛兒小姐的母親眼光則飄到我身上來，然後便以應足以使她羞紅的大膽眼光，對我品頭論足一番。我四處瞄了一下，只見月桂一邊看著我，一邊困惑不解地笑著，好像她忘了她已經認識我了。我幾乎感覺得到黃金大人因為自己使得衆人眼睛一亮，而輻射出來的滿足感。

他伸出手臂讓貝馨嘉夫人挽著，而貝馨嘉夫人的兒子則與惜黛兒相伴而行；灰鱒大人與夫人跟隨在後，接下來則是一對男女獵人。我跟在大人物身後走進宴會廳，然後在黃金大人的椅子正後方站定。我所站的位置，聲明了我既是僕人，也是保鑣。貝馨嘉夫人狐疑地瞥了我一眼，不過我並未迎向她的目光。就算她認為黃金大人帶著保鑣來進餐，等於是沒把她殷勤的待客之道放在眼裡，她也沒多說半個字。年輕的儒雅瞪著我好一會兒，對於我的存在聳聳肩，轉過頭去與他的女伴交頭接耳。之後，我就變成隱形人了。

我所站的這個位置，大概是我整個間諜生涯中，所站過的最佳位置了。這個位置並不舒服；我餓得要命，而貝馨嘉夫人的餐桌上盡是一道道美味可口的佳餚，端菜進門與端菜出去的僕人，又都從我身前經過。騎了一天的馬，此時我只覺得疲憊痠痛，不過我仍逼著自己挺直站立，不能因為疲累而隨便換姿勢，不僅如此，還要努力地眼觀四面、耳聽八方。

這餐桌上的話題都繞著打獵與獵物打轉。灰鱒大人、夫人與他們家的小姐都很熱衷於打獵，而且顯然就是因為這個緣故才會獲邀。此外，另外一個普通的線索馬上就出現了：此地的打獵，用的是獵貓，而非獵犬。黃金大人聲稱自己對於攜貓打獵之事一無所知，並請衆人多多指教。在座皆樂意之至，所以接著便七嘴八舌地爭論哪個品種的獵貓最善於獵鳥，並扯出許多多采多姿的故事，以證明不同品種之獵貓的威力。貝馨嘉母子異口同聲地聲援名為「易靈貓」的短尾獵貓，而灰鱒大人則叫嚷著，無論是哪一天出獵，也無論是以鳥或是兔子做為目標，他都願意拿出重金的賭注，賭他家養的「速波貓」會贏。

黃金大人實在是諂媚的聽衆，他熱切地問東問西，聽衆人回答的時候又顯得驚異且著迷；所以在他的誘導之下，我們兩人都了解到，原來用獵貓打獵的作法，與用獵犬打獵的作法相去甚遠。每一名獵人只帶一條獵貓，而且獵貓是坐在主人馬鞍後頭的特別坐墊上，一路騎馬到獵場去的。速波貓體型較大，就算要拿下青壯的野鹿也不是問題；這種貓靠的是以猛爆的衝刺逮住獵物，然後咬住獵物咽喉，令其窒息致死。易靈貓則體型較小，而獵人通常是在茂密的草原上放貓；易靈貓會悄悄跟蹤獵物，直到欺近了，再一躍撲上去；這種獵貓偏好以快速地揮掃腳爪來襲擊獵物，或是在咽喉或背脊上一咬，令獵物當場斃命。此外我們還了解到，原來訓練獵貓的方式，是將貓施放於一群鴿子之前，看看貓能在鴿群驚嚇飛起之前逮到幾隻。獵貓彼此較勁、看誰逮到的鳥多，乃是常有的事，而且眾人所下的賭注極為可觀。貝馨嘉母子自豪地誇稱兩種獵貓他們都有，且數量達二十二隻之多；灰鱒府上則只養了六隻速波貓，不過貝馨嘉夫人鄭重地對黃金大人表示，灰鱒大人非常幸運，因為他府上的貓系之佳，乃是她歷來所僅見。

「這麼說來，這些獵貓是家生的囉？我聽人說，獵貓一定是野外抓來的，因為獵貓一養馴，就不生小貓了。」黃金大人把他的注意力集中在貝馨嘉府上的獵人頭子身上。

「噢，養馴的速波貓倒會生小貓，但條件是您得任由公貓彼此為了求偶而打鬥，以及為了爭取母貓的青睞而費盡千辛萬苦，而且當中絕不能干預。灰鱒大人特別為此而圍了個很大的圍場，圍場不准人類涉跡。幸運的是，灰鱒大人的這番苦心，獲得了豐碩的成果。在此之前，如您所知的，所有的速波貓，不是從恰斯國，就是從法洛公國的沙緣一帶買來的，其價格之高昂可想而知。在我小時候，速波貓是很少見的，不過我第一次看到速波貓，就知道帶這獵貓打獵才合乎我的作風。還希望大人別覺得我自吹自擂，不過我還眞的是第一個想到要把本地早有的易靈貓馴服為獵貓的人——畢竟速波貓實在是太昂貴了。當年我舅舅跟我逮到了兩隻易靈貓，首開以易靈貓打獵的先例，那可是咱們公鹿公國前所未有之舉。至於這易靈貓嘛，就非得從野外逮來成貓不可了；通常是以地洞的陷阱捕貓，然後再將之馴服為打獵的伴侶。」貝馨嘉府上的獵人一口氣把話說完。這人個子高，講話時急切地傾身向前。他名叫艾孚因。這話題顯然對了他的胃口。

黃金大人以毫無旁顧的注意力來奉承艾孚因。「眞是有趣。我一定得聽聽看，這些凶殘的小東西是怎麼養馴的。我以前從不曉得獵貓也分這麼多種；我以前一直認爲獵貓只有一種呢。是這樣啊，我想想看。我聽人說，像王子的獵貓，非得在小貓睜眼前從貓窩裡抱來；那麼，這貓一定是速波貓囉？」

艾孚因跟他的女主人交換了個眼色，彷彿他要先獲得女主人的許可才敢接口似的。「啊，這個嘛。王子的貓既不是易靈貓，也不是速波貓哪，黃金大人；王子的貓竟比這兩種貓更罕有。這種貓，一般人稱之爲『迷霧之貓』。『迷霧之貓』的活動範圍，是比我們的獵貓活動範圍更高的山間，而且是以既能在地上捕獵，也能在樹枝間捕獵的能耐而聞名。」此時艾孚因彷彿打獵專家般演講起來；他一講起看家本領便滔滔不絕，除非聽者轉開眼光，否則他是不會停的。「『迷霧之貓』所獵捕的對象，是體型比本身大得多的野鹿和山羊等，而其作法則是從樹枝間躍下，撲在獵物身上，直到獵物因爲跑得筋疲力竭而死，或是一口咬斷獵物的咽喉。在地面上，迷霧之貓的速度既不如速波貓來得矯捷，行蹤也不如易靈貓那般隱密，但是卻兼備二者的長處，而且善於對付小型獵物。不過有一點大人倒說得眞切，那就是，若想養馴迷霧之貓，非得在小貓睜眼之前，就從貓窩裡抱來養不可。然而即使是這樣養大的貓，仍可能性情不定；不過，如果抱得夠早、馴養也得法的話，那麼迷霧之貓可是任何打獵的人夢寐以求的最佳獵伴。但是這種貓只會爲一個主人打獵；有句俗語，形容這迷霧之貓『離窩、連心、永不渝』，這當然是指，唯有機巧過人的人，才找得到貓窩，也才能將迷霧之貓納爲己有。想要養隻迷霧之貓，那可是大不易哪！大人若是看到帶著迷霧之貓出獵的獵人，就知道此君一定是擶貓打獵的大師。」

艾孚因講著講著，突然躊躇了起來。也許他跟他的女主人之間交換了什麼眼色，但我倒沒看出來。

這麼說來，將那小貓從貓窩裡抱來的事情，莫非那獵人也有份？

然而黃金大人八成沒有聽出這是重要的線索，因爲他跟著便豪爽熱情地接口道：「這麼說起來，送這貓給王子，還眞是厚重的大禮哪。不過，我原本打算明天要帶隻迷霧之貓去打獵的，這下子我看是要抱憾了。但是，我明天至少還有機會看得到迷霧之貓出獵的英姿吧？」

「恐怕要讓您失望了，黃金大人。」貝馨嘉夫人優雅斯文地答道。「寒舍並沒有迷霧之貓。這貓太希罕了。大人若要見到迷霧之貓出獵的英姿，得請王子帶您一起去打獵呢；不過我敢說王子一定很樂意邀您一起出獵。」

黃金大人笑呵呵地搖了搖頭，而且還用手點著下巴，像是吃了一驚的樣子。「噢，這可不行哪，親愛的夫人，因爲我聽說我們這位出類拔萃的王子都是靠自己的兩條腿，跟著獵貓一起行動，而且都是晚上出獵，就算是颳風下雨也不怕。我看這對我而言，恐怕是太勞累了；而且這種作風一點都不合我的品味，差得遠了！」他樂得咯咯笑，而一桌子人就像是看了場精采的雜耍表演似的，也入迷地跟著笑了起來。

爬。

我感到有小爪子抓得我癢癢地，於是低頭一看。有隻不曉得從哪兒冒出來，身上有斑紋的小貓，以後腿站立，而前腿的爪子則緊緊地勾在我的緊身褲上；而此時那小貓黃綠相間的眼睛正熱切地望著我。

上來囉！

我以看似無甚作爲的姿態——希望別人感覺上是如此——拒絕了那小貓的心靈接觸。餐桌邊的黃金大人正在引領話題，討論明天要帶哪一種獵貓出獵，以及那種獵貓會不會把鳥羽抓壞；他提醒大家，他此行的目的畢竟是鳥羽，雖說他的確也喜愛烤鳥等野味。

我揚了揚腿，看看能不能把這隻死纏著我的小傢伙給抖下來。*再爬！*那小貓一味堅持，然後往上攀高；這時牠的四掌都攀在我褲管上，而爪子則勾在我的肉裡。我忍不住扭動了一下，並暗自希望這是任何一個僕人在這個情況下都不得不爲的事情。我盡量自然地彎下腰，一爪一爪地拉開，好將那小傢伙扯下來。我的行動本來是不會受到注意的，只可惜此時牠因爲被我橫生阻擋而哀怨地喵了兩聲。我還來不及輕輕地把小貓放回地上，黃金大人便興味盎然地說道：「我說哪，獾毛，你逮著什麼啦？」於是所有的目光都朝我射過來。

「只是隻小貓，大人，這小貓一味地堅持要爬到我腿上來。」那小母貓像是一團毛茸茸的花絮似的；牠之所以顯得大，是因爲毛長得蓬鬆，然而我手心裡捧住的骨架卻小得很。牠又張開紅紅的小嘴喵了一聲，以呼喚牠的母親。

「噢，原來妳在這兒！」灰鱒大人的女兒叫道，一邊急急地起身；她也顧不得什麼端莊典雅，便匆促地朝我跑來，把在我手心裡不安地蠕動的小貓接過去。她雙手捧著那小貓，愛憐地將小貓貼在下顎上。「噢，謝謝你找到了牠。」她一邊走回自己的座位，一邊說道。「我捨不得把牠留在家裡，不過牠一定是早餐之後，就從我房裡溜出去了，因爲我一整天都沒看到牠。」

「嗯，那麼，這可是獵貓生的小貓嗎？」黃金大人在惜黛兒坐下來的時候問道。

惜黛兒好不容易有了這個可以跟黃金大人搭得上話的機會。「噢，才不呢，黃金大人，這是我的小乖，天天跟我黏進黏出的小貓咪。牠好淘氣，妳說是不是啊，小可愛？不過我就是捨不得把牠留在家裡。瞧妳讓我擔心了一下午！」她在小貓的頭頂上親了一下，然後把貓放在大腿上。一桌子的人也都不覺得她的舉止有什麼不尋常。眾人重新開始進餐、聊天之後，我看到那小貓的頭從桌緣冒出來。*魚！*那小貓興奮地想道；過了一會，儒雅就用銀盤裝了些魚，送到那小貓面前。我三思之後，認爲這沒多大意義，因爲這可能是巧合，而且我也看過一些沒有原智的人，由於對某些動物知之甚深，所以偶爾會做出的下意識反應，竟剛好迎合了動物對象的心意。那小貓橫爪一掃，宣示這一小塊魚乃牠所有，然後便把魚叼到主人的大腿上去享用。

僕人魚貫進入宴會廳，將大小盤碟收走，然後又一批僕人登場，送來甜點與甜酒。黃金大人主導了所有的談話。他講的那些精采絕倫的打獵見聞，要不是他信口胡謅，就是他這十幾年來的生活與我想像中有著天差地別。當他講到駕著海豚拖著的皮筏，出海去獵鯨魚的時候，連惜黛兒都露出了有點難以置信的表情。不過事情就是這樣，就算狐疑也罷，只要故事精采，聽衆就會迫不及待地聽下去，而此刻正是如此。黃金大人講完了這個長篇大論的時候，眼裡露出狡詐的光采，看來就算他在自己的冒險經歷裡添油加醋，他也絕不會承認了。

貝馨嘉夫人喚人將白蘭地送上來，於是桌面又重新清理乾淨，換上白蘭地與一盤盤即使賓客已經飽腹亦不禁食指大動的精緻小點。於是那一雙雙因爲葡萄酒與歡愉的時光而露出光芒的眼睛，又因爲在享用上好的餐宴後，接著以上品白蘭地收尾，而洋溢著更深刻的滿足感。我的雙腿與下背部疼痛難當；當然我也餓得要命，而且倦怠到此時要是我能自由地躺在硬邦邦的石板上，也會馬上就睡著的地步。我以指甲摳著掌心，使自己保持警醒；這可是衆人的舌頭最放鬆，講話也最肆無忌憚的時刻。雖然黃金大人往後靠在椅背上，但我心裡猜想他並不是眞的喝得那麼醉醺醺的。餐桌上的話題又再度繞著獵貓與打獵打轉。我覺得聽了這一晚上的話，令我在這方面增加了相當的見識。

那小貓被阻擋了六次之後，終於還是爬到餐桌上來了。牠先前蜷曲著睡了一會兒，而此時則振奮地在酒瓶與酒杯之間穿梭，看來驚險萬分，彷彿一個不小心就會把名貴的玻璃器皿撞倒。*這是我的。這也是我的。那個是我的。這個也是我的。*那小貓以幼貓的萬分信心，宣稱這整個桌上的東西都是牠的。當儒雅伸手拿起白蘭地酒瓶，爲自己與女伴添酒的時候，那小貓弓起牠那小小的背，朝著儒雅躍過去，以便更爲有力地展示自己的主權：我的！

「不，是我的。」儒雅一邊和藹可親地對那小貓說道，一邊以手背擋下小貓。惜黛兒聽了這場人貓之間的爭執，不禁樂得大笑。我則心裡竊笑，但是表面上仍裝作雙眼無神地盯著我主人的背。原來這兩人都有原智；現在我很確定了。而且既然原智多半是代代相傳而來的，那麼……

「這樣說吧，那王子的那隻貓，到底是誰捉的？」黃金大人突然問道。這個問題雖算是談天脈絡的延續，然而卻也尖銳得使桌邊眾人都轉過頭來。黃金大人輕輕地打了個嗝，不過其狀已經稍嫌不雅；光是打了這個嗝，再加上他那有點兒茫茫然的瞪視，便足以將他這尖銳的話鋒給遮掩過去了。「我要把賭注押在你身上，獵人閣下。」他那優雅的手勢一比，使得這話成爲對於艾孚因的莫大恭維。

「不，不是我。」艾孚因搖了搖頭，然而奇怪的是，他竟未主動多提供些消息。

黃金大人往後一靠，食指在唇上點著，彷彿這是一場猜謎遊戲似的。他環顧桌邊眾人，接著故作明智狀地笑了兩聲，指著儒雅說道：「那就是你了，年輕人；因爲我聽說把貓抱到王子面前，將這大禮獻給他的，就是你。」

那少年眼波流轉，先朝他母親瞥了一眼，才嚴肅地搖了搖頭。「不是我，黃金大人。」儒雅否認道。接下來又是一陣不尋常的沉默，顯見儒雅也不肯多露一點口風。這是個團結一致的陣線，我心裡想道。沒人會回答這個問題的。

黃金大人把頭靠回椅背上，然後濃濁地吸了口氣，嘆了出來。「這個禮物眞是他媽的好。」他毫不保留地讚道。「聽了這麼多之後，我自己也想有一隻迷霧之貓。回去之後，哪天再請王子帶我去夜遊打獵吧。」話畢他又嘆了一口氣，把頭撇向一邊。「不過，那可得等王子閉關結束哪。眞是太反常了，如果要問我的意見的話，年紀輕輕的，就花這麼多時間靜修冥想。太反常了。」黃金大人越講越口齒不清了。

貝馨嘉夫人問話的音調則顯得很清楚。「這麼說來，王子又閉關不見人，以便沉思一陣子了？」

「是呀，一點也沒錯。」黃金大人應和道。「而且這次閉關閉了好久。因爲啊，最近他要想的可多了。訂婚大典將近，外島的特使團也快要到了。這麼多的事情，青年人可吃不消啊。我的意思是說，青年閣下，換作是你會怎麼樣呢？」他揮手比著大致上可算是儒雅的方向。「如果要你去跟素未謀面的女人訂婚，那你會有什麼感覺……不過話說回來，要是謠傳屬實的話，那麼女方根本連女人都稱不上。說是小孩子還差不多。她是幾歲來著，十一歲？就這麼年輕嗳。年紀眞的太小了，你說是不是？而且我實在看不出這宗聯姻有什麼好處。我一點也看不出來。」

他這番話非常輕率，幾乎就在直接批判王后的決定的邊緣了。桌邊的人彼此交換眼色。黃金大人顯然是不勝酒力，可是他還在給自己倒白蘭地。他此話懸在半空中，無人接應。也許艾孚因是想把話題轉到比較安全的軌道上吧，他對黃金大人問道：「這麼說來，王子常常閉關靜修囉？」

「群山的人都是這樣子。」黃金大人應和道。「人家是跟我這麼說的。我怎麼會知道群山的人是不是都這樣子？我只深知我們遮瑪里亞人不會這樣，如此而已。在我那美好的家鄉，青年貴族是比較有世界觀的；而且你注意囉，我們也鼓勵青年貴族要多與人往來，要不然，青年人怎麼學得會禮節，怎麼打得開視野呢？你們那位晉責王子若是多跟朝中人物往來，可能會比較出色一些吧。而且除了多跟朝中人物往來之外，還要多往國內看看，以物色個好伴侶，這樣才對嘛。」黃金大人講話越來越放鬆，而且遮瑪里亞口音越來越濃重，彷彿醺然的酒意使他以往在故鄉講話的舊習都跑出來了。他啜了一口白蘭地，然後顛顛倒倒地把酒杯放回桌上，灑了一點酒出來。他揉揉嘴，又揉揉下巴，像是要把白蘭地令人麻木的酒力給揉掉。在這種社交場合，酒只要舉杯沾唇就不失禮了，但我懷疑他不但喝了，而且還可能過量。

他這話無人理會，不過黃金大人似乎並未注意到大家都聽而不聞。

「而且他這次閉關，竟然是有史以來閉關最久的一次！」他誇張地說道。「最近我們在堡裡聽到的盡是：『晉責王子在哪裡？什麼，還在閉關？他什麼時候出關哪？什麼，沒人知道他什麼時候出關？』之類的對話。我們這位年輕的統治者竟然睽違宮廷這麼久，這可是很掃興的呀。我敢打賭，王子的貓一定也很痛恨他閉關靜修；你說是不是呀，艾孚因？獵貓要是這麼久都跟主人見不到面，難道不會心痛嗎？」

艾孚因考慮了一下，說道：「如果一個人真心為自己的獵貓著想，就不會把貓丟著不管。人不能把貓的忠心視為當然，只能以每日的殷勤對待來換取。」

艾孚因吸了一口氣，想要繼續說下去，但此時貝馨嘉夫人不著痕跡地插話進來。「這個嘛，咱們的獵貓，在晨光仍停留在大地上的時候最為活躍；所以了，如果我們要讓黃金大人看到獵貓大展威風，那麼最好是大家都早早就寢，以便明日一早就起身。」接著她打了個小小的手勢，一名僕人便走上前去為她拉開椅子；在女主人的昭示之下，每個人都跟著站了起來，不過黃金大人站得東倒西歪地。我好像聽到灰鱒大人的女兒因為看了覺得好玩而吃吃地笑，不過惜黛兒自己也站得不太穩。我想到自己的角色，於是上前一步，穩穩地扶住黃金大人的手臂；不過黃金大人高傲且鄙夷地揮手叫我走開，並且皺著眉頭怒看著我，似乎在責備我竟敢做出這種妄尊自大的行為。我遲鈍地站在一旁，看著這些貴族互道晚安，然後跟在黃金大人身後走回房間。

我開了房門，讓他先走進去，自己則跟在他身後進門，並發現家僕已經把我們的房間整理過。洗澡用品收走了，蠟燭換新了，窗戶也關上了；桌上擺了一大托盤的冷肉、水果和糕點。我關上房門之後，第一個舉動就是去將窗戶打開；我就是不想讓夜眼與我之間有任何堅硬的東西擋著。我在窗口張望，卻沒有看到狼的蹤跡。無疑地，此時牠一定在四下巡視，而且我一點也不想冒險對夜眼探尋。我迅速地在我們的這幾個房間裡走了一圈，檢查有無外人來搜索過的痕跡，並察看床下和衣櫥裡是否躲著間諜。今天晚上這場晚宴，無論賓主都十分戒慎提防；若不是因爲他們知道我們之所以前來此地的原因，就是他們早已料想到必會有人前來此地尋找王子。不過我既沒在衣櫥裡找到間諜，我隨意亂掛的衣服似乎也沒人動過。我從來不會在離開之前，把房間弄得整整齊齊；畢竟你在房裡大肆搜查過之後，要重新把房間收拾得井然有序，還算是容易的，但是若要確實回想起衣服的袖子是如何隨意橫搭在椅子上、以什麼角度垂到地上，那可就難了。

我同樣仔細地檢查了黃金大人的房間，而他則一語不發地在一旁等著。我都弄好了之後，便回頭去打點我家主人；此時他已經沉沉地陷在椅子裡，並且長嘆了一聲。他目光下垂，下巴幾乎點在胸膛上，五官皆因喝多了酒而顯得委靡。我不太高興地哼了一聲。他太大意了，怎麼可以喝得這麼醉醺醺的呢？在我瞪著他看的時候，他先踢出一腳，然後又踢出另一腳，於是他那兩隻靴子便砰砰有聲地打在地板上。我順服地把他的靴子都脫了下來，擺到一旁。「你站得起來嗎？」我問道。

「什麼？」

此時蹲在他腳邊的我，抬頭瞄了他一眼，應道：「我說，你站得起來嗎？」

他眼睛睜開了一小縫，嘴角漾開了個笑容。「我眞是太厲害了。」他彷彿呢喃一般地恭賀自己的成就。「而你怎麼就以扮演普通觀眾爲滿足呢，蜚滋？擺出這一個又一個的姿態，卻沒有人知道我是在故作姿態；扮演一個全然不同的角色，卻無人稱讚我演得有多麼稱頭；這樣是很累的耶，你曉不曉得啊？」他那金黃色的眼睛裡閃過一抹弄臣的狡詐，然後隨即消逝，而且他的嘴角也變得嚴肅起來。「我當然站得起來；我不但能站，如果有需要的話，還能跳舞、騰躍。不過今晚當然是用不著跳舞、騰躍了。今天晚上，你必須到廚房去，大發牢騷說你餓得前胸貼後肚。你看來一副迷人狀，我敢說大啖一頓是少不了的。順便看看你能不能引得他們說出什麼來。去吧，現在就去，我是絕對可以打點自己上床睡覺的。你希望那扇窗戶開著不關嗎？」

「我是比較喜歡那窗戶不關。」我模稜兩可地說道。

我也是。夜眼應和道，而牠的思緒比呼吸還輕。

「那麼窗戶就開著不關吧。」黃金大人下令道。

廚房仍滿是僕人，因爲就算餐宴結束，仍得進行收尾的工作。說眞的，在一個大宅子裡，很少有別的工作會比把人餵飽的任務更累人或是工作時間更久，因爲晚餐的碗盤清洗完畢之後，通常也就到了該揉製隔天要吃的麵包的時候了；這個道理四海皆同，不只公鹿堡是如此，就連長風鎭這裡也不例外。我走到廚房門口，臉上帶著詢問與期待的表情探身進去。

我幾乎才踏進去，就有個在廚房裡忙的女人可憐起我來了。我認出她是在餐桌邊伺候的女人之一；貝馨嘉夫人喚她作莉柏嫩。「你一定餓壞了。他們都坐下來大吃大喝，瞧那光景，我看他們是把你當作木頭人了。噢，快進來吧。他們吃得雖多，但菜還是剩下很多，夠你吃飽還有剩呢。」

不一會兒，我便倚著一張沾著麵粉的斑駁麵包桌的桌角，在高腳凳上坐下來了。莉柏嫩在我伸手可及之處放了大大小小的盤子，而且誠如她所言，眞的夠我吃飽還有剩呢。大淺盤上放著冷燻的鹿肉片，足足有半盤之多，而且還巧妙地以醃蘋果做爲裝飾；有一盤泡了糖水的金黃色杏桃，杏桃上放了各色不同的糕點，其滋味濃郁豐美得入口即化；有一盤浸在大蒜醬汁裡的小小鳥肝，我看了倒不怎麼感興趣，但是另外還有佐以甜薑片的紅色鴨胸肉；這些可眞夠我大快朵頤一番了。此外莉柏嫩又端來了上好的黑麵包，與一大瓢佐麵包的奶油，還有一大杯冰涼的啤酒，並多放了一大瓶啤酒，任我隨意添加。莉柏嫩把餐點放下來，我也點頭稱謝之後，她便在桌子對面坐下來，撒了大量的麵粉，然後把一塊發得膨起來的麵糰放上去；接著她開始一邊揉按、一邊翻轉麵糰，並且不時撒下一把麵粉，直到麵糰光滑起來爲止。

有一陣子，我光是吃、看、聽。我聽到的都是尋常的廚房談話，像是僕人之間的小爭執與閒話，某個人在牛奶桶裡吐口水、任由牛奶發臭，以及準備明日工作的種種等。屋裡的大人物明日會早起，而且他們認爲他們起床時，早餐就應該準備得好好的，還得跟晚餐一樣豐盛；此外，大人物們還要帶些隨身餐點，而這些隨身餐點不但要賣相好，還要能吃得飽。我看著莉柏嫩把麵糰擀開，塗上一層奶油，把麵皮摺合起來，然後又重新擀開、塗奶油，如此一再重複。她察覺到我在看她，於是抬起頭來笑了笑。「非得這樣才能讓麵包捲吃起來一層一層地，而且每一層都薄脆酥軟；只不過要做到這樣，非得花大工夫，可是他們吃起來，沒一分鐘就把麵包捲吞下肚了。」

莉柏嫩身後有個僕人，正把一只有蓋的野餐籃放在工作台上；那人將蓋子打開，在籃子裡鋪了亞麻布餐巾，然後開始把餐點一一放進去：新鮮的麵包捲、一小盤奶油、一碟肉片，以及幾個醃蘋果。我一邊用眼角餘光注意著那人的動靜，一邊點頭應和莉柏嫩的話：「說來也奇怪，大人物們多半都不會考慮到，我們要花多少精神才能把他們照顧得舒服妥貼。」

廚房裡有幾個人咕噥地應和我的話。

「唉，看看你。」莉柏嫩憐惜地說道。「你主子來這裡作客，卻讓你在宴會廳裡守衛了一整晚，不明就裡的人，還以爲是大廳裡有誰尋你主子的晦氣。什麼遮瑪里亞作風嘛，眞是無理取鬧！要不是他講究那個排場的話，你大可以早早地吃一頓飯，飯後還可以休息一下呢。」

「我也巴不得能早點吃飯、早點休息哪。」我誠心誠意地答道。「要是有時間的話，我倒想四處逛逛；你們這莊園只養獵貓，不養獵犬，我從未來過這種地方呢。」

另外那個僕人已經捧著籃子朝後門走去；門口有個男子將籃子接了過去，而且那男子另外一隻手裡，握著個鬆軟無力，而且毛茸茸的東西。我只看到一眼，那門就關上了；我實在很想立刻跳起來跟蹤那籃餐點要送到哪裡去，但是莉柏嫩話還沒講完。

「噢，其實我們只養貓不養狗，也是近十年來的事；老主人死了之後才這樣。在那之前，我們養的多半是獵犬，只養了一、兩隻貓給夫人打獵之用。不過小主人喜歡獵貓勝過獵犬，所以獵犬死後我們就不補新的了。那一大群獵犬嚎叫起來吵得要命，而且四處亂竄，我才不會想念那個光景！大貓就都養在籠子裡，只有在打獵的時候才帶出來；至於小貓嘛，小貓既可愛，又不會鬧事。」說到這裡，莉柏嫩心滿意足地朝火爐邊那隻雜色的家貓看了一眼。雖然今天晚上並不冷，但是那隻貓仍蜷在將熄的煮飯爐火前烤火。莉柏嫩終於不再摺疊麵皮，並開始在麵皮上搥打，直到麵皮開始冒泡爲止；這一來，聊天就難以再續，而我也可以順理成章地告辭。我走到廚房的後門邊，打開了門，方才那個接了餐點的男子已經消失得無影無蹤了。

莉柏嫩對我叫道：「你要找如廁的地方是吧？從另外那扇門出去，繞過屋角就是了；就在養兔場之前。」

我謝過她，順從地從另外那一扇門出去。我四下凝望了一會，確定周遭沒有人的動靜，才繞過屋角，但是被另外一幢房舍擋住視線。在月色之中，可以明顯地看到那房舍與馬廄之間，有著一排一排的養兔場。這麼說來，那人手裡抓著的是一隻新宰的兔子，這不正是獵貓的最佳消夜嗎？可是方才那男子已經不見蹤影，而且我既不敢冒險對夜眼探問，也不敢離開廚房太久。我失望地皺起眉頭，因爲我敢說方才那些餐點一定是爲王子和他的獵貓所準備的。我錯過了大好機會，又回到溫暖光亮的廚房裡。

廚房裡比方才安靜多了；洗刷的工作差不多都已完成，而打點雜事的少男少女也逃去睡覺了。只有莉柏嫩還在搥打麵糰，還有一名滿面愁容的男子，正在照看一鍋細火慢燉的肉。我回到我的座位上，把最後一點啤酒倒在杯子裡。無疑地，因爲得早起準備早餐，所以衆人都盡早去睡了。那隻斑紋貓突然伸懶腰，起身，並走過來研究我；牠聞了我的鞋子，又聞了我的小腿，但我假裝根本沒注意。那公貓轉過頭來，嘴巴大開，彷彿在表達不屑之意，不過我猜牠只不過是在進一步辨別我的氣味罷了。

那公貓發出了個鄙夷的思緒：*聞起來跟外面那隻狗一樣*。然後毫不費力地騰躍而起，跳到桌子上，把鼻子湊到那盤鹿肉上。我用手背擋住牠，不過牠既未還擊，也不多加注意，而是乾脆繞過我的手臂，去攫取牠喜歡的那片鹿肉。

「噢，公羊，客人在這裡，你怎麼這麼沒禮貌呢？湯姆，你別理會牠；公羊跟那些大人物一樣，都是任性慣了的。」莉柏嫩以沾滿麵粉的手，將那貓從桌子上抱起來，放到地上；這時咬了一嘴肉的貓，才將肉放開，慢慢吃了起來，並且一邊用腳按住，一邊咬著轉頭撕肉。那貓不悅地瞪了莉柏嫩一眼：*妳不該餵桌邊那條狗的，女人*。接著牠那黃眼睛轉向我；我很難不將牠的目光與惡意相向聯想在一起。接著我做了件很孩子氣的事情：我回瞪回去，雖然我明知大多數動物都討厭被人明白地瞪著。那貓從喉嚨裡咕嚕了兩聲，以示威脅，然後叼了肉，突然鑽到桌子下，看不見了。

我慢慢地喝掉最後剩下的那一點啤酒。那貓是知情的。這是不是意味著，這整個宅子的人畜都知道我與夜眼之間的關係？雖然艾孚因獨白了一晚，但是我對獵貓所知還是太少。獵貓會將夜眼視爲入侵領地的仇敵，還是根本不把夜眼留在庭院裡的氣味當一回事？獵貓會認爲我與夜眼之間的關係，重要到牠們必須與有原智的人類通報嗎？當然，人與動物之間的原智牽繫關係，並不是都像我與夜眼之間這麼親密。夜眼對於我人生中，屬於人的面向的事情極爲關心，關心到幾乎使黑洛夫對夜眼感到鄙夷的程度。說不定這些獵貓唯有在打獵的樂趣這方面，才跟人類牽繫在一起。這並不是全無可能；雖然可能性不大，但不是全無可能。

嗯，我對於我們早已疑心的事情，還得多加查訪，不過我這頓飯吃得太撐，所以我看晚上什麼事也做不成，倒不如回去睡覺。我跟莉柏嫩道了謝，並道了晚安，儘管她再三堅持盤碗擺著別動，我還是把桌上的盤碗都收拾好了。宅子裡非常安靜；我輕聲地走回房間，只見下面的門縫透著黯淡的亮光。我摸上門把，估量門應該是鎖住的，誰知道竟然沒鎖。我每一根神經都豎了起來。我悄然無聲地把門推開，屏住呼吸，一動也不動地站在那裡。

月桂穿著睡衣，披了件長及腿的黑色斗篷；她的頭髮鬆鬆地垂下來，拂在背後。黃金大人則在睡衣之上，罩了件繡花的晨袍。壁爐裡的小小火光，映照著他那件晨袍背後與袖子上面用金銀線繡出來的鳥閃閃發光，也使得月桂那頭深淺不一的秀髮中的淡色髮絲映出光芒。黃金大人手上戴著蕾絲手套。他們站在壁爐邊，兩人靠得非常近，而且頭碰在一起。我像個受驚的孩子，靜靜地站著，連氣也不敢出一聲，心裡納悶著我是不是打斷了他們的擁抱。黃金大人轉過頭來，示意我進來，並把門關上。月桂轉頭看著我，眼睛睜得大大的。

「我以爲你在你房裡，已經睡了。」月桂輕聲說道。這話是什麼意思？她很失望嗎？

「我去廚房吃點東西。」我對月桂解釋道。我以爲她會答腔的，但她卻只是看著我。我突然巴不得自己身在他處。「不過我眞的累極了。也該睡了。晚安。」我轉身走向僕人房，但此時黃金大人卻把我叫住。

「湯姆，你打聽到什麼沒有？」

我聳聳肩。「不過就是些僕人的生活細節。沒什麼有用的消息。」我還是拿捏不住我該在月桂面前說多少，所以乾脆少說點。

「這樣啊。月桂好像還比較有斬獲。」他轉過身去，邀請她開口；任哪個女人被他這樣一看，都會芳心大悅。

「晳責王子來過這裡。」月桂以呢喃般地低語宣布道。「我在就寢之前，請艾孚因帶我去參觀馬廄和貓舍，因爲我想去看看他們是怎麼安置獵貓的。」

「結果妳看到王子的迷霧之貓？」我難以置信地猜測道。

「不，沒那麼明顯。不過王子的貓，一直都是由他自己照顧，這是他的堅持；而晳責本人有幾個古怪的小習性，像是布巾要怎麼摺、馬具要怎麼掛等等。貓舍裡有個空的貓欄，裡面有些刷子等用品，就是按照那種方式擺放的。那絕對是王子的手跡。我看了就知道。」

我憶起王子在公鹿堡的臥室，心想月桂推論的應該沒錯。不過——「妳認爲王子會讓他那隻寶貴的貓睡在貓欄裡嗎？在公鹿堡的時候，那貓可是睡在王子房裡的。」

「那貓欄舒適妥貼，應有盡有：有磨爪子的地方，有貓喜歡的香草，有給貓活動用的玩具，盆栽裡也種了綠意盎然的植物，連吃的都是活的獵物。貝馨嘉府上養了一窩一窩的兔子，所以他們的獵貓吃的一向是溫熱的肉。這些獵貓可眞的是備受榮寵的權貴啊。」

我跟著她講的這個脈絡，提出了下一個問題：「那麼，王子會不會爲了要陪貓，而跟他的貓待在一起？」也許那一籃餐點用不著提多遠，就送到目的地了。

月桂揚起眉毛斜睨著我。「王子待在貓欄裡？」

「王子好像很喜歡那隻貓；我想，他寧可睡在貓欄裡，也不肯跟那隻貓分開。」我差一點就把自己的結論說了出口：王子有原智，所以他絕對不會與自己的牽繫動物分離。一時間，我們三人都不發一語。最後黃金大人打破了沉默，他那輕柔的聲音，只有月桂與我聽得到。「那麼，就算王子現在不在這裡，至少我們已經發現他在這裡待過，而且明天我們可能會挖掘到更多線索。貝馨嘉府的人在跟我們玩貓捉老鼠哪。他們明知此時王子跟他的貓都不在公鹿堡；說不定他們還懷疑我們就是來這裡查訪王子的呢。不過我們必須謹守自己的角色，不管他們出什麼招，我們都得優雅地陪他們玩兒。千萬不能讓他們知道這些消息我們都了然於胸。」

「我最痛恨這種事情。」月桂忿忿地宣布道。「不但不能明說，還得彼此欺詐，互相擺出政治臉孔，這種事情最討厭了。我眞希望我能乾脆衝進那女人的房裡，把她搖醒，逼她說出晉責王子人在哪裡。那女人讓吾后心痛得像在淌血，一想到我就……要是我在用餐前就去參觀貓舍就好了。我跟你們保證，要是我先看過貓舍，我一定會在吃飯的時候問點別的。不過我一探查到王子在這兒待過，就盡快趕來通報你們。貝馨嘉夫人派了個女僕給我，那女僕堅持要伺候我入眠，而且我還得等到全府上下的人都睡得差不多了，才敢溜出來找你們。」

「針鋒相對地提出尖銳的問題，是問不出個結果的；同樣地，把名流夫人半夜搖醒逼問，也無濟於事。王后要的是讓晉責王子安安靜靜地回到堡裡；我們一定得把這一點謹記在心。」黃金大人這番話，不但是針對月桂，也是針對我而說的。

「我會努力。」月桂下定決心地答道。

「很好。現在我們應該盡量休息，趁著明早打獵之前睡一會兒。晚安，湯姆。」

「晚安，黃金大人、女獵人月桂。」

他們二人沉默了一會兒，於是我心裡恍然大悟。我一直在期待月桂離開，好讓我在她走後將門鎖上；我很想把那一籃餐點和死兔子的事情告訴弄臣。但是月桂和黃金大人卻在等我離開。此時月桂正在興味盎然地研究壁上掛的那一幅普通得緊的織錦畫，而黃金大人則心滿意足地審視月桂那一頭飛瀑般的秀髮。

我心裡納悶道，我是不是應該爲他們把外門鎖上；然後轉念一想，這一來豈不是昭然若揭了嗎？如果黃金大人想要鎖門的話，他自然會去鎖的。「晚安。」我又說了一次，而且盡量裝出愛睏的聲音。我拿了一根蠟燭，走回我的房間，並輕輕地把連通的門給關緊。脫了衣服，爬上床，我禁止思緒游走到那扇緊密的門之外。我告訴自己，我不是嫉妒，只是相形於他們二人共享的時刻，我更深刻地感受到孤獨感的啃蝕，如此而已。弄臣已經忍受了多年的寂寞與孤獨，難道我會因爲他此刻以黃金大人的身分，享受女性的溫存而嫉妒他嗎？

我投出了個輕盈如風中落葉的思緒：夜眼？

夜眼的心輕輕地拂過我的心，使我放心不少；我感覺到橡樹和清涼的夜風吹過了牠的毛皮。原來我並不寂寞。睡吧，小兄弟。我正在追獵著我們的獵物，不過我看這一晚可能是找不到什麼結果了。

牠錯了。

17

出獵

原血者之間，流傳著許多富有寓意的故事，爲的是要讓幼童在選擇牽繫伴侶時心裡有譜。有的故事很簡單，只是道出了動物所代表的不同美德。不是原血的人，可能會覺得如此讚美動物的德行實在稀奇，不過原血者讚揚狼爲家族犧牲奉獻，也因爲老鼠會在寒冬來臨之前數月就開始籌備過冬，而讚揚老鼠的智慧。在鵝群休息時，仍醒著守夜的公鵝，是無私的象徵；豪豬從不主動傷人，只有在對方先攻擊的時候才會出手，所以象徵節制。貓的特性則是獨立。有一則故事說，一名女子想要與貓牽繫在一起。那貓要對這個同伴考驗個一、兩天，看看女子能不能把貓所交代的任務辦好。據說，貓出給那女子的考題，包括幫貓梳毛，用線繩玩具跟貓玩，幫貓去把乳酪拿來，諸如此類；而那女子高高興興地一一照辦，而且每件事情都辦得很好。期限終了時，那原血女子再度跟貓提出了牽繫的心願，因爲她覺得自己與貓顯然是再合適也不過。不過那貓回絕了，貓說：「妳之所以愛我，是因爲我獨立，然而妳我若牽繫在一起，妳會變得更加依賴；然而我並不需要妳的依賴性，而只是在容忍而已。」這是一則原血寓言，意思是警告小孩子，如果對方在牽繫關係中拿取的多、給予的少，就別與對方牽繫在一起。

——獾毛所著的《原血者傳奇》

讓我看妳一眼就好。

你已經看到了。我已經將我自己展現在你眼前，你別叨念了，專心一點。你自己說過，你要爲我而把這個學好的。你跟我承諾過的。所以我才把你帶到這裡來，因爲唯有來到此地，你才能心無旁騖地學。你要好好地當貓呀。

那太難了。讓我親眼看看妳。求求妳。

等你準備好的時候再說。等到你當貓就像當你自己一樣容易的時候，就是你準備齊全，可以認識我的時刻了。

她在我前頭。我千辛萬苦地跟在她身後爬上山丘；我被樹叢磨刮得遍體鱗傷，因爲地形起伏與石頭的橫阻而不時跌倒，而且口乾舌燥。夜雖清涼，但是我掙扎地穿過茂密的樹叢時，卻被揚起的花粉與灰塵嗆得咳嗽。等我！

獵物才不會等人呢。而且獵貓絕對不會對獵物喊「等我」，你得好好地學學貓樣。

在那一瞬間，我幾乎就要看到她了。然後她身邊的高草收攏起來，於是她人就不見了。她走得悄無聲息，我根本辨不出她是往哪個方向走的。夜深了，明月高懸，而我身後起伏的山丘掩去了長風鎮的燈火。我吸了一口氣，暗暗立誓要靜靜地呼吸，就算被嗆到了也一樣。我一次一個單步、一個單步地往前走；我不把樹枝推開，而是繞過樹枝；我輕柔地踩過草原，盡量用腳把草踩倒，而不是粗魯地用手把高草撥開；我小心地踩出步伐，小心地將身體的重量移到前腿，再踩出另一步。她是怎麼吩咐我來著？

「你得變成黑夜，別成爲掠動樹梢的風，也別成爲毫無聲響的貓頭鷹，或是伏著一動也不動的小老鼠。你要成爲流過這一切的夜，你要碰觸夜的一切，卻不爲任何飛禽走獸所知，因爲夜就是貓。」很好，就這樣吧。我就是夜，平順、黑暗、無聲。我在一棵大橡樹所延伸的枝椏下停留了一會兒。橡樹的葉子紋風不動。我盡量睜大眼睛，努力看清周遭的一切。我慢慢地轉過頭去，歙動鼻孔，悄悄地用嘴巴深吸了一口氣，設法辨識她在空氣中的氣味。她在哪兒，她往哪個方向去了？

我突然感到重量，彷彿一名健壯的男子將雙手按在我肩上，然後跳走。我轉過身去，不過那不是別人，而是貓。牠彷彿落葉般地掉在我肩上，然後往後一躍，此時牠正伏在橡樹下的乾草與落葉之間。牠抬起頭來看看我，再看看旁邊；我在牠身邊蹲伏下來，問道：「她往哪兒去了，貓？她往哪兒去了？」

她在這裡。就在這裡。她一直在這裡，跟我在一起。

我所思慕之人，用的是由喉嚨發出的低沉嗓音，然而由我心裡聽來，貓的思緒卻像是尖聲的貓語。我很愛貓，但此時我渴求的，不是貓，而是我所思慕之人，所以貓以思緒拂過我的心靈時，我只感到難以忍受。我輕輕地將貓推開。牠傷心地抗議我做出這種事，但我假裝沒注意到。

「她在這裡。」我輕輕嘆道。「我知道她離這裡不遠，但是她到底在哪裡？」

遠在天邊，近在眼前。不過你把貓推開的話，你就永遠都無法認識我了。你要全心接納貓。你要化身爲貓。證明給我看。

貓無聲無息地溜走。我看不出牠是朝哪個方向走的；因爲此時的牠，乃是夜中之夜，若想將牠與夜區隔開來，就像是要把你倒入河裡的水區分開來一樣不可爲。我靜悄悄地吸了一口氣；我不但要以腳步跟隨牠，也要以我的心跟隨牠。我把恐懼拋到腦後，全心地接納貓。

貓突然回來了；暗影中的貓，看來像是更濃黑的暗影。牠緊緊地貼在我腿上。獵物。

「是啊，我們尋獵的就是我所愛慕的那名女子。」

不。我們成了獵物。有個東西聞到味道，跟蹤了貓與人一整夜。上。爬。

貓一邊轉著這個念頭，一邊就爬上了橡樹。一棵樹、一棵樹地攀過去。牠無法跟著我們上樹。一棵樹、一棵樹地攀過去。我心裡明白貓此時正在樹間矯捷地活動，而且牠指望我也跟上。我盡了最大的努力，雙手一攀，想把自己翻上橡樹；然而那樹枝太大，我抓握不住，而且又太光滑，所以我無爪的手沒處可著力。我就這樣攀著那樹枝晃蕩了一會兒，但卻爬不上去。我終於放開了手；我的指甲彎了，衣服也勾破了，現在聽得到捕獵者追上來的聲音。對我而言，像這樣被捕獵，乃是全新的體驗，而且這個滋味並不好受。我得找棵好爬的樹才行。我轉身奔逃，企圖犧牲隱密性以換取速度，但結果是既暴露了行蹤，又跑得不夠快。

我決定往山上跑。有些獵食動物，例如熊，在上坡時是跑得很吃力的；如果追來的是熊，那麼我一定可以把熊擺脫掉。我實在想不出除了熊之外，還有誰膽敢來捕獵我們。眼前有棵比較年輕、枝椏也比較低的橡樹；我拚命跑，然後一跳，便攀上了最低的樹枝。然而我雖然已經上了樹，但來者亦已經追到我所在的這棵大樹底下。我選了這棵樹真是大錯特錯。這樹與周遭的樹隔得遠，所以我無法跳到別的樹上去；而且少數的那幾個我伸手可及的枝椏都很細，承受不了重量。我等於是被困在樹上了。

我凶惡地露牙威嚇，並低頭怒視追獵我的那傢伙；我直視著自己的眼睛，我自己的眼睛直視著我，我自己直視著自己的眼睛——

我從夢中驚醒，一骨碌地從床上坐起來，全身汗溼，而且口乾舌燥。我滾下了床，昏昏沉沉地站著。窗子在哪裡？門又在哪裡？然後我才想起，我不是在自己的小屋，而是在一個陌生的房間裡。我跌跌撞撞地走到了洗手台，舉起水罐，喝了幾口微溫的水，然後把手伸到水罐中剩下的那一點水裡沾溼，再用手抹臉。此刻我的腦中正在大戰，但我仍努力懇求自己的心智發揮一點作用。幸虧我的心智應著我的需求，慢慢地浮現出來了。夜眼已把晉責王子困在長風鎮外的某處山丘上。在我睡覺的時候，我的狼已找到晉責王子。但恐怕王子也已經發現夜眼與我了。他對精技知道多少？他可知道他與我一直是相連著的？然後我把一切的考量通通推到一邊去；因為此時雷電大作，風暴儼然成形，接著白光一閃，精技頭痛的第一波隨即掩來，令我痛得跪在地上。而我身邊連精靈樹皮的殘屑都沒有。

但是弄臣說不定會有。

要不是因為我抱著要去向弄臣找精靈樹皮的念頭，我實在站不起來。我摸索著找到門，踉踉蹌蹌地走進他的房間；他房裡頗暗，唯一的光源來自於壁爐裡將熄的木炭，以及從打開的窗戶照進來的火把亮光。我蹣跚地朝他的床走去。「弄臣？」我輕輕地叫道，但聲音很嘎啞。「弄臣，夜眼把晉責困在樹上。而且……」

我講到這裡就說不下去了。做了這場夢，使得我連入睡前發生的事情都忘了。要是那鼓起的被單之下，不是只有一人，而是有兩個人怎麼辦？還好此時一隻手臂從被子裡伸出來，我才看出那大床上只有一人。他翻過身來看著我，然後坐了起來，並且擔憂地皺起眉頭。「蜚滋？你受傷了嗎？」

我重重地在他的床緣坐下來，舉起雙手，壓住頭的左右兩側，以免頭顱痛得裂開來。「是。也不是。是精技頭痛，但是我們現在可沒時間頭痛。我知道王子在哪裡。我夢到他了。他跟他的獵貓，到長風鎮外夜遊打獵去了。然後有什麼東西要追捕我們，於是貓就跳上樹，而我就……而王子就攀上了另一棵樹。他往下望，發現夜眼也追到樹下來了。狼把王子困住，而且他們就在附近的山丘上。如果我們現在出發，就可以逮住王子。」

「不，我們現在不能去。你用點大腦。」

「我沒辦法。我頭痛得快要裂了。」我說著便伏了下去，雙手捧頭，手肘頂在膝蓋上。「爲什麼我們現在不能去抓他？」我可憐兮兮地問道。

「你想一想就知道了，吾友。我們換上衣服，溜出房間，也不驚動馬廄的幫手，就把我們的馬牽出來，然後在黑夜中騎過陌生的原野，找到狼把王子困住的那棵樹。接著你或我爬上樹，逼使王子下樹，接著好言勸誘他跟我們回來。於是在早餐時刻，黃金大人奇蹟般地帶著王子出現在貝馨嘉府——而且我猜到時候王子必定脾氣糟透，要不然就是黃金大人與他的僕人突然從殷勤招待他們的貝府大宅裡失蹤，沒有留下隻字片語的解釋。不管是哪一種情況，過不了幾天，各方爭相提出的問題便會令黃金大人和他的僕人湯姆．獾毛招架不住，而晉責王子的處境就更不用說了。」

他說得沒錯。我們已經在懷疑貝馨嘉母子涉及晉責王子的「失蹤事件」；在這個情況下，若是把王子帶回貝府未免愚蠢。我們必須要安排讓我們在找到王子之後，就能直接將他帶回公鹿堡，而且無人起疑。我用手指頭壓住眼球；感覺上，我頭顱裡面的壓力，大到像是會把眼球從眼窩裡擠出來似的。「那我們要怎麼辦？」我遲鈍地問道。其實我根本不想知道答案；我只想側躺下去，像個可悲的人球似的蜷起來。

「狼繼續盯住王子。明天打獵的時候，我會差你回來拿一樣我忘記帶的東西；你撇下衆人之後，便去找晉責王子，勸他回公鹿堡。我幫你挑的是一匹大馬。你一找到人，就立刻帶他走。我自會編個理由，以便把你一去不返的事情交代過去。」

「什麼理由？」

「我還沒想到，不過我一定會想出來的。你別擔心這個了；就算我編得天花亂墜，貝馨嘉母子爲避免冒犯到大人物，也只得照單全收了。」

接著我才把這計畫裡最大的漏洞挑出來。我的思緒亂糟糟的，實在難以理出個頭緒來。「我……去勸他回公鹿堡？」

「這你一定沒問題。」弄臣信心滿滿地說道。「到時候你就知道怎麼說才勸得動他了。」

我心裡頭犯嘀咕，但是我實在沒力氣再繼續談下去了。雖然我眼睛緊閉，但是卻看到一道道明亮的白光，而且一閃就痛。我摳了摳眼睛，疼痛卻越演越烈；睜開眼，房裡雖暗，我卻仍然看到一條條的光蛇舞動，使我什麼也看不清。「精靈樹皮。」我平靜地乞求道。「我需要精靈樹皮。」

「不行。」

我的心靈可容不下他拒絕這個要求。「拜託。」我困難地吐出這幾個字。「我痛得太厲害了。你不懂的。」有的時候，癲癇快發作時，我自己會知道；我已經好久沒這樣了。我的背和脖子繃得很緊，那種古怪的緊繃感是我想像出來的嗎？

「蜚滋，我眞的沒有精靈樹皮。切德逼我立了誓的。」然後他彷彿怕我一聽到這個消息會承受不住似的，改用比較柔和的口氣，緩言補了一句：「反正我會陪你。」

痛苦像漫天巨浪般掩來，而且現在痛苦中還夾雜著恐懼。

要不要我回去找你？

不。「你就待在原地。把他看住就好。」我發現我一邊將思緒送出去，還一邊大聲地講出聲音來。可是我現在想起來了，而且我這念頭應該會令我擔心。「我需要精靈樹皮茶。」我好不容易擠出了這幾個字。「要不然我會守不住。守不住原智的極限。萬一有個閃失，他們就知道我在這裡了。」

我坐著的床突然不穩了，原來是弄臣翻身下床；這個可怕的晃動使得我的大腦與頭顱猛烈地撞在一起。我聽到他走向洗手台的聲音；過了一會兒，他走了回來，手裡拿著一塊溼布。「躺下去。」弄臣對我說道。

「沒辦法。」我喃喃地說道。我現在是連動一下都痛。我很想走回自己的房間，但是走不回去。如果橫豎都會發病的話，那我可不要在弄臣面前發作。

溼毛巾蓋在我額頭上的時候，我全身像是觸了電一樣。我勉力與之對抗，然後急促地吸了幾口氣，好讓胃停止抽搐。我感覺到——而不是看到——弄臣彎下身來，以戴著手套的雙手抓住我的一手，隨意地按摩著。過了一會兒，他的手突然使勁地箝壓我各處指關節。我慘叫一聲，並設法把手抽回來，但是弄臣比我料想中的更有力。

「再一下子就好了。」他彷彿在安慰我似的喃喃說道。我手上漸漸痛得麻木。過了一會兒，他抬起我的上臂，又開始箝壓起來。

「饒了我吧。」我懇求道，並試圖脫身；但是我動他也跟著動，況且我頭痛得一動就受不了。他爲何要這樣害我？

「別掙扎。」他反過來對我懇求道。「你相信我。這招一定有用。你相信我。」接著他的手又開始移動，這次是挪到我肩膀上，而且他那無情的指頭用力地在我肩膀上戳來戳去。我痛得喘氣，他的手則挪到我脖子的左右兩邊，使勁地壓、拔、壓、拔，彷彿要把我的頭摘掉似的。我抓住他雙手的手腕，但是我的手一點力氣也沒有。「再一下子就好。」他再度乞求道。「蜚滋、蜚滋，你相信我，求求你。」

我的身體裡好像有什麼東西飛了出去。我的頭垂了下來，垮垮地掛在脖子上。痛楚並未盡去，但是已經小了很多。我向側面倒了下來，而弄臣則扶著我躺正。「好啦，好啦。」弄臣說道，而在那一瞬間，我的眼前竟是一片黑暗，眞是謝天謝地。然後他那戴著手套的手又回來了，這次他以雙手的拇指壓在我額頭上，其餘的指頭則停駐在太陽穴與臉頰上的特定位置，再度毫不留情地按壓下去，而他的小指頭則從我下顎的開合處挖了進去。

「呼吸啊，蜚滋。」我聽到他對我叫道，這才想到自己並未呼吸。我猛力地吸氣，於是一切突然鬆開了。我覺得好輕鬆，而且感動得想哭。不過我沒哭出來，反而沉沉地睡去。我進入了一個最不可思議的夢境：我竟然夢到自己的處境很安全。

天明之前，我模模糊糊地醒來。深吸了一口氣，領悟到自己躺在弄臣的床上。我想他剛起身不久。此時他悄悄地在房間裡走動，爲自己挑選衣飾。我猜他大概是感覺到我在看他，因爲接著他走回床邊來，摸摸我的額頭，把我的頭按到枕頭裡去。「再睡一會兒；你還可以再睡一下，而且我想你能盡量多休息一點的好。」有兩隻修長的指頭，沿著兩條對稱的線，從我頭頂一直滑到我鼻梁上；於是我又睡著了。

我第二次醒過來，則是因爲他輕輕地搖著我。我那套僕人的藍色衣服已經擺在身邊的床上，而弄臣上下都已打扮妥當。「要打獵囉。」他一看到我醒來便對我說道。「恐怕你得趕一下了。」

我小心翼翼地轉頭。發現我從背脊痛到脖子。我僵硬地坐起來；感覺上有點像是夜裡跟人狠狠地打了一架……要不然就是我半夜發作過。我的嘴裡有個痛處，彷彿是自己咬了似的。我轉開目光，不看弄臣，並問道：「我是不是夜裡發作過？」

他沉默了一會，才故作自然地說道：「大概算是小發作吧。你睡到一半，頭扭到一邊，人顫抖了一陣。我把你抓緊。然後就過去了。」他不想多說，而我也跟他一樣不想多談。

我穿衣服穿得很慢，整個背都在痛。我的左臂上印著一處處瘀青，這些都是弄臣的手指頭按壓過的痕跡。他看到那些指痕，同情之餘，也不自在地縮了一下；而他唯一的解釋則是：「捏過是會瘀青沒錯，不過這一招多少有效啊。」

舉凡要打獵的早晨，無論是長風堡或是公鹿堡，各地都是差不多的。空氣飄著按捺不住的興奮氣氛；早餐就站在庭院裡匆匆地吃了，而廚房的人挖空心思做出來的餐點，衆人沒多注意就吞了下肚。我只喝了一杯啤酒，因爲我實在沒有膽量面對其他的食物。不過我還算有遠見的，因爲我還記得月桂的榜樣，所以在鞍袋裡塞了些吃的，並把裝水的皮囊灌了新的水。此時月桂被人團團圍住，她可忙了，同時至少要跟四個人講話。黃金大人大步地從人群之中穿過去，以和煦的微笑跟每一個人打招呼。灰鱒大人的女兒已經掛在他臂彎裡了；惜黛兒滿臉笑容，話說個不停，而黃金大人禮貌殷切，有話必答。血氣方剛的儒雅，看了會不會吃醋呢？

衆人的坐騎都已經從馬廄裡牽出來；馬鞍上好了，毛也刷得光亮亮地。黑瑪對於周遭的興奮氣氛似乎絲毫不爲所動，所以我再度懷疑牠到底是不是很沒精神。我總覺得庭院裡聚集了這麼多人獸，卻靜得有點古怪；繼而一想，我自己便笑了出來。這院子裡沒有激動得叫個不停的狗群，使得人與馬都感染到打獵的興奮；想著想著，我就想念起獵犬來了。獵人們與他們的侍從都上了馬，然後便有人用貓鍊子牽著獵貓走出來。

這些獵貓毛短、身子細長。我乍看之下，只覺得牠們的頭似乎很小。貓的毛色都是淡黃色的，不過如果映著陽光，從某些角度看去，就可以看出每隻貓身上都隱藏著各種不同的斑紋。那一條條優雅的長尾巴兀自擺動，似乎有自己的生命似的。衆獵貓穿過森然羅列的馬群，竟像獵犬走過羊群之間一樣地平靜。這些獵貓都是速波貓，而且牠們深明一群鬧哄哄的騎士意味著什麼大事。獵貓不費吹灰之力便能找到自己的主人：我驚訝地看著牽貓的人將貓放了，每隻貓隨即敏捷俐落地一躍，便跳上了自己的座位。坐在馬上的貝馨嘉夫人轉回身來，親暱地跟她的獵貓輕聲地講了幾句話；而儒雅的貓則將爪子搭在他肩膀上，用力一扳，要那少年轉過身來跟自己親親臉。我原本期待接下來會有人展現原智，結果是白等了。現在我差不多可以確定貝馨嘉母子是有原智的，不過他們的原智溝通極其愼密——我從沒想到原智溝通也可以如此精巧。在這個情況之下，我再怎麼渴望與夜眼連繫，也不敢輕舉妄動了。而且不只是我，連夜眼對我也完全沉寂，彷彿牠失蹤了似的。再不久就可以去找牠了，我安慰自己道，再不久就可以了。

一行人浩浩蕩蕩地前往艾孚因聲稱不但有許多地面活動的鳥禽，而且保證精采可期的獵場；我跟其他的侍僕騎著馬跟在後頭，吃了滿頭滿臉的灰塵。雖然天色尚早，但是看來這一天必定會炙熱異常。人馬行過之後，靜止的空氣中便懸浮著濃濃的細塵；這一帶山區的土質與其他地方不同，因爲小徑表面的那一層薄土，竟在踏過之後化成齏粉。不久之後，我便暗暗後悔自己怎麼沒帶條手巾出來把口鼻罩住，而且懸浮的塵土使得彼此之間根本無法交談。粉塵遮掩了馬蹄聲，加上現場並無興奮吠叫的獵犬，讓我覺得我們彷彿是在寂靜中騎馬前行。不久我們便離開了沿河的路，走進被陽光烤乾的山丘與灰綠的樹叢，循著蜿蜒的山路上下起伏前進。這些山丘看來似乎全是一個模樣。

獵人走在最前面，而當我們抵達一處小山頂時，我們所驚起的鳥群之大，恐怕連艾孚因也覺得意外，不過眾人的反應都很迅速。我人在很後頭，所以沒瞧見到底是獵人下令獵貓出擊，還是獵貓乃因爲有獵物而直接反應。這些鳥體型大、身體重，正張翅拍擊、盡速奔跑著以便升空；不過其中好幾隻鳥還沒飛起就被逮了下來——我至少看到兩隻鳥被躍起的速波貓扯住了翅膀而落下。這些貓的速度之快，看得人驚心動魄。獵貓從坐墊上躍起，無懈可擊地在地上一頓，以快如靈蛇的速度撲向飛鳥。有隻速波貓還一口氣逮下兩隻鳥：那貓嘴裡叼著一隻，又伸爪一撲，將另外一隻抓到自己胸前。我早先就注意到，我們後面跟了四、五個騎著小馬的少年；此時那幾個少年走上前去，將獵物裝進袋子裡。只有一隻速波貓不願放開自己逮到的獵物；我看得出那隻貓年紀還輕，尚未完成訓練。

少年們在將袋子封口之前，先將獵到的鳥送呈給黃金大人過目。一路與黃金大人並轡而行的惜黛兒，此時更湊近去細看鳥獲，並嘖嘖稱奇。黃金大人從其中幾隻鳥身上挑了些尾羽出來，然後喚我上前。我從他手中將獵獲的羽毛接過來之後，他便吩咐道：「馬上把羽毛裝到盒子裡，免得壓壞了。」

「盒子？」

「裝羽毛的盒子呀。我們出門前收拾行李的時候，我不是指給你看過了嗎……莎神在上，好傢伙，你該不會是忘了帶出來吧？哎呀！那你可得回去拿了。你知道是哪個盒子吧？就是裡面襯著毛氈裡子的那個紅皮盒。那盒子八成是在我帶來長風堡的行李裡面，除非是你把那盒子忘在公鹿堡了。好啦，在你把紅皮盒帶回來之前，你就把羽毛交給女獵人月桂拿著吧。等什麼，還不快去把那盒子給我拿來！」黃金大人顯然對於僕人的笨拙十分惱怒，而且他絲毫不加掩飾。黃金大人的行李裡，的確有這麼一件物品，只是他從沒提起那是裝羽毛的盒子，也沒教我帶在身上。我低頭領命，並努力裝出自己因為疏失而感到愧疚的模樣。

所以我輕鬆地便從打獵的行伍中脫身了。我遵照主人的指示，驅使黑瑪快跑，直到我跟眾人之間隔了兩個山頭，才小心翼翼地對夜眼發出訊息：*我來了*。

慢歸慢，總比不來好吧。夜眼滿腹牢騷地答道。我拉住馬，靜止不動地停了一會。事情很不對勁。我閉上眼，以夜眼的眼睛看世界。夜眼所在的那一帶看來平凡無奇，跟我早上經過的每一個山谷看起來沒什麼兩樣；那山谷的低處有個橡樹林子，坡地上長了些灰撲撲的灌木叢和黃草。不過我就是知道牠位於何處，以及如何前去。就像夜眼所說的，跳蚤叮了就會癢，所以抓癢沒有抓不準的。而且就算夜眼不說，我也知道牠如此沉寂必有蹊蹺。我不再向夜眼探尋，而是乾脆腳跟一收，傾身向前，催促黑瑪快跑。雖然黑瑪善於在平地而非起伏的山陵間奔跑，不過牠的表現已經算是很好的了，所以不久我便抵達

了夜眼等著我的那個山谷。

我很想一股勁兒地奔過去找牠，因爲牠的沉寂非常詭異，就如同在血漬上嗡嗡亂飛的蒼蠅一樣地令人起疑。我強捺住性子，循著一條開闊的道路慢慢地走下山谷，同時細細留意周遭的異狀，又深深吸氣，分析有無暗示危險的氣味。我發現了兩匹打了蹄鐵的馬匹行過的足跡，過了一會兒，又碰上了這兩匹馬反方向而行的足跡。有兩匹馬來到橡樹林裡，然後又走了，而且這些足跡都很新。我再也控制不住自己，開始像是一股腦兒闖入陷阱中似的，催動坐騎奔入清涼的橡樹樹蔭之下。夜眼。

這裡。別叫得那麼大聲。

夜眼躺在橡樹蔭下，氣喘如牛；乾枯的落葉黏在牠的鼻尖與體側的血漬上。我匆匆地翻身下馬，奔到牠身邊，將手放在牠的毛皮上，於是牠的思緒與我的思緒便以最靜默的方式彼此交流。

他們聯手對付我。

那少年與貓？令我感到驚訝的是，夜眼怎麼會因爲人貓聯手而感到驚訝？他們彼此有原智的牽繫，一起行動乃是當然。

不是，是那貓跟帶馬來的那個人聯手。我一直在盯著樹上的少年；我並未感到那少年發出任何思緒，他甚至不曾對貓求救。可是天剛亮，那隻可惡的貓就朝我撲過來了。那貓是從樹上撲下來的，所以我根本就不曉得牠已經到了這附近；牠一定是像松鼠那樣，一棵一棵樹地跳過來的，畢竟牠在樹上靈活自如。我一把將牠摔在地上，本以爲自己贏了，不過牠用前爪纏住我，並試圖用後爪把我的肚子勾破。而且牠也差點就如願了。那個身下騎著馬，後面又牽了一匹馬來的人，就趁著這個時候衝上前來；那少年下了樹、上了馬，接著那貓快如閃電地躍到那少年身後，然後他們就狂奔而去了。

讓我看看你的肚子。

別說這個，先讓我喝水吧。

黑瑪縱跳了兩次，從我手邊逃走，最後我好不容易才抓住牠的韁繩；我把牠的韁繩緊緊地綁住，才把水跟食物拿給夜眼。我雙手弓成碗狀，讓夜眼從我手裡喝水，然後我們一起把那些食物吃了。我很想把我看得到的那些傷口上的血擦掉，不過我知道夜眼一定不肯讓我這麼做。就讓傷口自己癒合吧。我已經舔乾淨了。

至少讓我看看你肚子上的傷口。

夜眼老大不願意，但還是讓步了。牠肚子上的傷口比別處嚴重得多，顯見當時那貓一定把牠纏得很緊，再者牠的肚子不比牠的背上，可沒有厚厚的毛保護。那些傷口並非乾脆的直線，而是歪歪扭扭的，而且已經化膿了。唯一萬幸的是，貓爪並未劃破牠的腹腔壁；我原本很擔心會看到牠肚破腸流，不過還好傷口深只及肉。我咒罵自己怎麼沒帶點藥膏出來。我已經很久不必擔心這類意外，所以對於隨身帶藥之類的預防措施是越來越疏忽了。

你怎麼不叫我來幫你？

你隔得太遠，根本來不及趕過來。再說——夜眼變得有點不自在——我看他們就是希望我呼喚你。我是說騎大馬的那個男人跟那頭貓。他們側耳傾聽，彷彿在等著我呼喚你，並把你從暗處誘出來。

王子卻沒跟他們同謀。

沒錯，兄弟，這事大有蹊蹺。那個騎馬的人牽著一匹馬衝上來的時候，王子顯得很驚訝；不過我感覺得到，那貓可不覺得意外，牠早就知道那一人兩馬會衝上來。王子根本就沒有看出他的牽繫伴侶在操縱這一切；他一頭栽進去，盲目地跟那頭貓牽繫在一起。那實在太……太不對等了。這一方下了承諾，而另一方則照單全收，卻不還予完全的承諾。而且那頭貓哪……詭異得很。

夜眼已經把話講得很清楚了。我坐了一會兒，手指頭深深地埋在牠的毛皮裡，心裡沉思著接下來該怎麼做。王子走了。有個人趁著貓與夜眼纏鬥之時，把王子接走，而且那人並非應王子的召喚而來的；他要把王子帶到哪兒去？

我跟在後面追了一陣。不過就像你說的，我已經跟不上快跑的馬兒了。

你從來就追不上快跑的馬兒呀。

這個嘛，你也追不上呀。你連快跑的狼都不大能跟得上。

這倒是眞的。一點也不假。我摸著牠的毛，並試著把黏在痂上的枯葉拔起來。

你別去動它！我可會把你手咬下來，我告訴你！夜眼的確做得到。牠快如靈蛇地叼住我的手腕，擠壓了一下，然後才鬆開。那傷口又沒流血，你就別去動了。與其這樣鬧我，你不如去追他們算了。

追到了又怎麼樣？

先把那貓殺了。這是個懷恨在心、冷血無情的建議。畢竟夜眼跟我都很了解，如果牽繫伴侶死了，那麼王子會受到什麼影響。

我的確了解。那人還想殺死你的牽繫兄弟呢，要是他像你顧忌得這麼多就好了。

他不知道你跟我牽繫在一起。

他們知道我跟某個人牽繫在一起，而且很想找出那人是誰。他們可沒有因爲我跟某個人牽繫在一起就手下留情哪。我感覺得到那人心眼頗多；他所想的狀況很複雜，但我還沒解讀出來。你要小心，改變者。這個模式我見得多了。你認爲這是場打獵什麼的，範圍有限，而且有其規則；你想要像是把幼獸叼回巢穴裡的母獸一般把王子帶回去。但你卻從來沒想過，你說不定得先傷了王子，或把那貓殺了，才能如願以償。而且你更沒想到，他們可能會爲了把王子留下來，而把你給殺掉。所以我不勸你去追他們了。你別單獨去追他們。讓我休息一下，傍晚的時候，我就不會這麼痛了。而且咱們要夥同沒有氣味的人一起去追他們。沒有氣味的人頗聰明——是人類的那種明智。

你看王子也有人類的那種明智嗎？你看他會為了不讓我把他帶回公鹿堡而殺我嗎？一想到這個念頭，連我自己也嚇了一跳。不過，我第一次遵從切德的命令而殺人的時候，年紀還沒晉責王子這麼大；倒不是說我以殺人為樂，只是當時我還沒有仔細地思考其中的對錯。在那個時候，切德就是我的良心，而且我相信切德的判斷。想到這裡，我納悶了起來：王子在一生之中，可曾把別人看得這麼重，重到他願意以對方的判斷做為自己的判斷？

你別以為你是在跟那少年王子交手。差遠了。那頭貓也不用顧慮。這件事情大有蹊蹺，兄弟，而且我們得非常、非常小心。

牠把我剩下的水喝了。我讓牠在樹下休息，獨自離去，雖然我並不想走。我並未試著追蹤他們的蹤跡，而是回到長風鎮的長風堡，找出了羽毛盒，然後騎回去加入打獵的行伍。他們早已動身，不過要追蹤他們是太容易了。我把羽毛盒交給黃金大人的時候，他有感而發地說道：「你也未免去得太久了吧，獾毛。」他看看左右的獵伴，補上一句：「嗯，不幸中之萬幸。我本來還擔心，你會把我的一字一句當真，所以就算得一路奔回公鹿堡去拿羽毛盒，也在所不辭呢。」於是眾人認為我當真如黃金大人所說的如此愚魯而訕笑了一陣。

我裝作靦腆地低下了頭。「耽擱太久，實在抱歉，大人，我著實找了好一會。」

他一點頭，算是接受了我的道歉，然後又把盒子遞給我。「去女獵人月桂那兒拿羽毛。裝的時候要仔細點。」

月桂手裡的羽毛已經不少了。這個羽毛盒開啓後像是書本似的，裡面襯著毛氈，以保護羽毛免於碰撞。我捧著盒子，讓月桂小心地把羽毛一枝一枝地擺好；此時其他獵人繼續前進，似乎毫不在意我們兩人的舉動。「獵貓的表現如何？」我趁著月桂擺羽毛的時候問道。

「好極了，那場面眞是壯觀哪。我看過王子的迷霧之貓出獵，不過這是我第一次看到速波貓打獵。你走了之後，他們又放了三次貓，兩次抓鳥，一次抓野兔。」

「妳看他們會再獵很久嗎？」

「大概不會吧。黃金大人抱怨說中午的陽光太烈，曬得他頭疼；所以我看他們不久就會回去了。」

「我也有同感，眞是求之不得啊。」別的人都走遠了，而且彼此起勁地聊天。月桂把羽毛盒子闔上，遞還給我；然後我們並肩而行，趕上打獵的行伍。月桂一邊騎馬，一邊轉過頭來，凝視著我的眼睛，對我說道：「昨天晚上啊，湯姆・獾毛，你看起來像是換了個人似的。你平常應該多注意打扮才是；畢竟那效果絕佳，絕對値得你多下工夫。」

我聽了她這番話，實在不知道要說什麼才好。她看到我愣住了，笑了一笑，丟下我與衆人的僕人爲伍，自己則趕上去與黃金大人同行了。我不知道她與黃金大人有沒有說話，或是說了什麼話，反正過了不久，大隊人馬便決定返回長風堡。裝獵物的袋子沉甸甸的，炙熱的豔陽如熱湯般澆下來，連獵貓也顯得煩躁不安、提不起勁來。

既然如此，大人物們便一夾馬腹，速速奔向長風堡那陰涼的石屋之內。至於衆隨從們就只能盡量追趕；黑瑪的腳力是游刃有餘，只是我總歸得跟在他們後面吃灰塵。

一回到長風堡，貴族男女便回到自己的房間梳洗並換上乾淨衣服，而大汗淋漓的坐騎與暴躁疲倦的獵貓則丟給僕人照料。黃金大人志得意滿地大步穿過大廳，我緊隨在後。到了房門前，我快步上去幫他開門，又在他進門後，把房門關緊，並悄悄地上鎖。

我轉過身來，此時他已經在洗淨臉上與手上的塵土。「如何？」他問道。我照實說了。

「他沒事吧？」他擔憂地問道。

「王子？這我可不知道了。」

「我說的是夜眼。」弄臣不耐煩地澄清道。

「算是不錯的了。待會去看牠的時候，我得多帶點水跟肉去。牠的傷口痛得很，但看來還不至於要了牠的命。」話雖如此，但是那抓傷的腫脹化膿，總是令人不安。不過弄臣接下來所說的話，恰巧說中了我的心事。

「我有消腫止痛的藥膏，不過這得看夜眼肯不肯讓你幫牠擦藥了。」

我努力擠出笑容。「我看牠未必肯擦藥，不過我還是帶著就是了。」

「嗯。那麼剩下來的，就是要編個理由，讓我們三人能夠在午餐之後立刻離開長風堡。我們得趁著足跡還新的時候快快追上才是；再說，我們是不大可能會在追到王子之後，又返回此地的。」他一邊說著，一邊脫掉外衣，把長褲上的灰塵刷下來，又拿了塊布把靴子拭淨。他攬鏡自照，匆忙地拿起髮刷，梳梳那柔細的頭髮；梳過之後，髮刷上黏附了幾絡蒼白的髮絲。他額頭髮際的短鬢髮豎了起來，像貓的鬍鬚似的；他煩躁地呻吟了一聲，重新用一只厚重的銀髮夾把頭髮攏在頸後。「好啦，這樣行了。把東西收拾收拾吧，湯姆．獾毛。等我午餐後回來時，就準備出發吧。」說完他就走了。

桌上還有前一晚就擱著的水果和乳酪；麵包不大新鮮，不過我肚子餓得很，顧不得那麼多。我一邊吃，一邊胡亂地收拾自己的行李；至於黃金大人的衣服，問題就比較大了。他的衣服這麼多，袋子又這麼小，可是我實在記不起這些東西原來是怎麼妥貼地裝在行李裡。最後我好不容易把所有的東西都塞了進去，不過那些上好的襯衫再度現身的時候，會皺成什麼樣子，我實在不敢想像。

他們的午餐還沒吃完，我已經把行李收拾好了；於是我趁機溜到廚房去喝點冰涼的啤酒，吃點辣味香腸。我將舊時的技巧發揚光大，俐落地切了好幾片厚厚的生肉下來，偷偷地掖在束腰外衣之下。

我回到房間繼續等待，可是下午過了一半，黃金大人卻還不回來。我很想對狼說說話，卻又不敢隨性。每一刻的遲疑，都可能會讓王子逃得更遠。時光慢慢流逝。我倚在自己的床上等他，心裡雖著急，但我一定還是睡著了。

黃金大人的開門聲把我驚醒。我滾下床來，兩腳站定；雖然我因爲濃濃的睡意而有點昏沉，但我仍迫不及待地想要出發。他把門關緊，轉過頭來，見到我期待的眼神，嚴肅地答道：「就社交的角度而言，我們實在很難立刻就抽身。今天的午宴除了早上同行的獵伴之外，還請了別的賓客。看來貝馨嘉母子是決心要把我展示給他們所有的富豪鄰居們看看了；他們已經籌畫了晚宴、下午茶和別的打獵行程，而且把長風鎮一半的人都請了來。我實在想不出有什麼急迫到我們非得馬上動身不可的理由。可惡，這眞是礙事啊！要是我現在能穿上五花衣，玩玩雜耍、走走鋼索，用比較誠實的方式來表現自己就好了。」

「我們還不能動身。」我遲鈍地說道。

「不能。今晚還有一場更盛大的宴會，而且主賓就是我；如果我們突然離去，等於是在侮辱主人。而且當我暗示說不定得縮短行程，明天一大早就走的時候，他們還告訴我，河對岸的克利亞斯大人已經籌畫好了，他打算邀我明天早上打獵，下午到他府上用餐。」

「他們故意要拖住你。貝馨嘉母子跟王子失蹤的事情有所牽連；我敢說，昨天晚上王子跟他的貓伴的晚餐，就是他們準備的。而且夜眼也篤定地說，王子的貓伴之所以攻擊牠，是因爲貓知道夜眼跟某人有所牽繫。他們想把我逼出來。」

「也許吧。不過，就算我們心知肚明，我也不能公開指控他們爲非作歹，更何況我們也不能就此一口咬定他們是存心要拖住我。說不定他們只是希望自己在宮廷政治之中有個晉身之階，或者想讓我多多認識此地合於婚嫁的衆多適齡少女。依我看來，昨晚那女孩兒之所以出席晚宴，就是因爲這個緣故。」

「她不是儒雅的女伴嗎？」

「早上打獵的時候，她費盡唇舌地跟我解釋，說他們只是一起長大的朋友，彼此之間絕對沒什麼情愫。」他嘆了一口氣，在小桌子上坐下來。「她跟我說，她也愛收集羽毛，而且晚餐之後，她要讓我瞧瞧她的收藏品。我敢說，這一定是她爲了把我霸佔住，而隨口編造出來的理由。」

要不是我心事重重，看到他那副愁眉苦臉的樣子，我一定會笑出來。

「唉，看來我今晚得拿出精神來應付了。不過話說回來，我們說不定可以將她納爲己用。噢，我要派你個任務。我掉了一條銀鍊子，好像是我們今早打獵的時候掉的。那可是我最喜歡的首飾之一；你得循著我們的路線走一趟，看看能不能把那銀鍊子找回來。你慢慢來，找仔細點。」

他一邊說著，一邊從口袋裡掏出一條銀項鍊，用手帕包好了，遞給我。我把項鍊收進口袋裡。他打開他的行李，一看到裡面擠得亂七八糟的衣服，埋怨地瞅了我一眼，然後東翻西找地，把那罐藥膏尋了出來交給我。

「要不要我先把大人晚上要穿的衣服拿出來再走？」

他從袋子裡抽出了一件皺巴巴的襯衫，對我翻了個白眼。「我看你爲我做的事情已經夠多了。你就去吧。」我朝房門走去的時候，他叫住了我，問道：「那馬還合適吧？」

「那匹黑馬還不錯。」我要他放心。「身強體壯，跑得又快——這點我們已經確實證明過了。你選得挺好。」

「話雖如此，你還是寧可自己親手挑選坐騎。」

我差點就點頭稱是了；不過仔細想想，若說我想自己挑馬，也不大正確。如果是我自己挑馬，我一定會挑個能夠陪伴我許多寒暑的同伴；這一來，恐怕得花上好幾個星期，甚至好幾個月，才選得到一匹合適的馬。況且現在的我，正面對著夜眼老、病、死的問題，所以說什麼也不願意在動物身上多花心思。「不。」我誠實地答道。「還是由你來幫我挑的好。牠是匹好馬；你選得很好。」

「謝謝你。」他輕輕地答道。似乎把我的回答看得很重。要不是狼在等我，我一定會停下來跟他聊聊。

18

弄臣之吻

許多人傳說，原智者會變成他們的牽繫動物的模樣，在街坊鄰居之間捅出大亂子；有的傳聞更血腥，直指原智者會長出狼的毛皮，並靠著這個僞裝，對鄰人的牲畜，甚至是家人痛下毒手；有的故事雖不血腥，卻沉痛地指出原智者會化身爲鳥、貓甚至是跳舞的熊以便進入臥房，色誘自己心儀的對象。

由於有心人刻意煽動人們對原智者的仇恨，所以助長了這類傳聞，然而這些卻都是天馬行空的無稽之談。原智者既能夠與牽繫動物心靈交流，所以也就能傳達彼此的肢體感受，不過原智者卻無法脫去人形，化身爲動物。有些原智者由於與動物伴侶朝夕相處，所以染上了動物伴侶的習慣性姿態、飲食癖好和態度等，這的確是事實；但是就算一個人吃的跟熊一樣，睡覺睡在熊窩裡，覓食的方式與熊無二，而且渾身上下都透著熊的氣味，也無法因此而變成一頭熊。如果能夠澄清原智者會變身的這個誤傳，那麼在重建原智者與非原智者之間的信任關係方面，將大有裨益。

——獾毛所著的《原血者傳奇》

我到了原來與狼分手的地方，卻沒找到狼。我立刻慌了起來，過了好一會兒才說服自己我並未記錯地方：那邊有狼受傷時噴濺在去年的落葉上的血漬，這邊的地上則有滴溼的痕跡，是方才狼從我弓成碗狀的手裡舔水時流下來的。狼的確在這裡待過，只是現在不在了。

要追蹤兩匹載了人又打了蹄鐵的馬並不難，可是狼行過乾地的痕跡輕如無物，要追蹤起來簡直難如登天。牠走過之處既不留痕跡，而我又不敢以原智探索牠。我追蹤著馬的足跡走，因爲我相信換作是牠也會這樣做。我跟著馬跡走過了被太陽烤乾的山丘，接著足跡往下走，走進山溝裡，跨過小溪；他們在溪邊停了一陣，讓馬兒喝水。而泥濘的河床上有著馬的蹄印，蹄印上又疊著馬的足跡。原來是這麼回事。夜眼在追蹤他們啊。

直到過了三個山頭，我才追上了牠。牠知道我來了，卻不停下來等我，腳下不斷地前進。牠的步履引起我的注意；牠並未輕快地小跑步，而是用走的。黑瑪不大願意接近狼，但還好牠並未抗拒。我拉近了距離之後，狼才停在樹蔭下等我。

「我帶了肉來。」我一邊下馬一邊說道。

牠知道我來了，這我感覺得出來，但是牠卻沒有對我發出任何思緒。這個情況眞是詭譎。我把肉從襯衫裡拿出來，遞到牠身前；牠大口吞吃下去，然後走到我身邊坐了下來。我把藥膏從袋子裡拿了出來；牠嘆了一口氣，但還是躺了下去。

牠肚子上的抓傷紅腫化膿，而且摸起來熱燙燙的。我把藥擦在傷口上的時候，我們兩個都同時感到劇烈的刺痛。我擦藥時雖盡量輕柔，但還是力求將傷口內外都上了藥。夜眼忍痛讓我擦藥，但是心裡並不怎麼高興。我在牠身邊坐了一會，手摩挲著牠的頸毛。牠聞了聞我擦上去的藥膏。*這是蜂蜜跟熊油煉製的。*我對夜眼說道。牠開始舔著一道很長的傷口；我任由牠去，並不阻止。牠的舌頭會把藥膏推入傷口深處，這對牠並沒什麼害處；況且，牠若要把藥膏舔掉，我也攔不住。牠已經知道我待會得回長風堡去了。

最明智的作法，就是我繼續追蹤他們。雖然我走不快，然而你們拖得越久，他們的蹤跡就變得越淡。而你與其努力去追蹤湮沒的蹤跡，還不如直接來找我比較快。

這點無庸置疑。我心裡擔心的是，現在牠既不能打獵，也無法保護自己，但我並未把話說出口。牠跟我一樣心知肚明，而且牠已經做了決定了。我會盡快趕上你。其實就算我不說，牠也知道我的心意，但我就是非講不可。

好兄弟，你晚上做夢的時候小心一點兒。

我不會趁著晚上做夢的時候去找他的。

我怕的是他們會來找你。

我突然覺得惶惶不安；不過這不提也罷。要是我從小就學習原智的知識就好了——現在想這些已經太遲了。然而我若多懂一點原血者的事情，說不定就會知道我眼前的狀況要如何對付。

那可不見得。你能找到他，倒不光是因為精技，而是因為你的精技與原智魔法的結合。你用精技打開了門，然後乘著原智而行。這就跟我在當擇固以精技連上你之後，對他展開攻擊那件事情一樣；他以精技連上了你，然而我卻也能藉著你我之間的牽繫而找上他。

最近我日益擔心這兩種魔法的雜混，而夜眼刻意道出的這個思緒，正好呼應了我的想法。擇固鄙夷地將我的原智稱之為「狗崽子魔法」，還說我連在施展原智時都會冒出狗騷味。惟真就從沒抱怨我將二者雜混在一起。不過惟真所受的精技教育跟我一樣殘缺不全；我雖不願承認，但這確實是事實。也許惟真從未察覺我所施展的精技沾染了原智的污漬，要不然就是他心地太善良，所以從未斥責我的不是。現在我可擔心我的狼了。你別跟得太近。可別讓他們知道我們在追蹤他們。

你擔心什麼？擔心我會撲上去，攻擊騎著馬的貓與少年？我才不會咧。那是你的戰役。我追蹤獵物，至於如何圍困獵物、擒拿起來的事情，那要靠你了。

牠的思緒使我返回長風堡這一路上都心神不寧。當初我接下任務的時候，以為我只要追蹤一名逃家或是被綁架的少年就行了；如今我面對的問題可大了，不但這少年不想回去公鹿堡，連他的黨羽都不肯放他走。我得費多大的工夫，才能把他帶回王后面前？那少年決心要自行其是，他的心意會堅決到什麼程度？而跟他在一起的那些人，固然想留住他，但行為上會不會有點顧忌，還是他們全不設限、不擇手段？

黃金大人決定要繼續把戲演下去，這倒也明智。我雖巴不得立刻就卸下所有偽裝，直接就去追捕晉責王子，把他拖回公鹿堡，但是我也知道這樣做會有什麼後果。如果貝馨嘉母子認定我們在追捕王子，那麼他們一定會警告他；這樣一來，他會逃得更快、藏得更隱密。更糟的是，說不定貝馨嘉母子會直接阻止我們。我可不希望在追蹤晉責王子的時候，碰到什麼來得不是時候的「意外」。按照目前的狀況，我們仍有可能祕密行動，悄悄地逮住王子，然後神不知鬼不覺地將他送回公鹿堡。晉責在我們抵達此地時，逃離了長風堡，但一開始的時候還沒走得太遠。現在他又動了，不過目前仍無理由懷疑黃金大人是為了追捕王子而來。如果弄臣能在不引人起疑的情況下，讓我們擺脫貝馨嘉夫人盛情款待的糾纏，我們就能悄悄追蹤晉責王子，這樣要追上他的機會就比較大。

我回到長風堡的時候，既熱又乾，而且滿身灰塵。我仍覺得把自己的馬交給馬廄的人照顧，是很奇怪的事情。我回房間時，發現黃金大人正在午睡。窗簾已經拉上，熱與光都擋在外面，所以屋裡有點昏暗。我靜靜地走過他的床邊，回到自己的房間，把大部分的灰塵與汗水洗掉；又把襯衫掛在床柱上晾乾吹風，並換上新的衣服。

堡裡的僕人已經把黃金大人房裡的水果換了新鮮的。我拿了個李子走到窗邊，一邊吃著李子，一邊窺看著窗簾縫之間的花園；我既疲倦又不安，想不出此刻能有什麼積極的作爲，也想不出有什麼消磨時間的好辦法。沮喪與焦慮啃蝕著我。

「你找回我的銀鍊子了嗎，獾毛？」黃金大人高傲的聲調打斷了我的思緒。

「是的，大人；就掉在您認爲銀鍊子鬆脫滑落之處呢。」

我從口袋裡掏出那件精巧的珠寶，拿到床邊給他；他已經半坐起來了。他感激地接過鍊子，彷彿他是個如假包換的貴族，而且那鍊子也眞的搞丟了似的。我壓低聲音說道：「夜眼正在追蹤他們的蹤跡；等我們能夠動身的時候，我們就直接去找狼就行了。」

「牠還好吧？」

「僵硬且疼痛。不過我看牠會復元的。」

「好極了。」他坐了起來，把腿伸到地上。「我已經選好晚上要穿的衣服了，你那一套就擺在你房裡。說眞的，獾毛，我的衣服該怎麼打點，你得多學著點。」

「我會努力，大人。」我喃喃地說道，但是我卻再也無心玩這個遊戲了。我突然對這些幌子感到厭倦無比。「你想到什麼可以讓我們脫身的正經辦法沒有？」

「沒。」他踱到餐桌旁，桌上有瓶他已經喝掉不少的葡萄酒。他在玻璃杯裡倒了一杯酒，一飲而盡，然後又倒了一杯。「可是我倒想到一個不大正經的辦法，可以讓我們順利脫身，而且下午的時候就已經開始布局了。倒不是全無遺憾——這一來黃金大人的名譽不免受損，但是一個人若全無醜聞，那算是哪門子貴族哪？說不定我還會因此而在宮裡更得人緣，因爲人人都想知道我自己對這件事情是什麼說法，然後再多方揣測當時到底是什麼狀況。」他啜了一口酒，接口道：「我敢說，這事如果做得成，那麼貝馨嘉夫人一定會認爲，之前她唯恐我們前來此地，是爲了找出晉責王子，這全是多慮了；因爲有頭有臉的王后特使，是絕對不會幹出我想做的那種事情的。」

「你幹了什麼好事？」

「還沒開始呢。不過依我看哪，到了早上的時候，他們一定會協助我們儘早離開。」他又喝了一口酒。「該做的就是要做，有時候我也顧不得那麼多。」他有感而發地說道，把杯子裡的酒喝完，彷彿要讓自己做好準備，以便迎接什麼任務似的。

除此之外，他就不肯跟我多說了。他開始爲晚宴精心打扮，而我則不得不忍受綠背心與黃色緊身褲的屈辱。我惱怒地瞪著他看，他則坦白地回應道：「這個色澤可能太亮了一點。」不過他臉上的笑意也未免太濃，濃到我難以相信他講這話是在道歉。這到底是他喝多了酒的關係，還是他那隨興所至的幽默感作祟，我實在分辨不出來。「你別板著一張臉哪，獾毛。」他一邊斥責我，一邊調整他身上穿的那件綠得淡雅柔和的外套袖口。「我希望我的僕人保持愉快的態度；再說，那顏色的確襯托出你的黑眼、黑膚與黑髮——把你整個人都襯托出來了。你這模樣，令我想起那種有異國風情的鸚鵡。你也許不喜歡這樣大肆招搖，可是夫人小姐們可喜歡著呢。」

爲了達成他的期待，我不得不施展所有瞞騙佯裝的本領。我跟在他身後，走進衆貴族在晚宴前聚集等待的廳堂。今晚的賓客比前一晚多得多，因爲貝馨嘉夫人把之前跟她一起打獵過的人物都邀來了；只不過，以黃金大人對衆人的輕忽漠視來看，這些人根本就像不存在似的。惜黛兒坐在矮桌邊，身旁坐的是年輕的儒雅；她面前攤開一張絨布，上面放著各色羽毛，看來兩人顯然是在討論這些彩羽。她一定是一直在守望著門口，因爲黃金大人走進等待室的那一剎那，她臉上的表情就變得煥然一新：此時她的臉蛋，彷彿暗夜中的燈火一般散發著光彩。年輕的儒雅臉色也變了，不過他的神情可沒惜黛兒那麼歡悅；畢竟這是他母親的宅子，他可不能公然對賓客嗤笑嘲諷，但是他的表情非常僵硬且冷漠。我暗叫不妙，胃裡一陣抽搐。不。我可一點都不想捲進去。

不過滿臉堆笑、魅力四射的黃金大人，竟直直地朝那一對伴侶走去。他對於房裡其餘衆人，都只是隨便地打個招呼，失禮程度簡直可稱之爲輕視。他也不稍作掩飾，就大剌剌地在他們兩人之間坐下來，逼得儒雅不得不讓點位置給他。從那一刻開始，他便使出渾身解數媚惑那個年輕女孩子，至於在場的其他賓客，他根本就不把他們放在眼裡。他們頭碰著頭，熱烈地談論起羽毛。他的一舉一動都是挑逗，他那修長的指頭滑過絨布上衆多的繽紛羽毛，接著選了一根，拿起來輕吻自己的臉頰，然後他傾身向前，執著羽毛，輕柔地拂過惜黛兒的整隻手臂；她緊張地咯咯笑著，並靠回椅背上以避開他的碰觸。他笑開來，她則一臉羞赧。他將羽毛放回絨布上，像是責備般地對那羽毛指指點點，彷彿在怪罪那羽毛的不是。然後他又選了另外一根羽毛，並大膽地將羽毛貼在她晚禮服的袖子上，喃喃地講些顏色的比較之類的話。接著他把絨布上的羽毛收攏起來，握住羽毛根部，彷彿捧著羽毛花束似的；他伸出食指，抬起那女孩兒的下巴，讓她望著他的臉，接著使了個快到連我都看不清的花招，把那束羽毛固定在她頭髮上，羽毛束彷彿扇子般地散開，垂在她的臉頰邊。

儒雅猛然站了起來，大踏步地走開了。他母親與身邊的一名女子說了些什麼，於是那女子迅速地走上前去，在儒雅離開等待室之前，將他攔截了下來。那兩人低聲說了幾句話，而顯然那年輕人的口氣不善。「儒雅說的話我沒聽見，因爲此時黃金大人以大到蓋過全室交談聲的聲音宣布道：「要是我手邊有面鏡子，讓妳瞧瞧妳這個俏模樣就好了；不過話說回來，妳光從我眼中的映影，就能看出這個羽飾有多麼配得上妳，想必妳也覺得心滿意足了。」

早上打獵時，我看到惜黛兒亦步亦趨地跟在黃金大人身旁，而且毫不留情地為了這位異國貴族，把那位年輕的追求者甩在一邊。當時我只覺得她近乎厚顏無恥，但此時我幾乎可憐起她來了。蛇乃是鳥的天敵，然而大家都聽說過鳥被蛇迷惑得神魂顛倒的故事。雖然我從沒看過那種場面，但此時在我眼前上演的，不像是鳥被蛇迷，反而比較像是花朵受到陽光的吸引，所以自然而然地傾向光源；她吸收了他的注意力，在他的熱力之下逐漸綻放。在那短短的片刻之間，她那因為他已屆盛年、財力雄厚而且風雅不俗而興起的少女癡情，便轉化為成年女子的熱情與迷戀。看這光景，他若是擇定了惜黛兒，她是必定會與他共寢的；如果他今晚前去敲惜黛兒的房門，她一定會毫不遲疑地接納他。

「他太過分了。」月桂踱步經過我身邊時，驚駭地對我輕聲說道。

「過分？這他最在行了。」我喃喃地答道。我那藏在俗麗外套之下的肩膀動了一動，算是聳聳肩。我擔任黃金大人貼身保鑣的這個身分，本來是個掩飾，但是今晚這個身分可能要真正派上用場了。從儒雅對他疾射而來的目光看來，那年輕人恨不得要他死。

貝馨嘉夫人宣布晚宴即將開始，請眾人移步前往晚宴廳時，儒雅犯了個愚蠢的錯誤——他竟然遲疑了。然而儒雅根本連小家子氣地拒絕陪同惜黛兒一起走到餐桌邊的機會都沒有，因為他的對手已經趁著他在猶豫的那一剎那伸出了臂彎，而那少女也把她的手搭上去了；由於職責所在，所以儒雅不得不陪著他那微不足道的母親，跟在貝馨嘉府的貴賓，與他自己的獵物身後走進宴會廳。

我面無表情地觀察晚宴上的動靜。黃金大人的舉動讓我看到許多難得一見的事情。惜黛兒的雙親顯然是難以抉擇，不知道自己應該謹守貝馨嘉母子的殷勤美意，還是鼓勵女兒去贏得這位豪富貴族男子的青睞。黃金大人自然是比年輕的儒雅更令人豔羨的婚嫁對象，不過他們也不是全沒注意到他們的年輕女兒可能會陷入什麼困境。贏得貴族男子的青睞，並不等同於與對方締結婚約；對方說不定會調戲他們的女兒，因而破壞了她未來的婚姻。對於青春少女而言，這是一條險路，而且從灰鱒夫人忿忿地撕碎麵包的模樣看來，不難看出這位母親認爲這條路惜黛兒是走不來的。

艾孚因與月桂爲了不斷地把話題維持在打獵上頭，而說得口沫橫飛。不過黃金大人與惜黛兒兩人悄悄地談得盡情忘我，根本就不管別人在聊什麼。儒雅坐在惜黛兒的另一邊，但無論是黃金大人或惜黛兒都沒對他多加理會。艾孚因提倡用芸香來訓練獵貓，因爲凡是沾了芸香的香氣的東西，獵貓都避而不碰，這是大家都知道的；月桂則說，如果是爲了這個目的，有時候用用洋蔥也就夠了。黃金大人從自己的餐盤裡切了一小塊食物給惜黛兒，然後意亂情迷地看著那少女吃下去。今晚他喝的酒可多了，說他是用灌的把酒灌進肚子裡也不爲過。我越想越擔心。喝醉酒的弄臣，往往令人不可逆料；難道說黃金大人喝醉的時候，會比較有節制嗎？

儒雅一定是氣炸了，因爲我感覺到有個生物激射出原智思緒以回應屋內的某人；我無從得知那思緒的內容，只能感知到伴隨著那思緒的情緒：有個生物激憤不平地要代儒雅出頭，去將黃金大人撕成碎片。儒雅的獵貓就是他的原智伴侶，這點我非常確定。在那憤怒得不多加設防的一瞬間，儒雅與他的獵貓高聲唱和，一心想要血腥報復。那原智交流一下子就被澆熄了，不過那的確是原智，無庸置疑。那少年有原智。至於貝馨嘉夫人呢？我望向她身後遠處，以遮掩我對她的密切觀察。我絲毫感覺不出她發出原智思緒的跡象，不過她以母親的身分，對於兒子一時疏於防範大表不滿；然而她這是因爲儒雅將自己的原智身分暴露在所有能夠感知到原智的人眼前，還是因爲儒雅把自己的憤慨明白地寫在臉上？如此不加掩飾地表達情緒，實在有失教養。

我跟前晚一樣，在晚宴時全程站在黃金大人身後守望。當晚的談話內容沒什麼，但是賓客間流轉的目光卻透露出不少訊息。黃金大人醜態百出的舉動令衆人看傻了眼，大家交頭接耳，又不時投來驚惶的一瞥。在餐桌上，有好幾次灰鱒夫人激動地壓低聲音跟她丈夫講了什麼，然後灰鱒大人便氣呼呼地乾坐著喘氣；她似乎願意冒著引起貝馨嘉母子不悅的風險賭上一把，看看能不能讓女兒嫁給更有權勢的對象。我過濾眾人在互動中流露出來的表情與話語，留意尋找具有原智的跡象。這種事情很難量化，不過在晚餐結束之前，我已經得到滿意的結果：我很確定貝馨嘉母子都有原智，而他們家的獵人則沒有原智。至於在場的賓客，我懷疑其中兩人有原智。有一名人稱「潔立德夫人」的仕女，舉止態度與貓頗爲相似；她大概沒有注意到，每一盤端到她面前的菜餚，她都一定要嗅嗅味道，才敢動刀叉取食。她丈夫年紀雖大，卻精神矍鑠；這人有個習慣：他在取食鳥腿的時候，會把臉轉到一側，彷彿要趁此將牙齒磨利，以便把肉咬下來似的。這些習慣都微不足道，但卻不容置疑。王子既然從公鹿堡逃到長風堡，那麼他也可能會在被迫離開長風堡之時，前往別處對待原智者友好的莊園。這一對夫妻住在南邊；王子的蹤跡是往北，不過王子也可能會繞了一大圈後又往南而去。

我還注意到別的事情。貝馨嘉夫人的目光往往在我身上停留許久，而且我敢說，這一定不是因爲她很欣賞我這一身俗麗的服裝。看起來，她像是要努力喚起腦海中的什麼記憶。我幾乎可以完全確定，我在身爲蜚滋駿騎的人生之中，從未見過貝馨嘉夫人。不過，對於一件事十成十的確定，就表示你內心深處一定有個揮之不去的疑慮。有一陣子，我乾脆低著頭，望向他處，以避開她的目光；直到我自己領悟到，我這麼做簡直跟狼的對應方式沒有兩樣，這才決定改弦易轍。等到她再度望向我時，我便直視著她，回瞪回去；我還不至於大膽到對她微笑，不過我刻意把眼睛張得大大地，裝出我對她很感興趣的模樣。她顯然因爲黃金大人的僕人如此粗魯無禮而感到大受侮辱；於是她像頭貓似的，改變了目光焦點，望向我身後遠處。我終於確定了：她的確是原血者。

我心納悶道，她是否就是王子的意中人。她當然魅力十足，她那豐滿的唇暗示著性慾。年輕男子落在成熟多識的女人手裡，成爲禁臠，這種事情可多了，晉責絕不是史上第一個犧牲品。這就是她的盤算嗎？她送貓給晉責，爲的就是要色誘他，以贏得他那青春的心，這樣一來，無論晉責與誰成親，他的心都會留在她手裡？這倒可以解釋爲什麼晉責逃離公鹿堡之後，就到此地落腳。不過我細想之下，就發現晉責那滿腔熱情從未得到滿足，這是說不通的。這不對。如果她的用意是要色誘王子，那麼她一定早就迅速行動，盡快讓王子深陷於溫柔鄉了。狼說得沒錯，這其中大有蹊蹺。

餐宴結束時，黃金大人隨便一揮手，叫我退下。我雖走了，心裡卻不大情願；我倒想留下來，親眼看看他那可惡的行徑會引起什麼後果。此時賓客已經起身，有的人玩音樂，有的人賭博，有的人聊天。我走到廚房，並且再度得到晚宴剩菜的招待。今晚有整隻的烤乳豬，而且大餐盤上還剩了不少嫩肉與脆皮，又搭配酸蘋果醬與漿果醬，更是可口；有了這道菜，再加上麵包、柔軟的白乳酪和幾杯啤酒，就是一頓不折不扣的大餐了。要不是莉柏嫩堅持要黃金大人的手下爲主子的行徑負起責任，那麼這一餐會吃得更加愉快。

莉柏嫩堅決地強調道，儒雅與惜黛兒乃是一對青梅竹馬的情侶；好吧，就算沒正式訂親，但是兩家人都認定兩人必會成婚，這乃是不爭的事實。儒雅母親的家族與灰鱒大人的家族交情一直都很好，而且兩家的莊園緊緊相連；既然如此，憑什麼灰鱒大人的女兒不該從貝馨嘉夫人急速竄升的地位中得利？老朋友本來就應該互相拉一把嘛。我家主人竟然介入他們二人之中，這存的是什麼心哪？他的意圖可是光明正大的嗎？他是想把儒雅的新娘從他的眼前偷走，然後讓惜黛兒享受遠超過她的地位的榮華富貴？他在公鹿堡的時候，是不是跟女人亂來？他是不是只想玩弄惜黛兒的情感？他對於劍術在不在行？畢竟大家都知道儒雅性情激動，而且不管黃金大人是不是客人，那少年都可能爲了惜黛兒而向黃金大人挑戰。

對於這一切問題，我都以一無所知作爲推託。我才到公鹿堡不久，擔任黃金大人的僕人也不過幾天，所以我對於主人的行徑和性情都不太了解。他們的三角關係會如何演變，我跟衆人一樣好奇。黃金大人所掀起的巨浪實在太大，大到我根本無法把聊天的話題，轉到晉責、原血者或是任何有用的方向上。我之所以多逗留了一會兒，爲的是要偷偷切下一大塊生肉，之後我便藉口職務纏身而離開廚房，心裡只恨自己無法多打聽點消息，同時又擔心黃金大人的安全。我一回到我們的房間，就換回平實的藍衣服；這件綠背心已經因爲藏肉而毀得差不多了。然後我坐在椅子上等待主人歸來。我心裡七上八下；要是他的行徑太過囂張，那麼儒雅可能眞的會要求跟他決鬥。弄臣的劍術平平，我看黃金大人的劍術也好不到哪裡去。當然了，如果這事情鬧到以流血收場，那傳聞一定會講得很難聽，不過說眞的，在儒雅這種處境上的年輕男子，才不會擔心這些繁文縟節的問題。

子夜已過許久，門上響起敲門的聲音。一名臭著臉的女僕通知我，說我主人需要人協助。我跟在她後頭走，一顆心懸在半空中，最後發現黃金大人因爲喝醉了酒而不省人事地躺在大客廳的長椅上；他躺得隨便極了，彷彿他是一件隨手丟在椅子上的衣服。就算還有別人目睹他潰倒的模樣，也都已經離開，連帶我前去的那個女僕，都不屑地朝他的方向點了個頭，就把我丟在那裡，自行離去。我本期待那女僕一走，他就會爬起來眨個眼，跟我說這一切都是演給大家看的。但他還是一動也不動。

我扶著他站起來，但是連這一番騷動都沒能把他驚醒。我可以拖著他回房，也可以抱他回房；最後我選了最缺乏威嚴卻也最方便的作法，那就是把他甩到我肩頭上，像扛一袋穀子似的把他扛回房間。進了房間之後，我隨便地把他丟在床上，把門鎖起來。接著我拔掉他的靴子，胡亂地把他拉起來、脫掉外套。他掉回床上時對我說道：「嘿，成了。我敢打包票。我明天會裝出最悽慘的樣子，跟貝馨嘉夫人道個歉，然後我們就迅速離開。保證沒人會跟蹤我們，也沒人會懷疑我們在追蹤王子。」他講到最後，聲音軟弱無力，而且還是沒有睜開眼睛。接著他聲音一緊，補上一句：「我快吐了。」

　　我把洗手盆拿來放在他身邊；他伸出一臂摟著盆子，彷彿那盆子是個可愛的布娃娃。「你到底做了什麼？」我質問道。

　　「噢，艾達神，求你把這一切穩住，怎麼天旋地轉的呀。」他緊閉著眼睛說道。「我吻了他。有這麼一吻就成啦。」

　　「你吻了惜黛兒？儒雅的未婚妻？」

　　「不是。」他呻吟道。我聽了寬心不少，不過也只寬心了那麼一會兒，因爲接著他便說道：「我吻了儒雅。」

　　「什麼？」

　　「我得去解個手啊。我回去的時候，他就站在衆人賭博的那個大客廳外面等我。他抓住我的手臂，但沒做什麼，只是把我拖到個小起居室裡去，衝口問我對惜黛兒存的是什麼居心？難道我看不出他們彼此是有約定的嗎？」

　　「你怎麼說？」

　　「我說——」他突然停頓下來，眼睛睜得圓圓的；他傾身靠在洗手盆上，但是只是乾嘔了一陣，之後便躺了回去。他咕噥了兩聲，繼續說道：「我說，我知道他們彼此有約定，而且也希望我們有我們的約定。我把他的手包在我的手裡，告訴他，我覺得這個約定一點兒也不困難；惜黛兒是個可愛的女孩兒，而她的可愛，跟儒雅的清俊不相上下，所以我希望我們三人會一起成爲親密且親近的好朋友。」

　　「然後你就吻了他？」這實在是太離譜了。

　　黃金大人用力緊閉眼睛。「他看來有點淳樸無知。我得確定他眞的領略了我話裡的所有意思呀。所以就吻了他嘛。」

「艾達神在上……埃爾神在上——哎，該求哪個神都分不清了。」我咒罵道，站起身，他則因爲身下的床動來動去而呻吟起來。我走到窗邊，眺望出去。「這種事你怎麼做得出來？」我質問道。

他吸了一口氣，努力擠出一點開玩笑的聲調，說道：「噢，別嘛，小親親。你用不著嫉妒啊。那一吻又短又急，不算什麼的。」

「哎，弄臣！」我斥責道，他怎麼連這種事情都可以拿來開玩笑？

「我甚至不是吻在他嘴上。我只是把我暖暖的嘴唇貼在他的掌心裡，然後伸出舌頭探了一下。」他虛弱地笑笑。「他急著把手抽走，看他那光景，活像是我用熱烙鐵在他掌心裡打印子似的。」他突然大聲打嗝，臉色變得很難看。「你可以退下了。回你房間去，獾毛。今晚你不用服侍了。」

「你確定？」

他短促且用力地點了個頭。「你走開。」他乾脆講明了：「就算要吐，我也要自己吐，不要你在旁邊看。」

他需要維持這一點尊嚴，這我了解。他的尊嚴已經所剩無多了。我退回自己的房間，並把房門關緊，開始忙著打包自己的東西。過了不久，我聽到他痛苦的呻吟聲，但我並未過去幫他。男人嘛，有的事情還是自己承擔得好。

我睡得不好。我很想與我的狼溝通心意，但不敢讓自己享受那片刻的自在。儘管弄臣的政治操作是出於必須，但我仍感覺自己像是被玷污了似的。我很嚮往狼那種直接且乾淨的生命。快要天亮時，我打了個盹兒，又因爲聽到弄臣在他房裡走動的聲音而醒來。我出去找他時，發現他坐在小桌前，一副形容枯槁的模樣。不知怎地，他雖換了乾淨的衣服，看來卻更加憔悴；連他的頭髮都顯得髒污且凌亂。他手裡拿著個小盒子，面前擺了個鏡子。我看得滿腹狐疑，因爲他竟然用指頭沾了什麼東西，抹在眼下；抹了這麼一道暗影之後，看來活像是他眼袋深陷似的。然後他嘆了一口氣。「我真恨自己昨晚做出那種事情來。」

他用不著跟我解釋，我想辦法寬慰他的良心，說道：「也許你這樣做還慈悲。也許儒雅在結婚之前，就發現惜黛兒的心並不像他想像的那麼專一，對他們反而比較好呢。」

他搖了搖頭，拒絕了我的安慰。「要是我沒領頭帶舞，她就不會隨著我的腳步起舞。她一開始的大膽行動，只不過是青春少女的賣弄風情而已。其實女孩子賣弄風情，就跟男孩子老想要展示自己的肌肉、動不動就要找人決鬥一樣，都是出於本能的；她這個年紀的女孩子，就像是在草地上滾撲以磨練打獵技巧的小小貓，還不知道自己的動作是什麼意義啊。」他嘆了一口氣，繼續抹粉。

我靜靜地看著他化妝；我發現他不但把自己弄得一臉病容，還把臉上的紋路畫得更深，彷彿像是老了十歲似的。

他把那個小盒子蓋緊、遞給我的時候，我不禁問道：「有這個必要嗎？」我將那小盒子塞回他的行李袋裡，並且發現他的行李竟然都已經收拾整齊，心裡暗暗吃驚。

「我看的確有必要。惜黛兒對我一往情深，所以我一定要在離開之前，讓她的殘夢完全破滅；我要她看出我的歲數比她大上許多，而且生活放蕩墮落。她一定會納悶自己之前怎麼會沖昏了頭，然後才會逃回儒雅的身邊。我希望儒雅會接納她；這總比她對我緊追不捨好得多了。」他誇張地嘆了一口氣，不過我知道他嘲笑的不是別人，而是他自己。今天早上，黃金大人的門面破裂，而裂縫間則現出了弄臣的身影。

「一往情深？」我懷疑地問道。

「當然啦。不管我要迷住誰，都沒人抵擋得住我的魅力。當然了，只有你是個例外。」他煩憂地朝我翻了個白眼。「不過現在沒時間感嘆這些了；你得立刻去通知貝馨嘉夫人，說我希望與她私下會面，然後去敲月桂的門，告訴她我們隨即就出發。」

我辦完第二件任務，回到房裡來時，黃金大人已經前去與貝馨嘉夫人會面。他們的會面非常短暫，而且他一回來，就吩咐我立刻把行李提到樓下去。他並未先吃了早餐再走，不過我已經把我們房間裡的水果都塞在行李裡了。就算沒吃的，我們也撐得下去，況且看他這情況，他暫時空腹一陣可能還比較明智。

我們的馬已經牽過來了。貝馨嘉夫人下到樓下，冷冷地跟我們道別。就連僕人們都對我們不屑一顧。黃金大人又道歉了一次，並把自己的失態歸咎爲貝馨嘉夫人的酒實在太好。如果他講這話意在討好，那麼他是白費心思了。我們慢吞吞地騎馬走過貝府的庭院，領頭的黃金大人腳步一點都不急。到了山腳下，我們轉向前往渡口。直到路邊那一行樹木遮住了我們的身影，使得貝府莊園的人無法看到我們的時候，黃金大人才勒馬停下，對我問道：「往哪邊走？」

這一路上，月桂一直窘迫地不發一語。她雖不說破，但據我推想，黃金大人雖是羞辱自己，但也連帶地使同行的人蒙羞了。此時她萬分驚訝地盯著我，聽到我指示道：「這邊。」然後便驅使黑瑪離開大路，進入樹蔭斑駁的森林。

「你別等我們。」黃金大人僵硬地說道。「你盡量往前衝，好把距離拉近；至於我們就努力追趕。雖然我頭昏腦脹，可能會把速度拖慢，但我們現在擔心他的足跡不明，如果把人追丟就不好了。至於你，我敢說月桂一定尋得到你的足跡。去吧。」

我就等著他這句話。我一聽就聽出他的用意。他之所以要我先走，而他們隨後再趕上，是爲了讓我跟夜眼有一點時間獨處。我立刻點頭，然後便一夾馬腹。黑瑪樂於遵從地躍出去，而我則聽由我的心領導我們前進。我並未費事繞到我昨天最後一次見到夜眼的地方；我的心知道牠今日何在，所以我直接驅使黑瑪朝東北走。我只發出了一個小得像線頭般的感知，讓牠知道我已經上路了，並感覺到牠的思緒輕輕拉扯了一下做爲回應。我催促黑瑪加快速度。

我沒想到夜眼走了這麼遠的路。至於月桂能不能輕易地找到我並跟上我的足跡，我無暇顧及。我現在唯一的目標，就是要去跟我的狼會合，看看牠的狀況如何，然後繼續推進找出王子的所在。王子的事情越來越令我感到不安。

天氣很熱，夏日豔陽最後的餘威揮灑在大地上，就連樹下的薄蔭都顯得悶熱。乾燥的大氣中夾雜著厚厚的塵土；塵土吸掉了我口中的每一分水氣，而且頑固地沾附在我的眼睫毛上。我也不花心思找出小徑的路線，而是乾脆催促黑瑪直接切過覆蓋著林木的起伏山丘，以及山丘之間的谷地；谷地間的植被長得較爲濃密，顯見偶爾會有溪水流經此處，只是此時河床都乾涸了。我們切過了兩條小溪，兩次我都停下來，讓黑瑪與我灌飽了水，然後又繼續衝向前去。

中午過後不久，我就確知夜眼已經不遠了；早在我看到牠，或是聞到牠的氣味之前，我就開始感覺到周遭的景物有一股莫名的熟悉感，彷彿自己曾經看過前頭的林木似的。我勒馬停下，慢慢地審視周遭的山丘，結果我還沒找到牠，牠便從擲石可及的一棵赤楊木的樹蔭下走了出來。黑瑪緊張地退了幾步，全神貫注地盯著夜眼。我伸出一手放在黑瑪的脖子上：別怕。用不著害怕。鎮定。

*我累到追不上妳，而且也沒餓到想要吃妳的程度。*夜眼補了這麼一句，算是幫我個忙。

「我幫你帶了肉來。」

我知道。我聞到了。

我幾乎都還沒把肉從布包裡拿出來，夜眼就把肉吃掉了。我很想看看牠肚子上的傷口，但我知道牠在吃東西的時候，我還是別拿這些事情去打擾比較好。牠一吃完，就抖抖身上的毛，說道：走吧。

讓我看看——

不行。晚上再說吧。現在他們趁著有天光的時候趕路，所以我們也不能浪費時間。他們一開始就拉開了距離，而且乾燥的泥土又留不住氣味。走吧。

夜眼說的乾土留不住氣味，這是千真萬確的；乾土上的足跡消失得快，氣味也留不久。下午還沒過，我們就追丟了兩次，而且兩次都是靠著繞一大圈才重拾他們的蹤跡。黃金大人與月桂趕上我們的時候，影子已經拉得很長了。「看來你的狗又找到我們了。」月桂幽默地說道，我卻想不出要答什麼才好。

「黃金大人告訴我，你在追蹤王子，因爲有個女僕跟你說王子向北而去？」她的口氣裡有著質疑，扁著嘴，一副不以爲然的樣子。我不知道這到底是因爲她想找出黃金大人話裡的破綻，還是她認定我一定是靠著勾引女人才覓到這個線索。

「她不知道那人就是王子。她將王子稱之爲帶貓的少年。」我努力引開話鋒，以免她問出更多問題。「這行跡若隱若現的，如果有妳幫忙，那眞是求之不得。」

我的擾敵策略奏效了。月桂在追蹤行跡這方面果然能力高強。她趁著夕陽的餘光，找出了許多我可能會視而不見的細微線索，而且一直追蹤到夜色升起之時——若不是她，我一定早就以光線太弱而歇手了。我們一路來到他們曾經停下來喝水的小溪旁；水邊的溼土上清楚地印著兩名男子、兩匹馬與一頭貓的腳印。我們決定在此地過夜。月桂宣布道：「我們最好是在找到正確的蹤跡時再停下來休息；若是走到蹤跡不明，連我們都猶疑不定之處才停下來，那麼可能會把自己的行跡跟他們的搞混了。我們明天一大早出發。」

我們的營地很簡陋，簡陋到其實只是生了個小小的火堆，把我們的毯子鋪在火堆旁。我們的食物短缺，但至少不缺飲水。我從房間帶出來的水果既已溫熱又撞傷，但總是聊勝於無。月桂由於習慣使然，所以帶了一點乾肉和旅行用的麵包；那一點乾糧已經少得可憐，可是她還無意間講了一番使我大大窩心的好話：「人不像狗那麼需要肉，何況我們既有水果，又有麵包。」我心裡想道，換作是別的女人，一定會忽略飢腸轆轆的狼，並把肉留到次日再吃。至於夜眼，則紆尊降貴地從她手裡取肉吃。後來我堅持要看看夜眼的傷口，而月桂也靠過來看的時候，牠也不咆哮嚇阻，不過月桂也夠明智，並未試著伸手去摸摸牠。我原本的擔心果然不是無的放矢，夜眼眞的幾乎把藥膏都舔光了；不過抓傷已經結痂收口，傷口旁的肉也沒那麼紅腫了。我想了一想，還是決定不再塗藥。我將藥膏收起來時，月桂點點頭，贊同地說道：「油膏塗多了，結痂會變軟；與其如此，還不如讓傷口乾爽收口的好。」

黃金大人已經躺在毯子裡了；據我推測，大概他的頭和腸胃直到現在都還沒安定下來。在我們布置營地、取用簡陋的晚餐時，他的話很少。在四合的夜色中，我看不出他是閉著眼的，還是睜眼瞪著天空。

「這個嘛，我看他這樣做是正確的。」我一邊說道，一邊指著他那個方向。「早點睡，明天才能早點出發。如果運氣好的話，說不定我們明天就追上他們了。」

我想月桂認定黃金大人已經睡了。她壓低了聲音，說道：「要追上他們，那可得發狠趕路，而且還得靠點運氣。他們堅定地往前推進，因爲他們知道自己的目的地在哪裡；我們可不同了，我們每一步都得小心走，免得把人給追丟了。」月桂歪著頭，從小小營火的對面望過來，研究著我的臉。「早上你是怎麼知道要在那個地方離開大路去追蹤他們的蹤跡？」

我吸了一口氣，隨便扯了個謊。「好運嘛。」我平靜地說道。「我的直覺是，他們會朝這個方向走，走著走著，就碰上他們的足跡，然後我們就跟定啦。」

「而且你的狗也有同樣的直覺，所以牠早你一步，先趕了一段路？」

我只能望著她，無力地說道：「也許我有原智吧。」

「噢，是喔。」她嘲諷地說道。「所以王后才會信任你，而且還信任到派你來找她兒子？原智者可是她最提防的人之一哪！你才沒有原智呢，湯姆·獾毛。原智者我見多了；我忍受過原智者對我的鄙視，也忍受過沒有原智的人對我的冷落。我小時候住的地方有許多原智者，而且當時的人不大遮掩自己的天賦。你跟我一樣，都沒原智的啦，你只是追蹤的技巧極佳，如此而已。」

我並未感謝她對我的讚美。「妳小時候見到的那些原智者是怎麼樣的？」我問道，把毯子的皺摺拉平了，再重新躺下去；我幾乎從頭到尾都是閉著眼的，以顯示我對這個話題只是稍微感興趣而已。比滿月時稍微扁了一點的月亮，從樹梢探出頭來望著我們。躺在火邊的夜眼，正勤奮地舔著身上的傷口。月桂在她的毯子裡翻轉了一會兒，把毯子底下的幾塊小石頭丟了出去；然後她重新把毯子鋪平，這才躺回去。她沉默了一陣子，我本以爲她是不會回答的了。

然後她突然說道：「噢，他們沒那麼糟糕啦。一般人的傳聞都說得太恐怖了。其實原智者既不會在月圓的時候化身變成熊、鹿或是海豹，也不會吃生肉或把別人家的小孩子偷走。但縱使如此，原智者也夠糟糕的了。」

「怎麼說？」

「噢。」她猶豫了一下。「因爲那就是不公平呀。」最後她終於嘆了一口氣，吐出了這句話。「你想想那個狀況：你從來就沒有獨處的時候，因爲哪隻小鳥兒，或是附近出沒的哪一匹狼，說不定就是你鄰居的耳目。那些原智者完全發揮了他們的天賦優勢，因爲他們的動物伴侶總是會跟他們說，哪一處的獵場最好，或是哪裡的漿果先熟了。」

「他們眞的如此公開地宣示自己有原智？我從沒聽過這種地方。」

「這倒不是說他們會公開宣示自己的天賦，而是我被排擠在外，因爲我沒有原智。小孩子嘛，才不會像大人那麼含蓄。」

她話裡的怨忿之情把我嚇了一跳。我驀然想起，蓋倫的精技同道們認定我無法駕馭精技的時候，也是對我極盡鄙夷之能事。在這麼一群傲慢的孩子之間長大恐怕不好受吧。這時我突然想起一件事。「我記得妳父親是坐穩大人的獵人。這麼說來，妳是在坐穩府的莊園裡長大的囉？」我想弄清楚她是在何處長大的；那裡的原智者竟多到小孩子會理所當然地認爲自己的玩伴應該會有這個天賦，到底是什麼地方呢？

「噢。這個呀，可是我父親去當坐穩大人的獵人，是後來的事情了。」

到底她當下在扯謊，還是她先前在扯謊，我說不上來，不過我知道這其中的確有不實之處。太明顯了。我們不太自然地沉默了一陣。我心裡探索著各種可能性：也許她有原智，也許她是原智父母親所生的孩子，或有原智的兄弟姊妹，也許她編造了整個坐穩莊園的僕人都不乏原智者的謊話；也許坐穩大人本人就是原智者。這些推測並非全然無用；它們讓我心裡有所準備，往後她丟出任何消息的時候，我便能據以分析出最大的可能性。我想起早先她說過的一番話，不禁打了個冷顫。月桂曾說她對這一帶的地形很熟，因爲她在母親的娘家住了很久，而她母親的娘家離長風鎭不遠。切德也提過這件事。我努力想提個話頭，繼續跟她聊下去。

「是這樣啊。這年頭，一般人都痛恨原智者，不過聽妳的口氣，妳並不把原智者視爲仇敵。說起來，也許妳並不想看到人們把原智者燒死或是大卸數塊吧。」

「他們實在太可惡了。」她那忿忿不平的聲調彷彿在說，就算用火燒死人，或是用大刀切分屍塊，也不足以治癒傷害原智者的這種惡疾似的。「我認爲，那種鼓勵自己的小孩去迫害原智者的家長，應該要處以鞭刑；而且那種親身參與火燒分屍這類事情的人，不應該讓他們結婚，也不該讓他們生小孩。原智者已經有動物伴侶了，他們可以找動物伴侶來分享他們的家庭與人生；既然如此，原智者怎麼會爲了娶妻嫁人，而去欺騙別的女人或男人呢？有原智的人必須要在年紀還很小的時候，就決定他們到底要跟動物，還是要跟人牽繫在一起，如此而已。」

她越講越激動，但講到最後幾句，又漸漸小聲起來，彷彿突然想起黃金大人已經入睡了。又過了一會兒，她才想到要補上一句：「晚安，湯姆·獾毛。」她努力說得輕柔些，不過這仍等於是明白地告訴我，談話已經結束了。接著她彷彿要強調這一點，裹著毯子翻了個身，變成背對著我。

夜眼低吟了一聲，僵硬地朝我走過來；牠嘆了一口氣，在我身邊躺下。我伸出手摸摸牠的頸子；這一來，我們之間的思緒交流，就祕密得再無旁人知道了。

她已經知道了。

那麼你認爲她有原智嗎？我問道。

依我看，她知道你有原智，而且她因此而不太喜歡你。

我靜靜地躺著，咀嚼著夜眼的話。可是她還餵你吃肉啊。

噢，這個嘛，我看她是喜歡我的。至於你嘛，那就難說了。睡吧。

你今晚要探尋他們嗎？

我不想探尋他們。若是眞的探到他們，我明天必定會頭痛得厲害。光是想到那個痛楚，我就不禁噁心想吐。不過如果我能在夢中尋到王子的話，說不定可以探到什麼線索，讓我們早點趕上他們。其實我應該試一試的。

我感覺得到牠也不想阻擋我了。那你試吧。我就在這兒陪你。

夜眼，我施展精技之後……你會感到同樣的痛楚嗎？

那倒不見得。只要跟你切分開來，就不會有痛感。雖說我很難與你分成你是你、我是我，但那還是辦得到的；只是我總覺得這是懦夫的行徑。

那跟懦夫根本無關。我們兩個何必一起受苦呢？

夜眼沒有回答，不過我感覺到牠對於這個問題，保留了牠自己的一些想法。我問的事情不知哪裡好笑，竟讓牠覺得有點趣味盎然。我把手挪回自己的胸前，閉上眼睛，集中意志，試著施展精技；不過畏懼痛苦的思緒，不時闖進我腦海裡，把我好不容易構築起來的平靜感給驅散了。最後，我努力找到一個平衡點，並且讓自己停留在此地，也就是夢與醒之間。接著我朝著黑夜探索出去。

那天晚上，我感受到純粹因爲精技的連繫而生的甜美，那是我久違多年的滋味。當我伸展出去的時候，好像也有人伸展出來，愉快歡迎地握住我的雙手。那個精技牽繫很單純，也很甜美，就像長途跋涉之後回到家一般地令人感到安適自在。我從精技的牽繫中，感覺到某個人，而這個人睡在茅草屋頂下閣樓裡的柔軟床舖上。小屋裡有家的溫馨，當晚那鍋美味燉肉的氣味久久不散，樓下飄來摻了蜂蜜的蜂蠟蠟燭特有的風味。我聽到一名男子與一名女子的講話聲，他們好像是爲了避免打擾我的睡眠，而壓低了聲音。我聽不出他們在講什麼，不過我知道我人在家裡，而且我很安全；只要是在家裡，什麼東西都傷害不了我。當精技牽繫消退時，我沉入了多年來最平靜的睡眠之中。

19

夜宿客棧

在紅船之戰的那幾年間，六大公國淪於僞王帝尊手中。僞王帝尊創立了他稱之爲「吾王廣場」的執法系統。在六大公國，以武力來審判，並不是全無先例；根據傳說，如果兩個人在見證石之前打鬥，那麼諸神會從天上觀望，並將勝利賦予正義的一方。帝尊採用了這個觀念，並且實行得更徹底。在帝尊的打鬥場之中，被控有罪的罪犯，必須跟宮廷的吾王鬥士，或是凶猛的野獸對陣。許多原智者在這些吾王廣場中喪命。然而，雖然許多人在這種血腥審判中喪命，但是吾王廣場的邪祟弊病尚不止於此；因爲這些血腥的競賽滋養出大眾對於暴力和動亂的容忍，而且大眾對於暴力和動亂的容忍，又迅速演化爲飢渴。於是這些審判不但是斷定正義的場合，也成爲觀賞奇景兼追求娛樂的場合。雖然珂翠肯成爲王后及年幼的晉責王子之攝政王之後，首先就宣布禁止這類審判，並將所有的吾王廣場予以摧毀，但是人們因爲帝尊首創的奇景而興起的嗜殺欲，就算王室頒定命令也難以止息。

隔天我很早就醒了，而且醒來時自有一股安祥平和之感。晨間的霧氣正在散去，毯子上的露珠閃閃發光。我什麼也不想地瞪著頭上橡樹之間的天空望了好一會兒;此時我的心境,是單單看到眼前的黑塊與藍塊,就會覺得滿足。但是過了一會兒,我的心靈堅持要將眼前的風光認知爲襯著藍天的黑樹影,然後我便回過神來,了解到自己身在何處,以及我該做什麼事。

我一點也不頭痛。我可以高高興興地拉上毯子,再睡上一整個白天,不過這到底是因爲我眞的累了,或只是想返回那安全的夢境,我就說不上來了。我強迫自己坐起來。

夜眼已經走了。別人還在睡覺。我撥動火堆的餘燼,又添了幾根柴火,好將火燒得旺一點,然後才想到我們根本沒東西可煮。我們必須勒緊腰帶,趕上王子和他的同伴。如果好運的話,我們會在中途碰上點可以吃的東西。

我喝了幾口溪水,用那冷冽的水洗洗臉。大地開始暖和起來。狼在我喝水的時候回來了。

有肉?我滿懷希望地問道。

一窩鼠仔。我倒一點也沒留給你。

沒關係。我沒那麼餓。應該說,是我還沒那麼餓。

牠站在我身邊喝水好一會兒,然後抬起鼻子問道:你昨晚去哪兒了?

我知道牠在問什麼。我也不大清楚。反正有很安全的感覺就是了。

那很好啊。你去了很有安全感的地方,我也爲你高興。

夜眼的思緒裡有著留戀與不捨。我朝著牠仔細地打量了一會兒,並以不同的角度觀察牠。夜眼是逐漸衰老的狼,鼻尖灰白,體側的肉也凹了進去;牠前兩天與獵貓打鬥,至今仍尚未恢復過來。牠不管我的顧慮,只是一味地瞪著溪水看。有魚嗎?

我讓自己的煩惱沉入思緒裡。「連一條魚也沒有。」我講出聲來。「應該會有魚的。這裡樹多草多，蚊蟲嗡嗡叫。應該會有魚的，可是卻一條也沒看見。」

我感覺到夜眼以心靈聳聳肩，表示生命本來就無可預測；然後牠表示：把那兩個叫醒。我們該走了。

夜眼不要我的憂慮。對於牠而言，憂慮是無用的負擔，是不應耽溺的情緒。我回到營地時，他們都已經翻轉著要起身了。黃金大人似乎已經從宿醉中恢復過來。沒人提到缺乏食物的事情。就算談也無法改變沒有食物的事實。所以我們三人沒說什麼話，反而一下子就整備完畢，重新上馬追蹤晉責王子那逐漸消退的蹤跡。王子不斷往北走。到了中午的時候，我們發現一處營火；灰燼已經冷了，營火周圍的地上有著明顯的踩踏痕跡，看來有人在此地紮營了好幾天。這個謎題並不難解。附近的兩棵樹上有綁過繫馬繩的痕跡；所以是有人在這兒等人，而當王子與獵貓，還有王子的同伴抵達此地之後，眾人便一起出發。方向是往北。月桂與我辯論在此紮營的人帶了幾匹馬，最後認定為有四匹馬。王子到此地之後，又多添了兩名或兩名以上的同伴。

我們繼續推進，因為足跡多了，比較容易追蹤而加快了速度。天上飄來一片薄雲，聚集成一朵濃雲。我心裡慶幸陽光比較沒那麼熾烈了，不過夜眼為了跟上我們，還是跑得很喘。我很想緊密地與牠連在一起，確認一下牠並沒有強忍著痛楚而跑，但是月桂與我們同行，所以我不敢這麼做。

影子拉長了，氣溫降下之後，我們出了森林，眼前橫過一條寬廣的黃土路。我們站在小丘頂上，失望地俯瞰著那條路。如果王子一行人是順著黃土路走的話，那麼要追蹤他可就變得非常困難了。

我們走到黃土路的邊緣；他們的行跡果然消失在路上。狼雖做了一番大肆聞嗅的動作，但卻不是很熱切。王子的蹤跡跟厚厚的乾土、舊的篷車車轍和馬匹的蹄印混在一起；在大路上，不管是足跡或是氣味都留不久。午後的微風隨便一吹，就能把他們的蹤跡抹得無影無蹤。

「這個嘛。」黃金大人努力地幫著觀察，然後對我挑了挑眉毛。

我知道他在暗示什麼。切德不就是爲了這個緣故才派我出馬？我閉上眼睛，吸一口氣，全力施展精技，不生任何想要保護自己的思緒。你在哪裡？我對周遭匆匆的世界質問道。我好像收到一點回應，但那是不是王子，我無法確定。有了昨晚的經驗之後，我才知道世上還有別人在回應我的精技探尋，而且那不是王子。我幾乎可以伸手碰觸到那人。但是我強迫自己轉移目標，不去注意那個不斷呼喚著我的港口，而是再度探尋王子。然而王子與他的貓都在躲我。我不知道自己坐在黑瑪背上對世界探尋了多久；在這種活動中，時間是靜止不動的。我幾乎可以感覺到弄臣在等我；不，我的確感覺到他在等我。那若有似無的精技線頭，使我得知他在努力地掩飾不耐。我嘆了一口氣，把自己抽了回來，既不去呼應那個寧靜祥和的邀請，也不再徒勞無功地探尋王子；可惜我沒什麼好消息可以稟報給黃金大人知道。

我睜開眼睛。「他們往北走。我們也跟著往北吧。」

「這路是朝東北走，而不是朝北走。」黃金大人指出。

我聳聳肩。「若不往東北，就只能往西南了。」我答道。

「那就東北吧。」他附議了，一夾馬腹，領先而去。我跟在他後面走，幾步之後，我回頭看看月桂爲什麼還不跟上來。她困惑地看看黃金大人，然後又看看我，臉上露出百思不解的表情；過了一會兒，她終於跟上來了。我回想起方才我與家主人的對話，這才知道事情不妙，恨不得將我們二人各踢一腳。我連要稱他爲「大人」都忘了，更沒有保持僕人對主人講話時應有的謙遜語調。最後我決定了，最好的解決辦法就是什麼都別提，並且希望能夠藉著日後屈從的舉止把方才的事情彌補過來——雖說一想到要那麼低聲下氣，我的心就往下沉，而我也不得不承認，我的確很渴望與弄臣毫不設防地講話。

我們趁著有天光時不斷前進。表面上看起來是黃金大人在領著我們走，但事實上我們在順著路走。

夕陽西下時，我開始留意可以紮營的地點。夜眼似乎領會到我在動什麼腦筋，所以牠衝到我們的馬前，在路邊的隆起處停了一下，然後又跑得無影無蹤。我知道牠要我們跟上去；因此儘管夜色漸濃，我還是提議道：「我們再走一段吧。」我們走到山丘頂上，並獲得意想不到的收穫：我們眼前的山谷裡，有著點點的燈火。有條河流穿過那座小村莊；我聞到河水味，也聞到烹煮的炊煙味。我那停工了一日的胃突然醒過來，並且大聲地咕嚕叫。

「我敢打賭，那裡一定有客棧。」黃金大人熱切地宣布道。「眞正的床。而且還可以打點明天吃的乾糧。」

「我們能不能問問有沒有王子的消息？」月桂問道。我們這幾匹疲倦的坐騎，似乎也察覺到今晚可以吃點青草與溪水以外的食料；下山時，每一匹馬都把頭抬得高高地。我沒看到夜眼，不過我也沒指望牠會跟在我們身邊。

「我會暗暗地查訪一下。」我主動說道。我猜夜眼已經開始巡察了。如果他們曾經經過那個村子，而且還曾停留過一陣，那麼獵貓一定會留下點什麼蹤跡。

黃金大人以其毫無錯誤的直覺，直接把我們領到客棧前面。就這麼小的村莊而言，這家客棧算是很體面的龐大房舍了，不但用黑色石頭興建，而且有二樓。客棧前吊著的招牌讓我看得心裡涼了半截。招牌上畫的是花斑點王子，而且頭與四肢都被切斷了。這不是我第一次看到人家把他畫成那樣，說眞的，一般人都是把他畫成那個樣子，只是我看了心裡不禁有些忐忑。黃金大人與月桂似乎沒有因爲那個招牌而遲疑，就算有所遲疑，他們也沒顯露出來。客棧的門開著，燈光、談話聲與叫好聲從屋裡流瀉出來。我聞到烹煮食物、燻煙與啤酒的味道。屋裡的人似乎談得很歡樂，又笑又叫的，熱鬧非凡。黃金大人下了馬，教我把我們這幾匹馬牽去給馬伕照料。月桂跟著他走進了嘈雜的大堂，我則牽著馬繞過屋角，走到黑漆漆的後院。過了一會兒，有扇門開了，燈光照進灰撲撲的院子裡；馬伕從門裡走了出來，一手提著燈籠，一手把嘴邊吃到一半的飯菜渣揩掉。他把馬兒從我手裡接過去，牽到馬廄裡。我不是看到，而是感覺到夜眼待在客棧屋角的暗處。我走近客棧門的時候，一道黑影從我身邊閃了過去；而我則在那短暫的碰觸間，感知到牠的思緒。

他們在這裡。小心為上。我聞到這屋前的路上有人血味，還有狗味。這兒通常是有狗的，但是今天晚上狗都不在。

我還來不及多問，牠便已隱入夜色之中。我從後門走進客棧時，心情七上八下，肚子又餓。屋裡的店主人跟我說，我的主人已在最好的上房休息，要我把所有的行李搬上去。我疲憊地回到馬廄裡。我雖然能體會黃金大人這一番安排，為的是要讓我有機會仔細察看馬廄，但我突然感到一股難以壓抑的疲憊感襲來。我想要吃飽睡覺。連床都不必了；如果我能夠乾脆就此躺下去睡覺，也是心滿意足。

馬伕仍在把穀物倒進我們那幾匹馬的食槽裡；也許是因為我在場的關係，所以牠們吃到的燕麥格外多。我看馬廄裡並沒有什麼不尋常之處。馬廄裡有三匹老馬和一輛破舊的板車；客棧之類的地方，通常會養幾匹馬，以便客人租用。牛棚裡那條母牛所產的牛乳，大概是用來供應客人早餐之用。馬廄上方的棚架上養了雞；我很反對這種作法，因為雞糞可能會污染馬的食料和飲水，但是我也無可奈何。馬廄裡除了我們的馬之外，另外只有兩匹馬，這個數量比我們追蹤的那群人的馬還少。馬廄的空處並未拴著獵貓——當然，世事總難盡如人意。馬伕做事挺能幹，但是話很少，而且竟然對我們毫不好奇。他的衣服瀰漫著濃濃的燻煙味；我猜是藥草的燻煙軟化了他的性子，使他對一切都不在乎了。我揹著我們那幾袋行李，步履蹣跚地走回客棧。

上房位於二樓，必須爬上一道破舊的木樓梯。說真的，爬這幾階段樓梯不該這麼吃力的，可是我卻累得抬不起頭來。我敲了敲門，艱難地把門打開。原來此處之所以稱之爲上房，是因爲這裡是全客棧最好的起居室。黃金大人盤據在一張位於斑駁的桌子桌首處，鋪了靠墊的椅子裡；月桂則坐在他的右手邊。他們面前放了幾個陶杯，以及一個很大的陶罐。我聞到啤酒的味道。我好不容易才將這幾袋行李好好地放在門裡，而不是直接摔到地上。黃金大人竟然注意到我這個僕人的存在，並對我說道：「我叫了吃的，湯姆．獾毛，也訂了房間；他們一把床鋪好，就會帶你去看，到時候你再把行李搬過去吧。眼下你就先坐下來，好人，你已經賺足了今日的薪俸啦。這個杯子是給你的。」

他朝他左手邊的座位點了點頭，於是我就坐了上去。我的杯子裡已經倒了啤酒。我一口氣喝乾了啤酒，心裡只想到這是我跋涉一天以來第一次進食。在我喝過的啤酒之中，這既不是滋味最好的，也不是滋味最差的，但這絕對是令我喝得最感動且滿足的少數幾杯啤酒之一。我把空杯子放在桌上，黃金大人朝那陶罐點點頭，示意我可以添酒。餐點在我爲我們三人添酒時送了上來：晚餐有一隻烤雞、一大盆奶油拌豌豆、摻了糖漿的米布丁、烤得脆脆的鱒魚、麵包、奶油，此外又另有一大罐啤酒。送菜少年離去前，黃金大人另外吩咐道，由於早上他的肩膀撞傷，瘀青得厲害，能不能請那孩子到廚房切一大塊生肉下來，好讓他敷在腫脹處，以減輕痛楚？月桂先幫黃金大人與她自己取用菜餚，然後再把菜盤遞給我。我們幾乎是不發一語地進餐，每個人都把全副精神放在自己的食物上。只消一會兒，那雞與魚就被吃得只剩下骨頭了。黃金大人搖鈴，叫客棧的僕人把餐盤收走。接著他們送上了以一團團奶油球做爲裝飾的漿果派，並再度送上啤酒，生肉也送來了。僕人一離開，黃金大人便俐落地用他的餐巾把肉包好交給我。我雖疲倦，卻很感激，不過心裡不禁納悶，會不會有人發現生肉不見了。過了不久，我就發現自己吃得過量，喝酒也沒有節制。我感覺到那種餓了一天的人吃得飽脹欲撐的不適感。我開始困倦起來，舉手遮住自己張口打哈欠的模樣，並強迫自己多加注意黃金大人與月桂之間的輕聲交談。他們的聲音好像離得很遠，彷彿他們二人與我之間，被一條嘈雜的河隔開來。

「我們應該派個人四處暗地查訪。」月桂堅持道。「也許到樓下問幾個問題，就能問出他們往哪裡去，還有，這裡的人認不認識他們。他們很可能仍在這附近。」

「湯姆？」黃金大人提醒我。

「我已經查訪過了。」我柔聲說道。「他們到過這裡，不過不是已經走了，就是住在別的客棧裡——要是這種一丁點兒大的村莊裡會有兩家客棧的話。」我往後靠在椅背上。

「湯姆？」黃金大人有點煩躁地喚著我；他轉過頭去，有感而發地對月桂說道：「大概是燻煙的關係。這傢伙對燻煙的味道就是適應不來；他光是走過有煙味的地方就會發昏。」

我努力睜開眼睛。「抱歉，您剛才說什麼？」我問道，連自己的聲音聽起來都很遙遠且模糊。

「你怎麼知道他們來過這裡？」月桂質問道。這個問題，她以前是不是問過？

但我實在太累，累得想不出什麼好答案來搪塞。「我就是知道。」我乾脆地說道，然後轉向黃金大人，彷彿我們兩人講話講到一半，被她打斷了似的。「客棧外面的街道上發生過流血事件。我們在此地活動要特別當心才是。」

他賢明地點點頭。「我想我們最好早點睡，以便明天早早出發。」說完，他也不給月桂發出任何異議的機會，便再度搖鈴喚來僕人。客棧的人稟報，說黃金大人要的房間都已經準備好了。月桂自己有一間小房間，就在這起居室隔壁；黃金大人住的則是一間大房間，裡頭有一間相連的小房可以給他的僕人使用。應鈴聲而來的女僕堅持要自己把月桂的行李提到她房間去，所以我們便彼此互道晚安。我刻意避開月桂的眼神，突然覺得疲倦得要命，疲倦到連要維持自己的角色都提不起力氣來；我還能把我們的行李扛在肩頭上，跟著僕人走到黃金大人的房間，就已經很不錯了。黃金大人走在我後面，跟店主人聊著我們明早出發之前，要準備什麼旅行用的乾糧。

我們的房間在客棧後面，位於樓下。我拖著行李走進房間；僕人一走，我便關上門，窗戶全開。我爲黃金大人找了一件睡衣出來，放在他的床上，把肉塞在自己的襯衫裡，準備待會兒帶去給夜眼吃。然後我坐在自己的床上，等待黃金大人回來。

後來我之所以醒來，是因爲有人在輕輕地搖著我的肩頭。「蜚滋？你還好吧？」

我慢慢地從夢中醒轉過來，過了好一會兒才回想起自己是誰。夢中的我置身於一個人口繁多的大城裡，樂聲繚繞，燈火通明。城中正進行一個盛大的慶典。夢中的我不是僕人，而是——「沒有了。」我睡眼惺忪地對弄臣說道。

我聽到古怪的抓石聲，然後悶聲一響，原來是夜眼爬上窗櫺，跳進屋子裡來了。牠用鼻子戳我的臉。我溫柔地拍拍牠。我覺得好睏，耳邊嗡嗡地響。

弄臣又在搖我了。「蜚滋。別睡，跟我說話。你是怎麼啦？是燻煙的關係嗎？」

「沒事。我只是覺得好平靜。我想繼續睡覺。」睡意如同湧退的潮水般拉扯著我，我只想跟著潮水一起退去。夜眼又在戳我了。

笨蛋。是黑色石頭的關係，這黑色石頭跟古靈之路一樣呀。你又迷失在古靈之路了。到外面來。

我強迫自己睜開眼睛，望著弄臣憂慮的臉色，惺忪地凝視周遭的牆壁。黑色的石頭，有著銀色的細紋。我仔細一看，才認出這是從非常古老的建築物中剽竊而來的建材。房間裡面的石壁與石壁之間接得很密合，外牆卻蓋得很粗糙。不對，我陡然領悟到，這事不大對勁。這建築物建造在先，這小鎮的興起之時，這建築已成廢墟，於是便在原本的古建築上搭建房舍。然而這建材乃是記憶之石，這是古靈的手筆。

我不知道弄臣在我搖搖擺擺地站起來時想些什麼。「石牆，記憶石。」我不大靈敏地對他說道，然後摸索著走向清爽的空氣。當我縱身跳出窗戶，掉在滿是塵沙的庭院裡時，聽到他驚訝地叫了出來。狼則俐落地躍到我身邊。過了一會兒，狼閃身沒入黑暗中，因為有人從窗戶裡探出頭來，質問道：「那邊是怎麼回事？」

「還不是我那個呆瓜傭人！」黃金大人以不屑的口氣回道。「喝得酩酊大醉，為了幫我關窗戶，竟然就掉到窗外去了。哼，待在那裡正好。蠢貨一個。」

我動也不動地躺在院子的塵土中，並感到那勾引人的夢境逐漸消退了。再過一會兒，我就能站起來走開，離石牆遠一些。只要再一會兒就好了。

纏攪了我一整晚的疲憊感慢慢退去。我輕鬆地飄了起來。我凝視著夜空，感覺上，彷彿只要站起來就能摸得到天空似的。遠處傳來一對男女的爭吵聲。男子心情沉重，但是女子意志堅決。要把他們兩人的對話聽清楚實在太累，不過他們走近之後，就算不想聽到他們的對話都很難。

「我應該回家。」男子說道。聽這音調，這人應該非常年輕。「我應該回到我母親身邊。要是當初我沒離開母親的話，就不會發生這種事情了。阿諾死得太冤枉了。而且別人也不該送命的。」

她把頭塞在他的臂彎裡，停在他的胸前。你說得都沒錯。只是若真如此，我們就彼此分離，而且你就永遠許給別人了。那眞的是你要的結果嗎？

他們兩人越飄越近。我藉著那男子，聞到女子身上那一股麝貓般的野性甜香。他將她摟得更緊。晚風吹過我夢中的這一對男女，吹得衣角飄動。男子撫摸著她的毛皮，指頭順過她的烏黑長髮。「那不是我想要的結果。不過也許那是我的職責所在。」

你的職責在於你的子民，還有我。她環住男子的前臂，指甲壓在他的皮膚上，彷彿爪子一般。她以手爪拉扯著男子。走嘛。我們該走了。我們不能逗留。該上馬了。

他低頭望著她的綠眼睛。「我的愛，我必須回去了。我回去的話，對大家比較有用。我可以爲大家講幾句公道話，我可以迫使局勢改觀，我可以——」

那我們就分開了。這你能忍受？

「我會想辦法讓我們相聚在一起。」

不！女子說著，打了他一巴掌；她的掌心摩過男子的臉，感覺上很粗糙，而且好像有爪子。不行。他們不會了解的。他們會迫使我們分開。他們會把我殺掉，而且說不定還連你一起殺了。你還記得花斑點王子的故事吧。就算他有王室的血統，也不足以保全自己的性命。同樣地，你的王室血統也不足以保護你。她停頓了一下，繼續說道：我是唯一眞正關心你的人。只有我才能救得了你。不過除非你證明你是我們的一份子，否則我是不敢全心投入你的懷抱的。可是你總是有所保留。莫非你以自己身爲原血者爲恥嗎？

不，才不是這樣。

那你就敞開心胸接納我呀。既然你知道自己是原血者，你就要融入原血者的圈子呀。

男子沉默了一會兒。「我有我的職責。」他輕柔地說道，聲音裡有著無限遺憾。

「把他拉起來！」一名男子的聲音從我背後傳來。「沒閒工夫耽擱了。我們必須把距離拉開來才行。」我扭過頭去，看看是誰在說話，可是我背後一個人也沒有。

綠眼睛凝視著他的雙眼；看那深情款款的模樣，我眞是一輩子墮落在那眼神裡也甘願了。你相信我。女子懇求著他，所以他不得不照她的要求行事。你等一下再想這些事情嘛。什麼職責不職責的，你等一下再想嘛。至於現在，你得想想如何活命。而且要爲我著想一下。起來吧。

弄臣拉起我的手臂，套在他自己的肩膀上。「你得起來囉。」弄臣勸道，接著便撐著我站起來。他已經換上了一身黑衣服；看來我自己雖不覺得時間飛逝，事實上卻已過多時。客棧大堂裡仍然瀉出燈光，並傳來哄鬧的談笑聲。站起來之後，我覺得我自己能走了，不過弄臣仍堅持要攙著我的手臂，走到庭院較陰暗的角落裡。我倚在馬廄那粗糙的木牆上，讓自己回神。

「你會好起來吧？」弄臣又問了一次。

「應該沒事了。」我心裡的蜘蛛網逐漸消散，不過這蜘蛛網卻引起一股相當熟悉的感覺；我感到精技頭痛襲來，只是沒有平常痛得那麼厲害。我深吸了一口氣。「待會兒就好了。只是我看今晚不能睡在那客棧裡了。那客棧是用記憶石蓋起來的，弄臣，就是黑色長路上的那種石頭。跟那個採石場裡的石頭是一樣的。」

「也就是惟眞雕龍的那種石頭。」他補上一句。

我再度深吸了一口氣。現在我的頭腦清醒多了。「那黑色石頭裡充滿了過去的回憶。眞是怪啊，公鹿公國這裡竟找得到這樣的石頭。我一直以爲古靈從未大老遠地來到這裡呢。」

「古靈當然來過呀，你想一想就知道了。你以爲那個古老的『見證石』是怎麼來的？那就是古靈的手筆啊。」

這番話把我嚇了一大跳；不過話說回來，這個事實實在是太明顯，明顯到我也不必浪費唇舌應和他了。「是呀，不過孤零零的大石頭是一回事，但是這家客棧的前身，可是古靈蓋起來的高樓廣廈啊。我從沒想到會在公鹿公國這裡碰到這麼龐大的古靈建築物。」

弄臣沉默了一陣。此時我們待著的地方比較暗；我的眼睛適應了黑暗之後，才看出他原來在啃著拇指的指甲。過了一會兒，他察覺到我在看他，便趕快將放在嘴裡的指頭抽出來。「有的時候，眼前的謎團就讓我忙得不可開交，結果竟然忽略了環繞在我們四周的大問題該怎麼解。」他講話的口氣彷彿在認錯似的。「這麼說來，你現在已經好了？」

「我等一下就好了。晚上我就在馬廄裡找個空位睡覺就行了。」我正要轉身走開，突然想到有件事情要問一問：「你穿這一身衣服，怎麼回客棧裡去？」

「你別以爲我偶爾穿穿貴族的服飾，就表示我把空中翻滾的伎倆通通忘光了。」他一副我小看了他似的。「我是怎麼出客棧的，就怎麼回去；也就是說，我會從窗子翻進去。」

「那很好。我得去鎮上走一圈，以便『醒一醒腦子』，順便看看能不能找到什麼線索。你不妨找個機會到大堂去廝混一下；如果你提個話頭，說不定會打聽到帶著獵貓的陌生人昨日經過此地的消息。」我本想補一句話，提醒他街上的流血事情，但是繼而想想，那事不太可能跟我們扯得上關係，所以就不提了。

「很好，蜚滋。你一切小心。」

「我是一定會小心的。」

我才要舉步離開時，他突然拉住我的手臂。「先別走嘛。我有話想跟你說，已經憋了一天了。」他這才鬆開了我，雙臂抱著胸，不大平順地深吸了一口氣，說道：「我原來並沒想到這有這麼難。我這輩子扮演的角色多不勝數，所以我總覺得要裝作是你的主人很容易，說不定還很好玩。然而並非如此。」

「的確。這眞的很難，不過這是很明智的安排。」

「我們在月桂面前露出太多破綻了。」

我無可奈何地聳聳肩。「破綻就破綻吧。畢竟她知道我們兩個都是王后欽點的人嘛。我們就讓她自己去傷腦筋，自己去下結論吧；她自己想出來的答案，總比我們編造出來的說法更能讓她信服吧。」

他偏著頭，笑了一笑。「說得也是。這個計策眞不錯。至於現在，咱們就分頭進行吧；今晚多打聽，明日早出發。」

說完他就走了。他像夜眼那般輕巧敏捷地沒入黑暗之中。我守候著，本以爲會看到他從院子中間穿過去，但是卻不見他的人影；不過我倒是在他翻進漆黑窗子裡時驚鴻一瞥。他從頭到尾都無聲無息。

夜眼重重地推我的腿。

什麼消息？我們之間的原智溝通，就像牠與我相貼的體溫那樣的寂靜。

壞消息。別說話，跟我來。

夜眼不是領著我前往小鎭的主要大道，而是領著我走向偏遠處。我心裡納悶，不知牠要帶我去哪裡，可是又不敢探索牠的思緒。雖然不與狼分享認知，會使我的知覺變得遲鈍，但我仍抑制自己的原智。最後我們來到河邊的石地上。夜眼帶我走到石地的邊緣長著大樹的地方。大樹下乾枯的高草被人踩得平平的；我聞到一股烤肉與灰燼味，估算著大樹上垂下來的那一段繩索的長度，又打量著繩索底下燒火烤黑的痕跡，心裡便猜到了七、八分。我站著一動也不動。河上的夜風吹動了灰燼，那一股烤肉味頓時使我感到噁心想吐。我伸手去摸摸熄滅了的木炭；那木炭已經打溼，而且已經涼了。有人刻意在此地起火，又刻意把火熄了。我戳了戳木炭，並感覺到之前顯然曾有油脂滴落在木炭上。他們做的可眞徹底呀。吊死，分屍，燒掉，然後把遺體丟進河裡。

我離開火堆，走到樹蔭下的一塊大石頭上坐下來。狼走到我身邊坐下。過了一會兒，我才想起牠的肉還在我身上，於是把肉拿給牠。牠張口大啖。我手摀著嘴，腦子裡閃過萬千思緒，覺得全身冰冷。做這件事的是村裡的人，而且此時這批人正坐在客棧裡唱歌談笑。受害的是某一個像我這樣的人，而且說不定是承續我肉身的兒子。

不是他。血的味道不對。不是他。

夜眼這話並不能給我多大安慰。就算死者不是他吧，那也只是意味著他逃過了今日而已。村人是不是把他扣押在什麼地方？客棧裡哄鬧的慶祝，是不是因爲他們期待著明日將有進一步的血腥行動？

我感覺到什麼人輕巧地朝我們走過來。那人是個女子，她是從鎮上有亮光的方向走過來的，但是她卻避開大路不走，從路邊的樹叢裡冒出來，而且走得悄然無聲。

女獵人。

月桂從樹影裡走出來。我看著她直接朝火堆走去；而且她跟我方才一樣，蹲了下來，聞聞味道，然後又伸手去摸摸灰燼。

我站了起來，並發出一點只夠她聽到的聲響，讓她知道我在這裡。她縮了一下，轉過來面對我們。

「妳看那有多久了？」我對著夜色問道。

月桂認出了我們，於是寬心地輕嘆了一口氣。「今天下午發生的。」她低聲說道。「我的女僕說的；說得更確切一點，她是在誇耀下午村人聚集起來，把那個花斑幫的人打落馬的時候，她的未婚夫也身在其中。這個山谷的人把他們叫作『花斑幫』。」

河風拂過我倆。「所以妳來這裡是要看……？」

「看看能不能找到什麼線索。但我看線索是所剩無幾了。我原本擔心是我們的王子遇害，不過——」

「不是他。」此時夜眼用力地推我，所以我感覺到牠與我都認爲講話的時候要多加提防。「應該是他的同伴吧。」

「既然你知道得這麼多，那麼你應該曉得，其餘的人都逃走了。」

我之前並不知道其餘的人都逃走了，不過聽到她這麼說，我放心多了。「有人在追他們嗎？」

「有，而且去追捕他們的那批人還沒回來。村人有的去追他們，有的留下來，處決他們逮到的這個人；他們已經盤算好了，做出這種事——」她指指繩索，又鄙夷地踢了踢灰燼。「——的這批人，一大早就要騎馬出去追捕那些人。先前去的那批人還沒回來，他們有點擔心。今晚他們要暢快喝酒，以便提振信心、同仇敵愾，然後明天一大早就出發。」

「這麼說來，我們最好是比他們更早出發，而且速度要比他們更快。」

「沒錯。」她的眼光從我身上掃到夜眼，然後又轉了回來。我們兩人一起四下看看被踩平了的草地、懸垂的繩索以及原本的火堆。感覺上，彷彿我們應該做點什麼事情，但是就算該做點事吧，我也不知道該做什麼好。

我們一路無話地走回客棧。我注意到她身著黑色的衣服，腳下穿著軟底的靴子，不禁再度讚嘆王后挑了個好人選。我問了個其實很怕聽到答案的問題。「她還說了別的沒有？有沒有提到那群人為什麼會遭到攻擊、如何遭到攻擊，還有，是不是有個帶貓的少年與他們同行？」

月桂深吸了一口氣。「他們殺掉的那個人並不是陌生人；那人出身於此地，而且他們早就懷疑那人有『野獸魔法』了；什麼別人的羔羊都因為瀉痢而死，惟獨他的羔羊卻倖免於難啦，什麼哪個人惹他生氣，那人家裡的小雞就死光光……這種愚蠢的傳聞你我都聽多了。今天這個人夥同一群陌生人來到鎮上，那一群人之中有個騎著戰馬的大漢，和一名馬鞍後面坐著一頭獵貓的少年；其餘的人鎮上的人也認識，就是幾個附近農莊的少年。客棧裡平常是有狗的；店主人的兒子養了一群獵犬，而且才剛剛去獵兔子回來而已，所以獵犬都很興奮。獵犬一見到那頭貓，可不得了了；牠們將馬團團圍住，又叫又撕咬的。帶貓的那個人——那人八成就是我們的王子——拔出劍來保護貓，他朝獵犬砍去，把其中一頭獵犬的耳朵給削掉了；不過還不止於此，他還張口大吼，而且吼聲跟貓叫一模一樣。

「到了這節骨眼，客棧裡的男人也衝出來了。有的人叫道：『花斑幫！』有的人則叫著去拿繩索跟火炬來。騎在戰馬上的大漢嘲笑村人，還驅使自己的馬去踢狗、踢人。有個人被馬踢倒在地，所以衆人氣極了，拿起石塊就丟，又不停咒罵，而且人越聚越多。花斑幫衝出重圍想要逃走，不過其中一名騎士的太陽穴碰巧被石塊打中，那人便落馬了。暴徒蜂擁而上，而落馬的那個人則叫別人快走。那女孩子把別人都描述成只管要逃走的懦夫，但我猜情況大概是那人被抓之後，拖住了暴徒的行動，所以他的同伴才能順利脫逃。」

「他犧牲自己，以保住王子的性命。」

「看來是這樣的沒錯。」

我沉默了一會兒，心裡估量這些情況。這群人既不否認自己有原智，也不試著去安撫暴徒的情緒；這種行徑非常挑釁，難怪會出事。而且，其中一人犧牲了自己，而其他人認爲他的犧牲是正確的，而且有必要；這顯示他們不但重視王子，對於集體的目的也至爲忠誠。晉責是不是完全偏到他們那一邊去了？我心裡納悶道，不知這些「花斑幫」要安排王子扮演什麼角色，以及王子是否完全認可這個角色。晉責是否認爲那個男子應該爲他犧牲？當他驅馬前進的時候，他可知道留下來的這個人，將會被折磨至死？我很想知道這些答案。「但是他們沒認出晉責就是王子？」

她搖了搖頭。夜色越來越深，與其說我看到她的動作，不如說我是感覺到她的舉止。

「這麼說來，如果村人追上他的話，他們會毫不遲疑地把他殺了。」

「就算他們知道他是王子，也不會手下留情。這一帶的人對於原血者仇恨有加，所以他們會認爲殺了王子，不是摧毀王室的血脈，而是滌清王室的血脈。」

我突然想到一點：現在她將他們稱之為「原血者」了；我不記得她以前用過這個詞。「這個嘛，我看哪，我們的時間是越來越緊迫了。」

「今晚我們就應該出發。」

一想到這個念頭我就頭痛。我已經不像年輕人那麼矯捷靈活了。過去十五年來，我已習於正常進餐，而且每晚都要休息了。我累得要命，而一想到我們趕上王子之後，會碰上什麼狀況，我心裡就發毛。還有，我的狼已經累得無以附加了。我知道現在牠是在拚著一口氣，努力地奔走。再過不久，牠的身體就會要求牠休息，無論當下的狀況多麼危急。牠需要的是食物及靜養，而不是拖著身體跑一夜。

我會跟上來的。要不然，你就去做你該做的事，把我丟下吧。

牠思緒裡的認命態度，令我羞愧得無地自容。牠所做的犧牲，跟今日那人為王子所做的犧牲實在太像。我再度為了王室與崇高的目的而用盡了一切力量；這是個不爭的事實。狼為了我，把自己的生命奉獻給臣子對王室的忠誠；然而牠對於忠誠的了解，僅止於忠誠對我而言甚為重要，所以牠為了愛我而成全我。黑洛夫多年前就說過，我這樣利用夜眼是不對的；他真是一語中的。我下個了童稚的誓言：等到這一切過去之後，我一定要想辦法彌補牠；我們要去牠想去的地方，做牠想做的事情。

我們的小屋；待在火邊烤火。對我而言，這就夠了。

一定。

我知道。

我們避開村人常走的路，繞道回到客棧。走到黑暗的院子裡時，月桂貼在我耳邊說道：「我先溜回房間整理行李。稍後我去把黃金大人搖醒，跟他說我們必須立刻出發。」

月桂消逝在後門的陰影裡。我從前門走進去，經過大堂的時候，還刻意裝出受到斥責的僕人的陰鬱臉色。現在時間已經晚了，所以大堂的氣氛比較低迷，不復先前熱鬧慶祝的模樣。根本沒人注意到我。我走回我們的房間，才走到門外，就聽到爭執的聲音。氣憤已極的黃金大人，高傲地拉高音調罵道：「臭蟲耶，閣下！蜂擁而出。這我可受不了；我的皮膚一叮就紅腫了。我才不住這種臭蟲窩！」

店主人穿著睡衣睡帽，手裡端著燭臺，驚慌地囁嚅道：「拜託，黃金大人，我還有別的床單，如果大人願意——」

「不。我才不在這裡過夜。你立刻給我準備帳單。」

我敲了敲門，進去之後，黃金大人便把怒火轉移到我身上。「你這沒用的無賴，你可回來了！你去外面廝混了半日，倒留我在房裡收拾自己的行李，而且還要順便幫你收拾。站著幹什麼，還不快去辦事！馬上去通知女獵人月桂，告訴她我們必須立刻出發；然後去把馬伕叫醒，要他把我們的馬備妥了。這種地方都是臭蟲，教我怎麼待在這裡過夜！」

我匆忙地離開時，只聽到店主人堅持他的客棧既舒適又乾淨。在短短的時間之內，我們三人就站在門外，準備出發了。我們這三匹馬的馬鞍都是我自己上的，因爲我怎麼搖，就是搖不醒那個馬伕。店主人尾隨著黃金大人走到院子裡，婉言勸告我們今晚絕對找不到第二家客棧，不過這位貴族青年絲毫不爲所動。他跨上了馬，也不跟我們二人多說個字，便驅使麥爾妲往前走。月桂與我跟了上去。

我們以平靜的步伐走了一陣子。月亮已經升起，不過擁擠的房舍擋住了月光，偶爾從護窗板漏出來的燈光也照不亮路，反倒映出不少陰影。黃金大人輕輕地對我們說道：「我在酒吧裡聽到消息，所以決定我們還是立刻離開的好。他們是順著大路逃走的。」

「可是在黑夜之中，我們反而比較可能把他們的線索追丟。」我指出。

「我知道。可是如果現在不走，等我們找到他的時候，可能連見他最後一面都來不及。再說，今晚我們也睡不著了，既然如此，不如搶在明早出發的追捕隊出發之前，先趕一段路再說。」

夜眼從暗處冒出來與我們同行。我探索著牠；當我們心意相通的時候，連夜色看起來都比較明亮。我們揚起的灰塵使牠噴了噴鼻息，然後牠乾脆跑到最前面去領路。由於我們以原智互通心意，所以牠無法藏著不讓我知道牠是使盡了最後一分力氣才能這樣跑下去。我很心痛，但還是接受牠的決定。我催促黑瑪跟上夜眼的腳步。

我在黑瑪超過麥爾妲的時候，有感而發地說道：「我們的鞍袋似乎比我們抵達客棧的時候還大。」黃金大人不在乎地聳聳肩。「毯子啦，蠟燭啦，只要是我想到可能會派上用場的東西都帶了。而且我一想到我們要立刻上路之後，便到廚房搜括了一陣，所以鞍袋裡也有麵包，還有一些蘋果。我不能多拿，再多拿就會被人家發現了。你盡量別把麵包壓扁了。」

「看來你們兩個以前幹過這種事情嘛，黃金大人。」月桂的音調別有深意，而且她尾音裡的疑問不多不少，正好使我們兩人都不敢再談笑下去。由於我們都沒有答腔，所以她又補了一句：「我看這不大公平哪；我要承擔這趟旅程的風險，卻對你們二人之間的事情一無所知。」

黃金大人以極為高傲的音調說道：「妳說得對，女獵人月桂。這的確不大公平，不過目前也只得如此；因為如果我沒搞錯的話，我們還得加快速度。既然我們的王子是狂奔著離開此地，我們也應如此。」

他說到做到，話畢便一夾馬腹，麥爾妲高高興興地奔上前去，與黑瑪爭先；而月桂也一下子便跑到他旁邊。*待會見了，兄弟。*我感到夜眼不但在心靈上與我分開，實際上我們彼此離的距離也越來越遠。牠知道牠無法跟奔跑的馬比快。牠會以自己的步調，走狼走的路徑來找我們。與牠分離使我心裡難捨，雖然我知道這是牠的決定，而且這樣做最明智。少了夜眼，就少了牠的夜視能力，不過我仍繼續騎，我們這三匹馬快步跑過一間挨著一間的房子。

這個村莊很小，所以我們一下子就跑到村莊外圍。月光灑在絲帶一般的大路上。麥爾妲邁步狂奔，於是白帽與黑瑪也奮力趕上牠。我們經過了農場，以及收割過和等著收割的農田。我努力尋找有無馬匹快速衝出大路的蹤跡，但是什麼也沒看到。我們任著馬跑到牠們想慢下來喘口氣為止。等到麥爾妲又扯著牠的馬銜的時候，黃金大人再度讓牠奔跑，於是我們再度衝刺。我原先並不了解，但是黃金大人與麥爾妲似乎融合為一體。由於他全然信任，所以麥爾妲才會有如此的信心。我們整個晚上都在騎馬，而速度快慢則視黃金大人而定。

天色將明時，月桂大聲道出我的想法：「第二批村人打算在黎明時出發，去看看他們的同伴捕獵花斑幫的成果如何；至少我們已領先他們一大段路。」

至於我們三人都擔心的事情——我們會不會因為一路趕著去追王子，而把王子的蹤跡追丟了？這點她就不提了。東升的太陽遮去了月光；我們則繼續前行。有時候，人還是相信運氣得好；若不相信運氣，那就像弄臣那樣，相信命運吧。

20

石柱

有一些法門，可以幫助人們抵抗酷刑的折磨。例如，你可以學習將心靈與肉體分離。精技酷刑的折磨，只有一半是肉體的痛苦，另外一半則在於被害者體會到自己受害的程度之深。若要迫使受害者開口，行刑者下手時就必須一點都不差。如果行刑者下手重了，重到受害者知道自己永難癒合，因而萬念俱灰，那麼行刑者就別指望受害者開口了，因爲此時受害者只巴望自己趕快赴死。但如果行刑者好好把持下手的輕重，別超出界線，那麼他就可以將受害者變成酷刑的共犯；此時受害者最大的折磨在於，自己越不開口，加害者就會逐漸下重手，最後重到讓他痛苦得無以言喻，然而他卻不知道自己還能忍耐多久。受害者如果不肯開口，行刑者便會步步進逼，逼到身體再也無法修復的界線之外。

一個人若曾經被痛苦折磨到崩潰，那麼他就成了受害者，而且終其一生都無法回復；他怎麼也忘不了自己受刑的那個地方，也揮不去自己萬念俱灰、寧可放棄一切也無法繼續忍受痛苦的那一刹那。一個人永遠無法從自己承受過的酷刑中恢復過來，眞是可嘆。有的人爲了要淹沒那種痛苦的經驗，因而成爲行刑者，讓別人遭受類似的折磨，並造就了有著同樣烙印的新受害者。這種不是因爲看了示範，而是因爲自己親身經歷而學到的技巧，眞是殘酷啊。

——摘錄自《惟薩伊之痛苦大全》的卷軸

太陽升起了；我們仍繼續趕路。兩旁的農莊、農田與牧草地越來越少，逐漸被多石的丘陵與開闊的森林所取代。我心裡一半擔心我的狼，一半擔心年輕的王子；但是總括來說，我比較信任我的四腿同伴能夠妥善照料自己，至於晉責，我就不怎麼放心了。我堅決地把夜眼拋在腦後，專心一意地察看路邊的線索；相信夜眼是會體諒我的。氣溫逐漸升高，再加上水氣重了起來，更形悶熱難當。我感覺得出來大雨正在醞釀之中，可是如果下了場大雨，那麼他們的足跡就會被沖得一乾二淨。我不禁緊張起來。

月桂與我很有默契地察看大路兩旁有何線索；她靠著路的左側，我則靠著路的右側騎馬前行。我們要找的是馬匹衝出大路的蹤跡，特別是三匹以上的馬在狂奔之下衝出大路的跡象。如果是我的話，爲了要擺脫騎士的追逐，一定會衝進路邊的樹林裡，因爲在樹林裡比較容易甩開追兵。我猜王子跟他的同伴也會這麼做。

我越來越擔心我們已經在黑夜中追丟了王子一行人的蹤跡，但是月桂突然大喊說她找到了。我只消看一眼，就知道她說對了。此處有許多打了蹄鐵的馬匹踏過的痕跡，而且都是匆忙奔跑的蹄印。身材高大的戰馬，左邊的蹄子跟右邊的蹄子距離很寬，跟別的馬不同，這是錯不了的。我敢說這就是王子一行人離開大路之處，而且前去追捕他們的村人也是從此處而去。

月桂與黃金大人離開大路循著足跡而去，我則停下來，下了馬，假裝要把馬鞍後頭的鞍袋綁緊一點。我知道夜眼會尋找我所經之路的蹤跡，所以趁這個機會在路邊舒展一下筋骨。

上馬之後，我輕鬆地趕上了他們。遙遠的地平線上冒起一朵烏雲，遠遠地傳來幾個雷聲。追兵踏平的路徑一見便知，所以我們催促著疲憊的坐騎快步跟上去。我們跟著足跡，橫過了兩個長著青草與矮樹叢的開闊山丘。從第三個山丘下來時候，迎面遇上一片長著橡樹與赤楊的樹林；我們就是在這樹林裡趕上了村裡派出去的追兵：追兵大概有五、六個人左右，橫七豎八地躺在樹蔭下的高草裡。

埋伏的人不但把人殺了，也把同行的馬與狗給殺了。這樣做算是明智；沒了主人的馬兒照樣能跑回村裡引人追來，而且速度還更快。不過這個場面畢竟殘忍，尤其這竟然是原血者下的手，更令人不齒。這手法冷酷無情，我看了暗暗警戒。馬與狗又沒做什麼，何以致死？這些跟王子同行的，到底是什麼人物？

月桂驚呼，伸手掩住口鼻。她並未下馬。黃金大人看來疲倦而且覺得場面噁心，但還是下了馬跟我站在一起；我們四處走動，檢視死者。這幾個人都是年輕人，年紀才大到剛夠趕上這類瘋狂行動。昨天下午，他們翻身上馬，出發追殺花斑幫；到了晚上，就通通送命了。如今他們躺在地上，看起來既不殘酷，也不邪惡，連愚蠢都稱不上，只令人想到他們已經天人永隔。

「樹上埋伏了弓箭手。」我分析道。「而且是早就在這裡等著的；我看王子一行人是馬不停蹄地穿過此地，讓原本就埋伏在此的人把追兵給解決。」我只看到一枝箭；箭已經斷了，被丟棄在一旁。爲了節省起見，弓箭手已冷酷地把箭從屍體裡拔出來帶走。

「這個倒不是箭傷。」黃金大人指著一具棄置在遠處的屍體說道。那人的喉間有深達筋骨的裂痕；他的肚腸流出，蚊蟲在他的臟器上嗡嗡飛翔，遮去了他那死不瞑目的恐懼雙眼。那是獵貓強而有力的後爪抓出來的傷口。

「你看那些獵犬，牠們遭到好幾隻獵貓攻擊。花斑幫的人在此聚集，然後圍上來，把村裡來的追兵給殺了。」

「接著就再度出發。」

「對。」攻擊這人的貓，可是王子的獵貓嗎？那貓大開殺戒的時候，王子可與那貓心意相通嗎？

「依妳看，現在這一團人有多少人？」

月桂已經騎到前方不遠之處去了，我猜這是因爲她要研究足跡，此外她一定也想離那些腫脹腐爛的屍體遠一點。我不怪她。此時她低聲叫道：「我看至少有八個人。」

「我們一定得追上去。」黃金大人說道。「我們馬上出發。」

月桂點點頭。「村裡的第二批人應該已經出來了，他們一定很納悶這些人怎麼還沒回去。等到他們發現屍體，一定氣得發狂。所以我們非得搶在這兩團人打起來之前，就把王子救出來不可。」

說得倒容易。我走回黑瑪身邊，但是牠不斷逃躲，我連抓了兩次韁繩才把牠拉住。牠需要多加訓練，但是現在可沒這閒工夫。我提醒自己，即使是最鎮定的動物，看到血腥也會緊張起來，況且我現在對牠多一點耐心，將來必會得到回報。我上了馬之後，溫和地對牠說道：「換作是別的騎士，一定朝妳的頭上就是一拳。」

牠擔心地抖縮了一下，這倒令我感到意外。我還以爲牠知覺遲鈍，不過看來牠是什麼都知道的。「別擔心，我才不會打馬呢。」我要牠寬心。然而牠卻像駑馬似的，對我這番安慰的話充耳不聞。遠方響起雷聲，牠把耳朵壓平了。

其實，把屍體丟著不管，任由死屍在這熱天裡腫脹發臭，我們三人都於心不忍。不過就現實的考量而言，我們這樣做是很明智的。今早出發的村人再過不久就會發現同伴們死在此地，而且他們非得埋葬死者不可；這一來，他們就會被拖住，而多爭取這一點時間，對我們是有利的。

只是不管明智不明智，感覺上總覺得於情理有虧。

現在我們追蹤的是群馬衝刺的重踏痕跡。森林地上水氣比較多，所以足跡很清楚。他們一開始的時候，快速地往前衝了一大段路，所以就連孩童都不難循著他們的蹤跡前進。但是過了一陣之後，足跡轉入峽谷裡，沿著一條彎彎曲曲的小溪而行；我任由黑瑪跟著麥爾妲前進，自己則緊盯著頭上的樹林，察看是否有人埋伏。我心裡有個難言的顧慮。與王子同夥的花斑幫似乎很有組織，而且比起軍隊運作而言毫不遜色。之前便有幾人在一地守候，然後與王子同行；而現在王子一行人又加入了一團人。那一行人之中，至少有一人毫不遲疑地爲了衆人而犧牲了自己的生命，而且他們在屠殺追兵的時候，手下並不留情。齊全的籌畫與無情的手腕，表示他們下定決心非得保住王子，並把王子帶到他們預定的目的地去不可。很可能光靠我們三人是無法救王子出來了，不過除了繼續追蹤下去之外，我也想不到別的辦法。派月桂回公鹿堡去搬救兵是緩不濟急：等她回來的時候，一切都已經太遲了；況且這個作法不只會使我們失去時間的優勢，也會使我們再也無法祕密行動。

峽谷開展，變成狹窄的山谷。接著我們的目標物離開了小溪。我們在離開溪谷之前停了一下，把水囊裝滿水，並分吃了弄臣從廚房搜括來的麵包和蘋果。我用蘋果核跟黑瑪套交情。下午我們繼續騎馬前行。三人無話；除非我們要把種種憂慮說出口，否則實在沒什麼好談的。我們的處境其實很危險，不管是我們正在追的王子一行人，還是從我們後頭追來的村人，人數都比我們多得多。我實在很希望狼就在我身邊。

前人的足跡離開谷地，蜿蜒地攀上山丘；林木漸漸少了，山石多了起來。堅硬的地表較難追蹤，所以我們的速度慢了下來。我們經過了一處荒廢了很久的小村子，村裡還遺留著石磚的地基。在一座巨石交錯的山坡上，發現巨石間隆起了一些土堆，土堆還排成古怪的陣仗。黃金大人發現我注視著土堆，便說道：「是墳墓。」

「太大了，不可能吧。」我抗議道。

「那不是一般的墳墓，而是石墓室，而且通常是全家人死後都埋葬在一起。」

我好奇地回頭望著。土墩上長著高草，就算高草下有石室，也早就被遮得看不見了。「你怎麼會知道這種事情？」我質問道。

他並未直視著我的眼睛。「我就是知道，獾毛。貴族教育的確有很多長處。」

「這種地方有很多傳聞。」月桂小聲地插嘴道。「聽說，有時土墩裡會飄起一縷青煙，那就是鬼，因為他們要出來抓小孩子和……噢，艾達神保佑。看，那裡有石柱，傳聞裡也提到石柱的事情。」

我順著她的指頭望去，一股寒意沿著背脊冒上來。

那石柱又黑又亮，有兩個人那麼高，上面有銀色的紋路，而且苔蘚不生。公鹿堡附近的那些見證石，在從海上吹來，帶著大量鹽分的風暴襲擊之下，早就風化得很厲害了；不過內地的微風對這些石頭倒很客氣。由於隔得遠，我看不出石柱各面刻的是什麼符號，但是我知道石柱的每一面一定都刻著符文。這個石柱與見證石，以及曾經將我送往古靈之城的那個黑石柱，都是系出同源；我看了就知道，這個石柱一定產自於惟眞雕龍時，取用石料的那個採石場。那個採石場那麼遠，把這石柱從那麼遙遠的地方搬來的力量，到底是魔力還是臂力呢？

「那些墳墓跟石柱是一起的嗎？」我對黃金大人問道。

「比鄰的事物，不見得就彼此相關。」他四兩撥千斤地說道。我轉頭過去，對月桂問道：「那麼鄉野的傳聞裡，對這個石柱是怎麼說的？」

她聳聳肩，笑了一笑，不過我知道我問得這麼積極，使她很不自在。「各種傳聞多得是，不過都大同小異。」她吸口氣，說道：「小孩子走失了，牧羊人落單了，或者是得不到父母許可的情侶私奔來到土墩間。大部分的故事是說他們在土墩間坐了下來休息，或者是因爲酷熱而找個陰涼處避一避，然後鬼魂就從土墩裡冒出來，把他們領到石碑之前。他們跟著鬼走進石碑，接著就到了不同的世界去了。有的人說，進了石碑的人就永遠回不來；有的人說，他們才去了一晚，但是出來的時候已經白髮蒼蒼了；但也有人說，事情恰恰相反：百年之後，那一對情侶回來了，他們手牽著手，仍跟當年一樣年輕，而且爭執不下的雙方父母親早已過世，所以他們可以自由地結婚了。」

我對這些故事自有我的看法，但是我並沒有說出來。我曾經踏入這種石柱之中，接著就置身於一處遙遠的死寂城市裡；那死寂已久的大城的黑石牆對我說話，整個大城登時活了起來。巨石柱和黑色石頭蓋起來的大城，都是古靈的手筆；不過古靈早就消失了，再也不得見。我本來一直堅信，古靈居住在遙遠的國度裡，那國度藏於群山之間，而且遠在珂翠肯的群山王國之外。如今我已經兩次見到蹤跡，顯見古靈也在六大公國的山丘之間活動過；不過那是多少寒暑以前的事情了？

我試著去捕捉黃金大人的眼神，不過他直視前方，而且感覺上他似乎刻意催馬加快腳步。我從他嘴唇的線條，就知道不管我問什麼問題，他都會拿另外一個問題來搪塞，要不然就是四兩撥千斤地避開。我把注意力放在月桂身上。

「妳住在法洛公國，卻聽得到這種地方的傳聞，眞是奇怪啊。」

她又聳了聳肩。「我聽到的不是這個地方的傳聞，而是法洛公國那裡一個類似這種地方的傳聞。而且我不是告訴你了嗎，我母親的娘家離貝馨嘉莊園並不遠。我母親在世時，我們經常去外婆家玩。不過我敢說，住在這裡的人，對這些土墩與石柱的傳聞，一定與我們那裡相去不遠。當然，這是說如果這裡有人住的話。」

這地方看起來荒無人煙，而且我們越走越偏僻。地平線暗了，不時傳來雷聲，但看來風雨還沒吹過來。就算這些山谷裡曾有人耕種，或者這些山坡上曾經養著徜徉的牛羊，人們也早就忘記此地了。這裡的地很乾，石頭從一叢叢的乾草與光禿禿的矮樹枝間冒出來。此地唯一的動物蹤跡，是蟲鳴與鳥叫。足跡越來越難辨，所以我們不得不慢下來。我不時回頭瞭望。我們的足跡疊在前人的足跡上，只會使後頭的追兵更容易找上我們，但是我實在想不出有什麼更好的作法。

我們左手邊的昆蟲突然噤聲不鳴。我轉過頭去，一顆心懸在半空中，但是過了一會兒，我便感覺到我的兄弟來了；再兩個呼吸，牠就現身了。即使在最缺乏掩護的地方，狼也能把自己藏得好好的；牠這個本事一直令我驚奇，而今天也不例外。牠走近之後，我原本因為見到牠的歡喜之情，一下子沉到谷底。牠是靠著堅毅的決心跑過來的，因為此時牠的頭垂得低低，舌頭幾乎點到膝蓋。我沒跟他們兩人多說一句話，便勒馬停住，下了馬，把裝水的皮囊拿出來。牠朝我走來，從我捧成碗狀的手裡舔著水喝。

你怎麼這麼快就趕上來了？

你們跟著足跡走，足跡時而不明，所以你們走得慢。我則是跟著我的心走的；因此你們的足跡蜿蜒地經過這些山丘，但我的心則領著我，經過了許多馬匹走不來的地形，一路直接來到你身邊。

噢，兄弟。

現在不是可憐我的時候。我是來警告你的。後面有人追上來了。追上來的那些人，在屍體那裡逗留了一會兒；他們很氣，對著天空大叫。怒火可以將他們拖延一會，不過他們追來之時，一定會來得又快又憤怒。

你能跟我們走嗎？

我能躲，而且我可比你們能躲得多。所以你不該思量我要怎麼做，而應該想想你們應該怎麼辦。

我們能做的不多。我上了馬，一夾馬腹，趕上了他們，並說道：「我們應該要加快速度。」月桂看了我一眼，但沒有說什麼。黃金大人沒答腔，唯有他坐姿的些許變化，顯露出了他的確聽到我所說的話，而且麥爾妲一下子便以開跑來回應他的動作。黑瑪突然決定牠不要落在後面；牠一躍向前，才跑了四步我們便領先了。我一邊騎馬，一邊看著地上。看來王子與同伴們又進入樹林子去了；我為他們的決定鼓掌叫好。我也想多找點掩護，於是催促黑瑪加快速度，並領著他們二人直接闖入了埋伏區。

夜眼急得以思緒大叫一聲，使我警戒地拉著馬撇向一邊，所以中箭的是月桂，她尖叫一聲，落下馬來；那箭原本乃是朝我而來。我騎著黑瑪，朝大樹下衝去，心裡只覺得又氣又怕。我很好運，因為弓箭手只有一人，而且他來不及搭第二枝箭射我。我們經過低垂的枝椏時，我立在馬蹬上，碰巧抓住了一根樹枝，便使勁攀上了樹。那弓箭手想拉弓射我，不過他與我之間有許多小樹枝擋著，他射了也沒用。我沒時間多想後果，便像狼一般朝他撲過去，於是我們兩人一弓便纏扭在一起，掉了下去。有根突出來的枝椏，差點打斷了我的肩膀，雖沒擋住我們落下的走勢，卻使我們在空中打了個轉；所以最後掉在地上時，是那個年輕的弓箭手壓在我身上。

這個撞擊把我肺裡的空氣都擠出來了。我雖能想，卻不能動彈。夜眼衝上來幫我解了圍，牙爪齊下地把那個年輕人從我身上拖走。我感覺到那人對夜眼出了個奇招：他試著抗斥夜眼。不過我看他是太過驚駭，所以他的思緒沒什麼力道。夜眼與那人纏鬥的時候，我躺在地上，想辦法要把空氣灌入肺裡。那弓箭手一揮拳，但是夜眼一低頭，反而把那握拳的手腕咬住；他尖聲大叫，發狠地踢狼。我感受得到那一踢的威力。夜眼雖沒鬆口，但是漸漸地咬不住了。那人把手腕從狼的嘴裡抽出來的時候，我已經吸到足夠的空氣，可以應對狀況了。

我雖還躺著，但是對著那弓箭手的頭就是一踢，然後就騎到那人身上去。我的手緊勒住他的喉嚨，而夜眼則緊咬住他的右小腿不放。那人再怎麼扭動，就是無法脫身。夜眼守住了他的雙腿，我則用力捏住他的喉嚨，直到我感覺到他的掙扎漸息爲止；但即使他掙扎漸息，我仍一手掐住他喉嚨，一手摸索腰帶上的刀子。整個世界已經縮小到只剩下我眼前那張紅通通的臉。

「……殺他！別殺他！別殺他！」

我把刀子抵在那人的喉嚨上之際，黃金大人的叫聲終於鑽進了我的心靈。我一點也不想聽令。不過戰鬥的烈焰從眼前消退之後，我發現我身下這人還是個孩子，年紀只比幸運大一點；他的藍眼睛從眼窩裡凸出來，這一來是因爲對死亡的恐懼，二來是因爲缺乏空氣。我們掉下來的時候，他的臉被什麼東西刮到，所以他臉上有好幾道血痕。我鬆開了手，夜眼也將他的腿放開，不過我仍騎在他胸膛上，並把刀子抵在他喉間。我對於清純的少年可沒有那麼多感傷。我們已經看到這人的好箭法了。他逮到機會就會把我給殺了。我一邊盯著他，一邊對弄臣問道：「月桂死了嗎？」

「還早咧！」這是月桂激動的叫聲。她蹣跚地朝我們走來；我一瞄，發現她的手緊緊地按住她肩膀上的傷口，血從她指縫間流下來。她已經把箭拔出來了。

「妳有沒有把箭頭拔出來？」我趕快問道。

「要是沒法子整個拔出來的話，我是不會去動它的。」她暴躁易怒地說道。疼痛顯然無法改進她的脾氣。她臉色蒼白，但是兩頰上氣得紅紅的。她低頭看著我坐住的那個少年，眼睛睜得很大。我聽到她不太平順地吸了一口氣。

夜眼站在我身邊，喘得很厲害。*我們應該離開此地。*牠的思緒裡夾纏著痛楚。*別人，不管是前頭的人，或是後頭的人，都可能會來。*我看到那少年皺起眉頭。

我看了月桂一眼。「妳這樣子能騎馬嗎？因爲我們必須立刻離開此地。我們得訊問他，但現在不是時候。我們可不想被我們正在追的那些人，或是我們後頭追來找他的那些朋友給逮住了。」

從她的眼神，我看得出她也不知道自己現在能不能騎馬，但是她回答得很勇敢：「我能騎馬。咱們走吧。我也有問題要問問這傢伙。」那弓箭手驚駭地瞪著月桂，因爲他被月桂話裡的惡毒意味嚇到了。他突然扭動起來，意圖要逃跑。我用沒拿刀的那一手，反手就給他一巴掌。「下不爲例。與其要拖著你一起走，我還不如殺你比較容易。」

他知道我說的句句實言。他先看看黃金大人，再看看月桂，然後才把目光轉回我臉上。他直盯著我看，血從他鼻孔裡流出來，而且我看得出他心裡受到很大的衝擊。這是個有過殺人經驗，但是自己從未在生死關頭走一遭的年輕人。我突然有種古怪的感覺，覺得我夠資格讓他嘗嘗可能會被人殺掉是什麼感覺。無疑地，我年輕時一定也曾露出過這種表情。

「站起來。」換作是十五年前，我一講完話，就會把他拉起來；但如今我只是拉住他的襯衫領口，等他自己站起來。這一番扭打之後，我自己也有點喘不過氣來，而且我不想把我僅餘的力氣用來炫耀自己的力氣。夜眼躺在樹下的青苔上，毫不遮掩地大口喘氣。

*你先避一避吧。*我對牠建議道。

馬上。

那弓箭手看看我，又看看我的狼，然後又看看我，眼裡浮起困惑的神情。我拒絕與他四目相對，反而把綁住襯衫領口的皮條割斷。刀鋒穿過皮條的時候，他瑟縮了一下。我把皮條拉出來，粗魯地將他轉過身去。「手過來。」我命令道。他沒敢回嘴，便把雙手伸到背後；對他而言，打鬥大概已經過去了。他手腕上的傷口仍在流血。我將他的雙手緊緊地綁起來。綁好之後，我抬起頭，發現月桂正怒視著這個囚犯；她顯然是把這個攻擊當成是私人恩怨了。也許以前從沒人威脅過她的性命吧。第一次的經歷，總是最令人記憶深刻。

黃金大人扶著月桂騎馬。我知道她很想拒絕黃金大人的幫忙，但卻又不敢拒絕；畢竟她若是落馬，那可是比接受他的幫忙還更丟臉獻醜。於是就只剩下黑瑪來載這個囚犯跟我了；別說是我了，就連我的馬都很不願意。我撿起那弓箭手的弓，遲疑了一會，將那弓丟上去，讓它掛在樹枝上；如果運氣好的話，根本不會有人路過而且碰巧抬起頭來看到那把弓。從那少年盯著弓的模樣，我知道他一定一直都很寶貝那把弓。

我拉住黑瑪的轡繩。「我要上馬了。」我對囚犯說道。「我上馬之後，再把你拉上來坐在我後面。要是你不合作，我就把你打昏，把你留給後面追上來的那些人。你知道我指的是誰吧?你誤認為我們就是村子裡追來的人，但其實眞正的歹徒還在後頭哪。」

他潤溼了嘴唇，半邊臉已經開始腫脹瘀青。他終於開口了，而他第一句話就問道：「你跟他們不是一夥的?」

我冷冷地瞪了他一眼。「你可曾在搭弓射箭之前想過這個問題?」我質問道，然後便上了馬。

「你們追蹤著我們的足跡一路而來呀。」他轉過頭去看看因爲他的弓箭而受創的女子，整個人一下子洩了氣。「我以爲你們是爲了要把我們趕盡殺絕而一路從村子裡追出來的人。眞的。」

我坐在黑瑪背上，彎下身去拉他；他遲疑了一剎那，然後便拱起肩膀讓我抓住他。我抓著他的上臂往上提。黑瑪噴了噴鼻息，又轉圈子以示抗議，但是他跳了一、兩下之後，終於跨到黑瑪背上。我給他一點時間，讓他調好坐姿，對他說道：「你坐穩了。這馬很高，要是摔下去，保證你跌斷肩膀。」

我回頭望著我們的來時路，還是沒有追兵前來的跡象，不過我總覺得我們的好運好像快用完了。原智者集團的足跡往山上走，不過我想先從這少年嘴裡套點消息出來，再追蹤上去。我打量著一條可以欺敵的路線：我們可以先往山下走，山谷裡大概會有一條即使冬天也有水的小溪，而印在溼潤土壤上的足印比較持久；我們可以順著河床走一段路，再爬上多石的山坡尋找掩護。這一招說不定會奏效。雖然我們的足跡太新，但是追兵可能不會想到這麼多，只以爲是他們拉近了距離，如此而已；這一來，我們便可以引開追兵，保護王子。

「這邊走。」我宣布道，將我的計畫付諸行動。黑瑪老大不高興，因爲牠載了兩倍的重量；牠大概是下定決心要讓我體會到牠的負擔過於沉重，所以一路走得東倒西歪。

月桂見我放棄了我們追了一天一夜的渺茫足跡，不禁抗議道：「這樣不就追丟了？」

「我們用不著追蹤了；我們有他呢。他們往哪兒去了，他清楚得很。」

我感覺到他抽了一口氣，咬牙切齒地說道：「我不說。」

「你一定會說的。」我對他說道。我踢了黑瑪一下，而且在踢腳的同時，明明白白地警告牠要務必對我言聽計從。牠驚惶地踏了出去，而且儘管平添了一個人的重量，牠還是走得很好。牠是一匹強壯又好腳力的馬，不過牠早就習慣自己愛怎麼運用這些長處、就怎麼運用這些長處了。我們遲早總有一天要攤牌的。

我催牠快速下山，然後沿河而行，最後來到一處乾河床。這乾河床裡都是石頭，沒有淤泥，我看了頗爲心喜；於是我們偏離了河道，最後碰上一處多岩的斜坡，便由此上山。我身後的那個弓箭手，只能靠著膝蓋夾緊馬腹，以免自己掉下來；至於黑瑪，我看牠雖費勁，卻不是很吃力。我只希望我所設定的步調和路線，不至於對月桂太過嚴苛。我催促黑瑪爬上一道陡峭的碎石坡。如果我們眞能誘使村裡來的暴徒追蹤我們的足跡的話，這種路線保管他們鎩羽而歸。

到了山丘頂上，我停了一下，等他們二人趕上來。夜眼已經不見了。我知道此時牠在休息，以便稍後前來與我們會合。我希望夜眼就在我身邊，不過我也知道，夜眼獨處比較安全，陪我反而危險。我掃描周遭的地形。夜眼不久就會來找我們，而我希望我們能待在別人看不見我們，但我們卻能俯瞰追兵迫近，而且最好是易守難攻的所在。我打定了主意：我們必須往上走。我們所在之處，是個環繞平地的山丘；而隔壁那座山不但比較高，也比較陡，山脊岩石的露頭也比較明顯。

「這邊走。」我對眾人說道，彷彿我知道路似的，接著便領頭走了出去。我領著他們下了一段短坡，走入覆著林木的山溝，然後沿著一條乾河床上山。我們實在好運。到了隔壁這座山之後，我們碰上了一條野獸走出來的小徑；小徑很窄，顯然是比馬小得多的動物走出來的。我們沿著小徑而去。就大型馬而言，黑瑪算是走得很好了，不過每當小徑切過陡峭的山壁時，我背後的囚犯就緊張得喘氣。我知道這種路對於麥爾妲來說不算什麼；但是我不敢回頭察看月桂的狀況如何。我得信任白帽能把牠的女主人照顧好。

我的囚犯大著膽子對我說道：「我是原血者。」他講得很小聲，但是語氣堅決，彷彿這句話應該會對我別具意義似的。

「是嗎？」我譏刺道。

「可是你是——」

「閉嘴！」我粗暴地打斷他的話。「你的魔法對我而言無足輕重。你是個叛賊。再敢多說一個字，我就立刻把你甩下馬。」

小徑越走越高，我開始有點後悔當初選了這條路。我們經過的稀疏林木，都長得歪歪扭扭、枝幹削瘦；風雨欲來，葉子在狂風中飄搖；土地越來越少，映入眼簾的是嶙峋的岩石露頭。我一眼就看出那個歇宿的好地方。那其實不是山洞，而是懸崖底下有一處凹得比較深的地方。我們下了馬，柔聲哄著馬兒走完最後這一段路，來到這個棲身之處。我領著黑瑪走了進去；懸崖底下比較涼快，後方的岩壁上還滲出水來。這個巖穴，也許就是這個時有時無的山泉鑿出來的，只是現在這山泉小得很，小到只是在地上形成一道長著綠苔的潮溼痕跡，然後便涓滴地流下山坡去了。這山洞裡裡外外，都沒有可以給馬吃的草料。這我也顧不得了；畢竟四下就屬這個山洞最有遮蔽，而且最宜於防守。

「我們就在這裡過夜吧。」我平靜地宣布道，指去額頭與脖子上的汗水。雲氣低沉，水氣很重，顯見快下雨了。我指著山洞後面，對囚犯說道：「去那兒坐著。」他一語不發地坐在馬上瞪著我看。我沒給他第二個機會，伸出手，拉住他襯衫的前襟，就把他拽下來馬來。我一惱怒起來，總是力氣特別大。我趁他還沒站穩，就使勁把他往山洞後頭一丟，讓他撞在岩壁上，頭昏腦脹地順著岩壁溜下來坐在地上。「後頭還有你好受的。」我狠狠地對他說道。

月桂瞪著我，眼睛睜得大大的，臉上刷白，大概是因爲看到我發號施令而受到很大衝擊吧。我牽著她的馬，黃金大人扶她下馬。我的囚犯看來沒敢亂動，所以我便自顧自地卸下馬鞍，打點我們這個將就湊合的營地。黑瑪舔了舔水，開始吸著那涓滴的水流。我把沙子挖走，把岩壁底下的窪地扒深一點；謝天謝地，接下來就積成了個小水窪了。黃金大人正在處理月桂肩膀的箭傷。弄臣一向手巧，此時他已俐落地把傷處的衣服剪開、剝下，並拿著塊溼布裹上去了。衣服上的血漬顏色偏黑。他們兩人頭靠在一起，一邊打量傷勢，一邊靜靜地討論。我也靠了上去，問道：「傷勢有多糟？」

「夠糟的了。」黃金大人簡潔地說道，但是我聽了這話並不驚訝，反而是見到月桂看我的眼神時嚇了一跳。她瞪著我的模樣，彷彿我是頭暴怒的野獸似的。就算是因爲我粗魯地打斷了他們的私下談話，而使她覺得自己受到冒犯，也絕不至此。我退了開，心裡納悶著，是不是因爲我看到她裸露的肩膀，而使她感到不自在；可是黃金大人碰到她，她也不多計較呀。不管了，我可沒空多想，我要打點的事情多得很。

我估量著我們僅餘的那一點食物；只剩麵包和蘋果了，而且份量根本不夠三人，更不要說由四人分吃了。我冷冷地決定道，我們的囚犯不用吃了。他日間大概已經吃過口糧，而且八成吃得比我們好得多。想到這裡，我決定過去檢查一下。他爲了使用綁在身後的手去察看腿上的傷口，所以坐姿非常古怪。我瞄了一眼，但是一點都不同情他。我靜靜地站在他身前，等著他開口。

「我可以喝點水嗎？」

「轉過去。」我命令道；他掙扎地轉過身去，我仍然一點也不爲所動。我把綁住他手腕的皮條鬆開；我一拉，皮條連著他的血塊一同扯起來時，他壓著聲音叫了一聲。接著他慢慢地將手移到身前。「馬喝夠了之後，你再到那兒去喝水。」

他緩緩地點點頭。他的肩膀痛得有多厲害，我心裡清楚得很；我自己的肩膀，到現在都還因爲被那根突起的樹幹撞了一下而隱隱作痛呢。我們從樹上掉下來時，他臉上被樹枝撞破的地方已經瘀青結痂；一邊藍眼睛充滿了血絲。不知是什麼緣故，他臉上這些傷痕，竟令他顯得更爲年輕。他審視著手腕上被狼咬住的地方；我看他緊張地咬緊下巴的樣子，就知道他怕得連碰一下傷口都不敢。他慢慢地抬起頭來看我，然後望向我身後遠處。

「你的狼呢？」他問道。

我差一點就反手給他一巴掌；他察覺我的手舉到一半，嚇得人瑟縮了起來。「問什麼？」我冷冷地對他說道。「你只管回答問題就好。他們要把王子帶到哪裡去？」

他一臉茫然地望著我，而我則咒罵自己的笨拙。他可能根本就不知道王子的身分哪！算了，話說出口也收不回來了。反正我橫豎都得把他殺掉。突然間，我察覺到這是切德式的想法，於是把這個念頭丟在一邊。「帶貓的那個少年。」我澄清道。「他們把他帶到哪裡去了？」

他乾渴地呑了口口水。「我不知道。」他遲滯地說道。

我眞想掐住他的喉嚨，逼他講出實話。這人在各方面都是個威脅。我猛然地站起來，以免自己脾氣失控。「少裝蒜，你一定知道。我先給你一點時間，讓你想想我會怎麼逼供。我等一下再來找你。」我走開了幾步遠，擠出一絲笑容，轉過身去對他說道：「噢，要是你以爲這是個逃跑的好時機……嘿，你出了洞外走不到兩、三步，就不會再納悶我的狼到底在哪裡了。」

突然之間，一道白色的閃電打進了我們的棲身處；馬兒吃驚地嘶鳴起來，再過一會兒，轟雷驚動大地。我眨了眨眼，霎時之間，什麼都看不見，接著洞口之外，大雨傾盆而下。天色突然暗了下來。一陣風吹進洞口，把雨水也帶了進來，然後又吹往他處。日間的溫暖頓時消失得無影無蹤。

我將食物帶過去給黃金大人與月桂。月桂似乎有點頭暈目眩。黃金大人已經拖來一個馬鞍，並在馬鞍上鋪了毯子，讓月桂靠著休息。月桂用左手將臉上的亂髮撥到後面，右手則端放在大腿上。她肩上的血一路淌下來，在她手指間凝爲血塊，並將她的指甲圈住；我沒想到她出血這麼嚴重。黃金大人把他們兩人的麵包和蘋果接了過去。

我一瞥洞外的大雨，搖了搖頭。「這場風雨會把他們的足跡通通沖掉。往好的方面想，追兵說不定會就此打住，只管把死者載回村裡埋葬就算；但壞處是，王子的足跡也一樣會沖刷殆盡，所以我們也別想循跡追蹤了。爲今之計，要找出王子，唯一的辦法就是教那個弓箭手說出實話。」我把腰帶上繫著的佩劍解下來，遞給他們；但是他們兩人都沒接手，所以我便把劍抽出來，放在他們身邊的地上，壓低了聲音說道：「這劍你們說不定派得上用場。如果有必要一用，千萬別遲疑，當場就讓他死。要是讓他逃出去警告他的同伴，那麼我們就別想把王子找回來了。我現在先讓他細想一陣子，待會兒我再逼供。趁現在多少還撿得到乾柴的時候，我多少去撿一點回來，順便去察看有沒有人跟著我們上來。」

月桂舉起她那隻完好的手遮住嘴，一副病懨懨的樣子。黃金大人望望囚犯，然後轉過頭來看我；他的眼神有點困惑，不過他自然知道我其實是要去看看夜眼到了沒有。「把我的斗篷穿著吧。」他對我說道。

「這一出去就全身溼透，何必多弄溼一件衣服？我回來的時候再換上乾的就是了。」

他並未叫我一切小心，但是他的眼神已經道出了心意。我點了點頭做為回應，然後拿出魄力，走入滂沱大雨之中。站在雨中果然同我預料的一般，既溼冷又很不舒服。我弓著背避雨，並瞇著眼睛望著灰濛濛的雨勢；我深吸了一口氣，毅然決然地改變了自己的期待心理。黑洛夫教過我，人類所感覺到的不適，大多是因為人的期待而起。做為人，我總期待在我想要溫暖乾燥的時候，就能溫暖乾燥；動物就不會心存此念。所以，現在在下大雨，然而我心中的狼性是可以接受下雨的。下雨意味著溼且冷；但只要我接受下雨自然會溼冷的邏輯，而且不再把這個覺悟，拿來與自己的期待相比較，那麼這些處境就容易忍受多了。我大步跨了出去。

大雨把通往山洞的路變成了一條泥濘的小河；我每踏一步，都得小心別失足。雨下得太大，我雖知道小徑的所在，卻幾乎看不見小徑。希望追兵會因為雨勢驚人、天色幽暗，而且足跡全失而打道回府；他們必會派幾人回去村裡通報這個壞消息，不過我能指望所有的追兵都會就此打住，然後載著死者返回村裡嗎？

走到山腳下的時候，我停住腳，謹慎地對夜眼探索道：*你在哪裡？*

什麼回答都沒有。遠方閃起雷電，過了好一會兒，才傳來轟隆的雷聲，雨勢再度變大。我想到最後一次看到夜眼的時候，牠全身是傷，疲倦又衰老。我拋開所有的顧忌，大聲地對著天空喊出我的恐懼：

夜眼！

小聲一點！我就來了。夜眼講得一副不屑狀，彷彿我是一頭纏著母親的幼獸似的。我收起原智，但仍不禁大爲寬心地嘆了口氣。如果夜眼那麼氣惱我的話，那麼牠一定沒有我想像的那麼糟糕。

我在一棵老早就傾倒的大樹下找到一些乾柴，從腐朽的樹幹裡剝下一些細木屑，又把枯枝折爲適當的長短，接著脫下襯衫，把火種和柴薪包好，多少讓火種和柴薪少溼一點。我舉起沉重的腳步走回山洞的時候，這場急雨突然止歇了；此時，四下只聞樹枝間的滴水聲，和地表淙淙的流水聲。附近一隻夜間活動的鳥兒，謹慎地唱出一、兩個音符。

我在接近懸崖底時輕輕地說道：「是我。」黑瑪噴了噴鼻息，算作是應聲。我幾乎看不見洞裡的人，但是過了一會兒，我的眼睛就調適過來了。黃金大人已經把我的打火石拿出來。今天運氣好，竟然一下子就在山洞後頭起了個小火團。輕煙在洞穴頂上蔓延，慢慢地才找到路出去。我走到洞外去檢查煙霧會不會明顯到讓山坡下的人起疑，然後才放心地走回洞裡去把火生大一點。

月桂坐了起來，挪到溫暖的火光邊。她看來好了些，不過從她的臉色就知道她仍強忍著痛楚。我注意到她朝那弓箭手瞄了一眼；她眼裡有指責之意，不過也有一點同情他——但這是不對的。希望我不得不爲的時候，她可別出手干預。

黃金大人已經在翻找鞍袋；過了一會兒，他拉出一件僕人藍的襯衫遞給我。「多謝。」我喃喃地說道。我的囚犯弓著背，坐在火光邊；我注意到他手腕和腿上都整齊地綁著繃帶，並認出那是弄臣打的結。這個嘛，我倒沒叫弄臣別理會那人；我早該想到他會照料那個弓箭手的。我抖開乾襯衫時，月桂輕柔地對我說道：「好大的傷疤。」

「妳說的是哪個疤?」我不假思索地問道。

「你背後中間的那個。」她以同樣輕柔的語氣答道。

「噢,那個啊。」我盡量以輕快的聲音說道。「那是弓箭所傷,而且箭桿拔起來的時候,箭頭沒有跟著拔出來。」

「難怪你早先這麼擔心箭頭有沒有跟著拔出來。謝謝你。」她說著對我笑了一笑。

她這話幾乎像是在道歉似的。她的話語和溫柔的笑容令我心裡一震;但接著我便想起脖子上戴的護符,此時正整著暴露在外。原來是這樣啊。我趕快把乾襯衫穿上,拿了黃金大人遞給我的緊身褲,走到馬兒後面的陰暗處去更換。原來只是涓滴流下的山泉,現在則穩定地湧出,形成了一道小河,經過馬的身邊,流到洞外去。這個嘛,雖說晚上沒有草料可吃,至少是不缺水了。我掬一捧水嚐嚐;有土味,但這是潔淨的好水。

我回到火堆旁,黃金大人嚴肅地遞了一片麵包與一顆蘋果給我。直到我咬下第一口,才感覺到自己餓得有多厲害;就算全都吃下去,我也不會饜足,但我除了把蘋果吃掉之外,還是留下了一半的麵包。不幸的是,吃到最後一口的時候,我還是跟剛開始的時候一樣餓。這大概是因爲我方才淋過雨吧,但我立刻便把這個念頭拋在腦後。認爲自己每日都應該定時塡飽肚子,也是人才會有的本位思想;餐餐吃飽固然令人覺得很舒服,但這並非生存所需。我一再重複地把這個道理講給自己聽,轉開目光,不再看著火光,接著我發覺黃金大人正在看我。月桂已經裹著毯子打盹了。我靜靜地說道:「你幫他包紮的時候,他有沒有說什麼?」

黃金大人想了一想,笑了出來——這一笑,就打破了他那黃金大人的幌子。「他說了『哎喲』。」弄臣逗我道。

我也笑了出來，但接著就強迫自己面對不可避免的場面。雖然月桂閉上了眼睛，我還是壓低了聲音，用只有弄臣聽得到的音量說道：「他到底對他們的計畫知道多少，這是一定得問出來的。他們的組織嚴密，而且下手無情。這其中必有詐，絕不是一群原智者幫助少年逃家這麼單純。我得逼他說出他們到底把王子帶到哪裡去了。」

弄臣臉上的笑容消退了，但是黃金大人的高傲姿態並未浮現。「你要怎麼做？」他畏懼地問道。

「該怎麼問，就怎麼問吧。」我冷淡地答道。弄臣竟如此反應，使得我更難以下手，我有點生氣。現在唯一要緊的，是王子與他的福祉，至於弄臣那種動不動就大驚小怪的態度，以及靠著洞壁而坐的那個原血少年的性命，都無足輕重；就連我自己有什麼感受，也不必多做理會了。我這樣做是爲了切德，爲了吾后，爲了瞻遠家族的血脈，爲了王子本人。我從小就學習如何處理這種骯髒的小事；擔任刺客，本來就要擔負許多只能做、不能說的任務。我的腸胃纏攪起來。弄臣焦慮地望著我，但是我移開了目光，望向別處，並且站了起來。把這事情了結了就好。逼他供出來，然後就把他殺了。我不敢放他走，但是帶著他一定會嚴重拖累，使我們走不快。這不是我第一次爲了瞻遠家族而開殺戒，不過以前我倒不必先逼口供再殺人滅口；然而要怎麼逼問才有效，這我清楚得很，因爲帝尊地牢裡種種拷問的花招，我都親身經歷過了。倘若當年的我不曾有過那樣的境遇，也許我現在還會有別的選擇吧？

我離開火堆，走到那年輕人所在的暗處。他坐在地上，背靠著石壁。我站在他身前，盯著他看了一會。我眞希望他恐懼接下來會發生的種種折磨，最好就跟我一樣恐懼。最後他終於放棄了，抬起頭來看著我；而我則怒視他，說道：「他們把他帶到哪裡去了？」

「我不知道。」他說道，但是他的話軟弱無力。

我重重地踢了他一腳，我的靴尖就點在他肋骨下的柔軟處；我衡量過方向力道，這一踢會把他肺部的空氣擠出來，卻不至於造成永久傷害。還不到下重手的時候。他痛苦地叫出來，並弓起身子。他還沒從痛苦中恢復，我便揪著他的襯衫前襟，把他提了起來；我比他高，所以我一咬牙，提到他只有腳尖碰得著地上的程度。他雙手抓住我的手腕，軟弱地拉扯。他到此時都還吸不到空氣。

「帶到哪裡去了？」我明白地問道。洞外突然又下起大雨。

「他們……沒……說。」他好不容易吐出了這幾個字，而且，艾達神的一切慈悲力量，使我很想衷心相信他。但我不敢鬆手。我重重地把他往牆上一摔，重到他的後腦勺從石壁上彈了回來；這撞擊力道之大，使我瘀青挫傷的肩膀大喊吃不消。那少年緊咬嘴唇，不讓自己叫出聲來。我聽到身後的月桂壓著聲音驚叫，但是我沒有回頭看。

「你可以現在就說，也可以隨後再說。」我一邊將他壓在牆上，一邊嚴厲地警告道。我痛恨自己做出這種事情，但是不知怎地，他那種愚蠢的頑固態度，反而更使我大動肝火地把怒氣發洩在他身上。我從憤怒中汲取能源，希望藉此來加強自己的意志力，讓自己繼續下去。速速了結他，其實是手下留情；這手段雖嚴厲，其實卻最爲慈悲。他要是肯早點開口的話，這事情早就過去了；就是因爲他自己選了這條路，所以才會吃到這些苦頭。這人是個叛徒，因爲他跟那些擄獲了珂翠肯兒子的人混在一起；此時六大公國的傳人說不定已經有了生命危險，而這個人知道的消息，說不定可讓我救他一命。不管我怎麼折騰這傢伙，都是他自找的。

他突然發出一聲彷彿小男孩哭叫的聲音，整個人震了一下，然後才吸到一口氣。「求求你，饒了我吧。」他小聲地說道。

我狠下心來，掄起拳頭。

可是你答應過我的。你曾許諾說，不是爲了取肉吃，而是爲了冶煉人心的殺生，你是永遠不做的了。夜眼驚駭地對我說道。

兄弟，你別管這件事。我非做不可。

不，你別做。我就來了。我盡量飛快趕來。等我吧，兄弟，求你等我吧。

我掙脫了夜眼的思緒。是該把這事情了結的時候了。讓他崩潰吧。可是那個頑固的叛賊看起來活像是拚了命也要把自己的祕密保住的少年。淚水流過他髒污的臉頰，留下一道道痕跡。狼的思緒讓我的決心鬆懈了下來；我發現我已經放下他，讓他站著了。我從來就不曾熱中於虐待他人。有的人會以折磨他人的心志爲樂，這我清楚得很，但是我在帝尊的地牢裡忍受過的種種酷刑，使我一輩子都鎖在被害者的角色之中。不管我怎麼折磨這個年輕人，我自己都會感覺到那個苦楚；更糟的是，他的眼神讓我看到我自己，彷彿我此時對待他的素行，與當年地牢裡的波爾特對待我的行徑沒兩樣。我不再看他，而是望向他處，以免他看出我眼裡的脆弱；但是我望向他處也討不了好，因爲弄臣站在一臂之外，而且我極力壓抑的一切恐懼感，都從他眼中流露了出來。最讓我驚訝的是，他的恐懼之中，竟混雜著憐憫。他是看過我當年慘狀的人；雖然都過了這麼多年，但是我心深處有個被折磨得體無完膚、驚悚害怕地蜷起來的小男孩，而且一輩子都逃不出這個詛咒，這個他是看得出來的。他知道我會因那種種酷刑而永遠膽小害怕。除了我之外，竟有人知道這一點，眞是難以忍受；就算那個人是我的弄臣，也一樣難以忍受，或者說，就因爲是他，所以特別難以忍受吧。

「你別插手。」我以一種不屬於我的音調，嚴厲地對他說道。「你去照顧女獵人。」

他活像是被我打了一拳似的，嘴巴張得開開的，卻沒有出聲。我咬緊牙關，把自己武裝起來。我慢慢地把囚犯的領口越抓越緊；他掙扎著要呑嚥，好不容易才喘了一口氣。他的藍眼睛朝我的傷疤與歪扭的鼻樑瞥了一眼；他眼裡看到的絕不是慈悲且文明的臉龐。叛賊，我一邊瞪著他，一邊提醒自己他不是什麼好東西。你背叛了王子，就像帝尊背叛了惟真一樣。如果有機會報復的話，我會怎麼對付帝尊，這事情我不曉得想過多少次了；而這孩子活該跟帝尊受一樣的罪。如果我讓他保住他的祕密，瞻遠家族的血脈就斷了。我慢慢地吸氣，並將這些思緒逐漸放大；我感覺到這些思緒改變了我的眼神以及我嘴部的線條。我越來越堅決。不管要快還是要慢，是該把這事情了斷的時候了。「給你最後一次機會。」我一邊嚴厲地警告道，一邊把刀子抽出來。我眼前看得見自己的雙手，但感覺上那卻像是別人的手似的。我把刀尖抵在他左眼的眼窩下，並讓刀尖陷入皮膚裡。他緊緊地閉上眼睛，但是這麼做也保不住那隻眼睛，這點他跟我都很明白。「到底在哪裡？」

「叫他住手。」月桂顫聲乞求道。「黃金大人，求你叫他住手。」我察覺到，那人一聽到月桂的話，便開始顫抖。他一定嚇死了，因爲竟然連我的同伴對於我要做的事情都看不下去。我齜牙咧嘴地笑起來。

「湯姆・獾毛！」黃金大人制止道。我不予理會，甚至連轉過頭去看他都沒有。雖然是切德與珂翠肯把我拖下水的，但是這事他也有份。現在這一切都無可避免了；就讓他眼睜睜地看著這條路會通到哪裡去吧。如果他看不下去，把頭轉開就是了。但我卻不能轉開頭。我必須眼睜睜地看完眼前的慘劇。

不，你不必看。而且我不准你看。我可不跟這樣的人牽繫在一起。我不准你這麼做。

牠還沒到，我就先感覺到牠已經近了。過了一會兒，火光遠照之處映出牠的身影，然後我的狼便蹣跚地走了進來。牠在滴水，此時那一身毛皮的毛尖都朝著地上了。牠的心與我交流時，像是堅定的手抓住了我的肩膀；牠將我的思緒轉向牠，轉向我們倆，並把其他所有的顧慮都拋到一旁。*我的兄弟，改變者，我好累。我又冷又溼。拜託，你得幫幫我啊。*牠發出這個思緒時，腳下仍不斷前進，然後便靠到我腿上，寧靜地問道：*有吃的嗎？*在這肉體的碰觸之下，我才察覺到我心裡長住著大片的陰影，而且夜眼這一碰，便把那陰影推散了，並以牠的狼性來塡補我心裡的空虛。

我放開囚犯，於是那人便軟弱無力地倒了下去；他想站住，但是他的膝蓋不聽使喚，所以他一屁股重重地坐在地上，頭向前倒，然後我好像聽到砰的一聲。現在他無足輕重了。我把瞻遠家的蜚滋駿騎推開，專心地成爲狼的夥伴。

我吸了一口氣。看到夜眼登時令我寬心不少，而一寬心，我便感到很虛弱。我攀住夜眼的存在，並感到夜眼把我撐住了。**我給你留了點麵包。**

總比沒有的好。牠以顫抖的身子壓在我腿上，引領著我回到溫暖迎人的火堆旁。我找麵包的時候，牠耐心地等著。我不管牠的溼毛，就緊挨著牠坐下來，然後把麵包掰成一小塊、一小塊地餵牠。牠吃完了之後，我伸手撫著牠的背，把毛髮上的水撥掉。牠的厚毛擋掉了雨水，但我感到牠又痛又累。儘管如此，牠仍以無限的愛包住我，讓我覺得自己又回來了。

我找到了値得分享的思緒：**那些抓傷癒合得如何？**

癒合得很慢。

我順手滑下去，摸到牠的肚子上。牠肚子上濺到泥水，把傷口都染髒了。牠覺得冷，可是那些腫脹的傷口卻是熱燙燙的，顯然又開始化膿了。黃金大人的藥膏仍在我的鞍袋裡，我去找了出來，而且很意外的是，夜眼竟肯讓我把藥擦在那一道道長長且隆起的破口上。我知道蜂蜜這東西是吸熱的；擦了這藥，也許能把傷口的熱給吸出來。我隨便抬頭一瞥，猛然察覺到弄臣已來到我們身邊；他跪了下來，彷彿在賜福似的以兩手捧住夜眼的頭，深邃地直視著夜眼，說道：「老朋友，你一定想不到我看到你來了有多麼寬心。」我聽得出他講這話的時候，眼淚都快掉出來了。接著他以疲倦的音調，謹愼地對我問道：「你用過藥膏之後，可以讓我拿去給月桂上藥嗎？」

「當然。」我平靜地說道。我把夜眼的傷口都上過藥之後，便把藥膏遞給弄臣。他彎下身來拿藥時，順便輕聲地對我說道：「我這輩子從沒這麼害怕過。而且我什麼辦法都拿不出來。剛才我就在想，大概是只有夜眼才能把你喚回來了。」

他站起來的時候，手背拂過我的臉頰。我不知道他是爲了要讓他自己，還是要讓我放心而故意這麼做；然而在那一剎那間，我卻爲他與我兩人感到哀愁。事情還沒結束呢，只是延後了而已。

夜眼嘆了一口氣，同時突然伸展肢體，接著把頭靠在我腿上，凝視著洞外的黑暗。不。事情已經結束了。我不許你那麼做，改變者。

我得找出王子的下落。他知道王子的所在。我沒別的選擇了。

我就是你的選擇。你相信我就是了。我會幫你追蹤到王子。

恐怕風雨已經沖掉所有的足跡，我們怎麼追蹤下去呢？

你相信我。我會找出他的下落，我跟你保證。但你不能做這件事。

夜眼，我不能讓這人活下去。他知道得太多了。

夜眼不理會我這個思緒；而且牠不但充耳不聞，還反過來懇求我：在你下手殺他之前，先想想你從他身上剝奪了什麼東西吧。你還記得，存一口氣活在這世界上有多麼甜美嗎？

夜眼也不等我答腔，就以牠的感知把我包起來，將我送入牠狼兒的「此時此刻」之中，而瞻遠家蜚滋駿騎的一切掛慮都阻擋在外。我們一起凝視著洞口外的無垠黑夜。落雨使得山林間的各種氣味更形鮮活，而夜眼則爲我一一解讀這些氣味。雨不住地下著，遮住了一切的聲響。我們身後的火堆逐漸變小；我多多少少知道弄臣在照顧著火堆：既要不斷地加柴以免火熄了，又得斟酌著別用太多，因爲眼前還有個漫漫長夜。我聞到煙味、馬味、人味……

夜眼的打算，是要讓我充塞著狼性，並遠離身爲人的種種顧慮；在這方面，牠做得比預期的還要成功。也許是因爲夜眼不知道自己有這麼疲倦，也許是因爲淅瀝而下的雨聲引得我們像兩頭不分彼此的小狼般地相依相存。我飄進了牠的心靈裡、精神裡，繼而飄進了牠的身體裡。

我逐漸感知到夜眼對於自己血肉的感受。除了一身的疲憊之外，牠已經不剩一點力氣了。牠像我們身旁的火堆似的，越燃越小，即使不斷添柴，但是終將熄滅。

生命是個微妙的平衡。然而我們在漫不經心地度過一日又一日之間，很容易忘了這個道理。我們每天照常吃睡，並認定了明天一定會起身，而且只要吃過飯、睡過覺，便足以補足元氣；就算受了傷，也一定會好，至於痛苦則會隨著時間而減輕。即使當傷口痊癒得越來越慢，日間漸消的痛苦到了晚上又全數復還，而且睡了覺也休息不足的時候，我們還是認定，明天一切都會重新回到那個平衡點，並讓我們照舊過日子。然而到了某個程度，那個微妙的平衡剛巧差了一點點，於是儘管我們力不從心地彌補，但我們的身體，卻仍然從日新又新的狀況，淪落爲一具掙扎著想回復到從前的舊軀殼。

我凝視著眼前的黑夜，突然感覺到，狼呼出去的每一口氣，似乎都比牠吸進來的氣更長。牠像是一艘逐漸崩潰的船，每天都下沉一點，每天都比前一天更認份地接受周而復始的痛楚，以及慢慢衰頹的精力。

現在牠忘記一切疲憊，沉沉地睡去了；牠那寬廣的頭顱枕在我的大腿上。我偷偷地吸了一口氣，溫柔地把我的手放在牠的額頭上。

我在年輕的時候，曾經是惟真精力的來源；惟真把他的手放在我肩膀上，藉著精技抽取他迫切需要的能源，以便對抗紅船劫匪。我回想起河邊發生的那件事，以及當時我如何藉著精技對夜眼施力：我是以原智通達夜眼，然後以精技來搶救牠。原智與精技這兩種法術是可以融合爲一的，這我其實老早就知道了；只是原來我一直擔心，唯恐自己所施展的精技魔法會被原智所污染。如今我的恐懼盡去，取而代之的，是個新的希望，希望自己能夠揉和這兩種法術之力來爲狼補補元氣；因爲有精技之力的人，不但可以藉由精技汲取別人的精力，也可以藉由精技來將精力送給別人。

我閉上雙眼，穩住自己的呼吸。狼的防衛都鬆懈了開來，而我身爲瞻遠家族一份子的一切顧慮也都拋在腦後。如今只有夜眼才要緊。我敞開心胸，凝神地將我的力量、精力與我的壽命都灌注給牠；於是一股生命之力，彷彿呼一口長氣般地離開我的身體，滲入了牠的身體裡。我一時有點頭暈，不過我感覺到牠逐漸穩定了起來，彷彿燈芯在新補充了燈油之後，又慢慢地燒亮了起來。我又運了一股生命之力給牠，接著便感覺到一陣疲憊感襲來，這並沒有關係。不過我運給牠的這些能源，雖穩住了牠，卻不足以讓牠復元；牠需要的不只於此。我只要有吃有睡，就能恢復精力，所以現在一切要以夜眼的需要爲重。

突然之間，夜眼的感知彷彿竄起的火焰一般，一下子靈敏起來，接著大吼一聲：不！然後扭開身體遠離我。牠將自己從我的心靈裡抽離出來，又立刻豎立高牆，幾乎完全將我阻擋在外。接著牠的思緒狂暴地掃進了我的心靈裡：**要是你膽敢再試，我就完全且永遠地離開你；到那時候，你不但看不到我的身體，也碰不到我的思緒，甚至無法在你自己的形跡附近聞到我的氣味。聽懂了沒有？**

我覺得自己像是一條被母狼抖開甩掉的小狼似的。這突如其來的一摔，摔得我暈頭轉向。「爲什麼？」我顫聲問道。

爲什麼？牠驚訝地反問道，彷彿我這麼問很可笑似的。

就在此時，我聽到窸窣的腳步磨地聲，轉頭一看，發現囚犯正要衝出洞外。我跳了起來，朝他撲上去。我在黑暗的雨勢之中撞上他，然後我們兩人便一路順著洞外多石的山坡滾下去；他在我們跌下去的時候驚叫了一聲。我牢牢地抓住他，直到斜坡底下的樹叢和石堆把我們絆住的時候，都沒有鬆手。我們兩人撞得七葷八素的，顫抖著躺在地上大口喘氣，而大批鬆脫的碎石則不斷地打落在我們身上。我的刀子壓在我身下，刀鞘斜刺著我的臀部。我一把抓住那弓箭手的領口。

「我應該現在就把你殺了。」我對他咆哮道。上方的黑暗處傳來問話的聲音。「住嘴！」我朝他們吼道，然後他們就停口了。「你給我起來。」我粗暴地對囚犯說道。

「我起不來。」他虛弱地說道。

「起來！」我命令著，仍抓著他的領口不放，自己先蹣跚地站了起來，接著才半拽著他站起來。「上去！」我對他說道。「上山去，回到山洞裡。要是膽敢再逃，我打斷你的腿。」

他信了我的話。然而實情是，我對夜眼施展精技兩次之後，已經把全身的力氣都用光了；我們爬上因爲雨水而變得溼滑的斜坡時，我幾乎跟不上他。我們胡亂攀住可借力之處、手腳並用地爬上又滑下之時，我眼前閃過了精技頭痛的閃電風暴。我們還沒爬回洞口，身上就裹了厚厚的一層泥。進了洞裡之後，我既不理會黃金大人焦慮的表情，也不管月桂東問西問地問些什麼，就緊緊地把囚犯的手綁在身後，又把他的腳踝綁在一起。我處置他的時候非常粗暴，因爲我頭顱裡痛得不得了。我感覺得到月桂與黃金大人都在盯著我看，所以我覺得既憤怒又羞恥。綁完之後，我隨便地輕聲對他說了句：「好好睡。」然後我走開了兩步，把我的小刀從刀鞘裡抽出來。我聽到月桂倒抽了一口氣，而那囚犯也突然啜泣起來；但我只是走到水漥旁，把劍鞘和劍把上的泥給洗掉而已。我把手上的泥沙甩掉，用冷水洗臉。我在跟他扭打的時候把背扭傷了；夜眼擔心我的背痛，低鳴了一聲。我咬緊牙關，努力地設了一道牆，以免夜眼感受到我的痛苦。我站起來之後，那囚犯發話了：「你是個背叛了自己人的叛徒。」對於死亡的恐懼，使這少年產生虛假的勇氣。他這話是對著我說的，但是我根本連轉過去看他都懶。他提高了音調，高聲指控道：「他們付了多少錢讓你背叛我們？如果你跟你的狼把王子帶回去，會領到什麼獎賞？

他們抓了你的什麼人當人質嗎？是你母親，還是你的姊妹？他們是不是發誓，只要你辦好這事，就讓你們全家人有條活路？他們是騙人的，這你很明白。他們從頭到尾都在騙人。」他那顫抖的聲音越講越大聲。「原血者爲什麼要自相殘殺？原血者要自相殘殺，好讓瞻遠家族能夠否認花斑點王子的血液，也流傳在他們的家系之中嗎？還是說，你效忠的是怨恨王后跟王子的人？你帶他回去，是爲了公開譴責他的原血者身分，以便推翻瞻遠家族，讓有心者繼位嗎？」

我應該要反駁他對於瞻遠家族的臆測就好，然而我耳裡卻只聽到他指責我是叛徒的那些話。他講得很肯定。他已經知道了。我試著將他的話斥爲無稽之談。「你這一番胡言亂語，根本就沒有任何意義。我是宣誓對瞻遠家族效忠的，我爲王后效命。」我答道，雖說我也知道自己很笨，根本就犯不著因爲他這一番刺激就氣得回嘴。「我會把王子救回去，不管是誰綁架了他——」

「救他？哈！救什麼，你是要讓他回去當傀儡吧。」此時那弓箭手轉而注視月桂，彷彿想要說服她似的。「那帶貓少年是要跟我們前去安全之地；他可不是囚犯，而是要返回原血者的家鄉。寧可做自由的花斑子，也不做牢籠裡的王子。所以說，你不但是叛徒，而且是雙重背叛：其一，他是你宣誓要效忠的瞻遠家的人，其二，他跟你一樣，都是如假包換的原血親族。莫非你是要把他拖出去，好讓他被人吊死、分屍然後放火燒掉，就像我們許多原血親族所遭到的下場那樣？前兩天，我的哥哥就是這麼死的呀！」他突然哽咽了起來。「阿諾才十七歲。而且他根本連原智法力都沒有，不過他是原血者的親族，所以他決定要站在我們這一邊，甚至還爲我們犧牲性命。他宣稱說他是花斑子，然後與我們同行；那是因爲他知道他跟大夥兒是一起的，就算他沒有原智法力也一樣。」他轉過頭來望著我，說道：「然而你呢，跟我一樣是不折不扣的原血者，身邊就伴隨著你自己的牽繫動物，然而你卻一路追殺我們，要置我們於死地。你愛怎麼撒謊就怎麼撒謊吧，反正你撒謊只是讓你自己更丟臉而已。難道你以爲我感覺不到你在跟牠講話嗎？」

我瞪著他，用抽痛難忍的頭去估量他對我造成了多大的傷害。他把我的祕密暴露給月桂知道，不但立即將我置於險境，而且也使我不得不打消重返公鹿堡的念頭。如今我不能回公鹿堡了；月桂都知道了，我還怎能回去？月桂因爲恐懼而怕得面無血色，彷彿生了大病似的；我朝她看了一眼，發現她眼神一變再變，不斷地調整她對我的看法。弄臣的臉龐則靜止不動，彷彿是因爲他要遮掩太多情緒，所以反而變得面無表情似的。他已經察覺到我接下來必須採取什麼行動了嗎？這氛圍像是不斷擴散的毒藥；他們都知道我有原智，如今我不但得殺死那弓箭手，還得連月桂一併殺了，要不然的話，我永遠都會有如芒刺在背。

不過我要是眞這麼做了，那麼弄臣與我之間的交情也就毀了；因爲根據殺手的邏輯，我還得把弄臣也殺了，這樣他才不會用那種陰森森的眼神看著我。

接下來呢，你就把我殺了，然後再自殺，這樣就保證沒人會知道我們彼此之間的親密關係了。於是乎，你我之間可恥的牽繫，再也無人得知，這祕密就陪著我們兩個進墳墓。爲了省得你去跟別人坦承你我之間的關係，你乾脆把大家都殺了好了。

夜眼冰冷地指責我，牠的思緒像利刃似的，插在自從我們逮到那個弓箭手以來，就令我惶惶不安的困境之中……不，其實我很早就領悟到，由於我對瞻遠家族的誓言，所以我一方面必須與原血大衆對抗，另一方面則得與王子對他自己的期待對抗，而夜眼則冷冷地把這個困境點得更清楚。

「你有原智？」月桂慢慢地對我問道。她的聲音很平靜，但是這個問句聽來卻很刺耳。

大家都在瞪著我看。我想撒個謊，但卻什麼話也說不出來，因爲我若撒了謊，就等於否認了狼。我雖與原血衆人相當疏遠，但是我與原血衆人之間，確有一股比情感更深，也比後天習來的忠誠更加深刻的親屬關係；我雖然沒有以原血者的身分過生活，但是他們腦海中揮之不去的恐懼，對我也是很大威脅。

但是我也對瞻遠家族宣誓效忠，而且瞻遠家族也是我的血脈。

我該怎麼辦？

該怎麼辦，就怎麼辦。你就是你，你既是瞻遠家的人，同時也是原血者。即使講出來會使你我喪命，終歸也比無盡地否認自己來得好。我寧可因爲忠於自己而死。

此語一出，總算讓我的靈魂掙脫了這個泥沼。

我的精技頭痛一下子減輕了不少；這個決定竟然也讓我多少從頭痛之中解脫了出來。我知道該怎麼說了。「我是原血者。」我平靜且鄭重地承認道，「而且我也宣誓對瞻遠王室效忠。我爲王后效命；當然我也忠於王子，不過至今他可能尚未體認到這點。爲了忠於我對王后與王子的誓言，我是粉身碎骨，在所不辭。」接著我以狼的眼神看著那少年，並講出了其實他也知道的事實。「那些原血者之所以帶他走，既不是因爲他們忠於他，也不是因爲他們敬愛他，更不是爲了要讓他『得到解脫』。他們之所以帶他走，爲的是要將王子佔爲己有，然後再利用他；他們擄走他的時候，用的就是很無情無義的手段，所以你可想而知，到了他們要利用王子的時候，他們一定也不會手軟。但是我絕對不會坐視。不管我得做出什麼事，才能確保王子免於一劫，我都一定會全力以赴。我會找出他們把王子藏在何處，把王子帶回家。不管這要付出什麼代價，我都在所不辭。」

那弓箭手的臉一下子變得刷白。「我是花斑子。」他顫聲宣布道。「你知道花斑子是什麼意思嗎？那表示我並不以身爲原血者爲恥；我不怕讓大家知道我是原血者，而且我認爲使用原智乃是天賦的權利。我絕對不會背叛自己的族群。就算你以死要脅也一樣。」他說這話，爲的是要顯示他的決心與我相當嗎？那他就錯了。而且他顯然把我這番話當作是生死威脅，這點又錯了……不管了。他的憂慮根本就沒有必要，但我也懶得糾正他了。讓他恐懼地度過一夜，倒不會要了他的小命，況且到了早上的時候，他說不定會因此而決定講出王子的藏身所在。就算他不講，我也會跟狼一起把王子找出來。

「閉嘴。」我對他說道。「趁著能睡的時候睡一下吧。」我一瞥月桂與弄臣；他們二人都在全神貫注地傾聽那弓箭手與我的對話。月桂瞪著我看，臉上盡是痛恨與不信任。弄臣臉上的線條使他看來老了幾歲，他的嘴一動也不動，那沉默本身就是個指責；我關閉心門，不去理會他。「我們都應該趁著能睡的時候睡一下。」

突然之間，疲憊感彷彿潮水般地將我淹沒。夜眼已經走到我身邊坐了下來。牠倚著我，而牠感到的那一身倦到骨子裡的疲乏，也突然成了我自己的感受。我也不管身上又是泥又是水的，就在洞裡的沙地上坐了下來。我覺得很冷，不過話說回來，現在是晚上，冷本來就是應該的。而且我跟我的兄弟依偎在一起，我們大可以體溫彼此取暖。我躺下來，伸出手臂環著狼，接著長吁一聲。我本想先躺一會，然後再起來站第一班的守夜；然而就在此時，狼把我拉了下來，用牠的睡眠把我深深地裹住。

21

晉責

以前在闕積鎮這個地方，有個極善於紡織的老婦人。別人要花上一個星期才織得出來的布料，她只要一天就能做好，而且織工精美，無可挑剔。她織出來的布，每一條線紗都工工整整，而且她為做出上好的織錦畫而紡出來的紗線，竟強韌到無法用牙齒咬住一端掰撕開來，非得用剪刀剪開不可。這位老婦人一個人住，而且住得很偏僻，雖然因為好手藝而賺了不少錢，但是她生活得很簡樸。每週一次的市集，她原本都會去的，但有次卻連兩個星期沒去。那紡織女原本許諾要早早地幫一名仕女做一件斗篷，那仕女苦等之餘，乾脆騎馬前往那紡織女的住處，看看她是不是出了什麼事情。那老婦人坐在起居室裡，低頭看著自己織出來的布，但是雙手卻一動也不動，而且即使那仕女在她的門框上敲了敲，她還是沒有動靜。猜想那老婦人肯定是在打盹兒，於是那仕女的僕人走上前去，在她肩膀上拍了一下。然而那僕人這麼一拍，那老婦人便僵硬得像石頭似的往後一倒，掉在那僕人的腳邊；接著她胸部跳出一隻很漂亮，足足有成年男子的拳頭那麼大的蜘蛛，那蜘蛛匆匆地爬過紡織機，身後留下一條粗粗的蜘蛛絲。這一來，大家都明白了她紡織的手藝為什麼會那麼好。村人將她的屍體切成四塊，放火燒掉，而且把所有她紡出來的作品也一併燒毀，最後又將她的小屋與紡織機燒為灰燼。

——獾毛所著的《原血者傳奇》

我在天亮之前醒了過來，而且醒來的時候有種強烈的感覺，覺得自己忘記了什麼事情。我在黑暗中躺了一會，努力地思索這焦慮感的來源。我在困倦之中，回想自己方才是因為什麼而醒。雖然頭痛不曾止歇，我仍強迫自己的心智好好運作。我慢慢回想起那個胡纏亂攪的惡夢。那個夢令人心神不寧；在夢中，我竟變成一頭貓；那感覺，像是最糟糕的原智傳聞的翻版：原智者逐漸為牽繫動物所掌控，到了最後，自己竟化身為牽繫動物的身形，並且隨著那動物的衝動而起伏。在方才的惡夢中，我就是那頭貓，但身形還是個人；不過除此之外，還有個女子在分享著我對那貓的感知，而且貓、女子與我三人的感知纏攪在一起，攪得我都分不清那是誰的感知了。真是邪門。那夢境以貓爪攫住了我，壓著我，不肯放我走。不過我在夢裡好像聽到……是什麼來著？輕聲細語？馬的鞍具的清脆碰撞聲，靴子與馬蹄走在沙地上的窸窣聲？

我坐了起來，望著周遭黑暗的環境。此時火堆成了身邊地上一堆透著紅光的黑炭。我雖看不見，但我確知囚犯已經逃走了。他不知用什麼辦法掙脫了繩索，如今他要逃去警告他們說我們跟上來了。我搖了搖頭，好讓自己清醒一點。可惡，那人是不是把我的馬也一併偷走了？黑瑪是這三匹馬之中，唯一遲鈍到就算被外人偷走也不會哼一聲的馬。

我喊道：「黃金大人，快醒醒！我們的囚犯跑了。」

他與我相去不過一臂之遙；我聽到他裹著毯子坐起來，摸索著把樹枝折短，然後將一把木屑丟進火裡。木屑燒著燒著，竄起了一個小小的火焰；那火焰一下子便消散了，不過那片刻的火光已足以使我更加喪氣：別說囚犯不見了，連月桂跟白帽都失蹤了。

「她一定是去追他了。」我愚蠢地猜測道。

「他們是一起走的。」弄臣指出了一個更爲貼近事實的可能。既然只有我們兩人，他就完全放棄了黃金大人的語調與姿態。他在逐漸黯淡的火光中坐了起來，墊著毯子，下巴靠在膝蓋上，兩臂抱腿，然後搖著頭，對我糾正道：「你睡著之後，月桂堅持要守上半夜；她保證時間到了她一定會把我叫醒。要不是我心裡對你的行爲舉止放心不下，說不定我當場就看出她這樣做不大對勁了。」講到這裡，他語氣彷彿是在指責似的。「一定是她把犯人鬆綁，故意跟那人悄悄地逃走。他們的行動未免也太隱密了，隱密到連夜眼都沒聽到他們跑了。」

就算弄臣的語調沒有責怪之意，他的話本身也帶著疑問。「夜眼不大舒服啊。」我說道，一時也想不出該怎麼辯解。難不成狼是故意拉我熟睡，而且睜一隻眼、閉一隻眼地讓他們逃走？我身邊的夜眼仍睡得很熟，是疲憊且身體不適的那種沉睡。「月桂爲什麼要跟那個人走？」

弄臣沉默了很久，久到很不自然。最後他勉強地猜測道：「也許她認爲你會把那人殺掉，而她不希望事情發展到那個地步。」

「我不會殺他的。」我不耐煩地答道。

「哦？那很好呀，起碼你我之間，至少還有一個人對此感到很篤定；因爲，我老實跟你說了吧，我心裡也曾閃過與月桂相同的恐懼。」他在黯淡微明的天色中凝視著我，然後他放下了一切防衛，直接明白地對我說道：「蜚滋，昨天晚上你嚇到我了。不，應該說是，你昨天晚上把我給嚇壞了。我幾乎都不認識你了。」

我不想討論這件事。「也可能是那人自己掙脫繩索，強迫月桂跟他一起走的呀？」

他緘默了一會，最後總算接受我改變話題，並接著我的話說道：「是有可能沒錯，但也僅止於有可能。月桂這個人……詭計多端，倘若是她是被迫的話，她一定有辦法弄出什麼聲響來。再說那人要逃就逃，我想不出他何必要押著月桂一起走？」弄臣皺起眉頭。「你會不會覺得昨晚上他們兩人彼此對望的眼神很古怪？彷彿他們之間有什麼不可告人的祕密似的？」

我是沒看出什麼，難道弄臣看出了什麼端倪嗎？我努力回想，但最後還是放棄了，因爲我根本沒印象。我不情不願地把我的毯子完全拉開；我講話的聲音很輕，因爲我想讓狼多睡一會。「我們得追上去，而且馬上就得出發。」我這一身昨夜裡泡過泥水的衣服，至今仍又溼又僵。這個嘛，往好處想，至少我不用換上白天的衣服，因爲我根本沒換睡衣。我站了起來，把繫著佩劍的腰帶扣起來，而且扣得比原先更緊一個洞。然後我停了下來，瞪著著毯子直瞧。

「我晚上起來幫你們蓋被子。」弄臣輕輕地解釋道，補了一句：「讓夜眼多睡一會，至少讓牠睡到天亮。我們至少也得有一點亮光，才能循著他們的足跡追上去。」他停了一下，問道：「你說我們應該要追蹤他們兩個是因爲……因爲什麼？因爲那人會去找王子？你看他會帶著月桂去找王子嗎？」

我把拇指指甲邊的一小塊脫落的硬皮咬掉。「我也不知道我剛剛那樣說，打的是什麼主意。」我坦承道。

我們兩人在寂靜的黑暗中沉思了許久。然後我吸了一口氣，說道：「我們應該要追蹤王子，不能因爲別的事情而分心。我們應該回到昨天我們丟下花斑子一行人的足跡，沒追過去的那個地方，努力重新找出王子的蹤跡；雖下過大雨，但仍希望地上多少還留有一點線索就是了。畢竟我們現有的線索中，唯一篤定可以循跡找到晉責的，是我們昨天丟下沒追的那些足跡；如果我們憑那些足跡還找不出王子的話，那就只好回頭去追蹤月桂跟那個花斑子，而且指望他們兩人的足跡會一路指向王子了。」

「同意。」弄臣輕輕地答道。

我有種古怪的罪惡感，因爲我覺得人很輕鬆。這輕鬆不只是因爲弄臣應和我的話，也不只是因爲那個花斑子已經走遠、不至於亂了我的耳目，而是因爲月桂跟那個人犯都跑了之後，我們就可以卸下一切僞裝，輕輕鬆鬆地做自己就好。「我很想念你。」我輕輕地說道，我知道弄臣一定知道我話裡的意思。

「我也是。」弄臣的聲音從另外一個方向傳來。雖然一片黑暗，但他已經站了起來，如同貓一般安靜且優雅地走到別處去了。這念頭使我驀然想起方才的夢境。「依我看，王子現在可能有危險。」我坦承道。

「你到現在才知道王子可能有危險哪？」

「我說的不是我原先預料的那種危險。我原本的想法是，原智者之所以要把晉責從珂翠肯的身邊拐出來，之所以要送貓給他、讓他跟貓牽繫在一起，是爲了要帶他遠走高飛，並將晉責變成他們的一份子。但是弄臣，昨天夜裡我做了夢，而且……而且那個夢很邪門；在夢裡，王子的元靈出了竅，而那頭貓藉由牽繫關係大力鼓動晉責，鼓動到晉責幾乎都記不得自己是誰、是什麼身分了。」

「有這種事？」

「我也說不太清楚。這件事情不大對勁；看起來像那頭貓在作怪，可是又不太像。還有個女人攪和在裡頭，但是我從沒看過那女人的模樣。當我是王子的時候，我深愛著那個女人，還有，我也愛那頭貓；我覺得那貓也愛我，不過我說不上來。而那個女人則……可以說是介於我與貓之間。」

「當你是王子的時候。」我聽得出他一頭霧水，但是一時想不出該怎麼問才好。

洞口已經微明。狼仍安穩地睡著。我笨嘴笨舌地解釋道：「偶爾晚上做夢的時候……其實那不全然是精技，也不全然是原智。據我看哪，弄臣，我即使在施展魔法的時候，也是橫跨兩種魔法的雜種。也許就是因爲這樣，所以有時候我施展精技的時候才會頭痛得這麼厲害。也許我從未學會如何恰當地施展精技。蓋倫可能說得沒錯：其實我根本就……」

「當你是王子的時候。」弄臣堅決地把我拉回去。

「在夢境裡，我變成王子。有時候我還記得自己到底是誰，但有時候我完全地變成他，所以我知道他在哪裡、他在做什麼；我知道他心裡在想什麼，不過他卻不知道有我這一號人物，而且我也無法跟他說話。噯，說不定可以喔。我倒從未試過就是了。我在夢裡的時候，會與他化爲一體，但我從沒想到要跟他講話。」

弄臣像是要把自己的思緒通一通似的嘟囔了一聲。在季節交替時，黎明總是在一瞬間便從黑暗轉爲珍珠白，而今天也是如此。在此刻，我聞得出夏季已經過了，昨晚的暴風雨將夏季淹沒並沖走，而我們眼前的，已經是不折不扣的秋日了。空氣中有著葉子不久就要掉落、林木褪去綠衣、退守根部的味道，就連帶著飛翼的種子，也焦急地要在冬日的霜雪找上它們之前，趕快找個地方落腳。

我將目光從洞口轉回洞裡，這才發現弄臣已經換了一身乾淨衣服，連我們的行李也打包得整整齊齊了。「麵包還剩一點，另外還有一個蘋果。」弄臣對我說道。「而夜眼大概對蘋果興趣缺缺。」

他把要給夜眼吃的麵包丟給我。天明的第一道光線照在夜眼臉上的時候，牠翻了個身；然後牠爬起來，小心翼翼地伸了個懶腰，走到洞穴最裡面的水窪邊去舔水喝，牠在做這些舉動的時候，刻意什麼思緒也不想。牠走回來後，便在我身邊坐下來，而我則把掰成小塊的麵包餵給牠吃。

*嗯。他們兩人走多久啦？*我對夜眼問道。

何必多問？你明知道是我放他們走的。

我沉默了一會。我都改變心意了，難道你感覺不出來嗎？就算今早碰到他，我也不會傷他一根寒毛，更別說會殺他了。

改變者，昨天晚上你把我們推入非常危險的境地之中。你不知道你下一步會怎麼走，我也不知道你下一步會怎麼走。我選擇了不要探尋答案，乾脆放他們走。難道我選錯了嗎？

我不知道。眞是可怕，夜眼這個選擇是不是錯了，我竟說不上來。我也不請夜眼幫忙追蹤月桂跟那個弓箭手了，而是問牠：你看我們能辨別得出王子的蹤跡嗎？

我跟你保證我一定會找出他的蹤跡的，不是嗎？我們就直接把該辦的事情辦好，然後就回家。

我點了點頭。這個提議滿好的。

弄臣單手托著那顆蘋果，不停地拋、接、拋、接地玩著；夜眼一吃飽，他便停下來，兩手捧住那蘋果，接著一抓一扭，蘋果便平平直直地裂成兩半，他丟了半個蘋果給我。我接住蘋果，不禁搖著頭，咧嘴笑道：「每當我自以爲已經看過了你所有的把戲——」

「你就發現你大錯特錯。」弄臣幫我接了下半句。他三、兩口吃完那半個蘋果，留下果核給麥爾妲；我也把我的果核留給黑瑪。飢腸轆轆的馬兒對於眼前這一天可是一點兒也提不起勁兒來。我在上馬鞍之前，先把牠們身上紊亂的馬毛稍微梳理一下，然後才把鞍袋綁在黑瑪背上。此時碎石坡上混著泥水，又溼又滑，所以我們牽著馬走下山坡，而狼則蹣跚地跟在我們後面。

狂風暴雨之後往往會放晴，而今日的天空正是蔚藍且開朗。初升的朝陽照熱了溼潤的大地，空氣裡充滿了各種強烈的氣味。鳥兒高唱；頭上有一群野鴨趁著晨曦往南飛去。走到山腳下的時候，我們上了馬。我憂心地對夜眼問道：你跟得上嗎？

你最好是指望我跟得上。因爲要是少了我的話，你們就甭想追蹤王子了。

我們來時路上，有單一匹馬走過的足跡。足跡陷得很深；他們是兩人共騎，而且催白帽盡量快走。他們要去哪裡？有什麼目的？最後我把月桂跟那個花斑子拋在腦後；畢竟我們要找的是王子，不是別人。

白帽的蹄印一路回到我們昨日遭到那弓箭手埋伏的地方。我經過的時候特別注意到，那花斑子已經把他的弓拿走了；他們拿了弓之後，便往大路騎去。白帽踏在溼泥上的蹄印還是陷得很深，可見得他們兩人是要同行。

那樹下除了白帽的蹄印之外，還有別的新印上去的足跡。昨晚下雨之後，有兩匹馬來過這裡，然後又走了；這兩匹馬的蹄印，蓋在負擔沉重的白帽足跡上。我不解地皺著眉頭思索。這兩匹馬並非村子裡來的追兵；村裡來的追兵還沒追到這麼遠，至少現在還沒到這裡。我決定指望那些追兵是因爲友伴的死訊及惡劣的天候而回去了。這兩匹在地上留下新足跡的馬，乃是從西北方向而來，然後又沿著原路折返。我苦思了好一會，然後突然看出這事實再明顯也不過了。「當然啦。那弓箭手沒馬呀，所以花斑子派了人來把他們的哨兵接回去。」我遺憾地咧嘴笑道。「至少他們留下清楚的足跡，這樣我們追蹤起來方便多了。」

我回頭一瞥弄臣，發現他面容僵硬，一點也開心不起來。

「怎麼了？」

他有氣無力地笑了笑。「我正在想像，如果你昨晚就把王子的去向逼問出來，就算把那少年殺了也無所謂，那麼此時我們不曉得有多麼興奮快活。」

我並未跟著那個思緒想下去。我沒答腔，專心一意地循著地上的足跡往前走。夜眼與我領頭，弄臣跟在後面。我們的馬兒都很餓了，而且黑瑪尤其餓得心慌。牠只要一逮到機會，就揚頭咬一根枯黃的楊柳，不然就低頭拔一把乾草；不過我實在很同情牠，同情到我不忍糾正。倘若我能像牠那樣吃吃草就能飽腹，那我也會摘一把葉子塞進嘴裡。

我們沿路前進時，我注意到這兩名騎士爲了趕回去通報衆人他們的哨兵已經被人帶走了，所以非常匆忙；他們選的都是最明顯的路線，好比說，上山就走最容易上山的路線，要穿過樹林就走林木最開闊之處。當我們在一處橡樹林裡找到他們紮營的痕跡時，天色還早得很。

「他們一定被狂風暴雨吹了一晚。」弄臣猜測道。我點點頭。燒營火的地方仍留著幾根原木，這些柴火的一端燒得焦黑，但是被傾盆大雨打溼之後，剩下的就再也燒不起來了。地上有一條溼答答的毯子；睡這毯子上的人，想必覺得像是泡在水裡似的。地上足跡雜沓，有別的花斑子在此地等待王子嗎？這些人離去的足跡互相交錯，既然如此，就別浪費時間猜測各種可能性了。

「要是我們昨天遇上那個弓箭手之後，就一路追到這裡，那麼我們早就逮到他們了。」我鬱鬱地說道。「他們既把那人留下來，就一定不會走太遠，因爲那個弓箭手沒有馬嘛！我昨天怎麼沒想到這點？這個道理不是很明顯嗎？可惡呀，弄臣，昨天王子就在我們伸手可及之處啊。」

「那麼，他今天很可能也在我們伸手可及之處呀；這樣還更好呢，蜚滋，機運已經來到我們手裡了。我們今天去找他們，不但不會有人礙手礙腳，而且說不定還可以來個意外的突擊。」

我皺著眉頭研究足跡。「我並未看到月桂與那個弓箭手往這個方向來的跡象。所以說，這團人派了個人去把斥候接回來，但是那人沒接到人，反而匆忙地回來通報斥候已經被人帶走了。他們會怎麼看待這個消息很難講，但是他們一定是急著要離開，也顧不得弓箭手了。所以我們應該假設現在他們是戒備森嚴才對。」

我吸了一口氣。「我們要把王子搶過來的時候，他們會跟我們戰鬥。」我咬了一下嘴唇，補充道：

「我們最好是假設王子本人也會跟我們對抗。他就算不出手跟我們對抗，也對我們沒什麼幫助。昨天晚上，他非常恍惚……」我搖了搖頭，把我的顧慮拋在腦後。

「所以我們的計畫是？」

「如果能的話，就來個出其不意的突擊，狠狠地修理他們一頓，接著搶了人快逃；然後盡快趕回公鹿堡，因爲除非回到堡裡，否則這一路上都不安全。」

我雖不願多想，但是弄臣卻循著我這個思緒，繼續往前推敲。「黑瑪既強壯，走得又快。你一搶到王子，就不要管我跟麥爾妲了。千萬別遲疑。」

也別管我了。

弄臣朝夜眼瞥了一眼，彷彿他聽得懂夜眼的話似的。

「這我辦不到。」我費力地說道。

別怕，我會保護他的。

我覺得我的心不斷地往下沉。我想的是：那誰保護你呢？但是我把這個思緒密不透風地遮掩了起來。我不會讓事情發展到這個地步的，我對自己承諾道；我說什麼也不會拋下弄臣或是夜眼。「我餓了。」弄臣說道。他倒不是在發牢騷，而是純粹陳述實情，不過我眞希望他別把話講出來。有些事情，與其明白招認，倒不如視若無睹會比較好過。

我們繼續前進。由於下過雨，所以地上的足跡印得比前一天清楚多了。他們離開村子的時候，就算有人落馬而注定死亡，他們仍舊逃之夭夭；同樣地，如今他們雖然折損了弓箭手，卻仍不顧一切地繼續推進。我由此可以看出王子對他們有多麼重要，以及他們有多麼冷血且堅決。這種人是會奮戰到死的，說不定他們爲了阻絕我們奪回王子，甚至寧可把王子殺了。由於我們對他們的動機一無所知，所以我到時候不得不無情以待。我原本想過要先跟他們談判，如今我把這個念頭拋開；我懷疑他們的答覆，可能跟昨天那個弓箭手給我們的招呼沒什麼兩樣。

我實在想念當年夜眼跑在前面幫我們探路的時光；如今，由於足跡很清楚，所以我們反而因爲夜眼累得喘氣而拖慢了。我知道夜眼是什麼時候想到這一點的，因爲牠一想到，便突然一屁股地在足跡旁坐下來。我拉住黑瑪，而弄臣也停了下來。

兄弟，怎麼了？

去吧，別等我。狩獵靠的是速度與敏捷。

那我不就少了眼睛又少了鼻子了嗎？

何止少了眼睛跟鼻子？還少了腦袋呢！上路吧，小兄弟，那些花言巧語，還是講給會信的聽吧。說不定貓愛來這一套喔。說完牠便站了起來，而且儘管疲倦，牠還是裝出很靈活的樣子，三、兩步就消失在草叢裡。弄臣不解地看著我。

「我們走吧，不等夜眼。」我平靜地說道，轉開目光，避開了弄臣疑惑的眼神。我一夾馬腹，我們便繼續前進，不過現在速度快多了。我們催馬快走，而我們遇上的足跡越來越新。到了溪邊，我們停下來讓馬喝水，並把我們的水囊補滿。這一帶長了些晚熟的黑莓，這些黑莓因爲長在樹蔭下，缺乏陽光所激發的甜味，所以又酸又硬，不過我們還是摘了好幾把莓子來吃，而且很慶幸我們還有這種嚼得動、吞得下的東西可吃。馬差不多喝飽了水之後，我們便依依不捨地離開了長著水果的樹叢，繼續前進。

「我看他們有六個人。」弄臣一邊騎，一邊評論道。

我點點頭。「至少有六個。水邊有貓的足跡，而且分屬兩種不同的體型。」

「其中有一個人騎的是戰馬；這麼看來，我們可能至少會碰上一名高大的戰士了？」

我無奈地聳聳肩。「依我看，碰上什麼狀況都有可能。他們是朝著安全的避風港而去，弄臣，而他們的目的地可能是原血者的村落，也可能是花斑幫的要塞。也許我們現在已經被盯上了也說不定。」我抬頭眺望；天上的飛鳥似乎沒有對我們多加注意，但我卻不能遽下定論，認定我們沒有被監視。現在我們追蹤的是原血者，所以天上的飛鳥與草叢裡的狐狸可能都是前來打探的間諜，萬萬不能等閒視之。

「這事情發生多久了？」弄臣邊騎邊問。

「你是說，在夢中與王子同遊的事情？」我實在倦了，沒力氣佯裝不知。「噢，好一陣子了。」

「早在你夢到他人在長風堡之前，你就夢見過他了？」

我不情不願地答道：「在那之前，我是做過幾個古怪的夢，但是當時我並不知道夢裡那人就是王子。」

「你怎麼都沒提過？你只說你夢見莫莉、博瑞屈和蕁麻。」他清了清喉嚨，補了一句：「不過，切德早就推測你曾與王子在夢中同遊，而且他已經跟我說了。」

「是嗎？」我聽了不大高興。我可不太喜歡想像切德與弄臣背著我說長道短的景象。

「你總是在夢中與王子同遊，還是只與王子在夢中同遊？除此之外，你還做了什麼夢？」弄臣企圖遮掩他對於這個話題的深刻興趣，但是我跟他是老交情，所以一聽就聽出來了。

「我不是都跟你說了嗎？」我先拖延一下，內心開始交戰，然而交戰的焦點不在於要不要對他撒謊，而在於要跟他講多少事實。跟弄臣撒謊是白費力氣；他總是一眼就看出我在扯謊，接著便努力從我的話裡把事實推敲出來。所以，應該是要跟他講得越少越好，這才是上策。況且採用這個作法，我是一點也不覺得內疚，因為弄臣也常常用這個策略來防我。「我曾經夢見你，這你是知道的；而且我也夢過博瑞屈，夢得很清楚，這我也跟你說過了。而這些夢啊，跟我與王子同遊的夢，應該是大同小異的。」

「這麼說來，你沒夢見過龍？」

我已經大概猜到他要問什麼了。「你是說惟真？惟真化身的龍？沒有。」我避開了他那銳利的眼神。至今我仍爲吾王哀悼。「就連我摸到惟真藏身的石龍時，都感覺不到惟眞；在那一刻，我只感到遙遠的精技共鳴，彷彿地底深處有個蜂窩似的。沒有。就連在夢裡，我也碰不到他。」

「這麼說，你沒夢過龍？」弄臣繼續逼問。

我嘆了一口氣。「我做過的龍夢，大概不會比你多，也不會比那年夏天眼睜睜地仰望龍群飛過六大公國上空的人還要多。親眼見識過那種場面的人，有哪幾人日後從不夢到龍的？」況且像我這麼一個沉溺於精技的私生子，我在眼看著惟眞雕龍、化身爲龍之後，怎麼不會揣想著有朝一日也要如此結束自己的人生呢？惟眞化入了石龍中，然後那石龍便變得有血有肉，接著一躍而起，在天上翱翔。我當然偶爾會夢到自己是龍。等到我老了，我說不定會奮力——雖可能徒勞——前往群山王國外的那個採石場；不，我知道我一定會想辦法走一趟。不過我跟惟眞一樣，只能獨力雕龍，不能指望精技同道的襄助。我知道我大概是做不成的，但不知怎地，總覺得成不成都無關緊要了。畢竟除了獻身雕龍之外，我實在想不出什麼別的死法。

馬兒繼續前進，我騎得有點心不在焉，而且弄臣不時瞅著我的那個古怪眼神，我還得裝作視而不見。我這人實在不配碰上大好的運氣，但是不配歸不配，碰上了我照樣高興得很。我們走到山丘頂上，俯瞰著一個小山谷時，由於地勢使然，正好使我們一望便將花斑子一行人盡收眼底。這個山谷很窄，而且遍布林木，不過由於昨晚下了大雨，所以谷底溪水奔騰，而花斑子一行人正渡溪渡到一半，所以除非他們無視於大水，坐在鞍上轉頭朝後仰望，否則是不會發現我們的。我勒住馬，並示意弄臣也停下來，然後一起靜靜地觀察底下的人馬。七匹馬，其中一匹馬沒人騎；騎在馬上的是兩女四男，其中一男騎著高大的戰馬。那行伍中有三頭貓，而不是兩頭貓，不過我得爲我的追蹤技巧說句公道話：其中有兩頭貓身形相仿。這三頭貓都坐在主人馬鞍後的墊子上。體型最小的那頭貓，騎在一名黑髮少年身後；那少年披著的斗篷屬公鹿堡的藍，而且寬大多摺。晉責王子！

他的貓在渡溪時，坐姿緊繃，爪子緊抓著坐墊，顯然很怕水。我只望了一眼，便感到一陣頭暈目眩；然後他們便被樹林遮住了。我盯著最後渡溪的女子坐騎艱難地從岩石的河床爬上溼滑的黏土河岸；她消逝在樹林裡時，我不禁納悶道，她會不會就是王子的意中人？

「那個男人個子高大，騎的馬也高大。」弄臣垂頭喪氣地說道。

「是啊，而且他們會人馬合一地對抗外敵。他們彼此牽繫在一起。」

「你怎麼看得出來？」弄臣好奇地問道。

「我也不知道。」我坦誠地說道。「這就好像在市場裡看到一對老夫妻。就算沒人告訴你，你也知道他們是夫妻；只消看看他們舉動中的默契，以及他們彼此講話的模樣就知道了。」

「馬啊。這個嘛，我倒沒料到會碰上這種敵手。」聽到這話，輪到我以困惑的眼神看著他，但是弄臣轉開頭，望向他處。

我們繼續追蹤，但是走得更小心了。我們想多觀察他們的動靜，卻又得防著他們看見我們。雖說這地形崎嶇起伏，我們大可以抄近路趕上去攔截他們，但是因爲我們不知道他們的目的地何在，所以也只得捺著性子跟在後面。「依我看，等到他們歇宿的時候，我們衝進去把王子劫出來如何？」弄臣提議道。

「這當中有兩個破綻。」我答道。「到了晚上，他們可能已經抵達目的地了；到時候，他們不是待在強化的工事裡，就是跟許多同伴聚頭。第二，就算他們再度紮營，也一定會像昨晚一樣布置崗哨，所以我們還得先把崗哨解決了才行。」

「那你怎麼打算？」

「等到他們今晚歇宿再說。」我鬱鬱地答道。「除非我們在他們歇宿之前逮到好機會。」

天色越晚，我就越覺得情勢不妙。我們走的這條小徑上，有一些不是野鹿，也不是兔子所踩踏出來的蹤跡，顯見這條路是不時有人走的；這麼說來，這條小徑應當會通到什麼小鎮或村落，再不濟也會通到他們與同伴的會合處。不能再等了；他們入夜紮營之後，恐怕會佔盡優勢啊。

於是我們跟得比先前更近了些。這一帶崎嶇的地形對我們有利，因爲只要他們一開始下山，我們便可立刻欺上去。由於跟得近，所以有幾次我們不得不離開人跡頻繁的小徑，躲在稜線下的山壁上；不過花斑子一行人大概自認爲他們已經身在安全的領域之中，因爲他們很少回頭張望有無追兵。他們的身影在樹叢之間出沒，我趁此研究他們的行進順序。騎著大馬的那個人領頭，後面跟著兩名女子；第二名女子牽著那匹沒人騎的馬。王子走第四，他的貓端坐在他身後；王子身後跟著另外兩名載著貓的男子。從他們的速度與走法看來，他們是決心要在天黑之前趕一大段路。

「他看起來跟你小時候，像是一個模子做出來的。」弄臣在他們再度被樹叢遮蔽時說道。

「我倒覺得他像惟眞。」我答道。這是眞心話。那孩子看起來很像惟眞，不過說起來，他還更像是我父親的畫像。至於他看起來像不像我小時候，我倒說不上來，我在他那個年紀時很少照鏡子。他那一頭濃密的黑髮，跟惟眞與我的頭髮一樣亂七八糟。我心裡閃過了一個念頭：不知道我父親是否每次梳頭的時候都梳得咬牙切齒？公鹿堡大廳的畫像是我對他的唯一印象，而畫中的他，頭髮梳得一絲不苟。那年輕的王子與我父親一樣，手長腳長，比體格粗壯的惟眞瘦得多，不過也許年紀大些之後，他會長得壯一點。他安適地騎在馬上；而且就像我先前看出那男子與大馬之間的關係一樣，我也一眼就看出晉責與身後的貓牽繫在一起。晉責的頭微微後仰，像是要隨時確認貓就在他身後似的。他的貓是那三隻貓之中個子最小的，不過還是比我原先估計的大了些。那母貓四肢修長，身上有著黃黑的斑紋；牠端坐著，爪子深深勾住坐墊，頭約與王子的頸子同高。牠在行進間不時左顧右盼，觀看周遭的風景。從牠的坐姿可以看出牠已經騎得很累，希望趕快能夠下地走路。

在這整個「拯救」行動中，最弔詭的部分，可能就是這頭貓；不過我從一開始就不考慮要把王子連貓一起帶回公鹿堡。王子非得跟自己的牽繫動物分開不可，這是為了他好，這就像當年博瑞屈強迫我跟大鼻子分開，是一樣的道理。

「他們的牽繫關係實在病態。感覺上，他不像是跟貓牽繫在一起，倒像是貓的俘虜似的。要不然就是他被貓迷得神魂顛倒。那頭貓把他制得死死的。可是……其實也不是那頭貓。這其中牽涉著一名女子，這人之於王子，可能是像是黑洛夫之於我那樣的原智導師吧，她不斷地煽動王子一頭栽入——這是很反常的——人貓的牽繫關係之中，然而晉責卻昏頭昏腦地聽她的話，將自己一切的判斷力都予以中止。我最擔心的就是這個。」

我望著弄臣。我只是講出自己的觀察，並沒有暗指我們要怎麼行動，然而一直與我默契十足的弄臣，想的跟我是同樣的心思。「是這樣啊。那麼，到底是打落獵貓，連人帶馬地把王子奪過來比較容易，還是光搶王子，然後強押著他與你同騎黑瑪比較容易？」

我搖了搖頭。「做了才知道。」

像這樣如影隨形地跟在他們後面，虎視眈眈地等著有無機會下手，實在是折騰人。我既累又餓，而且昨晚的頭痛一直沒有完全消退。我希望夜眼找到吃的，而且多多休息；我很想呼喚牠，但是又不敢貿然，以免被那些花斑子察覺。

這條小徑蜿蜒地爬上崎嶇的山麓；現在我們已經離起伏和緩的公鹿河平原很遠了。午後太陽的熱力開始減緩之時，我發現有可乘之機，而且說不定是我們唯一的機會。花斑子一行人走的是稜線，這條路線通往一面幾乎是筆直的岩石山壁上，然後橫切山壁，陡峭地下行。我站在馬蹬上，透過昏黃的光線望去，並判斷山壁的小徑狹窄，馬隊一定得排成單行走。我把這一點講給弄臣聽。

「我們必須在王子開始下坡之前趕上去。」我對弄臣說道。這一招很險；為了掩人耳目，我們拉開了距離，所以此時我們離他們遠得幾乎趕不上。此時我一夾馬腹，而黑瑪便躍了出去，而個子小的麥爾妲則緊跟在後。

有的馬只有在平坦且筆直的路線上才能快如流星，不過黑瑪則證明牠不但擅長平路，連崎嶇破碎的地形也很在行。花斑子走的是最好走的路線，也就是稜線。此時他們與我們之間，隔著一個長著濃密樹林的陡峭峽谷；稜線的路線轉了個很大的彎，然而我們如果直接衝下斜坡，就可以趕在小徑急轉直下之前截住他們。我再夾馬腹，於是黑瑪竄入了樹叢密布的山丘、涉過谷底的小溪，然後奮力地爬上滑不溜丟、難以著力的青苔坡。我沒有回頭看看麥爾妲與弄臣走得順不順，只能低低地貼在黑瑪的背上，以免被樹枝絆到，而從馬鞍上跌下來。

他們聽到了我們的聲音。無疑地，黑瑪的蹄聲聽起來一定比較像是一大群麋鹿，或是一整隊衛兵前來的聲音，而不像是只有單槍匹馬的人；所以他們一聽到聲音就逃了。黑瑪與我正好在最後一刻趕了上來，再遲一點就來不及了。花斑子一行人的前三人已經冒險衝下山壁上那條窄小陡峭的小徑，而且領頭的大馬已經開始下山；仍在稜線上的這三匹馬都是載著連人帶貓。最後面那人騎著馬對我衝過來，而倒數第二的那人則護著王子往前走，以便趕快把他送到陡坡上。

我撞上了朝著黑瑪與我衝上來的那個人，不過這其實只是個意外，並不是照著什麼作戰計畫按表操課。稜線上的小徑窄得無可迴身，又有很多鬆動的小石頭。黑瑪跟那匹體型較小的馬一對撞上，那頭貓便威嚇地大吼一聲，從坐墊上跳下來，然後落在稜線下的山坡上，亂抓亂滑地躲開，以免被相爭二馬的馬蹄踩到。

我已經拔出了劍，催促黑瑪上前，而牠輕輕鬆鬆地便把那匹身型較小的馬擠出稜線。我們奔過那人身邊時，他還兀自努力要把鯊魚劍拔出來，我已一劍刺了下去。他大聲慘叫，同時貓也痛苦地叫出來；然後他便慢慢地從馬鞍上栽了下去。但我沒空爲他難過，也無暇細想，因爲我們經過他身邊時，第二名騎士已經退回來了。我隱約聽到兩名女子困惑的嘶喊聲，而頭頂上則有一隻烏鴉，一邊盤旋、一邊嘎嘎大叫。那山徑狹窄，上面是光潔的岩壁，下面則是滑動的碎石坡。騎大馬的男子正在吼著沒人要回答的問題，並夾纏著急促的命令，要別人後退讓路，好讓他前來應戰。我一眼瞥到騎大馬的那人想要在僅能容身的小徑上往回走，而他身後那兩名騎著身型較小的馬的女子，則想辦法走到最前面，以便逃離後頭的熱戰。無人騎的那匹馬，就介於那兩名女子與王子之間。一名女子大聲喊著要晉責王子趕快上前，而騎大馬的男子則厲聲命令眾人後退，讓他過去。那人的馬顯然與他心意相通。此時大馬的臀部不客氣地擠著身後那匹體型小得多的馬；看來非得有人讓路不可，然而若要讓路的話，既不能前進，也無法後退，那麼恐怕唯一的途徑，就是落崖了。

「晉責王子！」我大叫道，此時黑瑪的前胸撞上倒數第二匹馬的後臀。晉責回頭看我時，夾在他與我之間的這名騎士的貓，則張開大口，欲咬黑瑪的頭；黑瑪不齒且吃驚地退了幾步，而牠急閃頭的時候，我差一點就被牠的頭打到。我們再度衝下去之後，黑瑪以前蹄頂住前馬的臀部；此舉倒沒使前馬受什麼傷，但卻使那貓氣惱地從坐墊上跳了下來。那騎士迴馬過來迎戰，但是他的劍短，搆不著我。王子的馬前後受阻，此時半停在狹窄的小路上；那匹無人騎的馬想要退後，但是王子無處可退。晉責的貓憤怒地嘶吼，但是無可發洩怒氣。我望著那頭貓時，好像看到古怪的重疊影像。而從頭到尾，騎大馬的人都在咆哮咒罵，大發雷霆地要求別人讓路。但是那兩名女子就算有心要讓，也不敢讓路。

稜線的山路在轉入陡峭的山壁之前，僅開展爲一處足可迴身之地，而那名騎士便在這一丁點空地上馳馬朝我衝來，差點就踩到了自己的貓。那貓齜牙咧嘴地揮爪朝黑瑪掃過來，不過黑瑪輕巧地避開。那貓似乎有點畏懼；這也難怪，我敢說我的馬兒跟我，一定都比那貓平常捕捉的獵物大上許多。我趁著那貓兒猶豫的機會，催促黑瑪踩上前去；那貓嚇得躲進伴侶的坐騎之下，而那匹馬由於不願踩到自己所熟悉的生物所以反而退了開去，把王子的馬擠到更前面。

山壁上稍微凸出的那一條窄路上，突然傳來一匹馬驚惶尖叫的嘶鳴聲，而馬的主人也同時大叫；原來那匹戰馬執意要退到我們這裡來，所以把那匹馬從岩壁上擠了下去。馬背上的年輕女子急著掙脫了馬蹬，匍伏在岩壁上，而那匹驚惶失措的馬兒則爲了找一處落腳而狂踢亂撥，最後側跌下去，順著山壁往下滑。一開始，那馬在陡坡上慢慢滑動，接著由於馬兒掙扎著要止住跌勢，卻翻動了更多碎石頭與馬一起滑落，而且石頭越滾越多，使得跌勢加劇，連好不容易在碎石間扎根的幼苗與巨大的石塊，都被落馬拖拔著一起滾了下去。然後那馬因爲被一株較爲堅實的小樹深深地刺了進去而厲聲慘叫，這一來雖暫時止住了跌勢，但是那馬掙脫了樹枝的糾纏之後，便又滑落下去。

我身後傳來其他聲響；我稍一推敲，也沒回頭看，就知道弄臣已經趕到，此時他與麥爾妲正與另外那頭貓奮戰。至於那頭貓的夥伴，我敢說一定還倒在地上；畢竟我方才那一劍刺得很深。

我頓生歹念。我的劍雖刺不到那貓的主人，但是齜牙咧嘴地威脅著黑瑪的那頭貓，可是在我劍鋒所及之處。我低下身去掃了一劍；那貓狂亂地跳開了，但身側已經劃出了一道淺淺的長口子。那貓與那男子同時氣憤且痛苦地大叫。傷雖在貓身，但那男子同感痛楚，而我頓時感到一股古怪：那就是他們倆正一起以原智惡狠狠咒罵我。我封起自己的心靈，然後一踢黑瑪，於是我們便馬對馬地撞了上去；我拔劍刺入那騎士，而他為了躲我的劍，身子一偏，便落馬了。那馬兒既失了主人，又驚惶失措，所以當黑瑪讓開一點空間讓那馬兒過去時，牠便迫不及待地逃了。接下來就輪到王子的馬了，而王子的馬為了避開身後的刀光劍影，所以走上了陡峭的山壁小徑，停在小徑起頭的小空地裡。

騎在王子身後的貓毛髮直豎，使自己看來威嚇逼人，並轉過頭來，憤怒地朝我嘶吼。我雖不知道問題出在哪裡，卻感覺到那貓很不對勁，甚至是醜惡到令我非常驚訝；但是我在絞盡腦汁揣測之時，年輕的晉責已經掉轉馬頭，與我正面相對了。

我曾聽人描述過那種瞬時之間、一切似乎都停止了的場面。對我而言，要是此刻的一切真的都暫停住，那也就好了。以前晉責這個人於我而言，不過是個名字、加上幾個概念，如今我卻突然跟這名字與概念的主體四目相對。

他的臉跟我的臉是相像的。他的臉跟我像到我一看便知道，等他年紀大到需要刮鬍子之後，他下巴有個地方，鬍鬚的方向會長得橫七豎八的，很難刮得乾淨。他的下巴像我，鼻子也像我——當然，我說的是他的鼻子長得像是我少年時，還沒有被帝尊打斷鼻梁的模樣。此時他跟我一樣，齜牙咧嘴地互相威嚇。惟真的靈魂，把種子種在年輕妻子的身體裡，讓妻子懷了這個少年，不過這少年的外貌，則是按著我的模子塑造出來的。我望著這個我從未見過，也從未相認過的兒子，然後彷彿奇蹟似的，一股心心相繫的感覺便油然而生。

果真此刻的一切都靜止了的話，那麼我一定早就做好準備，不會被他大幅度的揮劍嚇到。然而我初見兒子時，感到莫名的熟悉感，但他可一點都沒這種感覺；此時他嘴裡喊著貓似的忽高忽低的吼聲，狂亂惡毒地朝我砍來。我脫離馬鞍，向後一仰，好不容易避開了他的劍鋒；不過即使如此，他還是劃破了我的襯衫，而且劍過之處，留下一股疼痛感。我一坐起來，他的貓就嘶喊得像個女人似的朝我撲上來。我轉頭迎擊，並在那貓躍到一半時，以臂彎一把將貓凌空逮住；接著我搶在牠掐住我之前，便用力地一扭，然後大力一擲，將貓朝方才被我一刺而中劍落馬的人丟過去。人貓相撞，貓高聲驚呼，然後人貓一起滾落；止跌時那人壓在貓身上，貓尖聲大叫，艱難地從那人身下爬出來，但爬出來之後，又得四處躲閃黑瑪的鐵蹄。王子的眼光盯著他的貓，臉上顯得非常恐懼。其實我也只需要這麼一點空檔就夠了：晉責抓劍不穩，我一把就將他的劍打落了。

晉責滿心以爲我會跟他搏鬥，所以一點都沒提防我會搶他的韁繩，將他的坐騎納入我的控制之下。然後我一夾馬腹；天可憐見，黑瑪竟呼應了，並轉身面向來時路，接著我一踢，黑瑪便邁步狂奔。王子的馬迫不及待地跟了上來；那母馬急於逃離嘈雜與爭鬥的場面，況且跟著別的馬一起跑，正符合牠的心意。我記得自己吼著叫弄臣快逃；我無暇細看，但是弄臣似乎把那張牙舞爪的獵貓給制住了。我們把王子搶走時，騎戰馬的人咆哮不已，但是他身後的那一群人馬與貓拿我們一點辦法也沒有。我手裡握著劍，一路奔逃；我沒有閒暇餘裕回頭看看弄臣有沒有跟上來。黑瑪矯捷的速度，逼得王子的馬不得不伸長了脖子追；這匹馬實在是跟不上黑瑪的最高速度，不過我還是盡量逼牠跑快一點。我催促黑瑪離開小徑，以快到很可能會跌斷脖子的速度，從一道陡坡上下來，接著便直接切過山野。我們經過了濃密得會打到人的樹叢、爬上了陡峭的岩丘，然後衝下了一般理性尚存的正常人都會下馬牽著馬走的崎嶇地形。在這個情況之下，晉責若是想要從馬上跳下來，無異於自殺。我唯一的打算，就是要盡量把晉責的同伴與我們之間的距離拉開、拉大。

我第一次抽空回頭看看晉責的時候，只見他僵硬地抓住馬鞍，嘴巴氣憤地噘在一起，眼神則很迷茫。我感覺到某處有頭貓惱怒地朝我們追了過來。我們經過一連串上下起伏的山丘之後，從一處陡坡上下來時，我聽到上方的樹叢裡有窸窣的聲音；我聽到一聲打氣聲，並認出那是弄臣在催促麥爾姮走快一點。弄臣還跟得上！我的心輕鬆了不少。到了山腳下，我拉住黑瑪停一下；王子的馬已經累極，白沫沿著牠的馬銜滴了下來。弄臣勒馬在王子身後停了下來。

「你沒受傷吧？」我連忙問道。

「完好無缺。」弄臣應道；然後他把襯衫領口拉直，又把領口的釦子扣起來。「那麼王子呢？」我們兩人一起轉頭望著晉責。我心想他一定會惱羞成怒地大力反抗，但是他卻只是兩眼無神地蜷縮在馬鞍上。他的眼神飄到我身上，又飄到弄臣身上，目光在我臉上梭巡，然後皺起眉頭，彷彿在打量著什麼謎團似的。「王子殿下？」弄臣焦急地問道，而且此時他所用的，完全是黃金大人的口氣語調：「您是否一切無恙？」

他茫然地瞪著我們兩人看了好一會兒。接著他臉上重新又有了生命力，他突然狂野地喊道：「我一定要回去！」他開始踢腳以便脫離馬蹬。我一踢黑瑪，於是一瞬之間，我們又再度奔馳。我聽到他懊喪地大叫；回頭一看，只見他狂亂地抓住馬鞍，努力要讓自己坐穩。我們繼續奔逃，弄臣則緊隨在後。

22

選擇

催化者與白色先知的傳說，並非源自於六大公國。雖然有些六大公國的學者，早就熟悉相關的典籍與傳聞，但是催化者與白色先知的傳統，其實是源自於極遠的南方，而且是甚至比遮瑪里亞與香料群島更南之處。嚴格來說，催化者與白色先知的傳統不能算是宗教，而比較類似歷史與哲學上的概念。相信這個概念的人認爲，時間乃是個巨大的滾輪，而時間巨輪的軌跡，則是一件件在發生之前，便已注定會發生的事件。如果放任不管，時間巨輪會無止境地轉動下去，於是世上的事件便循環出現，最後終究會走向黑暗滅絕之途。因此，信仰白色先知的人認爲，每一個時代，都會出現有相當的遠見，足以將時間與歷史導正到更好的路徑上的人，而只要看到白膚與無色之眼的人，便足以確定其白色先知的身分；據說，白色先知之所以是白色，是因爲白者的古老血脈，要藉由白色先知來發聲。每一名白色先知都會有一名催化者與之相配。唯有該時代的白色先知，能夠看得出自己的催化者是誰。催化者生來就是要扮演一個特殊角色：他們要改變——無論他們所造成的改變有多小——在發生之前便已注定會發生的事件，而且由此而起，變化會越滾越大。而白色先知則藉由自己與催化者的攜手合作，努力將時間導入更好的軌道。

當然了，我們不可能無止境地高速跑下去。我雖然覺得我們還沒跑出險境，但是馬兒的狀況卻迫使我們不得不停下來讓牠們喘口氣。追兵的蹄聲早已遠去；戰馬畢竟不善於長跑。天色暗下來之後，我們讓馬用走的，循著一條蜿蜒的小溪而行。王子的馬累得根本抬不起頭來。一旦那馬兒身上的熱散了，我們就得停下來休息一陣。沿溪是一排柳樹林，我伏在鞍上，以免被垂柳打到；王子與弄臣也照做了。我們剛開始讓馬放慢速度的時候，我唯恐王子會掙脫馬鞍逃跑；但是他倒很安定。此時他鬱鬱地坐在馬上，任我牽著他的馬兒走。

黑瑪走過樹林下，我被一根凸起的低枝刺到；所以我回頭對晉責與黃金大人警告道：「小心樹枝。」並拉住那樹枝，以免它甩在晉責的臉上。

「你是誰？」王子突然以低沉的聲音質問道。

「殿下認不得我了嗎？」黃金大人焦急地問道。我看得出他是在努力把王子對我的注意力引開。

「不是你。是他。他是誰？還有，爲什麼你們突然攻擊我跟我的朋友？」聽他的口氣，是在嚴厲地指責我們的不是。他突然坐挺了起來，彷彿他突然發現自己火冒三丈似的。

「頭低下去。」我一邊對王子警告道，一邊把另外一根樹枝放開。他照做了。

黃金大人開口了：「這是我的僕人，湯姆・獾毛。我們是來帶王子殿下回公鹿堡去的。王后，也就是令慈，一直對殿下的安危至爲關心。」

「我不想走。」這年輕人每多說一句話，就多回神一點；他講這幾個字的時候，頗有唯我獨尊的意味。我等著黃金大人回答，但是聽來聽去，卻只聽到馬蹄踏在溪裡濺起的水聲，以及我們經過時，細枝折斷的劈啪聲。我們右手邊突然展開殘留著幾根焦黑樹樁的草原，這大概是多年前森林大火後的遺跡；草原上，盡是頂端結著種子的及膝黃草，以及大火後迅速蔓生、隨風散布孢子的雜草。我掉轉馬頭，離開河床，走向草原。抬頭一看，發現天色已經暗得可以看到幾顆一入夜就掛在天上的星子，至於下弦月則要等到夜深才會露面。現在雖然不太晚，但是四合的夜色已經抹去了白日的各種色彩，將周遭的森林染成深淺不同的灰階。

我領著他們二人走到草原的中央，離四面八方的森林都頗有一段距離之處，然後才勒馬停住。這一來，任誰要找上我們，都得先橫越大片空曠的空地才行。「我們最好是休息到月亮出來。」我對黃金大人說道。「趁著月色趕路就已經夠困難的了。」

「現在停下來安全嗎？」他對我問道。

我聳了聳肩。「恐怕不管安不安全，我們都非得休息不可。這幾匹馬兒差不多都耗盡了力氣，再說天色也暗了。戰馬是很健壯沒錯，但是戰馬既跑不快，也不夠靈敏；我們走的路線，戰馬是走不來的。此外，花斑幫勢必得拋下傷者，不然就是得兵分兩路，或是整備好了再前來找我們；所以我們還有一點喘息的空間。」

我在下馬之前先回頭看看王子。他坐在馬鞍上，兩肩下垂，但是他眼裡的怒火顯示出他一點也不服輸。我等到他的黑眼睛轉過來看著我的時候，才開口對他說道：「要吃軟還是吃硬，都隨你的便。我們可以好好待你，然後大家乾乾脆脆地回公鹿堡。你也可以使性子，像任性的娃兒似的非要離開家裡，去跟你的原智朋友團聚不可——但要是這樣的話，我一定把你逮回來，把你五花大綁地綁回公鹿堡去。你要選哪一條路走，你現在就說。」

他以充滿敵意的眼光死瞪著我，那是動物界裡最粗魯的行爲；而且他一個字也不講。我心裡閃過好幾個念頭，每個念頭都令我氣得幾乎管不住自己的脾氣。

「說！」我大聲地喝道。

他微瞇著眼，說道：「你是誰啊？」十足的挑釁意味。

我照顧、教養幸運多年，幸運從沒惹得我這麼氣過，但是這個小子一下子就引得我火冒三丈。我示意黑瑪朝他靠上去。我比那年輕人高，這是其一，而且我的坐騎也比他的坐騎壯碩得多，所以我大可以低頭俯視他。我駕著黑瑪朝晉責跟他的馬擠了過去，然後像野狼教訓小狼一般地俯瞰著他，一字一句地說道：「我就是橫豎都要帶你回公鹿堡的那個人。你認份吧。」

「獾毛——」黃金大人想要出言阻止，但已經太遲了。晉責動了一下，那個小小的肌肉反射動作令我起了疑心。我想也不想，就從黑瑪的背上跳下來，朝晉責撲過去，將他撲倒在地。落地之處是及膝的草原，這點算晉責走運，因為落地的時候，我壓在他身上，釘得他動彈不得，俐落得彷彿這一招是我想好才出手似的。我們兩人的馬都驚訝地嗤聲躲開了，但是牠們實在是太累，所以沒有跑開。黑瑪高舉腳地退開了幾步，再噴噴鼻息以示斥責之意，然後就不理我，自顧自地吃低頭吃起草來了；王子的馬跟著黑瑪跑了這麼一大段路，也算熟了，所以也有樣學樣。

我跨坐在王子的胸膛上，並牢牢地把他的雙臂制住。我聽到黃金大人下馬的聲音，但是我根本不理會，連回頭看他都沒有，一語不發地瞪著晉責。我知道這樣重壓在他胸膛上，會把他胸膛的空氣擠出來，但是他不肯出聲，甚至連看我都不願意，就連我把他的小刀抽出來，不屑地丟進入樹林裡的時候，也不朝我看一眼。他眼光眺望著我身後的天空，但最後我扳著他的下巴，教他非與我四目相對不可。

「說！」

他看看我的眼睛，又看看他處，然後又望向我的眼睛；他第二次望著我時，我感覺到他的銳氣磨平了些。接著他又眺望著天空，臉扭成一團，喘著氣說道：「可是我得回到她身邊啊。」他艱難地吸了口氣，設法解釋道：「我不指望你懂。你不過是被人派來搜捕我、把我拖回去的獵犬；你只知道要克盡職責。可是我必須追隨我的她。她是我的生命啊……有她，我才覺得我的人生圓滿了。我們一定要在一起才行。」

哼，斷念吧。我差點就把這幾個字說出口，但還好及時忍住了。我平實地對晉責說道：「我的確懂。但是該做的事就是得做，不管我懂不懂都一樣。就像你吧，不管我懂不懂，你要做的，你照樣會做。」

黃金大人走上前來時，我這才放開晉責。「獾毛，這位可是晉責王子，瞻遠家族的王位繼承人啊。」黃金大人嚴厲地對我說道。

既然他幫我留了一點轉圜的餘地，我也就按著僕人的劇本演下去了。「大人，就是因爲他身分不同，所以現在他才滿口牙齒，一顆也沒少呀；尋常的少年，若是膽敢對我亮出刀子，只要能留住一、兩顆牙，就算是他祖上積德了。」我盡量讓我的口氣顯得乖戾凶殘。就讓這小子以爲黃金大人暫時壓住了我的氣焰，並且憂慮黃金大人到底管得管不住我；這樣子我對他會比較有權威一點。

「我去把馬匹打點打點。」我宣布道，然後大步走開，把他們留在黑暗之中。我將馬鞍、馬銜卸下來，並捆了個草團擦馬，同時留意弄臣和王子的動靜。晉責良久才爬了起來；黃金大人要伸手拉他，但晉責不屑地拒絕了。站起來之後，晉責把身上的灰拍掉；黃金大人問他有沒有受傷，他則以僵硬的客套話答道，以這樣的情況而言，他現在算是不錯的了。黃金大人退開了幾步，看來是在觀察天色，其實是要讓這小子重拾他破碎的自尊。不一會，這幾匹馬便貪婪地像是從來沒有見過草地似的大嚼。我把馬鞍排成一排，又把黑瑪載的毯子被褥拿出來，簡單地在馬鞍旁鋪了幾張床。如果可能的話，我想偷睡幾個鐘頭。王子注視著我的舉動，過了一會兒，他問道：「你不生個火嗎？」
「好讓你朋友容易找到我們？門都沒有。」
「可是——」
「天氣沒那麼冷。況且又沒什麼吃的可煮。」我把最後一條毯子抖開來，向他問道：「你的鞍袋裡有沒有毯子什麼的？」
「沒有。」晉責憂戚地答道。於是我把被褥分成三份，做成三張，而不是兩張床。他好像在考慮什麼事情似的，補充了一句：「不過我有吃的，還有酒。」他吸了一口氣，說道：「用吃的喝的換張床睡，應該算公平吧。」他朝鞍袋走過去，開始翻找起來；我則緊盯著他的一舉一動。
「王子，你錯估我們了。我們怎麼會讓您睡在地上呢？」黃金大人驚駭地喊道。
「您大概不至於這樣，黃金大人，但是他就說不定了。」他朝我狠狠地瞪了一眼，補上一句：「他倘不以尋常人之間彼此對待的禮儀待我，至於僕人對於一國之尊應有的尊重，那就更不用說了。」
「他是個粗人，王子，不過總歸還是個好僕人。」黃金大人對我投以警告的臉色。
我裝模作樣地垂下眼睛，但仍喃喃地說道：「是啦，對一國之君是要尊重沒錯，但是沒有好好盡責任的逃家少年，那就趁早免了吧。」
晉責吸了一口氣，像要火冒三丈地反駁似的。最後他長吁一聲，怒氣則控制住了。「你根本就不知道這其中的原委。」他冷冷地說道。「我才沒逃家呢。」
黃金大人的聲調則比我柔和許多。「恕我直言，大人，但恐怕在我們看來，一定是您逃家了。一開始的時候，王后擔心您是被綁架了；不過並沒人要求贖金。王后既然不想驚動貴族，但也不願冒犯到不久就要前來參加訂婚大典的外島特使團。您一定沒忘記，再過九天，當新月初升之時，就是您的訂婚大典吧？您若是在訂婚大典中缺席，那麼已經不止是失禮，簡直是侮辱賓客了。王后懷疑，王子說不定就是蓄意要讓訂婚大典辦不成。即使如此，王后還是沒有派出衛兵大肆搜捕殿下的下落，雖說她的確有可能會採取大張旗鼓的作法；但是王后最後仍決定派我私下查訪，並將您平平安安地帶回家。而這就是我們唯一的目標。」

「我並未逃家。」晉責頑固地重複道；沒想到他這麼在意我講的那句話。他又固執地補了一句：「不過我無意返回公鹿堡。」講這句話之前，他已經拿出了一瓶葡萄酒，此時他從鞍袋裡挖了些吃食出來：一條裹在亞麻布桌巾裡的燻魚、幾塊蜂蜜蛋糕，和兩個蘋果。這算不上是旅行的口糧，只能說是那些忠誠的旅伴為了讓王子吃著玩而準備的小點心。他把包著燻魚的亞麻布展開，放在地上，然後把吃食分成三小份；他的動作毫不輕率，而是像貓一般地挑剔講究。依我看來，年紀輕輕的人處在這種不快的局面下，還有這樣的表現，大概是因為他天性溫和吧。他扭開酒塞，把酒瓶放在正中央，然後對我們招招手，而我們則毫不遲疑地靠了上去。這吃食雖少，但有的吃就令人慶幸。蜂蜜蛋糕甜且膩，而且放了不少葡萄乾；我一口咬了半塊，然後就盡量慢慢嚼。我已經餓得很難受了。不過，就在黃金大人與我迅速攻略吃食的時候，沒我們這麼餓的王子嚴肅地發話了。

「你們如果想逼我跟你們回去的話，一定會受到傷害。我的朋友會來找我，你們知道吧。我的愛人不會這麼輕易地就放棄我，而我也不會隨便地放棄她。然而，我實在是不想看到你們受到傷害；就連你也是一樣。」他說最後這句話的時候，轉過頭來與我四目相對。我原本以為他這話語帶威脅，不過，他倒是頗為真誠地接著解釋道：「我一定得跟她走。我不是不肯盡責，也不是想要破壞這樁安排好的親事。我不是因為生活拂逆不快而逃家；恰恰相反，我之所以離家，是為了要與志同道合的人為伍……因為我天生就是他們的一份子。」他的用字遣詞很小心，這點令我想起惟真。他慢慢地從我身上，打量到黃金大人身上，然後又回頭來望著我；看來他是想在黃金大人與我之間找個盟友，至少也探測看看誰比較同情他的處境。接著他舔舔嘴唇，彷彿要大膽冒險一下，非常平靜地問道：「你們有沒有聽過花斑點王子的故事？」

我們兩人都沉默不語。我剛才呑嚥下去的吃食，一下子變得毫無滋味。晉責是不是瘋了啊？接著黃金大人慢慢地點了個頭。

「我跟他是同系的血脈。瞻遠家系偶爾會出一、兩個有原智的，像我就是這樣。」

坦承自己有原智，等於是給自己宣判死刑啊——我眞不知道我應該敬佩他的誠實，還是應該爲了他的天眞無知而感到驚駭。我保持自己臉部毫無表情，而且也不讓眼神透露自己的思緒。我心裡則焦急地考慮著，這小子在公鹿堡的時候，有沒有把這事講出去呢？

據我估計，黃金大人與我先前做的任何反應也就罷了，唯獨他講了自己有原智之後，我們兩人毫無反應，這點特別令他坐立不安。我們兩個都靜靜地坐著看他。他又吸了一口氣，像是要下更大的賭注似的，說道：「所以我才說，你們讓我走的話，對大家都好呀；現在你們知道箇中的道理了吧？六大公國絕不會追隨有原智的國王，而我的血脈既然把我造就成這樣的人，我也不可能就此放棄自己的天賦秉性。我有原智，而且我絕不會否認。否認我自己有原智，等於是懦夫，而且對朋友不忠。你們要是硬把我拖回去，衆人遲早會知道我有原智，最後不免導致貴族之間的爭鬥與分裂。所以你們應該要放我走，並告訴我母親，說你們找不到我。這樣就面面俱到了。」

我垂眼看著手裡的最後一小塊燻魚，平靜地問道：「要是我們認爲，若要面面俱到，最好的辦法就是乾脆殺了你呢？把你吊死、切成幾大塊，然後放火燒了，灰燼焦屍則丟進河裡流走，然後跟王后說我們沒找到你，你說如何？」他的眼睛睜得大大的，充滿了恐懼；我避開了他的眼神。我知道我說這些話很是狠心，但是總得有人教這孩子小心一點才行。過了一會，我勸告道：「除非熟知對方的底細，否則不要隨便把心底深處的祕密講出去。」

而且也不要隨便跟不熟的人分享你獵到的野味。夜眼朝我走來，步履輕得像黑影，思緒則薄得像是拂過皮膚的微風。牠把一隻血肉模糊的兔子放在我身邊；牠已經把兔子的內臟吃了。接著牠輕鬆地把我手裡的燻魚叼起來，吞進肚裡，然後沉重地嘆了一口氣，在我身邊躺下來，並把頭靠在前爪上。那隻兔子從我眼前的地洞裡鑽了出來。這種自己送上門來的獵物還眞是少見。

王子的眼睛睜得大大的，他眼珠上下左右的眼白都露出來了；他看看狼，再看看我，又看看狼。他大概聽不清我們在講什麼，不過我們的確是在彼此溝通，這點他看得很明白。他跳了起來，憤怒地大叫了一聲。「你應該是最了解我的啊！你怎麼可以強迫我既跟自己的牽繫動物，又跟與自己一樣有原智的意中人分開呢？你怎麼可以背叛自己人？」

我則有我自己想問的重要問題。我們隔得這麼遠，你怎能來得這麼快？

我走的路線跟他的貓一樣，而我之所以要來找你的理由也跟他的貓一樣。馬非得迂迴地挑平的路走，但是狼只要直接穿過去，跟著地形上下就行了。他們隨時都可能找上來，你做好準備了沒有？我的手放在牠的背上，所以可以清楚地感覺到牠的疲憊感不斷地散開來；不過夜眼像是抖開身上的跳蚤似的把我的關切抖開了。我沒那麼不堪呀；你瞧，我還給你帶了肉來。牠指出。

你應該把整隻兔子都吃了。

夜眼幽默地說道：我是吃啦；我把我逮到的第一隻兔子都吞吃下肚了。你總不會以爲我會笨到空著肚子，大老遠地給你送吃的來吧？這隻兔子是要給你跟沒有氣味的人吃的；至於要不要分給小狼吃，那就看你了。

我看他大概不吃生肉。

依我看，生個火也無所謂。他們是必定會來的，而且他們用不著觀察火光煙霧，也能找上我們。那孩子一呼一吸之間都在呼喚著牠；像發情的貓似的，一聲叫得比一聲急哪！

我怎麼都沒察覺？

你的感官本來就遲鈍，又不是只有鼻子不如我。

我站起來，用腳估量了一下那隻已經開膛破肚的兔子。「我來生個火，把這兔子烤一烤。」王子一語不發地瞪著我；他知道我方才與狼講了一番再無第三者知道的悄悄話。

「要是把追兵引來了怎麼辦？」黃金大人問道。他嘴上雖這麼問，我知道他心裡還是期望火光的溫暖與熱食的。

「他都已經在招引追兵前來了。」我抬抬下巴，朝王子的方向點了一下。「我們生個火、弄點熱的來吃就弄熄，也差不到哪裡去了。」

「你怎麼可以背叛自己人？」晉責再度對我質問道。

這個惱人的問題，我昨晚上已經想得不要再想了。「『忠』有很多不同層次，王子。而於我而言，最高層次的『忠』，是對瞻遠家族效忠，而你也應該如此。」其實他的處境與我相同，但是我不敢告訴他，而且心裡暗暗爲他難過。不過我並不認爲我這樣做是在背叛原血的血統；我倒覺得我是在幫他設立安全的活動疆界。我不無遺憾地想道，當年博瑞屈對我也是如此。

「你有什麼權利指定我該忠於誰、不忠於誰？」他質問道。從那怒氣騰騰的語調可以看出，我這話一定是直指核心了。

「您說得一點都沒錯。我沒那個權利，晉責王子。我之所以要點出您似乎有所疏忽之處，不過是在盡我的責任而已。我現在就去找柴火。您也許可以趁此想想看，要是您這樣不吭一聲地拒絕了自己的職責、消失得無影無蹤，那麼王位的寶座該怎麼辦。」

夜眼雖倦，卻仍勉力地站了起來，跟著我循著原路走回溪邊，找找看有沒有小溪漲水時從上游沖下來，晾了一夏天的乾木頭。我們先喝水，然後我把王子的劍在我胸前造成的傷口洗了洗。每多過一天，就多幾道傷痕啊。不，其實這樣講也不公允；我胸前這道傷痕，倒沒流多少血。我移開目光，開始尋找乾柴。夜眼的感官比較敏銳；在牠的幫忙之下，我很快就找到一把柴火。他跟你實在太像啦。我們開始走回營地去的時候，夜眼有感而發地說道。

同一家族的嘛。他是惟眞的繼承人啊。

說他是惟眞的繼承人，是因爲你不肯承認他。他身上流著你我的血呢，小兄弟。

這話說得我啞然無語。然後我指出：你比以前更關切人類的顧慮。以前你根本不注意這些事情。

的確。而且黑洛夫還警告我們兩個，我們彼此交織得過於緊密，緊密到我狼不像狼，反倒多了人味；你人不像人，反而多了狼性。我們遲早是要爲此付出代價的，小兄弟。倒不是說我們眞能彼此分開一點，而是說，無論我們是不是眞能彼此分開一點，我們都得爲此付出高昂的代價。我們終究得爲了我們的心性緊密結合而吃苦受難啊。

你意有所指——你到底在暗示什麼？

你不是已經知道了嗎？

說得也是。王子跟我一樣，都在沒有原智的常人之間長大；而且他也跟我當年一樣，由於無人指導，所以不但沉迷於原智的溝通之中，而且還縱樂得不可自拔。當年的我，也是因爲無人指導而陷得太深。我的第一個牽繫對象是小狗；當時我們年紀都很小，而且都太生嫩，不知道這樣的牽繫會產生什麼後果。後來博瑞屈強迫我們分開，我因此而痛恨了博瑞屈好幾年。我回顧自己的經驗，再看看因爲迷戀著貓伴而痛苦不堪的王子，就覺得當時我單純地與小狗牽繫在一起的時候，沒涉及男女之情，還眞是幸運。不知怎地，王子對於貓伴的牽掛，竟然牽涉到一名年輕的原血女子。當我帶他回公鹿堡時，他不但會喪失同伴，還會喪失他的意中人——而且他還自認爲他對意中人用情甚深。

什麼女人？

他提到一名原血女子。大概是跟他同行的那兩個女人其中一個吧。

他嘴上說那女子如何如何，身上卻沒有女人的味道。你不覺得這很怪嗎？

我走回去的時候，心裡都在推敲著夜眼的話。我隨便把柴火丟下，然後一邊從乾柴上刮些木屑做爲火種，一邊觀察著那少年。他已經把亞麻布桌巾收好，但是那瓶酒還留在地上。此時他下巴收在膝下，愁容滿面地坐在毯子上，凝視著越來越暗的天色。

我放鬆了一切防衛，刻意地探尋那少年。狼說得一點也沒錯。他渴望與他的原智伴侶相聚，不過據我推測，說不定他連自己在呼喚同伴都不知道呢。他哀愁地東找找、西看看，像是迷路的小狗兒可憐兮兮地呼喚母親似的。察覺到這個狀況之後，我心裡覺得很難過；使我難過的不只是這孩子正在將同伴導引過來，他那哀嚎之悲戚，令我震驚。我聽得簡直想過去賞他一巴掌。但是我忍住沒出手，反而一邊不斷地打著燧石點火，一邊無動於衷地問道：「在想你女朋友呀？」

他驚訝地轉過頭來望著我。黃金大人對於我問得這麼直接，投來警告的一瞥。我彎身下去，輕輕地吹著好不容易冒出來的小小火星；火穩穩地燒了起來，轉變成淡色的火焰。

王子爲了保持自己的尊嚴，所以溫和地說道：「我無時無刻不在想著她。」

我加了幾根細細的木條，慢慢地把火苗引大。「這樣啊。她長得什麼模樣？」我以士兵般直接且粗魯的方式問道；我不曉得跟公鹿堡的衛兵一起吃了多少頓飯，他們碰上這種問題是怎麼問的，我清楚得很。「她……」我做了世界公認，絕對不會弄錯的手勢。「來不來勁兒？」

「閉嘴！」晉責粗野地叫道。

我故意朝黃金大人看一眼。「啊，這下子我們都知道了。原來他根本就不知道那個滋味；至少他沒有第一手消息。還是——莫非只有他的手曉得？」我坐直起來，訕笑地望著他，以便激他把話講出來。

「獾毛！」黃金大人趕快制止我。我看這下子我是眞的令他聲名狼藉了。

我不理會黃金大人的暗示。「一頭熱的單戀耶，好可憐喔；其實這也沒什麼，像他這種愛得頭昏腦脹的男孩子多得是。我敢說他一定沒有吻過那女的，更沒有跟她那個那個……」我又做了那種手勢。

這番奚落收效良好。在我把較大的柴枝加入火中的時候，王子憤慨地站了起來。火光顯出他的臉漲得通紅，鼻孔也因爲怒氣而掀開。「才不是那樣呢！」他氣惱地叫道。「她才不是……你只跟妓女往來，你懂什麼！她是個値得等待的女人，而且我們的感情，是更高層次、也更甜美的愛，那是你根本想像不到的。她是個値得讓我去贏得她芳心的女人，而且我會向她證明，我的確配得上她。」

我內心爲那少年淌血。那些都是孩子的話，那種內容，不是從吟遊歌者的歌曲，就是年輕人想當然耳的幻想。他的內心燃燒著清純的熱情，眼裡流露出理想化的期待。過去扮演過的冷酷角色，對我而言已經漸漸失去用處，但此時我仍努力地想從中擠出一點殘忍無情的特質來運用，只是話到了嘴邊，就是說不出口。最後是弄臣救了我。

「獾毛！」弄臣突然喝道。「夠了。你只管燒肉就是了。」

「是，大人。」我粗嗄地應道。我意味深長地朝晉責看了一眼，但是他根本不理我。我拿起那隻僵硬的兔子，抽出刀子的時候，黃金大人以溫和得多的口氣對王子說話了。

「您所愛慕的這位仕女，她可有個名字？我可曾在宮裡見過她嗎？」黃金大人好奇且有禮地問道。他的口氣帶著點關切的味道，足以顯得既然黃金大人特別問起這事，就表示這事格外重要似的。晉責受用得很；他一下子就不氣了，就連方才對我的氣惱都拋在腦後——說不定，還正是因為剛剛忿忿不平，所以現在他才特別珍惜這個恰可證明他是血統純正的貴族仕紳的大好機會。他不理會我的低俗興趣，對黃金大人的問題卻回答得極盡客套，彷彿我這個人根本就不存在。

他低下頭來，望著自己的手，臉上漾開了少年郎有了神祕心上人的那種笑容。「噢，您不可能在宮裡遇見她，黃金大人，因為她不是那種會在宮裡走動的人。她可是縱橫山林的女獵人啊。她不會趁著夏日的暖陽在花園裡繡手帕，也不會在寒風吹來時躲在火爐前取暖。她徜徉於開闊的大地，她的髮絲在風中飛揚，眼裡則洋溢著夜的神祕。」

「我了解。」黃金大人的聲調很和煦，那是世故男子對於第一次墜入情海的年輕人的容忍。黃金大人走過去，挨在那少年身邊、在自己的馬鞍上坐下來，然後他以長輩的口吻問道：「而這位山林美人可有個名字？可有兄長家人？」

晉責抬起頭來望著他，同時不耐煩地搖搖頭。「看吧，您淨問這種問題！我之所以討厭宮裡的生活，就是因為不喜歡聽這個調調兒。我愛的又不是她的家族，也不是她的財富；我愛的是她啊！」

我將小刀伸進兔皮下，用勁劃開；而黃金大人很有雅量地反駁道：「可是她一定有個名字呀！要不然，您在夜闌人靜之際，要如何對著天上的星辰呼喚她呢？」我將兔皮剝掉，而黃金大人則把那少年祕密的風流韻事一層層地剝開來。「來，告訴我，您是怎麼認識她的？」黃金大人拿起葡萄酒，不沾唇地喝了一口，然後將酒瓶遞給王子。

那少年一邊沉思，一邊下意識地轉著酒瓶玩，接著抬起頭來，望著微笑看他的黃金大人，然後仰起頭來喝酒。喝了口酒之後，他坐了下來，鬆鬆地握著酒瓶，瓶口對著映照出他五官的小小火堆。「是我的貓帶我去見她的。」他終於把話說了出來，又喝了口酒。「我晚上時，都溜到外面去跟我的貓一起打獵。有時候我就是需要獨處一下；宮裡的情形你又不是不知道。如果我說我打算大清早出去騎馬，那麼一大早就會有五、六名紳士準備就緒，打算陪我同行，另外還會有十來位小姐前來與我們道別；如果我說我打算飯後到花園散步，那麼我每轉個彎，就會發現有位小姐正在樹下寫詩，要不然就是碰上哪位先生要託我幫他跟王后帶句話；眞正是悶得人透不過氣來哪，黃金大人。老實說，我不知道爲什麼有那麼多人就算沒什麼要事，也要到宮裡來待一陣；我是行動不自由，要不然的話，我早就走了。」他突然坐挺起來，四下環顧夜色。「如今我已經離開宮裡了。」他突然大聲宣布道，而且他好像被自己的聲音嚇到似的。「一切的矯揉造作、操縱控制，已經都與我毫無干係，而且我日子過得很開心。不，說得確實一點，是你們找上我之前，我一直都很開心。」說完，那孩子便怒視著我，彷彿所有的錯都是我造成的，而黃金大人不過是無辜的旁觀者。

「是這樣啊。有天晚上您與貓出外打獵，然後這位小姐……」黃金大人很技巧地拾起他所感興趣的話頭。

「我跟貓出外打獵，然後——」

*那貓叫什麼名字？*夜眼突然急急地逼問。

我嘲笑地哼了一聲。「我看哪，貓跟那位小姐同名，都叫做『不可說』。」我把兔子穿架在我的長劍上。我並不喜歡把劍拿來當烤叉用，因爲這樣做會損害鍛造出來的刀刃；但是若要找根新鮮的樹枝，就得穿過曠野，走到森林邊緣去摘，但我可不想錯過他們接下來的精采談話。

對於我這番諷刺，王子尖刻地答道：「你既然是花斑子，那麼你應該是最了解的才對；動物都有名字，然而這名字是要等到時機成熟時，動物才會對人表白的。我的貓還沒把牠的眞名告訴我；但是等我贏得貓的信任時，我就會知道了。」

「我才不是『花斑子』呢。」我頂了回去。

晉責不理我。他吸了一口氣，急切地對黃金大人說道：「而我之所以還不知道意中人的名字，也是同樣的道理。我愛的是她的人，知不知道她的名字，其實無所謂。」

「當然，當然。」黃金大人安慰道，又更挨近王子一點，並接口說道：「但是我一定要聽聽您與這位美麗佳人的初次邂逅；因爲不瞞您說，我其實跟宮裡的夫人小姐們一樣心軟，每聽到吟遊歌者吟唱的故事就忍不住掉淚。」黃金大人這樣講，彷彿方才晉責那番話無關緊要，然而我卻覺得晉責所用的理由太牽強。夜眼剛認識我的時候，的確沒有立刻把自己的眞名告訴我，但是那頭貓跟王子在一起已經好幾個月了。我想將兔子翻面，但是我的手這麼一轉，劍上的兔子就滑來滑去，顯見是因爲沒叉緊的關係，所以烤熱了的那一面又滑下去面對著火焰。我嘟囔了兩聲，還是把兔子拿上來；爲了重新把兔子叉緊，我的指頭都燙紅了。我繼續將兔子懸在火上烤。

「我們的初次邂逅。」晉責的心思似乎飛到了遠處，他嘴邊浮出一抹遺憾的微笑。「其實還沒發生呢——我是說，就某種層次而言。不過，就各種重要的層次而言，我已經見過她了。貓將她的人展現在我眼前，不，說得確實一點，是她讓我透過貓看到她。」

黃金大人微偏著頭，頗感興趣，而且有點納悶地望著那少年。那少年的笑意漾開了。

「這種經驗，眞的很難對沒有體會過原智的人解釋，不過我會盡量講清楚。我可以透過我的原智法力，感受到貓的思緒，而貓的感官則使我的感官變得更加敏銳。有時候，我晚上躺在床上，並讓我的心靈與貓合而爲一；於是牠看到的，我也看到了，而牠感覺到的，我也感覺到了。那感覺眞的很美，黃金大人；別人也許硬要您相信人獸合一的感覺既下流又野蠻，但其實不是那樣的。感覺上，彷彿周遭的一切都變得鮮活了起來。要是您體會過的話，就知道我講的是什麼意思了，只可惜我沒法子讓您親身體會那種經驗。」

那少年急切地道出心聲。我一瞥黃金大人，只見到他眼裡似乎覺得好笑，不過我敢說，王子一定只看到他眼裡充滿了溫馨與同情。「恐怕我非得用想像的不可了。」黃金大人喃喃地說道。

晉責王子搖了搖頭。「啊，但是您是想像不出來的。除非有原智天賦，否則誰也想像不到那光景哪。就是因為這個緣故，所以我們才會受到衆人的迫害；他們缺乏原智的天賦，所以對我們非常嫉妒，最後由妒生恨。」

「什麼由妒生恨，應該說是恐懼吧。」我低聲說道，但是弄臣投來一瞥，懇求我噤聲不語。我在自討沒趣之餘，轉開了眼神，不去看王子，並把烤得熱騰騰的兔子又翻了個面。

「我大概能想像出您與貓的深交。貓是何等尊貴的動物，能與如此尊貴的動物心靈合一，那是多麼美好的感覺！貓與大自然交融，能夠與貓一同體驗夜色與狩獵，那是多麼豐富的體驗！但是不瞞您說，我還是沒法子了解您的貓是如何把這位世間少有的佳人展現在您眼前呢……您是說，您的貓領著您去找這位小姐嗎？」

呵呵，牠的貓爪扒開你的肚皮時，說有多麼愉快就有多麼愉快啊！

噓。

貓是尊貴的動物？呸，行動鬼祟、專吃腐肉，哪門子尊貴哪！

我好不容易把夜眼的竊竊私語撇在一旁，以便注意他們兩人的舉止應對，同時還得裝出專心烤肉的模樣。王子一談起自己的戀情，便完全沉溺於其中；此時他笑吟吟地對著黃金大人搖搖頭。天哪，我以前曾像他那麼年輕過嗎？

「不是我的貓領著我去找她。是這樣的，有天晚上，貓與我穿過森林的黝黑樹影，踏過映著稀疏月華的地上時，我突然感覺到有旁人。並不是被人盯上了的那種渾身不自在的感覺，而比較像是……彷彿拂過頸背的風，是女人呼出的氣息，森林的風味，是她身上的芳香，而潺潺的溪水，則是她的輕聲笑語。其實周遭的景物，無一不是我看過、聽過、感覺過千百次的東西，但是那天晚上，一切都變得跟以前不一樣。一開始的時候，我還以為是我自己的錯覺，但是透過貓的感知，我開始感覺到她就在我們身邊。我感覺到她看著我們一起打獵，而且我知道她很讚賞我。當我與貓同吃貓獵來的生肉時，我感覺到那女子也在品嚐著生肉的滋味。貓的感官很靈敏，所以跟牠在一起，我的感覺也變得更敏銳了。然而突然之間，我變成不是在以貓，也不是以自己的眼睛看世界，而是以那女子的眼睛在看世界；我一下子看出岩壁上交縱的起伏像是個想要掙扎而出的年輕人，而溪水上的月光被急流撕為一片片的，交織出各種不同的圖案。我看到……我看到她以夜的世界為詩。」

晉責王子輕輕地嘆了一口氣。他已經迷失在自己的浪漫情懷之中，但是我心裡逐漸起疑，而且疑心到我不禁打了個冷顫。我感覺到狼豎起耳朵、肌肉緊繃，因為牠也與我有同感。

「就是這樣開始的，就是從與她分享夜色之美開始的。我那時真的很笨，起初，我以為她一定在我們附近，躲在什麼隱密的地方看著我們，所以我一直央求著貓帶我去找她。貓是帶著我去找她了，可是貓領著我找上她的方式，卻與我先前料想的大不相同。感覺上，就像是在迷霧之中走向一座城堡似的，我必須劃開一層又一層如面紗般的霧氣。我越是接近她，就越想看到她真實的模樣；但是她告訴我說，我們還是稍後再相見比較尊重。她要我在見到她的面之前，先把原智學好；我必須學著去拔除我身為人的疆界與自我的疆界，讓貓完全佔有我。當我徹底對貓敞開心胸的時候，當我與貓完全合而為一的時候，我就會清楚地感知到我的意中人。因爲我的意中人與我，都同時與貓深深相繫。」

那可能嗎？狼尖銳且不可置信地問道。

我不知道。我坦承道，然後比較肯定地補了一句：但是我覺得不可能有那種事。

「沒那種事。」我大聲地說出來。我雖盡量用比較不傷人的方式把話講出來，但是我又希望立刻讓弄臣看清狀況，不過這話還是激怒了王子。

「事情就是這樣，你敢說我在撒謊？」

我看還是跟他打迷糊仗比較好。「如果我要說你在撒謊。」我稍微把方才的直言美化了一下：「那我就會說：『你在撒謊』。但我沒那樣說啊，我說的是：『沒那種事。』」我不但滿臉堆笑，還笑得露出牙齒。「你何不把這話當作是我認爲你不知道自己說的話是什麼意思？說不定你不過是把別人塞在你腦袋裡的想法講出來而已。」

「我最後一次警告你了，獾毛，你住口。你把好好的故事給打斷了，而且無論是王子還是我都不在乎你到底相不相信。我只想聽聽故事的結尾。是這樣啊。那你們到底是何時初次相會的呢？」黃金大人坐在馬鞍的邊緣，傾身問道。

王子原本浪漫柔情的語調，突然變得心碎且絕望。「我們沒見過面。還沒。所以我才要走呀。她呼喚著我，要我前去找她，所以我離開了公鹿堡；她跟我保證，她會派人來打點我路上的一切，而事實也果眞如此。她跟我保證，等我把原智學好了，我與貓之間的牽繫會變得更深、更眞，到時候我就會越來越了解她了。但是當然了，我得先證明我配得上她。她會測試我的眞情，以及我是否眞心願意與原血眾人爲伍。我得學著去拔除貓與我之間的一切障礙。她早就告訴過我，這條路走來艱難，而且我非得改變原本的執念不可。但是，她保證當我準備就緒的時候——」儘管黑暗，我仍看出王子的臉上浮現紅霞。

「我們的結合會比我所想像的更爲逼眞且眞實。」那年輕的聲音，講到最後面這句話時竟然嗄啞了。

我心中慢慢升起一股怒意。我知道他在想像什麼，而且我也差不多可以篤定地說，他所想像的情景，與那女子能夠給他的東西根本毫不相干。他自認爲他在努力讓彼此的感情變得更圓滿，但依我看來，他恐怕就快被對方吞噬掉了。

「這我懂。」黃金大人充滿感情地說道。從我的角度來看，我敢說弄臣根本不懂。

那少年頓時充滿希望。「這麼說來，您一定了解，爲什麼你們非放我走不可了！我非回去不可。我也不求您帶我去找我的嚮導；因爲他們氣急敗壞地，可能會誤傷到您。我只求您把我的馬交給我，這對您而言是最容易的了。然後，您就回公鹿堡去吧；就說您根本沒找到我。反正誰也不知道呀。」

「我就知道。」我一邊和藹可親地說道，一邊把兔子從火上拿起來，然後我補了一句：「肉已經熟了。」

王子對我投以惡毒的眼光；我幾乎可以清楚地感覺到他的決心正在成形：把那僕人殺了。教他從此住口。我敢打賭，珂翠肯的兒子在跟那些花斑子混在一起之前，一定沒受過對人如此無情的訓練，不過這個想法倒與他的瞻遠先祖的作爲相去無多就是了。我與他四目相對，接著輕輕嘶嘴，小小挑釁一下；然後便看到他胸膛劇烈起伏，可是他仍把自己控制住了。他望向他處，藏起恨意。眞是不得了的自制工夫。我心裡納悶道，他該不會趁我睡覺的時候殺了我吧。

連骨頭都燒焦囉。

我一邊把熱騰騰的兔肉撕開，一邊繼續緊盯著他。我的手一下子便沾滿了油脂與烤焦的肉屑。我遞了一份肉給黃金大人；黃金大人露出上流人的不屑，但還是接過去了。從方才吃餐點的時候，就可以看出弄臣與我餓得有多厲害，所以我知道他那個樣子是裝出來的。

「吃點肉嗎，王子？」黃金大人問道。

「不用了，謝謝您。」他的聲音很冷淡。他自視甚高，不願意吃我弄出來的吃食，因為我方才嘲笑過他。

狼也拒絕了熟肉，所以黃金大人與我便不發一語地把兔肉吞吃殆盡。我們吃肉的時候，王子坐得離我們遠遠地，眼裡凝視著黑暗。過了一會兒，他在毯子上躺了下來，而且我感覺到他的原智呼喚越來越大聲。

黃金大人把兔骨頭咬碎，吸了吸骨髓，然後把骨頭丟進火堆餘燼裡。在那殘餘的火光之中，他以弄臣的眼神看著我，那眼神裡既是憐憫，又是斥責，我實在不知如何回應才好。我們一起轉頭望著那少年，他似乎已經睡著了。

「我去看看馬。」我提議道。

「我想去瞧瞧麥爾姐情況如何。」他答道。我們一起起身。我站起來的時候，背後一陣劇痛，然後又過去了。這畢竟不比從前；我已經不習慣這種生活了。

我會看著他。夜眼雖疲倦，但仍主動要把那孩子看住。原本躺著的牠嘆了一口氣，爬了起來，然後僵硬地朝毯子、馬鞍與熟睡的王子走去；牠絲毫不差地選了我本來就打算鋪給自己用的那條毯子，躺了下來，朝我眨眨眼睛，然後便轉頭去盯著那少年。

想想看白天時我們把馬兒操得多凶，所以牠們這時的狀況算是頂好的了。麥爾姐熱切地朝弄臣走過去，頭在弄臣的肩膀上磨蹭，而弄臣則親切地拍拍麥爾姐。黑瑪顯然根本沒有注意到我，而且我幾次想靠上去，牠都照常躲開。王子的馬雖不歡迎我的碰觸，但是不至於躲掉。我拍了王子的馬一會兒之後，突然察覺黑瑪走到我身後，並且用頭頂了我一下；而且我轉過身之後，黑瑪還讓我摸摸牠。弄臣輕輕地講了一句話，但與其說是對我說的，不如說是對麥爾妲說的。

「可惜你第一次與他見面，竟是這樣的光景。」

我沒打算回答，這好像沒什麼可說的。但令我驚訝的是，我竟然答道：「其實他不算是我的骨肉。他是惟真的繼承人，珂翠肯的兒子。他雖是用我的身體塑造出來的，但那人不是我；當時是惟真佔據了我的身體。」

我努力拴住自己，不讓舊日的回憶一湧而出。當惟真告訴我他是有辦法喚醒他的龍，然而鎖鑰在於我的生命與熱情時，我以爲吾王是要求我把生命奉獻給他；而我在忠心與磨難的驅使之下，就算他要的是我的命，我也會高高興興地奉上去。然而惟真卻以精技取用了我的身體，讓我困在他的殘軀之中，自己則前去與他的年輕妻子相會，並使妻子懷了繼承人。我對於他們夫妻倆相聚的時光一點印象也沒有，反而只記得自己以老人的身體度過了一個漫長的夜晚。就連珂翠肯都不曉得事情的全貌。世上除了我之外，只有弄臣知道那一夜的實情。此時弄臣的聲音傳來，把我從痛苦的回憶中驚醒。

「他看來好像當年的你，像得使我心痛。」

我知道我無話可說。

「他使我想要抱緊他，保他安全，不讓那一切以瞻遠家族統治爲名而發生在你身上的可怕事情，重新發生在他身上。」弄臣停頓了一下。「其實我在說渾話。」他坦承道。「應該說是，我會保護他，不讓因爲我將你當作我的催化者而引起的那一切可怕事情，降臨在他身上。」

那一晚夜色太黑，而我們的敵人又離我們太近，所以我不想再談下去。「你應該睡他身邊，烤火也暖些。狼也會待在那裡。長劍要擺身邊，以便隨時取用。」

「那你呢？」他過了一會兒才接口；是因爲我堅決地換了話題，使他感到很失望嗎？

我朝著溪邊那一排樹的方向點了個頭。「待會兒我就爬到樹上去守望。你應該趁機睡幾個鐘頭。他們得先橫跨草原才能找上我們，但是在他們橫過草原之前，我必能就著火光看出他們的舉止，並及時採取行動。」

「什麼行動？」

我聳了聳肩。「如果他們人少，我們就戰；如果他們人多，我們就逃。」

「好複雜的戰略。不愧是切德的高徒。」

「你盡量休息一下。月亮一出來，我們就走。」

然後我們便分手了。我有種懸心的感覺，總感到還有什麼重要的事情漏了說似的。唉，回頭再找機會好好聊吧。

要是有人認為摸黑爬樹很容易，那麼這人鐵定沒摸黑爬過樹。我爬到第三棵樹，才找到既能把我們的營地一覽無遺，又寬到夠我舒服地坐著的枝椏。我其實可以坐著沉思，為何命運捉弄，讓我生了一子一女，卻無緣養育他們成人；但是我不但不想他們，反而擔心起幸運來了。我知道切德一定會信守承諾，但是幸運能不能守住他的學徒工作呢？我教他的夠不夠，他能不能把工作做好，他做事會不會盡心，會不會乖乖聽師傅的話，並虛心接受指正？

夜黑得伸手不見五指。我伸長了脖子，想要尋找初升的彎月，結果徒勞無功。看來彎月是要等到午夜才會出來了。我只能勉強就著將熄的營火，看出黃金大人與那少年裹著毯子的身影。時光飛逝。一根友善的枝椏頂在我背上，省得我因為坐得太舒服而睡著了。

我一定是打盹了。我雖看不見狼，但我知道牠一定就在我這棵樹下的黑影中。*怎麼了？下來。*

下來。安靜。

我下來了，只是不如我指望的那麼安靜。我將雙手搆在枝子上，然後鬆手落下地，可是掉下來之後，才知道地上凹陷，所以落勢比我預料的更為沉重；落地時那一震，震得我上下排牙齒撞在一起、脊骨頂上了頭顱根部。喲喲，年紀一大把，這花招實在玩不來了。

才不呢，你只是希望自己眞的已經年紀一大把而已。來吧。

我咬緊牙關，靜靜地跟在夜眼身後，走回我們的營地。我走近的時候，弄臣窸窣地坐了起來。即使在黑暗之中，我都看得出他一臉詫異的神色。我做了個小小的手勢，等著看夜眼要讓我看什麼。

夜眼走向像小貓般蜷縮在毯子裡睡覺的王子，將鼻尖湊近王子的耳朵。我做手勢示意夜眼別吵醒那少年，但是夜眼不但不理會我，反而把鼻子伸到王子的頸下，用力一頂。那孩子的頭無力地晃了一下，彷彿死去了似的。我急得心臟頓時停止跳動，但接著我便聽到他熟睡的呼吸聲。狼又頂了那孩子一下，但他還是不醒。

弄臣與我彼此相望，他的眼睛睜得大大地。我在那孩子身邊跪了下來。夜眼凝視著我。

他本來就一直在探尋他們，並努力跟他們連繫，然後他突然在一瞬間消失了。之後我便再也感覺不到他。夜眼很是焦急。

他陷得太深了。我想了一下。這不是原智。

「看著我們。」我對弄臣說道，然後我便在晉責身邊躺下，閉上眼睛。接著我像是要潛入深水中似的調勻呼吸，讓自己呼吸的韻律與晉責相符。我心裡想道：惟眞。其實也沒什麼特別的理由，只是找個字眼來讓自己集中心神而已。我遲疑了一下，摸索著找到那孩子的手；我握著他的手，感覺到他的手掌因為做了許多事而長繭，也不知怎地，如此讓我覺得很心安。我深吸了一口氣，躍入精技洪流之中。由於肌膚相貼，所以我一下子便找到他。

我將自己的意識附在他的意識上，隨著他的心靈四處游走。我突然想起，這便是多年前，蓋倫的精技同道用以監視黠謀國王的作法；當年我對這種彷彿水蛭般的精技技巧鄙夷至極，但此時我卻無情地藉此來追蹤王子。

我與那孩子初見面之時，心中感到一股似曾相識的震撼，以及同為血緣至親的驚訝；但是那震撼與驚訝，與我此時的經驗相比，眞是小巫見大巫。我原本便知道那孩子狂野地施展精技，而且他的精技不但膽大包天還毫無技巧可言；他跟當年的我一樣，瘋狂地向外探索，既不知自己是怎麼施展出了精技，也不知道這麼做潛藏著什麼危險。此時晉責以自己的原智向外探索，卻渾然不知自己也同時施展了精技。當我發現他的精技法力跟我一樣，都染有原智的陰影時，心裡非常驚駭；他已經因為自學而將精技與原智二流合一了，那麼他將來還能學會施展純粹的精技嗎？

我把這個憂慮擺到一邊。我藉著精技的掩飾，潛伏在他的心裡；而他使用原智的方式，令我大驚失色。

晉責王子與那頭貓合而為一。他不但與那頭貓牽繫在一起，還毫無保留、一股腦兒地住進了那貓兒心中。我早知道狼的意識與我的意識交織在一起，而且緊密得到了很危險的程度，但是比起王子那種完全放棄自我、深陷於原智牽繫之中的情況，夜眼與我的關係竟還只能算是膚淺。

更糟的是，王子徹底順從，而那貓也完全接受了王子。然後我彷彿眨了個眼似的，突然看出那根本不是貓；貓只不過是表面虛有的幌子，那其實是個女人。

我在困惑之餘，頓時感到暈頭轉向，而且差點就鬆手讓王子溜走。原智不是兩個人交流的橋樑；兩個人要彼此交流，那得靠精技才行。這麼說來，晉責是靠著精技與這女子相繫嗎？不，這並不是精技的結合。我想將箇中的條理釐個清楚，但這些線索卻絞纏在一起。我沒法子把貓與那女子切分開來，而且晉責又同時沒入了貓與那女子的心靈之中；這實在離奇。那女子正在測度晉責的心靈；不，她根本就在這裡，此時她像股濃濁的冰水似的，盤據在晉責的身體裡。我感覺到那女子在晉責的周身流動，探索著晉責的身形血肉。這軀體對那女子而言很新奇。那種令人發毛的體內碰觸，產生了一股怪異的情慾興奮感。那女子信誓旦旦地對晉責說道，雖然他們倆藉由貓爲橋樑，而彼此結合的這個關係，還不夠徹底，但是她保證晉責再過不久就可以徹底認識她。她再三對晉責強調，他們馬上就來了，而且他們知道晉責身在何處。我目睹晉責鉅細靡遺地，把他對黃金大人與我所知的一切、馬匹的狀況，以及跟隨我而來的狼等等都對那女子交代清楚；而且我感覺到那女子對於背叛自己族類的原血者感到氣憤不齒。

他們來了。我透過那貓的眼睛，看到了午後與我們大戰一場的那些花斑子。那貓雖跛著腳，卻領著眾人前進。那高大的男子牽著他那匹高大的戰馬，慢慢地走過黑暗的森林；那兩名女子騎著馬，緩緩地跟在那男子身後；殿後的是那名中了我一劍、貓伴也受傷的男子。他們的行伍裡有兩匹無人騎的馬，所以我們不是已經殺死，就是重創了他們其中一人。我們來了，吾愛。而且我們已經派出一隻鳥，召集別的人前來助你。你馬上便可與我們重聚了。那女子對晉責保證道。這次我們絕對行動周密；等到別人前來與我們會合之後，我們便圍攻上去，把你救出來。

你們會殺掉黃金大人跟他的僕人嗎？王子焦急地問道。

會。

我希望你們別殺掉黃金大人。

他非死不可。我覺得很遺憾，但是我們不能留他活口。他深入我們的領地，看過我們的人的臉孔，又走過我們所用的小徑。他非死不可。

不能讓他走嗎？他很同情我們的處境；我們若是威嚇他一下，他說不定就會乖乖地回去稟報王后，說他根本找不到——

你的忠誠心到哪裡去了？你怎麼這麼快就信了他？難道你忘了，有多少跟你我相同的人，死於瞻遠家族的統治下嗎？難道你要讓我跟我們所有的人通通都送命嗎？

晉責聽了這番話，像是被人狠狠地抽了一鞭似的；而且令我痛心的是，晉責因此而畏縮不敢言。我的愛，我的心是向著妳的。晉責寬慰那女子道。

好。那就好。既然你的心是向著我的，那你就應該只相信我一人，而且要讓我做我必須做的事情。你無須多想；也無須感到愧疚，因為那是他自找的，不是你造成的。你本想安安靜靜地離去，可是他們卻追了上來，還攻擊我們。你斷了那個念頭吧。

然後那女子以源源不斷的愛意，將晉責裹了起來，所以晉責就算還有什麼想法，也都被那女子的熱情壓制住了。然而奇怪的是，那是貓類強烈的牙爪廝混之愛，裡面只有極小一部分是女子的情慾。這個濃情蜜意將我榨乾，而且儘管我十分提防，還是差一點就順從拜倒了。我感覺到王子逐漸贊同那女子的決定；既然她覺得事屬必須，那就去做吧。她這麼做，無非是為了要讓兩人能夠在一起；為了這個目的，付出什麼代價都值得，不是嗎？

她已經死了。

狼的思緒，在我昏昏欲睡的心房中響起。有一會兒，我只是將狼的思緒當作是夢境的延伸，然後我突然意會到這句話是什麼意思，頓時覺得像是肚子上被人打了一拳似的。對呀，她當然已經死了；她是死了卻仍附在貓身上啊。

不過，就在我愚蠢地跟狼溝通心意的那一瞬間，那女子發現了我的存在。

什麼東西？她既害怕又憤怒，但是她更驚駭。她從來沒碰過這種事；這種事遠超出她的原智法力；而且由於她的驚訝毫無掩飾，所以使她原形畢露。

我趕在那女子能夠領略出有人來過此地觀察她的舉止之前，一下子切斷了所有的牽繫。在我離開時，只感覺到那女子把晉責控制得更緊；那情景使我想起貓抓老鼠的時候，以一咬令老鼠癱瘓的樣子。我感覺到那女子既要佔有晉責，又要將晉責吞噬掉。在那一刻，我誠心希望王子能夠像我一樣，看清那女子眞正的面貌。在那女子眼裡，晉責不過是她的玩具，是她可以自由處置的財產，以及她可以盡量利用的工具。她根本就不愛晉責。

*但是貓的確愛著那少年呀。*夜眼指出。

我就在想到這個強烈的對比時，回到了自己身體裡。

我覺得我像是被甩回自己的身體裡，而且落勢之重，與早先從樹上落下來的重重一摔相去無多。我坐了起來，大口喘氣。我身邊的王子仍不省人事，不過夜眼一下子就走到我身邊來，鑽進我的腋下。*你還好吧，小兄弟？她傷了你嗎？*

我想要回答，但是我答不出來，因爲此時精技頭痛在我頭顱裡爆炸開來，痛得我呻吟起來並傾身向前。此時我什麼也看不見，眼前全黑，並有雷光般的白蛇奔竄。我眨了眨眼，又摳摳眼窩，看看能不能藉此驅走閃光；結果閃光不但沒少，還變成五顏六色，而且騰閃得更厲害。我蜷縮起來以躲避痛楚。

過了一會兒，我感覺到有一塊溼布蓋在我的頸背上，並感覺到弄臣來到我身旁。還好他只是靜靜站了一會，什麼話也沒問。我的頭仍埋在手裡，努力吞嚥，又痛苦地喘了幾口氣，才好不容易說道：「他們來了。下午跟我們打了一場的那些花斑子，還有其他人前來會合。他們知道我們身在何處，因爲王子就像是打信號的烽火台似的。我們沒辦法躲，而他們的人又多，所以我們可能打不過他們。唯一的辦法，就是逃。不能等月升了。夜眼會幫我們帶路。」

弄臣的語氣非常輕柔，他大概已經猜到我痛得很厲害了。「我該不該把王子搖醒？」

「別白費工夫。他陷得太深，況且我看那女子一時還不肯讓晉責回到自己的身體裡。我們就當他是鉛塊地帶他走吧。你能不能上馬鞍？」

「沒問題。蜚滋，你這樣子能騎馬嗎？」

我睜開眼睛。眼前仍有白蛇亂竄，但是起碼現在我能看到白蛇之後的黑暗草原了。我強迫自己裝出笑臉。「我非得騎馬不可，這跟夜眼非得奔跑，以及你可能得與人廝殺，是一樣的道理。這都不是我們所能選擇的，只是事到臨頭，不得不為。夜眼，你現在就走。幫我們找一條路，而你自己就盡量跑遠一點。我不知道他們的援軍會從哪個方向過來，你幫我們探看看。」

你怕我危險，所以要把我送走。夜眼幾乎有點在斥責我了。

要是我能把你送走就好了，兄弟，但是說句老實話，我可能正好把你送進虎口呢。去幫我們打探打探吧。現在就去。

夜眼僵硬地起身，伸展了一下，抖了抖身上的毛，便出發了；牠的步伐不是快速奔跑，而是可以走長距離的快步。牠那灰色的身影，幾乎一下子便消逝在灰色的草原中。我望著牠的去向，心裡祝福道：小心點，我的寶貝。但是我的語調非常、非常輕柔，以免夜眼看出我有多麼擔心牠。

我站了起來，小心地走了幾步，彷彿我的頭是個裝很滿，滿到隨時都可能會溢出來的杯子似的。倒不是說我真的相信我若一個不小心，腦漿就會從頭顱裡流出來，不過說真的，我真希望我的腦漿能流出來算了。我把弄臣放在我頸後的溼手帕拿起來，在額頭與眼睛上蓋一會兒。我低頭看看王子，但他仍一動也不動；如果說有什麼變化，那就是他的身體蜷得更緊了。我聽到弄臣牽著馬從我背後走來的聲音，於是我小心翼翼地轉過身去看他。

「這事怎麼解釋呢?」弄臣輕柔地問道,我這才想到,直到此時,弄臣仍蒙在鼓裡;更令人驚訝的是,他雖什麼都不知道,卻毫不遲疑地就照我說的去做了。

我吸了一口氣。「他同時使用了精技與原智;而且由於他既沒受過精技,也沒受過原智的訓練,所以此時他極為脆弱。他年紀太輕,根本就不曉得這樣做有多危險。現在他的意識寄居在貓身上;從各方面而言,他現在就是貓。」

「那麼,他等一下會醒過來,並回到自己身體裡嗎?」

我聳了聳肩。「我不知道。但願如此。弄臣,事情沒這麼簡單;除了晉責之外,還有另外一個人與貓綁在一起。我懷疑——不,夜眼與我都懷疑,那女子是貓之前的主人。」

「之前的主人?我以為原智者都與牽繫動物相伴終生呀?」

「原智者是與牽繫動物相伴終生沒錯。那女子應該是已經死了,但是她的意識仍寄居在貓的身體裡;她在利用那頭貓。」

「可是王子不是——」

「沒錯,現在王子也在貓的身體裡。不過依我看,王子並不知道自己的意中人現在已經沒有女人的軀體了;而且他也想不到現在那女子牢牢地控制著他——還牢牢地控制著貓。」

「那該怎麼辦?」

我原本並不想答得如此嚴厲,但是鼓脹的頭痛感突然襲來,一時間,我噁心欲吐,所以也顧不得那麼多了。「強力將那孩子與貓分開。殺貓,並寄望貓死之後,晉責仍能活下去。」

「噢,蜚滋!」弄臣非常驚訝。

但是我沒時間理會了。

「只要給麥爾妲與黑瑪裝上馬鞍就可以了。我就抱著那孩子騎馬。我們得盡快出發。」

弄臣備馬的時候，我並未收拾東西，因爲我什麼都不想帶。我什麼也沒做，光是坐在哪裡，想辦法勸告頭痛趕快消退；但由於我掛心著那孩子，所以頭痛說什麼也不肯走。此時我與那孩子之間，多少仍有點精技牽繫；不過與其說我藉此感覺到他仍在我身邊，不如我感覺到他已經不在我身邊。我感覺到有什麼力量壓在那孩子身上，不過那不是精技，而是原智的力量；然而那那女子這麼做，到底是爲了要多知道我的事情，或是爲了要加強掌控那孩子的身體，我說不上來。我不想回應，畢竟先前的接觸，已經讓他們知道很多了。所以我就坐在那裡，用手捧著頭，看著珂翠肯的兒子。我按照惟眞在多年前教我的那樣，愼密地在我周身設立精技牆；這一次，我把我腳邊的這個孩子，也納入我的精技牆所包圍的範圍之內。我並不是在把他的心靈擋在牆外，而是爲他預留通道，以便那孩子有路可回。

「好了。」弄臣平靜地說道，於是我站了起來，爬上黑瑪；弄臣將那孩子舉起來交到我手裡的時候，黑瑪出奇地鎭靜。弄臣身材瘦削，但是他的力氣之大，一向令我意外。我將王子安頓好，然後一手抱著他、一手持韁；這是唯一的辦法了。弄臣一下子就跨上了站在黑瑪身邊的麥爾妲。「往哪邊走？」

*夜眼？*我盡量問得隱密；他們也許會察覺我們在以原智溝通，但是我想他們應該無法以此追蹤我們。

*兄弟。*夜眼小心翼翼地答道。我一催黑瑪，然後我們就出發了。夜眼在哪裡，我無法言明，但是我知道我正在朝牠而去。王子重沉沉地，在我臂彎裡擺來擺去；雖然才剛出發，但我的手就很痠了。我實在失望透頂，頭又痛，他人又重，所以我乾脆粗魯地搖他一陣；一搖之下，他輕輕地嗯哼兩聲以示抗議，不過那也可能只是因爲他肺部的空氣被擠壓出來的聲音。我們在樹林間走了一段路，既要躲著彎

低的枝椏，又要穿過濃密的樹叢。王子的馬雖沒人牽著，但仍跟著我們走。我們走得不快；這一帶的地面對於疲倦的馬匹而言並不好走，何況樹又密。我追隨著狼，來到一處峽谷；馬兒踏著急流中的溼滑岩石，順溪而行。峽谷逐漸開展爲山谷，越展越開，然後我們便踏上了月光下的草原。野鹿驚慌而逃。接著我們又走進森林裡，腳下是堆得厚厚的樹葉。接著我們來到一處我認不得的陡坡，但是當我們奮力地爬上陡坡之後，便發現小徑就在我們眼前。狼走的路線是直接穿過崎嶇的山野，回到我們當天早上走過的那條路。我停下馬，讓黑瑪休息一下。只有滿月四分之一的下弦月發出淡淡的光芒，照在我們前頭的第二個山丘上，勾勒出正在等待我們的大狼的身影；狼一看到我們便轉過身去，快步跑下山丘，一下子便消逝不見。*前頭我看過了，沒問題。快來。*

「現在我們要快跑了。」我低聲對弄臣說道。我傾身向前跟黑瑪說了句話，同時夾著膝蓋催牠快跑；不過黑瑪懶怠不肯走快，所以我乾脆以原智對牠說道：*肉食動物馬上就要追上來了；他們跑得很快。*

黑瑪的耳朵擺了一下。我想牠有點懷疑我是不是在裝腔作勢，但牠仍打起精神。當麥爾妲差點就要超過我們的時候，我感覺到黑瑪強而有力的肌肉糾結起來，然後便放腿飛奔；但由於牠載了兩個人，之前體力損耗又多，所以現在跑得很吃力。麥爾妲堅決地跟了上來，牠的身影促使黑瑪不斷向前。王子的馬則遠遠地落在後面。我緊盯著在遠遠的前方奔跑的狼；現在牠是我們最後的希望了。此時夜眼跑起來竟絲毫不顯老態。

黎明怯生生地升起，我們左手邊的地平線開始明朗起來。天明之後，馬兒走得比較穩，這我當然是十分歡迎，但同時我也不禁咬牙咒罵，因爲天色一亮，敵人可就把我們的行蹤一覽無遺了。我們繼續趕路；不過陽光逐漸暖和起來之後，我們便調配速度，時而走快，時而走慢，以便調節坐騎的體力。這兩天來我們實在把馬兒操得太凶；若是讓馬累到不支倒地，那麼對我們的處境一點幫助也沒有。

弄臣趁著有一陣子我們放慢速度、讓馬喘口氣的時候問道：「我們什麼時候停下來休息比較安全？」

「至少也要回到公鹿堡之後。」但是我並沒跟弄臣補上一句，除非等到我回頭去把那貓殺了，否則王子不會安全。現在我們只有王子的軀殼，至於王子的靈魂，則仍在花斑幫的手中。

早上過了一半時，我們經過之前花斑幫那個弓箭手埋伏的那棵大樹；我頓時想起，我是完全信賴狼幫我們選的路線。狼認爲這條路安全，而我則毫不遲疑地跟隨牠。

你是狼，我也是狼；既然是狼，那當然就要追隨首領囉。夜眼戲弄我道；不過牠已經非常疲倦，累得不是這句玩笑話遮掩得了。

我們都很累了；不管是人、狼，還是馬都一樣。現在我最多也只能勸服黑瑪謹愼地小跑步。在這一路顚簸之中，晉責沉重地在我雙臂之間撞來撞去。我的背與肩膀因爲要撐住晉責的重量而痠痛，而我的頭則一脹一脹地刺痛，兩邊的痛楚互別苗頭，到底哪邊痛得比較厲害，我也說不上來了。弄臣騎著馬，但是並未跟我搭話。有次他提議要把王子換給麥爾妲載，由他來撐著王子，但是我拒絕了。倒不是說我認爲弄臣或是麥爾妲沒這個力氣。其實我也分析不出爲什麼我認爲一定非由自己抱著晉責的身體不可。晉責這麼久不省人事，我很擔心。我約略知道晉責的心靈仍在活動，他在以貓的眼睛看世界，以貓的身體感覺世界；他遲早會領悟到——

王子動了一下。我不打擾他，我知道他要好一會兒才會完全回神。他的感知逐漸回復之後，四肢開始僵硬抽動，令我想起自己癲癇發作的樣子。然後他坐直起來，突然粗嗄地吸了一口氣。他大口大口地吸氣，頭一下子看左、一下子看右，想要把自己的處境弄個清楚。我聽到他吞了口口水，以乾裂粗啞的聲音問道：「這是什麼地方？」

無須說謊。我們上方的山丘，就是月桂提過的那些神祕石碑；晉責一定認得出來。我根本就懶得回答。黃金大人騎著麥爾妲趕了上來。

「王子，您還好吧？您一直都昏迷不醒。」

「我——我很好。你們要把我帶到哪裡去？」

他們來了！

一瞬間，我們的處境完全改觀。我看到狼飛快地衝回來找我們；而狼身後的路上，突然出現了騎士的身影。我很快數了一下，有五名騎士；此外還有兩條獵犬同行，這兩條獵犬皆爲牽繫伴侶。我坐在馬上，轉身回頭一望，只見我們身後的第二個小山丘頂上，出現了另外一群騎士，其中一人還胸有成竹地對我們身前那一群騎士揮手招呼。

「他們把我們圍住了。」我平靜地對弄臣說道。

他看起來病懨懨地。

「上山去。我們就以第一個土墩爲屏障。」我指揮黑瑪離開小徑，而弄臣也跟了上來。

「放開我！」王子對我下了命令，同時還在我手臂間掙扎，但由於他失去知覺太久，所以沒什麼力氣。要把他制住是不大容易，幸虧這一段路程不長。我們來到土墩後方，與土墩相鄰的石碑旁，便勒馬止步。我下馬的樣子不大優雅，不過下馬時倒是成功地連王子一起拉了下來。黑瑪疲憊地走開幾步，離我們遠一點，然後很不以爲然地回頭瞪我一眼。弄臣不一會兒就來到我們身邊。晉責揮拳相向，我側身避開，然後抓住他的手腕，順勢踏到他身後，將他的手腕沿他的背向上拉高，同時扳住他另外一邊肩膀，牢牢地將他按住。我並未使狠勁，但是晉責就是不肯善罷甘休。「打斷你一條手臂，或是將你的肩膀拉到脫臼，並不至於使你送命。」我嚴厲地警告道。「但卻可以讓你安靜一陣子。」

晉責痛得嘟囔起來，最後終於讓步了。狼正沿著山坡，朝我們奔來。「現在呢？」弄臣眼睛睜得大大地問道。

「現在呢，守住陣地。」我答道。山坡下的那些騎士已經散開；我們身後的那些土墩無助於防守，因爲土墩低矮，雖有利於屏障，卻也使我們看不清背後的狀況。狼跑到了我們身邊，此時大口喘氣。

「你們會死在這裡的。」晉責咬緊牙關擠出了這幾個字。我仍牢牢地制住了他。

「我想也是。」我坦承道。

「你一死，我就跟他們一起走。」他忍痛說道。「既然如此，何必想不開呢？你現在放開我；我去找他們，你們就可以趕快逃走。我保證我會勸他們放你們走。」

我從晉責頭上望出去，與弄臣四目相接。我知道我對於這個困境有什麼答案，不過話說回來，我也深知，若是眞的放王子走了，那麼王子將會面對什麼樣的命運。如果現在就放他走，我們將來說不定仍能將王子搭救回來；不過依我看，以後要把王子救回來，機會渺茫。寄居於貓身體的那個女人不可能放過我們；她一定會派出追兵，務必斬草除根。到底要守在這裡等死，還是要逃走、被追殺而死？我不想爲我的朋友們決定他們要怎麼死。

我累得跑不動了。我要死在這裡。

弄臣的眼光飄向夜眼。我不知道他是感應到夜眼的思緒，或純粹只是因爲他看出了夜眼有多麼疲憊。「守在這裡，大戰一場。」他聲音微弱地說道。

他把劍從劍鞘裡拔了出來。我知道他這一輩子從沒有拿刀劍砍殺過。他拔劍的樣子很猶豫。然後他吸了一口氣，臉上一下子變成黃金大人的神情；接著他挺起胸膛，眼中流露出堅決必勝的決心。

別傻了。他打不來的。

騎士們越靠越近；他們驅馬慢慢地走上山坡，讓我們眼睜睜地看著自己死期到來。你有別的辦法嗎？

「你不可能押著我跟他們對打！」晉責的聲音激昂，他顯然深信他們已經贏了。「你一鬆手，我就跑了。你們這樣死得多不值得！不過如果你現在就放開我，讓我去跟他們談一談，說不定我還能勸他們留你們一條生路。」

別讓他落到那個女的手裡。寧可把他殺了，也別讓他們得手。

我做不來，我覺得自己像個怯懦的膽小鬼。不過我仍對夜眼的思緒有同感。我大概下不了手。

你一定得下手。你我都知道他們對那孩子的意圖爲何。如果你下不了手，那麼……那麼你就帶他進石柱吧。那孩子有精技的天賦，而且你從前又曾與沒有氣味的人相連過；這樣應該就夠了。你就帶著他們倆進石柱去吧。

那些騎士彼此商議了一下，然後一邊前進，一邊散開到我們左右兩側；果然就像那女子說的，他們的行動的確很周密。騎士們咧嘴笑著，彼此大聲談笑；顯然都跟王子一樣，認爲我們已經手到擒來。

那行不通的。你還記得上次進石柱的情況嗎？我盡了全力，好不容易讓你全身而退，然而你我之間相連得再緊密也不過了。我也許能保住那孩子，或是你走完全程，但是我無法顧全你們兩個。至於弄臣，我連我拉不拉得動他都不知道呢；他與我之間的精技鎖鏈既舊又輕薄。要是一失手，說不定你們我一個都保不住。

你無須選擇。我沒法子跟你去。我太累了，兄弟。但是我會守在這裡，盡量擋久一點，讓你們多點時間逃走。

「不！」我叫道。「我才不會讓夜眼孤獨地死在這裡！你怎麼可以做這種建議！」

「孤獨？」弄臣似乎一頭霧水，然後他嘴邊浮起一抹非常古怪的笑容。「哪兒孤獨了？我會在這裡陪牠呀。況且——」他打起精神、挺起胸膛。「——除非我死，否則他們別想取夜眼的性命。」

啊，這樣好得多了。夜眼看著那一行人馬逐步逼近，警戒得頸背上的每一根毛都豎直了起來，但是牠的眼裡卻含著笑意。

「把那個少年交出來！」一名高個男子喊道。我們根本不理會他。

「你以為你不走，我心裡就會少一點牽掛嗎？」我對弄臣質問道；什麼嘛，夜眼跟弄臣都瘋了。

「我自己進出石柱大概沒問題，拖著這孩子一起走也可以；至於他出來的時候心靈還完不完整，那就很難講了。但是弄臣，我恐怕沒法子帶你一起走，而夜眼根本就不肯走。」

「去哪裡？」晉責追問道；他想要掙脫，但是我把他的手臂扭得更緊，最後他終於放棄了。

「我給你最後一次機會：你到底放不放人？」騎馬的高個男子對我們喊道。

「我在跟他講道理！」黃金大人吼了回去。「你總要給我一點時間呀！」他故意在話裡加了點驚惶的聲調。

「吾友。」弄臣說著便伸出一手放在我肩膀上，並輕輕地將我往後推向石柱；我任著弄臣推，並架著晉責一起往後退了幾步。弄臣從頭到尾都目不轉睛地看著我；他講話很輕柔，而且很謹慎，彷彿我們是私下相聚在一起，而且有的是時間可以揮霍似的。「我知道我沒辦法跟你走；而夜眼不肯走，我感到很遺憾。但是我還是要告訴你，你非得帶著這孩子走不可。這正是你之所以出生，之所以多年來歷經諸劫而不死的原因，難道你沒看出來嗎？為什麼你生不如死，我卻總是逼你活下去——因為瞻遠王室一定要有繼承人啊。而瞻遠王室有沒有繼承人，端視你能不能保全這孩子，並將他送回公鹿堡，除此之外，別的都無關緊要了。我們得確保未來能夠按著我設定的路程前進，至於未來有沒有我，那不算什麼。但要是我們失敗了，要是他死了……」

「你在說什麼呀！」王子怒問道。

弄臣的聲音越來越小。他轉頭眺望著以穩定步伐包圍上來的人馬，但是他的目光又像是在凝視著比眼前的景物更遙遠的東西。我的背已經快要碰到巨石柱了。晉責像是被弄臣輕柔的語調迷住了，突然靜了下來，不再掙扎。「如果我們都死在這裡。」弄臣似有若無地說道。「那麼……就結束了。對我們而言是如此。可是，這孩子並非我們所造成的唯一變化……而時間會排除一切阻礙，照常流動下去。因此……因此，命運會找上她。不管在哪一種未來之中，命運都會威脅倖存的瞻遠傳人。此時此地，我們守護的是晉責。但是如果我們都倒下去了，如果蕁麻變成命運爭戰的標的……」他眨了眨眼，眨了好幾次，然後艱難地吸了一口氣，才轉過頭來看著我。看他那樣子，彷彿他剛剛去了很遠的地方旅行，然後又回來了似的。他以非常輕柔的口氣，緩緩地把壞消息講給我聽。「如果王子死了，那麼不管是什麼未來，蕁麻都活不下去。」他臉色蒼老、兩眼無神地坦白接口道：「甚至連快一點、慈悲一點的死法都不可得啊。」他深深地吸了一口氣。「所以如果你真的看得起我這個朋友的話，那你就幫我個忙，帶這孩子走吧。務必保住他一條小命。」

我頸後的每一根毛髮都嚇得豎起來了。「可是——」我嗆到了，說不下去。我這輩子做的一切犧牲，都是爲了保全蕁麻？除此之外無他？我心裡慢慢勾勒出這個畫面：博瑞屈、莫莉，還有他們那幾個兒子，都起而護衛蕁麻，但最後卻跟蕁麻一樣倒地不起。想到這裡，我氣都喘不過來了。

「求你走吧。」弄臣哀求道。

那少年對於我們這番話有何感想，我管不了那麼多。我只當他是我緊抱住的重物；當我心思如潮水般奔湧之時，我乾脆把他抱得更緊。看來命運給我們設了迷宮，而我們是注定逃不出去了。狼把我的心思分析清楚：如果你留下來，還不是我們大家一起死。如果那孩子沒死，那麼原智者一定會帶走他，並利用他來遂行他們自己的目的；到時候，只怕他是求死也不得了。你救不了我們，但是你救得了那孩子。

我無法將你們留下來。況且你我兩個不能這樣了結。現在正是我最需要把四周看個清楚的時候，但是我的淚水卻不爭氣地遮住了我的視線。

我們兩個不但能這樣了結，還一定得這樣了結。只要小狼活得下來，狼群就有後了。別忘了你是狼啊，小兄弟。眼前的事情再清楚也不過。沒有氣味的人跟我擋他們一陣，而你得救活小狼——順便也救活蕁麻呀。爲了我們兩個，你要好好活下去。還有，終有一天，你要把我的故事告訴蕁麻。

這時情勢已迫在眉睫。「現在已經太遲了！」一名男子對著我們叫道。現在那一排人馬已經把我們圍住了。「把那少年交出來，就讓你們了結得快一點！要不然的話——」那人縱聲大笑。

別擔心我們。我會逼他們快快地把我們殺了。

弄臣雙手握住劍把，試驗性地揮了一下，然後把劍舉得高高地。「快走吧，小親親。」他那凝滯不動的身影，與其說像是戰士，不如說像是舞者。

我既無法拔劍，也抓不住王子。此時聳立的巨石就在我身後。我飛快地回頭看了一眼，但是看不出石柱表面上那個受到風蝕的刻痕刻的是什麼符號。反正不管是通到哪裡去，應該都不差吧。我聽到自己對天地追問道：「爲什麼我這一輩子最難的抉擇，也正好會是我這一輩子最怯懦的抉擇？」但我幾乎認不出那是自己的聲音。

「你想幹什麼？」那少年質問道。

他多少感覺到大勢不妙，而且他雖然猜不出到底等一下會發生什麼事，卻開始竭力抗拒。

「救命呀！」他對群聚包圍上來的花斑幫叫道。「把我救出來呀！」

花斑幫的人馬，應著他的呼聲而催馬衝刺過來。

我突然有了靈感。我一邊制住這個掙扎不已的少年，一邊對弄臣說道：「我會回來的。我先帶他走，然後再回來找你們。」

「一切以王子爲優先！」弄臣驚駭地說道。

「你就跟王子守在一起，保護他周全就好。萬一你回來找我們，卻死在這裡，那麼他豈不就一輩子困在……困在天曉得什麼地方了嗎？快走！快走！」最後他對我露出昔日的弄臣式微笑；那笑容既有點膽怯，同時又不禁嘲笑這個世界哪能傷得了他。他那琥珀色的眼睛帶著一絲狂野，但不是因爲他害怕死亡，而是因爲他坦然接受死亡。我眞看不下去了。花斑幫將我們團團圍住。弄臣一揮劍，劃出了一道閃耀的弧線；然後一名花斑子一邊揮劍，一邊大吼大叫地朝著弄臣與我衝過來。我把王子拖過來靠在我身上。

弄臣站在狼身邊，兩手緊握著劍。我朝他們看了最後一眼。這是我第一次看到弄臣手裡拿著武器，而且像是眞的要把武器的實際作用發揮出來。我聽到鐵器相砍的聲音，也聽到狼咆哮地朝一名騎士的腿撲上去的吼聲。

王子瘋狂地嘶喊，而且聽來不像人聲，反而像是貓叫。一名騎士直直地朝王子與我衝來，不過矗立的石柱就在我背後。

「我一定會回來！」我對弄臣和夜眼許諾道，伸出一臂摟住管責，將他貼在我胸前，並在他耳朵邊叮嚀道：「好好把持住你自己！」我最多也只能這麼警告他了。然後我一轉身，便將手按壓在石面上鏤刻出來的符號上。

23

海灘

精技既無限寬大，也無限微小；精技大可比擬天外的世界，小可比擬人心裡的祕密。精技像條洪流，這表示人可以乘流而下，體驗精技的流動，或將精技洪流盡數承攬於自己心中。就精技洪流而言，處處皆隔鄰相連。

就是因爲這個緣故，所以一個人必先能掌握自己，才能精通精技。

——雹暴，儉樸王后的精技師傅

石柱裡黑漆漆的，又令人昏頭轉向，這是料想得到的。精技洪流拉扯著我，所以我費了好大的勁才拉住王子，沒讓他被洪流沖走，這也是料想得到的。我逼著自己隨時護著他與我兩人，並保他周全。要將他守在我的精技牆之內，就跟想要在大洪水之中緊握住手中的一把沙子一樣困難；感覺上，彷彿我若是手一鬆，他就會像沙子般地從我指縫中溜走。我唯一感覺到的，就是這個難處，再加上彷彿自己不斷掉落，但方向卻是往上的矛盾感覺。我緊緊抓住晉責，同時勸慰自己再一下就好了，再一下就好了。但是我們從石柱裡掉出來的時候，竟然淹在冰冷的海水裡，這點我倒是一點心理準備都沒有。

驚駭之餘，我大口吸氣，但卻吸進滿口滿鼻的鹹水。我們兩人一起在水裡翻滾；我的肩膀撞到什麼東西；晉責則狂亂掙扎，我差點就拉不住他了。海水把我們吸回去，然後，就在我看到一層混濁的綠色層中透著光，並據此推測出哪個方向是往上的時候，一個大浪撲來，將我們兩人捲起，接著丟在海邊的礁石灘上。

這撞擊力道之大，終於把王子從我手裡扯開了。浪將我們推上岩石灘，但仍未讓我們吸到空氣；附著在礁石上的貝類與藤壺磨擦著我，痛得要命。幸虧水退的時候，我的身體卡在岩石間，加上腰帶也被勾住了，所以整個人泡在水窪裡。我抬起頭來，咳嗽又作嘔地吐出了海水與沙子。我眨眨眼，尋找晉責的蹤影，並發現他仍泡在水裡。此時他伏在岩灘上，退去的浪頭不斷地把他往下拉，而他則亂抓亂扒地想找個地方著力；最後他隨波退到深水處，終於攀住了一塊石頭止住滑勢，然後便趴在石頭上不斷地喘氣。這時我氣息稍定。

「起來！」我大叫道，聲音聽來粗糙沙啞。「下一個浪馬上就打過來了，快起來。」

他渾渾噩噩地望著我。我踉蹌地站起來，快步朝他走去，一把抓起他頸後的衣領，一路將他拖過長著扎人藤壺的礁石灘，來到高水線之處；雖然浪還是會打到我們，而且水淹到我的膝蓋，但是海浪的力道已經不足以將我們吸回去了。晉責趁著浪退的時候，好不容易站了起來。我們兩個彼此倚著，蹣跚地往上走；我們走過了尖銳的礁石區，又走過一大片黑沙沙灘，沙灘上茂密地長著糾結交纏在一起的長條海草。一走到疏鬆的乾沙上，我便放開晉責王子；他走了大概三步，然後軟倒在沙灘上。他側躺在地，除了喘氣之外，整個人一動也不動。接著他坐了起來，吐掉嘴裡的沙子，又用溼衣袖揩了揩鼻子。他似懂非懂地四面張望，而當他的目光轉回來看著我時，我只覺得他的神情像個困惑的孩童。

「剛才是怎麼回事？」

我嘴巴一動，牙齒就會磨到沙子；我大力地吐出一口沙。「我們在精技石柱裡走了一遭。」然後我又大力地吐出一口沙。

「什麼柱？」

「精技石柱。」我又說了一遍，轉過身去，把精技石柱指給他看。

但是我身後除了大海之外，什麼都沒有。又一波海浪打上來，而且這個浪比之前那幾個打得更高；浪退的時候，沙灘上留下了一團團白沫。我用很古怪的方式站了起來，眺望著一波波的潮水。眼前是無垠的海水，翻滾的波浪，浪上有幾隻海鷗。綠色的海面上，絲毫沒有精技石柱那種黑色岩石的蹤跡，甚至連我們是在哪裡被精技石柱彈出的都看不出來。

回不去了。

我把兩位至交密友留在原地等死。不管弄臣怎麼說，我心裡其實老早就打定主意，一到此處，我就要立刻借由石柱回去找他們。若不是如此想，我根本就不會離開。要是早知道我無法回去找他們，我就不走了。然而，我的舉動分明就是貪生怕死，哪管我把這幾句話在心裡頭說上多少遍，也無法使我的所作所爲變得更加磊落。

夜眼！我用盡全身的力氣，拚命地探尋牠。

但卻什麼回應都沒有。

「弄臣！」我不假思索地叫了出來，那是混合了原智、精技與人聲的無助吶喊。遠方的海鷗似乎發出了嘲弄的回音；然而，隨著海鷗的叫聲逐漸消散在無垠的海面上，我的希望也慢慢落空。

我一動也不動地眺望著海水，直到浪花沖到我的腳爲止。王子早就躺回溼沙上；他眼神空洞地望著遠方，身體冷得打顫。我緩緩地將目光轉離浪潮，開始審視陸地。我們身後陡然升起的黑色懸崖、潮水越漲越高，我把這兩個因素湊在一起。

「站起來。再待下去會被潮水困住。我們得離開這裡。」

峭壁往南伸展，矮成了半月形的黑沙地，黑沙地的後方則是一片長著青草的台地。我彎下身去，抓住王子的手臂，把他拉起來。「起來。」我又說了一遍。「除非你想淹死在海裡。」

那少年也沒頂嘴，便踉踉蹌蹌地站了起來。我們步履沉重地往沙灘上方走，因爲海浪越漲越高了。我內心哀悽慘痛；我不敢回想自己方才做出了什麼事來，因爲那件事情恐怖到我連想都不敢想。在我走過沙灘的同時，他們的血是不是也順著劍淌下來呢？我將自己的心靈止息；以前我設牆是爲了阻擋外界心靈的侵入，如今我則設牆阻擋自己心裡起伏不定的感觸。我停下了一切思緒，變成一頭不管其他，只管「當下」的狼。

「剛才那個……」晉責突然問道。「那個……感覺，那個拉力……」他苦於找不到話來形容。「那就是精技嗎？」

「不盡然。」我粗魯地答道。看來他對於方才的體驗興味濃厚。這是因爲他受到精技洪流的強烈召喚嗎？精技的吸引力，對於不知害怕的人而言，其實是可怕的陷阱。

「我……他努力要教我精技，但是使出精技是什麼感覺，他沒法子告訴我。我使出精技了沒有，我自己不知道，而他也說不上來。可是剛剛那個呀，啊哈！」

他如此興奮，也指望我多少隨他起舞。但是我什麼反應都沒有。我一點都不想開口，整個人都麻木了，而且我只想繼續麻木下去。

我們走到黑沙灘上，然後我帶著王子繼續往前走。他的溼衣服隨風翻飛，而人則抖縮著抵禦寒氣。我聽到他牙齒打顫的聲音。沙灘上有一道綠痕，走近一看，眞的是流經沙灘、注入海裡的淡水。我帶著王子往上游走，從沙灘上走進了長著粗糙莎草的草原，最後來到一處水深到我可以將之掬捧起來的地方。我先漱口漱了好幾次，才捧起水來喝，然後潑水洗臉，把眼裡與耳裡的沙子洗掉。這時候，王子又發話了。

「黃金大人跟那頭狼呢？他們在哪裡？他們現在情況如何？」他一邊望著大海一邊問道，彷彿他認爲他們倆會從海裡冒出來似的。

「他們沒辦法來。你那些朋友大概已經把他們殺了。」

我竟然能平穩地把這幾個字講出來，連我都很驚訝。既沒涕淚縱橫，也沒有哽咽難言。那個思緒可怕到不能成眞；我不敢讓自己多想，而且乾脆反過來，把這幾個字朝他射出去，希望看到他因此而慚愧內疚。但是他聽了只是搖搖頭，彷彿這幾個字說不通似的，他痲木地問道：「這是什麼地方？」

「管他什麼地方？」我答道，縱聲大笑。我以前倒不知道，人竟會在氣憤且絕望至極的當口大笑出來。我笑得一點也不快活；王子見狀退了幾步，縮著身體躲我。過了一會兒，他挺起胸膛站直，並伸出一指指著我，質問道：「你到底是誰？」聽他那口氣，彷彿他突然發現了衍生出他所有問題的重大祕密。

仍蹲伏在水邊的我抬起頭來打量他。接著我又喝了一口水，才答道：「湯姆・獾毛。」我以溼溼的手將黑髮往後梳。「因爲這個。我一出生，額頭上就長了一撮白毛，所以我父母就把我取名叫作『獾毛』。」

「騙子。」他輕蔑地罵道。「你分明是瞻遠家的人。你的長相雖跟瞻遠家不像，但是你卻有瞻遠家的精技天賦。你到底是什麼人？遠房親戚？還是外面生的雜種？」

這輩子，把我罵作「雜種」的人不計其數，但是我可從未被稱得上是我兒子的人罵過這個字眼。我抬頭望著晉責；他是惟眞與珂翠肯的傳人，不過他可是由我身體滋長出來的。好，如果我算是雜種，那你算什麼東西?不過我沒把話說出口,只是反問道:「有差別嗎?」

他努力要找出什麼話來回我,我則開始審視周遭的環境。我們被困在這裡了;至少在退潮之前,我們哪兒也不能去。如果走運的話,潮水退了之後,將我們帶到此地的精技石柱就會露出頭來,那麼我就可以藉由精技石柱回去;但如果退潮也只退一點點,石柱照樣淹在海裡,那麼也只能自認倒楣,並努力探勘我們到底身在何處,以及如何才回得去公鹿堡了。

王子爲了掩飾心中突如其來的不安,用氣憤的口氣說道:「這裡不可能離得那麼遠。我們一下子就到這裡了。」

「我們所用的這種魔法,對於距離的長短並不看在眼裡。說不定我們現在都已經在六大公國之外了。」我突然打定了主意,除此之外,這少年不必知道太多。我跟他說的事情,那女子八成也會知道,所以還是少說爲妙。

他慢慢地在地上坐下來。「可是——」他開口,然後便再也接不下去了,臉上露出的神情,像是憂心忡忡的小孩子,急切地想要從陌生環境中找出熟悉的環節。但是我心裡並未感到憐憫與同情;我反而得努力捺下自己的情緒,免得自己在衝動之下,結結實實地朝他的腦後一巴掌打過去。這少年滿腹牢騷又自以爲是,然而我竟爲了救他,而賠上我的狼跟我的好友兩條性命;這宗買賣實在是太不划算了。不,我提醒自己,這是爲了蕁麻;晉責若能活下去,蕁麻就安全無虞。不管晉責是不是瞻遠王座的繼承人,此時在我眼中,他除了能保住蕁麻之外,再無別的價值。

我對自己的兒子,眞是失望透頂。

我細思這個念頭,然後對自己再三強調:晉責不是我兒子,而且既然我從未接下教養他的責任,所以我根本也沒權利因爲他的表現而感到失望或高興。我丟下他走了開,讓我的狼性掌管大權,而我的狼性則告訴我該馬上把自己弄舒服一點。海灘上強風不斷，冰寒刺骨，吹得溼衣服在我身上翻飛。能的話，就找點柴，生個火吧。把身上烤乾，順便找點吃的。繼續擔心夜眼與弄臣的下場，是一點用都沒有的。潮水仍在往上漲，這表示下一次潮水退到低潮的時候，大概是在黑漆漆的夜晚；而再下一次低潮，則是明天上午。我應該死心塌地地接受這個事實：最快也要再等一天一夜，才有機會回到朋友們的身邊。既然如此，現在暫且先養精蓄銳吧。

我眺望著草原後面的森林；那個森林一片綠意，長得仍如夏日般茂密旺盛，但不知怎地，我總覺得那兒看來很不友善，而且毫無生機。我打定了主意：費勁穿越草原到樹林裡打獵，實在沒有意義，因爲我現在沒心情追逐、獵殺野獸；只要撿沙灘上有的沒有的吃，也就夠了。

在潮水上漲之際，這可說是很糟糕的決定。在今日高潮線的上方，倒是可以撿到以前的大浪打上來的浮木，所以生火是沒問題了，不過貝類卻都已經淹在海水裡。我在懸崖矮爲台地之處，選了個多少可以避風的地方，起了小小的火堆。生了火之後，我便脫下靴子、襪子和襯衫，然後將水能倒掉的倒掉、能擰乾的擰乾，接著把衣物鋪在火邊的浮木枝上烤火，又把靴子倒插在枯枝上滴水。白日將盡，我坐在火邊，縮成一團抵擋寒意。我雖不期待有所回應，卻不禁再度探尋道：夜眼？

夜眼沒有回應。我對自己說這其實沒什麼意義。要是夜眼與弄臣好不容易脫逃了，那麼，爲了怕花斑幫的人知道牠藏身的所在，夜眼必定不會呼喚我。要不然，那就是意味著夜眼已經死了。原本蜷成一團的我，把自己抱得更緊了。我絕對不能想這種念頭，否則我會被悲悼之情壓得抬不起頭來。弄臣已經求我保住晉責的性命，那我就保他一條活路吧。至於花斑幫的人，他們是不敢殺害我的朋友的，因爲他們想問出王子的下落，以及王子是如何平空消失。

他們會怎麼逼問弄臣？

別想這些了。

我灰心地起身去找王子。

那孩子仍在原來的地方，而且根本沒換姿勢。我走到他身邊，但是他卻連轉頭過來看我都沒有，所以我乾脆粗魯地用腳頂他。「我生了火。」我粗裡粗氣地說道。

他沒反應。

「晉責王子？」我就是忍不住要用譏諷的口氣叫他。可是他動都不動一下。

我蹲在他身邊，把手放在他肩膀上，叫道：「晉責。」然後傾身到他身前，看看他的臉。

他已經出竅了。

他臉上看來散漫無力，眼神呆滯，嘴巴微開。我拉扯著我們之間若有似無的精技牽繫，可是感覺上卻像是在拉扯斷掉的釣魚線；精技連線的另外一端根本沒傳來阻力，彷彿打從以前就是懸空的。

我心裡猛然想起很久以前在精技課學到的道理：「如果你在面對精技的時候不夠堅決，任隨著精技洪流東飄西蕩，那麼你就會被精技撕裂，變成垂涎的小娃兒，視而不見、聽而不察……」我頸後的寒毛豎直了起來，大力搖晃晉責，但是他的頭卻只是無力地擺動，彷彿這顆頭是掛在他脖子上而已。「我真該死！」我對著天空大吼。我早該想到他會去探尋他的貓，這種事情我早該預防的。

我強迫自己鎮靜下來。我站起來，彎下身，拉過他的一手橫過我的肩膀，並以另外一手攬著他的腰，半扛半拖著他走，任由他的腳尖在沙灘上劃出一條長線。到了火邊之後，我將他放了下來，而他便動也不動地側躺著。

我不斷添柴，把火燒得又大又旺，也不管這麼旺的火會引來什麼人或動物了。我原本的飢餓感與疲憊感都一掃而空。我將王子的靴子脫掉，把水倒出來，倒置晾乾。此時我自己的襯衫已經烤得暖暖的，還冒著熱氣。我把晉責的溼襯衫脫下來，掛在樹枝上烘乾。我一邊忙東忙西，一邊跟他講話；起初我把他痛罵一頓，並百般譏刺，但是過不了多久，我就開始苦苦哀求了。不過他一點反應也沒有。他的皮膚冷冰冰的。我弄了半天，好不容易將他雙臂穿進袖管，把我這件暖和的襯衫套在他身上。我雖將他的手臂摩熱，但是由於他靜止不動，所以他好像越來越冷。他的生命力似乎時時刻刻都在減少；這倒不是說他呼吸變得困難或是心跳慢了下來，而是在我的原智感應中，晉責這個人越褪越淡，彷彿這個人正在走遠。

最後，我在他身後坐下，將他拉起來，讓他背靠著我的胸，然後我雙臂環抱著他——雖然可能是白費工夫，但我還是希望讓他暖和起來。「晉責呀。」我在他耳邊說道。「你回來呀，孩子。你快回來。王位還在等你繼承，國家也等著你來統管呢，你怎麼能這樣就走了呢？回來吧，孩子。這一切的努力，總不會都是一場空吧，總不能讓弄臣和夜眼白白送命呀。我要怎麼跟珂翠肯說？切德會怎麼訓我？諸神啊諸神，要是惟眞在世，他會怎麼說我呢？」

其實我想的倒還不是惟眞會怎麼說我，而是若換作惟眞碰到這個情況的話，他會怎麼處置。我抱緊惟眞的兒子，把我的臉貼在他那張還沒長鬍子的臉上。我深吸一口氣，解除了所有的圍牆，接著我閉上眼，開始以精技探尋晉責。

然而我自己差點就迷失了。

有的時候，我怎麼試都搆不著精技流，不過有的時候，我感覺到精技像是滾滾洪流一般，流得又快又急。小時候，有次我差點就迷失在精技洪流之中，還好惟眞及時介入把我救了回去。從那時以來，我的力量與控制力都有增長——至少我自認爲如此。然而我從未碰過如此強勁且如此媚惑的精技洪流。這個精技洪流，適時地依照我目前的心情，提供了最完整也最完美的答案：乾脆放手吧；別再當這個名叫蜚滋的人了，乾脆把這個遍體鱗傷的身體丟掉吧；別再爲了兩位至親密友之死而悲悼難過了；你就放手吧。精技洪流以「不思不想的存在」來誘惑我；這跟自殺者在死亡的誘惑下走上絕路，是不一樣的。精技的誘惑可比死亡的誘惑強得多了。精技洪流勸我，乾脆改變自己存在的形式，並把一切惱人的考慮都拋在腦後吧；來，與精技洪流合一吧。

其實我也知道，如果我只要管我自己一個人就好，那我一定會屈服；但是弄臣已經交代我，千萬別讓他白白送命，而且我的狼也叮囑我一定要活下去，有朝一日把牠的事蹟講給蕁麻聽。切德也仰仗我把這事辦成。還有幸運。因此，處於那蒸騰騷動的情緒流之中的我，只得奮力讓自己維持原狀。我不知道自己在精技流裡掙扎了多久；在這種地方，時間是沒有意義的。不說別的，精技流光是這一點就很危險了。我多多少少知道自己的體能不斷流失，但是一個人潛入精技流之中的時候，你是很難叫他去注意生理狀況的。

我掌穩自己之後，便開始謹愼地探尋晉責。

我本以爲要找他很容易，畢竟我昨晚找他就毫不費工夫；我握住他的手，然後一下子就在精技洪流裡找到他。今天就不同了，雖然我知道自己在遠方某處摟著他那冷冰冰的身體，但是我卻怎麼也找不到他。至於我是怎麼找他的，實在很難形容。精技既不是時間，也不是空間。有的時候，我會把精技形容爲「沒有自我疆界的存在」；可是有的時候，這樣的定義還是太狹隘，因爲我們在體會自我的存在時，往往設下諸多疆界，而不只是設下「自我」的疆界而已。

我對精技敞開心胸，讓精技洪流像流過篩子一般地流經我身；但即使如此，我還是找不到王子。我伏在精技洪流底下，並竭力伸展自身，讓自己像是陽光下、山坡上的小草般，敏感地感應精技洪流的流動，但還是找不到他。我彷彿藤蔓似的纏結在精技洪流裡外，但是我仍然無法把那少年從精技洪流中分離出來。

他在精技流之中留下了線索，但是印在細沙地上的鞋印，只要大風一來就吹散了，同樣地，他留下的細微蹤跡，也禁不起精技洪流的沖刷。我計量著這麼一點勉強可稱爲晉責王子的線索，但是與其說這點蹤跡就是晉責王子，就跟把花香味當作是花一樣地荒唐。不過，我還是把我認得出來的細微碎屑抱得緊緊的。其實，王子的本質到底是什麼，我想不大起來；一方面是因爲我從來就跟他不熟，另一方面是因爲，雖然我的身體抱住了他的身體，但是彼此之間的牽繫卻越來越淡薄。

我爲了把那孩子找出來，而徹底地與精技融合在一起。我雖未屈服，卻已經跨出了我從以前便謹愼遵守的所有安全界線之外。那個感覺很怪。可以說，我像是斷了線、隨風飄搖的風箏，也像是沒掌著舵、隨水浮沉的扁舟；我還沒失去對自我的感受，但是我還找不找得到路回到自己的身體裡，我已經不確定了。然而我不但沒有因此而更接近晉責，反而更體會到精技流之龐大浩瀚，以及這個任務的成功機會有多麼渺茫。這麼說吧，想用網子網住炊煙固然很難，但是想要重新把那孩子聚全，更難。

而且我一邊搜找晉責的時候，精技流還不斷地撩撥著我、柔聲地勸服我；我若是還一味拒絕的話，就顯得太無情且急躁了。如果我就此放棄，就會感到前所未有的溫馨、舒適與歸屬感；只要我屈服於精技力之下，便可遁入全無自我意識的平和存在之中。遁入如此平和的存在之中，有什麼不好？夜眼跟弄臣都死了，我也無法將晉責帶回珂翠肯身邊。莫莉不會等我，她自有她的人生與愛情。不過，爲了挑動自己的責任感，我提醒自己，還有幸運呢。幸運又怎樣？反正切德會打點幸運的需要，也許切德一開始的時候是因爲我的緣故，然而過不了多久，他就會因爲關心幸運而照顧他了。

可是蕁麻呢？

這個答案就很恐怖了。我已經辜負了蕁麻：我知道我無法把晉責找回來，然而晉責若是無法活命，那麼蕁麻就大難臨頭了。我若感知到蕁麻大難臨頭，那麼我不瘋掉才怪！然後我想到一個更糟糕的念頭：在這個時空之中，一切都已經發生；不用說以後，現在蕁麻就已經灰飛煙滅了。

因爲這個緣故，所以我心一橫，就把晉責的點點滴滴給放開了；我一放，那些碎屑便隨著洪流從我指縫中流走。該怎麼形容呢？就好像我站在陽光滿地的山坡上，手一放，把原本禁錮在手裡的彩虹放開似的。晉責流走的時候我才領悟到，原來他的點滴線索，已經跟我的本質纏攪在一起了。他的存在與我的存在一同流動。無所謂。瞻遠家族的蜚滋駿騎離我越來越遠；「自我」的線頭原本糾結在一起，如今則隨著精技洪流不斷開展。

我曾經把自己的記憶灌注在石龍裡；當時我感激萬分地把痛苦且沒指望的愛情和十幾種其他的體驗給丟了出去。我將我生命的一部分交付給石龍，好讓石龍擁有足以活過來的本質。不過我此時的感覺，與當年那一刻大不相同。現在的感覺，就像是有個血流如注的傷口，但我卻仍樂在其中，但儘管如此，傷口仍一樣致命。我無動於衷地目睹著自己生命力的流逝。

停下來。我心裡突然充滿著溫馨而且覺得好玩的女子聲音。那聲音說著，便像是把紗線捲回線軸上似的，把我的存在的線頭纏繞在我身上；我一點辦法也沒有。我都已經忘記熱情激昂的人類能做出什麼蠢事來了。怪不得昔日我們總覺得你們好玩。想當年，你們可眞是癡心烈性的小寵物哪。

誰？我實在沒辦法把我的思緒釐得比這一個「誰」字更清楚了，因爲那女子的存在令我幸福得什麼話都說不出。

我看這也應該是你的吧。噢，不對，這是另外一個人哪。你們兩人同在此處，卻相隔得這麼開！這麼說來，你們是迷失了囉？

迷失。我想不出什麼概念，只能依著她的話尾再講一次。我是個受寵的小嬰兒，而且只因爲自己的存在就備受寵愛，所以我不由得欣喜雀躍。她的愛注入我體內，使我充滿溫情。我只感覺自己受到十足的鍾愛、十足的重視，所以滿足到再無其他需要，因爲眼前有的已足夠；從前我根本連這種景象都想像不出，但如今我竟已親身體會到。這種感覺，比豐足更豐足，比國王的財庫更富裕。我這輩子從來沒有這種感覺。

回去吧。下次要小心點兒。他們多半根本沒有注意到，你們不由自主地就會受到我們的吸引哪。

我有點難過地想著，是呀，就像把刺拔下來丟掉似的。然而當她捧著我的時候，我卻因爲歡欣得頭暈目眩而無法反駁她，雖說我知道她馬上就會做一件我不願去想的事情。等等等。最後我好不容易說道，但是這個思緒一點重量也無，所以她根本沒注意到我的話。轉瞬之間，我便感覺到晉責已經在我身邊了。

接著我便回到我這個可悲的臭皮囊。這臭皮囊周身疼痛，既寒冷又破損，有舊傷，也有新傷，畢竟這臭皮囊打從一開始就不是走得適切如意，然而最糟糕的是，這臭皮囊裡什麼都沒有，只有貧瘠與欠缺，以及椎心刺骨的不足。我在這臭皮囊裡，從來就不曾享有，而且也永遠不會享有充分的愛情、關照或是——

我立刻投身躍入精技長河。

然而緊接著，我的身體嚴重地抽搐了一下，接著我便跌臥在沙灘上。我抽筋得很厲害，而且悶得透不過氣來；這一身禁錮著我的血肉令我無所適從，而且我無處可逃。這種不舒適的感覺既尖銳又令人警覺，就像是四肢被扭斷，或是被扼得窒息一樣。我越是掙扎，就越陷入這一身血肉之中，最後我終於絕望地嵌入這個大汗淋漓、不停發抖的自我身體裡。我一讓步，便立刻感受到擁有肉體自我的悲哀：寒冷；緊身褲溼透的腰帶裡跑了沙子進去，眼角與鼻子裡也有沙；口渴、飢餓；渾身是傷，與世隔絕。

而且沒有愛。

我慢慢地坐了起來。火快熄了；我一定出竅了好一會兒。我僵硬地站起來，把最後那一根柴火餵進火堆裡。現實世界逐漸復返。失去摯友的傷痛，就如同周遭漆黑的夜色一般，緊緊地把我包覆了起來；我一動也不動地站著，爲弄臣與夜眼之死而哀悼，不過我心裡有個更大的椎心刺骨之痛，那就是我被……被她所拋棄，不管她是誰。此時的感覺，不但不像夢醒，反倒像是困於夢境之中無法醒來。在她那裡，我只覺得自己的存在眞切、直接而且單純；如今我硬生生地被丟回這個世界，而在我眼裡，這個世界不過是由不安與煩惱、幻影與巧技纏攪交織出來的大網而已。火快熄了，我很冷，肩膀又痛，而且世界的煩擾不適開始拉扯著我；其中比較大的問題在於晉責、我們如何回到公鹿公國，以及夜眼和弄臣下落如何。但即使是這些大問題，感覺上也不過是些讓我分心、不至於注意到大問題背後無垠現實的幌子罷了。這一切的一切，都是以細微的痛楚與焦枯的創痛所構成的，而且每一個痛楚與創痛又都是遮擋住永恆之臉，使我難以得見永恆的面具。

不過此時每一層面具都已回到原位，而且再也難以看透。我的身體冷得打顫。潮水又退了。雖然我們的火圈以外的事物，都籠罩在黑暗之中，但是我聽得出每一次拍岸的浪花，都越退越遠，空氣中還飄著海草與貝類的味道。這絕對是退潮，錯不了的。

王子仰躺著凝視天空。我低頭打量他，一開始還以爲他仍不省人事；畢竟火光黯淡，所以他臉上應該是眼睛之處，只不過是兩個黑窟窿而已。然後他開口了：「我剛做了個夢。」聽他的口氣，他覺得這夢很神奇，卻又不大確定。

「眞好哪。」我淡淡地反譏道。他回到了自己身體裡，而且已經能開口講話，頓時令我輕鬆不少，不過我卻也痛恨我竟陷落在自己的身體裡，必須待在這裡聽他說話。

雖然我惡行惡狀，但是他似乎不以爲忤。他講話的聲調很柔和：「我從未做過這樣的夢。我感覺到……我什麼都感覺到了。我夢見我父親緊緊抱著我，告訴我一切將會化險爲夷。就這樣。但是最怪的就在於，這樣就夠了。」晉責抬起頭來對我笑笑；他的笑容很開朗、青春而且明智。他這一笑，看起來特別像珂翠肯。

「我得去多找些柴火。」我終於說道；然後我便離開了亮光、火堆與那個滿面春風的少年，走進黑暗之中。

我並未尋找柴火。我赤腳踩過退潮之後的一地溼沙。天邊升起了細如眉的彎月；我抬頭看看月亮，又看看夜空，心裡遂往下一沉。從星宿的位置看來，我們在六大公國以南，而且距離非常遙遠。我之前闖入精技石柱的經驗是，精技石柱可以將多日的旅程縮短在一瞬之間。夜空的星宿再度證明了精技石柱的力量，但是我越想越不安。如果明天退潮時，精技石柱依然沒有露出來，那麼我們可得經過漫長的旅程才能回到家，而且這一路上什麼資源都沒有。月亮同時也提醒著我：時間所剩不多了；再過八晚，新月升起之時，就要舉行晉責王子的訂婚大典了。屆時王子眞能到場，並與外島的貴主站在一起嗎？但是我心思飄移，所以我難以令自己把這個問題看得十分嚴重。

有時候，你得全神貫注，才能讓自己什麼都不想。我不曉得自己走了多遠的路才踩到異物。踩到的時候，那東西在溼沙地上轉了一下，一時間，我還以爲我踩到平放在地上的刀刃。四下一片黑暗，所以我彎下身摸索，然後把那東西拿起來。那東西的長度跟屠夫的尖刀差不多，形狀也類似；摸起來又硬又冰，但到底是石還是金屬，我就說不上來了。不過這不是刀；因爲我小心地摸過之後，發現邊緣並沒有磨利。它中間有一條硬脊，硬脊兩邊對稱地刻著細紋，一端收小爲細管。這東西沉沉的，但是就它的尺寸而言，這個重量還算是輕的。我手握著這件東西站在黑暗之中，心裡總覺得一定曾經在哪兒見過這玩意兒，但就是想不出那是何時何地。我對這東西竟有種莫名的熟悉感，彷彿我撿到的是久遠之前曾經屬於自己的物事。

我對此物百思不解，不過能用這玩意兒來轉開注意力，使我少想一些自己的事情，我倒是求之不得。我把這東西拿在手裡，繼續往前走。我走了不到十步，便又踩到另外一件。我把這一件撿起來，靠著觸覺比較這兩者有什麼異同。這兩件東西稍有差別，一件比較長、一件比較短。我左右手各拿一個，掂掂它們孰輕孰重。

等我踩到第三個的時候，我心裡幾乎已經覺得這是意料中事了。我把第三個從沙地裡拿出來，把上面黏著的溼沙撥掉。然後我站定了。說來也怪，我覺得好像有什麼東西在等我，而那東西躊躇著，還沒有成形，因爲我尚未侵犯到它；我的感覺怪異至極：我感覺自己像是站在懸崖邊緣，若是多踩一步，那麼我不是墜地而死，就是突然發現自己能夠飛翔。

我退開了，轉身走回越燒越小的營火邊。我遠遠眺望著營火，發現晉責的身影在火焰前動來動去，接著他多添了幾根柴火，於是火光便躍入夜空中。嗯，至少他還能幫自己把這點小事打點好。

我腳步沉重地走向火堆。

我不想面對他，也不想面對他的疑問或指責，而且還不想套上我的人生韁繩。不過等我走到火邊時，晉責已經躺下來假睡了。他穿著自己的襯衫，而我的襯衫則披在木樁上吹乾。我不發一語地穿上襯衫。扣上領口的時候，手碰到吉娜做的護符。啊，怪不得。怪不得那孩子滿臉笑容，講話又溫柔。我隔著火堆，在他的對面躺了下來。

我閉眼之前，先檢查我撿到的東西；原來這是羽毛。不過我還是看不出這羽毛到底是金屬打造的，還是礦石磨成的；在黯淡的火光下，羽毛只顯得黑灰一片。

我即刻想到這羽毛是哪裡來的東西了；但我倒納悶它們怎麼會出現在此。我把羽毛放在我身邊的地上，一閉眼，便立刻入眠了。

24

衝突

所以傑克便走上前去，站在「異類（the Other）」身前，而且還大膽地左搖右擺。「喂。」傑克一邊說，一邊把他自己撿的那一袋紅石子舉高。「這麼說來，這整片沙灘都是你的？哼，我倒要說，我撿到的就是我的，而且任誰想搶我的東西，就要拿自己的血肉來換。」然後傑克便張開大嘴，把前排的白牙和後排的黑牙都露出來以威嚇「異類」，並捏起了如樹瘤一般大的拳頭。「我不但會把你揍扁。」傑克說道。「還會把你的耳朵揪下來。」看那情勢，傑克是眞的會動手，只不過「異類」沒有耳朵好扯，因爲連三歲小兒都知道，「異類」跟蟾蜍一樣，是沒有耳朵的。但儘管如此，「異類」也深知，他若不好好打上一架，是無法把紅石子搶回來的。所以他開始變換閃光、開始抖動；於是他再也不冒出死魚的腥臭味，反而散發出盛夏綻放的百花香。他的肌膚輕輕顫抖，開始幻化，所以由傑克看來，只覺得眼前出現了一名女子，而且那女子不但一絲不掛，還舔著嘴唇，彷彿她剛剛吸吮了蜂蜜。

——「傑克的十大海上歷險，第四次」

我想我累得沉沉地睡了好一會兒，什麼夢都沒做。世事太多，進展得又快，所以睡覺不但讓身體得到休息，也讓思緒得到休息。然而熟睡一陣之後，夢境又開始侵擾我。我一步步地爬上台階，前往惟真的塔。惟真坐在窗前施展精技。我見到惟真時，心裡高興得不得了，不過惟真轉過頭來望著我時，表情卻很悲悽。「你沒教我兒子，蜚滋。所以我要拿你女兒來抵償。」此時蕁麻和晉責都變成棋盤布上的石棋子，而且惟真手一揮，便使蕁麻和晉責互換位置。「該你下了。」惟真說道。不過我什麼都還沒做，吉娜便衝上來，把所有的石棋子掃到自己手裡。「我就用這些棋子，來做個保衛六大公國的護符。」吉娜對我保證道。

「拿走。」我對吉娜哀求，因為此時我變成了狼，而她做的護符是防範獵食者的。光是看著那個護符，我就難受得要命，而且很害怕。那個護符威力強大，比吉娜以前拿給我看過的所有護符都厲害得多，因為那個護符剔除了一切人類的纖細感受，直接以最原始的形式來施展法力。那是流傳於遠古，絲毫不把人放在眼裡的法術，而且跟精技一樣地冷酷執拗。那個護符，跟刀鋒一樣銳利，跟毒藥一樣灼熱。「拿走！」

但是他聽不到我的心聲。他本來就聽不到我的心聲。此時沒有氣味的人把那護符戴在頸上，敞開領口，讓護符整個露出來。我雖盡了全力，但最多也只能勉強自己站直起來，護著他的背後。但即使我站在他身後，仍然還是感覺到那護符毫不留情地大發神威。我鼻中聞到鮮血的味道——他的血味與我的血味都有。我的體側仍不斷滲出溫熱的血，而體力也隨著血液逐漸流失。

一名男子怒視地站著看守我們，他身邊那條狗悲嚎不止。那人身後有個火堆，花斑幫的人就睡在火堆旁，再過去便是這個洞穴般所在的出口，從該處可以看到天色，快要天亮了。出口看來遠得不得了。守著我們的那個人，臉孔糾結成一團，一方面是因為憤怒，再者則是因為恐懼與沮喪；他恨不得走上前來折磨我們，但是卻不敢走近。這不是夢，而是夜眼與我之間的原智牽繫，所以夜眼還活著。我一下子興奮起來，這使得夜眼覺得很好笑，不過這個情緒一下子就過去了。看到這個場面，於你、於我都不好受。你應該離得越遠越好。

「把那個可惡的東西遮住！」那守衛對沒有氣味的人咆哮道。

「看你怎麼教我遮住！」沒有氣味的人譏刺道。我藉由狼的耳朵，聽到弄臣輕快的回答。他的話裡銳氣不減，心中仍多少以反抗爲樂。他沒有劍；劍早在他們被擒的時候就被花斑子奪走了，但是他毫不屈服地挺直坐著，並敞開領口、露出護符，讓無情的法力大肆發威。他橫身擋在狼的身前，不讓那些人稱心快意地折磨夜眼。

我從夜眼眼中，看出他們待在一個房間裡；這房間四壁都是石牆，腳下則是土，說不定是個洞穴。弄臣淡黃色的臉頰上有一大片乾掉的血漬。夜眼與弄臣都成了囚犯。花斑幫的人粗暴地拘捕他們，卻留他們活口；弄臣之所以保命是因爲他可能知道王子的下落，而狼則是因爲牠與我之間有著原智牽繫。

這麼說，他們猜到我們是牽繫在一起的？

恐怕這一點是再明顯也不過的了。

貓從黑影處現身，僵硬地朝我們走來。牠的鬍鬚抖了一下，眼神則直盯著夜眼。守衛的狗轉過身去看貓的時候，貓呼嚕地怒聲警告，接著揮爪朝狗抓過去；狗兒吃痛地哀鳴，而守衛的眉頭則鎖得更緊，不過那一人一狗都讓路給貓過來。那貓姿態僵硬地走來走去，不時瞄著弄臣；牠喉嚨裡不斷低吟怒吼，尾巴則在身後飄動。

牠是因爲護符所以不敢過來？

對，不過我看那護符也保我們不久了。夜眼接下來的思緒令我感到意外。那貓眞是可憐哪。那女人就像是爬滿病鹿全身的寄生蟲，把貓兒整個接掌過去。那貓瞪人的眼光，像人而不像貓；甚至於連走路的模樣都不像眞貓了。

那貓突然停下來，張開嘴，彷彿要把什麼味道聞個清楚似的。然後牠突然轉過身去，意有所圖地走開了。

你眞不該來的。那女人發現你跟我在一起，所以她去找那個大個子了。那個大個子是跟馬牽繫在一起的。然而那個護符對於獵物毫無妨礙，對於與獵物牽繫在一起的人也毫無妨礙。

狼的思緒流露出他對於吃草的動物的輕蔑，但是輕蔑之下，卻隱含著一絲恐懼。我琢磨了一下。弄臣的護符是對付獵食者的，那麼，護符對於與馬牽繫在一起的人不起作用，也是合情合理。

我還來不及多想，貓便帶著大個子走過來了；貓洋洋得意地在那大個子身邊坐下來；牠直盯著我們瞧，那模樣與尋常的貓差得遠了。大個子也在瞪著我們，不過他看的不是傲然挺立的弄臣，而是弄臣身後的狼。

「你來了呀。我們一直在等你。」那人慢慢地說道。

夜眼轉過頭去，不看那人，但是那人的話仍透過夜眼的耳朵傳進我心裡。「你的朋友落在我手裡了，你這個無情無義的膽小鬼。你身爲原血者，卻背叛原血者，如今你還要連你自己的朋友一起背叛嗎？我知道你跟王子待在某個地方。我不知道你們是怎麼消失的，反正我也不在乎。這句話是講給你聽的：你要是不把王子帶回來，我就會慢慢把他們兩個折磨到死。」

弄臣站了起來，擋在那男子與我的狼之間，並說道：「別聽他的。躲遠一點。保住王子安全就是了。」我知道弄臣這些話都是衝著我講的。

弄臣擋在前，所以我什麼也看不見，只覺得那男子的身影越放越大。「黃金大人，對我而言，你那個鄉野術法做的護符，根本不算什麼。」

接著弄臣的身體便凌空飛起，重重地摔在我那渾身是傷的狼身上，於是狼與我之間的牽繫便突然中斷了。

我從夢中驚醒，一躍而起，但是極目所見，只是剛剛露白的黎明以及空曠的沙灘，而耳裡所聞，則是在海鳥在天空中盤旋鳴叫的聲音。我睡覺時將身體蜷成球狀以保暖，但此時我卻全身發抖，然而我之所以發抖並不是因爲冷。我嚇出一身冷汗、呼吸困難，而且睡意全跑光了。我眺望著大海，不過腦海裡的夢境仍非常鮮明；我對於夢境的眞實性深信不疑。我深吸了一口氣。潮水又漲起來了，但還沒漲到滿潮。我放眼四顧，看看有無海浪因爲打在精技石柱而形成的漩渦，但是徒勞無功。看來我是非得等到午後，潮水退到最低的時候才能行動了；然而從現在起，一直到低潮前的這幾個鐘頭間，弄臣會碰上什麼事，我實在不敢多想。如果走運的話，潮水退了之後，我們借路而來的精技石柱就會露出海面，那麼我就可以回去找他們。至於王子，在我回來接他之前，他就只得在此地自求多福了。

如果潮水退去，但精技石柱還是沒露出來——我眞不願多想那會是什麼光景。我寧可把心思放在眼前我自己有能力解決的問題上：找吃的、進食、保存體力，還有，破壞那女人對於王子的掌控。我轉過身去，老實不客氣地用腳頂著仍在熟睡的晉責，並大聲喝道：「起來了！」

叫醒晉責，不見得就能切斷他與貓之間的原智牽繫，但是他清醒之後，絕對會比較難以將全副心思都放在貓身上。我年紀還輕的時候，常常在睡覺時「夢到」與夜眼出去打獵；醒著時，我仍感覺到狼的存在，但是就沒有像夢境中那麼直接了。晉責咕噥了兩聲，翻了個身，離我遠一點，並且頑固地攀附住他的原智夢境；於是我彎下身，揪住他的衣領，拉著他站起來。「醒來！」

「放開我，你這個醜八怪雜種。」那少年對我斥道。他像貓似的側臉瞄我，嘴巴張得開開的；我幾乎覺得他接下來會以貓聲嘶叫，並用爪子抓我。我肚子裡一把無名火起，於是我抓著他的肩膀，粗暴地把他搖晃了一陣，接著將他甩了出去。他踉蹌地退了幾步，腳下一滑，差點就跌坐在火堆的熱炭裡。

「你敢再叫我雜種試試看。」我嚴斥道。「你敢再叫一次試試看！」

他最後跌坐在沙灘上，驚訝地仰起頭來瞪著我。我猜他這輩子大概還沒被人這樣喝過，更別說被人這樣搖過。說來慚愧，但我竟是第一個對他如此使壞的人。我轉身背對著他，對他說道：「把火生旺一點。我去找找看沙灘上有什麼可吃的，免得潮水一漲，又通通蓋起來了。」我大步走開，一次也沒有回頭看他。才走了三大步，我就想要回去穿我的靴子了，不過我並未回去；我還不想面對他。我對他仍怒氣高漲，對花斑幫的人也還憤恨難消。

海水還沒漲到沙灘上。我踏上露出海面的黑岩石，並且小心地避開堅硬刮人的藤壺。我撿了些黑色的貝類，又採了些海藻，在岩縫中找到一隻肥大的綠螃蟹，那隻螃蟹爲了自保而箝住我的手指；不過指頭雖然瘀青了，我還是照樣逮住牠，然後用襯衫把螃蟹和黑貝兜了起來。爲了找這些吃的，我在海邊走了一大段路；日間的寒風與採集食物這個簡單的活動，使我心裡對王子的滿腔怒火慢慢冷卻。我提醒自己，晉責是被利用的，而利用晉責的人，才是別有心機；那個女人的惡行，就證明了想出這個奸計的人，根本就沒有把是非道德放在眼裡。我不該責怪那少年，他不愚笨，也不邪惡，就是太年輕了。好吧，大概可以說是既年輕又愚笨吧，但我以前不也跟他一樣？

我正打算返回火邊時，腳下踩到第四根羽毛；我蹲下去把羽毛撿起來的時候，又看見第五根羽毛，在陽光的照耀下，於離我不到十步之處閃閃發亮。第五根羽毛閃耀著斑爛的色彩，映得我眼睛都花了，不過我撿起來一看，才知道是陽光加上水分在搞怪，因爲這根羽毛其實與其他羽毛一樣平坦，而且也都是灰色的。

我回到火邊的時候，並未看到王子的人影，不過他離開之前，已經把火生大了。我將方才撿到的兩根羽毛，與我前晚找到的那三根羽毛擱在一起，四下張望，發現那少年正朝我走來；他顯然去過小溪邊了，因爲他的臉溼溼的，頭髮也潮溼地攏到腦後。他走到火邊之後，站著看我清理螃蟹，用平坦的海藻把螃蟹和貝殼包起來。然後我拿著樹枝，撥開正在燃燒的柴火，接著把海藻包著的海鮮置於熱騰騰的木炭上。海鮮包立刻滋滋作響。他看著我把其餘的熱炭往中間撥過來，以平靜得像是在評論天氣般的口氣發話了：

「我有個消息要告訴你。如果你不在日落之前把我送回去，他們就會連人帶狼都殺了。」

我不動聲色，讓他根本看不出我聽到他的話了沒；我一直注視著食物，並慢慢將熱炭撥過來，將吃食蓋住。最後我開口講話的時候，口氣跟他一樣冷淡。「說不定，如果他們沒在正午之前把人跟狼都放走的話，我會把你給殺了。」話畢我抬起頭，以殺手的眼光望著他。他怯怯地退了一步。

「可是我是王子啊！」他叫道。我看得出，話一說出口，他便開始痛恨這句話；不過既然講出去，也就收不回來了。

「除非你以人民爲念，否則你是王子又如何？」我冷淡地答道。「你根本就沒有以人民爲念。別人在利用你，你自己還渾然不知；更糟的是，別人不但利用你來對付你母親，還利用你來對付整個六大公國。」接下來的話我非說不可，但是我不願正視著他，所以轉開了頭。「你所崇拜的這個女人根本就不存在，可是你連這個都不知道。晉責王子，她已經喪失女人的形體了；因爲她已經死了呀。然而她死了卻不肯走，反而硬闖進貓的心靈裡定居下來。她雖死了，卻仍附在貓身上，這是原血者最不屑的惡行；除此之外，她還利用貓來蠱惑你、以甜言蜜語來欺騙你。我不知道她到底圖的是什麼，不過她的意圖一定對你跟貓都不利；而且不單你跟貓受害，連我的兩位摯友都賠上了性命。」

我早該想到，此刻那女人也攀附在晉責身上；我早該想到，那女人最痛恨別人把她的事情點破。那少年躍起之時，像貓般發出嘶聲，而那細微的嘶聲讓我得以多一秒鐘戒備。晉責朝我撲過來時，我偏到一旁，避了過去，然後一轉身，揪住他的後衣領，把他拉了回來，並以緊抱的方式將他架住。晉責頭往後仰，看來是打算用頭來撞我的臉，不過他撞上來的時候，只不過擦過我的下巴。用頭撞人這一招，我早就提防到了，畢竟這是我愛用的招式之一呀。

就打架的標準而言，這實在稱不上。晉責的身材還會增長，此時他正處於四肢細長、肌肉與骨架還不相稱的階段，而且他打起架來漫無章法，光憑一股年輕人的瘋勁。我則早就與自己的身體處之泰然，而且我還有成人的體重與多年的經驗做爲靠山。由於他的手臂被我緊緊制住，所以他除了頭能稍微動一動、腳能踢我之外，就無法動彈了。我突然想到，晉責大概從小到大都沒碰過這種扭打的場面。對呀，王子的武術訓練，是訓練他以刀鋒跟人格鬥，不是訓練他以拳頭跟人打架；再說他又沒有兄弟，也沒有父親，所以從沒玩得這麼粗魯過。他被人這麼架住了，竟不知該如何反擊；所以他抗斥我，也就是相當於念力的推擠。不過我就照著多年前博瑞屈抗斥我時的反應一樣，把晉責的抗斥反射回他身上。我發現，我回這麼一招，使他嚇了一大跳；但是接下來，他便用雙倍的力量掙扎反抗。我感覺到他全身激憤，要制住他，就跟我要制住自己的內心一樣地困難，而且我知道他不但企圖傷我，而且會把我傷到什麼程度，他是不設限的。到目前爲止，他那一個勁兒的粗暴舉動之所以還沒釀成大害，只是因爲他經驗不足。他想把我撲倒在地，但是我站得穩穩的，他奈何不了我；他絞扭著想要掙脫我的束縛，但結果只是使我將他抱得更緊而已。最後他的臉漲得通紅，突然垂下了頭。他四肢不使力，大口喘氣地在我手臂上掛了一會兒，接著他喪氣地低聲說道：「好了，你贏了。」

我放開了他；我本以爲放開他之後，他會落在沙地上，誰知他不但沒軟倒，反而轉過身，握著我的小刀，朝我的肚子刺來——至少他原本意圖如此。不過他這一刀砍到我腰帶的鐵扣環，接著彈到皮腰帶上，然後便滑開了。刀刃如此接近我的血肉，令我怒火中燒。我抓住那少年的手腕，用力一扭，刀子便飛脫出去；接著我一拳打在他的側頸上，他痛得跪了下去。他跌倒時暴怒地尖叫，令人聽了寒毛直豎；他惡狠狠地瞪著我，不過那不是王子的眼神，而是貓、王子，以及將貓與王子置於股掌之上的女人這三者的可怕結合。在那女人的意志驅使之下，晉責彈跳起來，朝我撲來。

我想要擋住他的攻勢，把他制住，但是他瘋了似的用指甲抓我、扯我的頭髮。我重重地在他胸前打了一拳，這一拳應該至少會讓他慢下來，但是他再度攻上前來的時候，怒氣反而加倍。於是我了解到，現在那女人已經完全控制住晉責，而且那女人根本不在乎晉責挨的這幾拳有多麼痛。看來我非得重創他的身體，才能止住他的攻勢，然而即使我現在氣得要命，我還是不可能對他下重手。所以我正面迎接他的攻勢，緊緊地將他抱住，然後用我的重量把他壓倒。在掙扎之間，我們滾在地上，離火堆非常近，但是我一直壓在他上面，制得他根本翻不起身。他的臉離我的臉只有幾吋遠，因此他大力扭頭，企圖以額頭撞我的臉。我與他四目相對，然而那眼神不是王子。那女人對我吐口水、大聲怒罵。我把晉責拉起來，又狠狠地把他摔回地上。我看到他的頭在地上彈了一下；他應該是近乎暈厥了，但是他沒有昏倒，反而張大口，彷彿要朝我的手臂咬下去。我惱怒至極，氣到怒火從我心裡溢出來。

「晉責！」我怒吼道。「別反抗我！」

晉責一下子變得軟弱無力。女人與貓的組合體怒視著我，然後慢慢地從少年的眼神中退去；晉責王子驚惶地瞪著我，最後連這個害怕的眼神也從他眼裡退去了。此時他像個死人，無神地瞪著我。他的牙齒間有血；那是從他的鼻子流進嘴裡的血。他一動也不動地躺著。我在百感交集之餘，慢慢地放開了他，站了起來，胸口還兀自喘氣不止。「艾達神和埃爾神，發發慈悲吧。」我很少祈禱，但此時我卻只能從禱告之中尋求出路了，可是艾達神和埃爾神懶得理我，所以我方才的做爲，便牢牢地印在那孩子身上，無法解除。

我知道我幹了什麼事。這種事我以前刻意做過，而且下手毫不留情。我曾經小心地將精技指令烙在我的叔叔，也就是帝尊王子的心裡，並使得帝尊突然對於珂翠肯王后以及王后腹中所懷的孩子竭力輸誠。當時我刻意要這個精技指令永久地烙在帝尊心裡，而事情的發展也的確如此。但因爲帝尊沒幾個月之後就死了，所以我永遠無法得知這種精技指令的效力有多長。

這一次，我是在盛怒之下，連想都沒想，就挾著我全副的精技力量，氣憤地將這個指令印在晉責心中。此時晉責還沒決定要停止反抗我；無疑地，他內心有一部分還是想要把我殺掉。他表情非常困惑，顯見他根本不知道我對他做出了什麼事情。老實說，我也不知道我到底對他做了什麼。

「你能站起來嗎？」我謹慎地問道。

「我能站起來嗎？」他怪裡怪氣地把我的問題重複了一遍，咬字很模糊，眼珠東轉西轉，像是在尋找內心的答案，最後又轉回來看著我。

「你能站得起來。」我害怕地測試道。

我這麼一說，他竟然就站起來了。

他搖搖擺擺地站了起來，彷彿被人揍得很慘似的；我下的精技指令，似乎迫使那女子無法再繼續控制晉責。然而對我而言，逼使那女子退場，並使我自己的意志凌駕於晉責，算不上是什麼勝利。晉責微微弓身地站著，像是在探測自己痛苦有多麼深；過了一會兒，他抬頭望著我，以全無憎怨的口氣對我說：「我恨你。」

「這我可以體諒。」我聽見自己答道。我多少與他有同感。

我無法和他面對面相望，於是將我的小刀從沙灘上撿起來，收回刀鞘裡。王子在火邊踉蹌地走了幾步，然後坐了下來。他以手揩嘴，低頭望著掌上的鮮血；微微張開口，伸出舌頭探探牙齒。我很怕他會吐出幾顆牙齒來，但還好沒有。他一句抱怨也無，反而陷入沉思，彷彿要竭力回憶什麼事情似的；在羞辱與困惑之餘，他怔怔地望著火堆。我心裡很納悶，不知道他在想什麼？

我坐了好一會，感受著他為我增添的新傷。這些新傷加諸於我心裡的，比加諸於我身體的還多；而我不禁想道，我對晉責的傷害是否也是如此。我想不出要跟他說什麼才好，所以我拿著樹枝戳著火裡的吃食。裹著海鮮的海藻已經縮皺、乾掉，而且開始焦了。我把海鮮包從木炭裡撥出來；打開一看，裡面的海貝開了，而螃蟹肉也從透明轉為嫩白。烤成這樣我就很滿意了，我心裡想道。

「這裡有些吃的。」我宣布道。

「我不餓。」王子答道，他的聲調與眼神都很疏遠。

「趁著現在有得吃，你還是多少吃點吧。」我冷淡地以命令的口吻說道。

到底是我烙在他心裡的精技命令起了作用，還是他自己還有點常識，這我說不上來；反正我從海鮮包裡拿了一半出來，開始吃起來之後，晉責便謹慎地繞過火堆來拿他自己的那一份去吃了。他的行動作風，令我想起夜眼與我剛認識時的模樣；當時夜眼還是頭時時戒備，而且絕不屈從的小狼，但即使如此，夜眼仍然腳踏實地地體認到牠的吃食得靠我供應。也許王子也明白，如果不靠我的話，他就別指望要輕易地回到公鹿公國去了。

不過，也有可能是因為我的精技指令深深地烙在他心裡，所以他非得遵從我不可。

吃東西的時候我們倆都沒說話；餐畢之後，彼此仍沉默不語。最後我開口說道：「我昨晚看了天空的星辰。」

王子點點頭；過了一會，他不情不願地承認道：「我們離家非常遠。」

「我們可能得在毫無奧援的情況下長途跋涉回去。你對於野地求生知道多少？」

他再度沉默不語。他不想開口問我，但是我的確握有他迫切需要的知識。他心懷不滿地問道：「我們不能從我們來的那條路回去嗎？」然後他皺起眉頭，問道：「你怎麼學會那種魔法的？那是精技嗎？」

我掰下一小塊眞相餵給他。「我的精技是很久以前，由惟眞國王親自教的。」接著我搶在他冒出下一個問題之前，宣布道：「我要爬上海邊的懸崖去看看。附近說不定有小鎭什麼的。」如果我得把這少年單獨留在這裡，那麼我最好是找個安全的地方安置他。再說，如果退潮之後精技石柱沒有露出來，那麼我得有長途跋涉的心理準備。我的意志堅定如山：我一定要回去公鹿公國，就算要用爬的也要爬回去；而且我回去之後，一定要把那些花斑子揪出來，讓他們一個個不得好死。這個決心使我毅然決然地穿上襪子和靴子。羽毛仍躺在沙灘上，我手指頭一閃，便將羽毛藏進袖管裡；稍後我再找個機會把羽毛固定好吧。我不想跟王子談羽毛的事。我說的話，晉責並沒答腔，但是當我起身沿著海灘而去的時候，他也跟上來了。我在淡水的小溪邊停了一下，洗了手臉，並喝了些水；王子在一旁看著，等我打點好自己之後，他也走到上游去喝水。於是我趁此機會用襯衫的帶子把那幾根羽毛綁在前臂上；等他把臉上的血漬洗淨並抬起頭的時候，羽毛已經再度包藏在我的袖管裡了。我們默默往前行；彼此心裡都很沉重。我感覺得出他在苦思我對那女子的評斷。我很想訓他一頓，罵到他看清了那女人的居心爲止，也很想問他，此時那女人是不是仍待在他心裡；不過我咬緊牙關，硬生生把話語呑回肚裡。我跟自己說，晉責並不笨，我已經把眞相告訴他了，現在我得讓他自己把事情想通。我們繼續前進。

我們沒再碰上羽毛，這使我輕鬆了不少。我們沒碰上什麼好用的東西，雖然這沙灘上的零碎東西還眞不少：有些破爛的繩索，還有被蟲子蛀掉的船隻殘骸，另有個殘缺不全的三孔纜索盤、不遠處又有個船槳。

我們走得越近，那黑色的懸崖就顯得越高，看來從懸崖頂上下望，必可將周遭景物盡收眼底。走近懸崖之後，我們發現懸崖上有著密密麻麻的凹洞；如果這是砂岩，那麼我會推斷凹洞可能是燕子窩，但這可是黑岩。而且，那些凹洞形狀平整、間隔一致，實在不像是天然的力量所造成。在陽光的照射下，有一些凹洞裡反射出光芒。

我大爲好奇。

凹洞的實情遠比我所想像的還要更加離奇。我們走到懸崖底下一看，原來那些凹洞是大小不等的藏寶格，雖不是每個凹洞都放了東西，但是大部分的格子裡都有個物品。王子與我在驚異之餘，沿著懸崖底走了一趟，察看最下面這一層藏寶格擺了些什麼。格子裡的東西千奇百怪，彷彿是什麼瘋狂國王的珍貴收藏：這格子裡有個鑲了珠寶的高腳杯，隔壁的格子則是一只精巧細膩的瓷杯；有個大格子裡，放了個看來像是給馬戴的木質頭盔，不過這頭盔的眼洞是開在兩側，而不是開在前面；有個像女人的頭那麼大的寶石，上面罩著鑲著細小藍寶石的金絲網；此外又有個用晶亮的木料所做、上面有著繁花花紋的小盒子，一盞用光輝燦爛的綠寶石雕出來的提燈，一張刻著奇怪圖形的金屬片，一朵巧奪天工、放在花瓶裡的寶石花——眼前所見，淨是數不完的寶藏。

我實在想不通；怎麼會有人把如此稀有的珍寶，拿到孤絕的懸崖上來展示呢？海風一颳、大浪一拍，寶物不就打得稀爛了嗎？

可是這裡的每一件物品似乎都受到悉心呵護；寶石閃閃發光，金屬不見鏽斑，木料也沒因爲蒙上一層鹽膜而減了光彩。我回頭眺望身後的沙灘，卻沒看到有人居住的跡象。沙灘上只有我們這兩行足跡，此外再也沒有別的。這些珍寶竟然無人看顧。我在好奇心的強烈驅使之下，忍不住伸出一指碰觸瓶裡的寶石花，但是探不進去，藏寶格的開口處像是罩了一面軟玻璃似的。我知道我這樣很傻，但就是捺不下好奇心，所以使了勁推擠那個有彈性的表面；可是我越是用力，那道無形的障礙就越是堅韌。我又壓又鑽地想要摸摸那朵花，然而那朵花卻動了一下，而且花瓣間發出一聲只及我耳的輕吟。不過，除非是比我壯得多的男子，否則是無法深入藏寶格深處將寶石花拿起來的。我縮了手，可是我的手一離開藏寶格，指頭便痛得難忍；那個痛楚令我想起拂過蕁麻而產生的刺痛，但是拂過蕁麻的刺痛不會持續這麼久。

王子一直在觀察我的舉止。「小偷。」他平靜地抒發道。

我覺得自己像是在魯莽之餘被人逮個正著的小孩子。「我才不是要把花拿走，我只是想摸一摸而已。」

「當然囉。」他譏刺地說道。

「隨便你愛怎麼想。」我答道，移開眼神，不去看那些令人分心的寶物，轉而觀察懸崖；我看出懸崖上有一連串由下而上的凹洞，那應該是踏腳的階梯，而非藏寶格。我也不跟王子多說一句話，便朝階梯走去。研究之後，我認爲這些踏腳洞是鑽給身材比我高大得多的人用的，不過我大概還應付得來。

晉責好奇地盯著我，不過我認爲他不值得我費唇舌解釋。我開始攀爬。我必須把手伸到最遠，並把腳抬高到會痠痛的程度，才搆得著循序而升的凹洞。我才爬了三分之一，便領悟到要攀到懸崖頂上得花多大的工夫。王子留在我身上的那些新瘀傷隱隱作痛。如果此時除我之外沒有旁人的話，我大概會乾脆退下來算了。

我繼續往上爬，不過每一次我伸長了手去攀住凹洞的時候，背上的舊傷就大聲抗議。我還沒爬到懸崖頂，襯衫便已經溼透得沾黏在我背上。我雙臂用力一撐，把自己挺上了懸崖頂，然後一動也不動地躺了好一會兒，讓自己喘口氣。懸崖頂的風比較大，也比較冷。我慢慢站了起來，眺望周遭的地形。

放眼所及皆是海。除了我腳下這一片沙灘之外，其餘的海岸線皆是陡峭險峻的岩岸。我身後則是森林，在緊接著我們腳下這片沙灘的台地之後，盡是一望無際的森林。此地不是孤立的島嶼，就是半孤立的半島。我看不到任何聚落，海上沒有船隻，甚至連一絲炊煙都不見。如果我們要徒步離開這個沙灘，就得穿過森林；可是一想到要穿過森林，我便感到渾身不對勁。

過了一會兒，我開始察覺有個細微的聲音傳來。我走到懸崖邊往下一看；晉責王子抬起頭，大聲叫嚷著問我什麼問題，但是我什麼也聽不見。我隨便做了個手勢，心裡只覺得他很煩。他如果這麼急著想知道我看到了什麼光景，那麼讓他自己爬上來看好了。此時我無暇他顧，因為我另有別的考慮。這些藏寶格和寶物必是什麼人建造、搜羅的；既然如此，我至少應該會在附近看到什麼人跡才對，不然就說不通了。最後我終於發現沙灘遠處有一條小徑，穿過台地，朝著森林而去；不過那條小徑看起來沒什麼使用，說不定只是獸徑而已，但我還是將小徑的位置謹記在心，以備不時之需。

然後我眺望退潮的海水，尋找有無雕鑿過的岩石。海面上尚無精技石柱的蹤影，不過有一個地方看起來很有希望；每次海浪退去時，我就隱約看到幾根像是有著平直角邊的黑岩石柱。那些黑色石頭頂上還有一層薄薄的海水；我希望那些黑色石頭千萬可別只是自然奇景而已。海灘上有個糾結絞纏的浮木堆，浮木堆之中有一根纏著海藻的樹枝，正好指向海面下的黑色石頭。我不知道退潮後那些黑色石頭會不會露出頭來，不過我打算在潮水退到最低點之後，到那兒去仔細查訪一番。

最後，我終於無奈地嘆了口氣，俯身趴了下來，把腿伸到懸崖面上，並探找到第一個踏腳洞。下崖比上崖更加痛苦，因為下崖的時候，我只能盲目地伸腿探找踏腳洞。我還沒下到地面，兩腿便因為力氣用盡而顫抖起來。最後那兩格踏腳處我乾脆放棄，直接跳到沙灘上，而且差點就跌倒。

「怎麼樣，你看到什麼？」王子質問道。

我讓他等了好一會，因爲我得先喘口氣。「大海。岩石。森林。」

「沒村子？沒路？」

「沒有。」

「那我們要怎麼辦！」他的語氣很煩躁，彷彿這一切都是我的錯。

我知道我要怎麼辦。我會經由精技石柱回去，就算要潛水才能找到石柱也阻擋不了我。但是我並未道出心聲，而是對他說道：「我跟你一說，那女人就知道了，對不對？」

此語一出，他什麼話也答不上來。他呆呆地站著瞪了我好一會。我拔腿前行時，他也跟了上來，全沒意識到他已經將泰半的自主權讓渡給我。

今天天氣並不熱，但是在沙灘上步行，可比在土地上步行更費力氣。我攀上懸崖就已經很累，加上我還掛慮很多事情，所以我並未找話題跟他聊天。但是晉責打破了沉默。「你說她已經死了。」晉責突然指責道。「那是不可能的。她要是已經死了，怎麼還能跟我講話？」

我吸了一口氣，想要回答，但過了一會兒，還是嘆了口氣，不想說出口；然後我又吸了一口氣，說道：「有原智的人，能跟動物牽繫在一起；這個牽繫不只是彼此思緒的交流，更是彼此存在的交流。過了一段時間之後，你可以透過牽繫動物的眼睛看世界，體驗牽繫動物的生活，以牽繫動物的角度來體會世界。原智牽繫可不只是——」

「這我都知道。我是個花斑子，這你是知道的。」晉責輕蔑地說道。

他插嘴講的這句話，令我更加惱怒。「你是『原血者』。」我激烈地糾正道。「你敢再說你是花斑子，我一定打到你說不出話來。花斑子運用原智魔法的作法，令人不齒。好。你知道自己有原智已經多久了？」我突然質問道。

「我——怎麼——」我看得出晉責努力要掙脫我的威脅。我說到做到，這點他非常清楚。他吸了一口氣。「差不多五個月了。從我有了貓之後就知道了。幾乎是貓鍊子一交到我手上，我就感覺到——」

「你就感覺一張大網子籠了上來，而且你還笨得沒有察覺出這是個陷阱。人家之所以送貓爲禮，是因爲你還不曉得自己有原智之前，就已經有人知道你有原智了。所以說，一定是你顯露了什麼跡象，但你自己卻渾然不覺。可是有人注意到了，而且還打算利用你，所以才致贈動物爲禮，好讓你跟動物牽繫在一起。這是不對的，你知道嗎？原智父母親可不會送個動物給自己的孩子，然後就說，哪，這就是你終生的牽繫伴侶。差遠了。通常孩童在與動物牽繫之前，早已通曉原智的法則與誤行的後果，而且一般而言，是由孩童去尋找與自己心境類似的動物伴侶。牽繫得法的話，就跟結婚是一樣的。但是你這個牽繫關係錯得離譜。你從未在關心你的長輩的教導下學習原智的知識；有一群原智者看出了這個大好機會，並善加利用。貓並未選擇你做爲牽繫的伴侶，這已經夠糟了；不過依我推斷，當年貓與那女人牽繫在一起的時候，根本也不是出於貓自己的選擇。小貓出生不久，那女人便把小貓從母貓身邊偷搶過來，然後便強迫小貓跟她牽繫在一起；而那女人過世之後，便大搖大擺地在貓心裡住了下來。」

晉責抬起頭來，眼睛睜得大大地望著我；接著他移開了目光，我感覺到他以原智跟她們溝通。

「胡說八道，我才不信咧。她說這些她都可以解釋，你只不過是想要把我弄迷糊而已。」晉責急急忙忙地說了這番話，彷彿他巴不得趕快躲到這些話後面去。

我轉過頭去看著那少年，他臉上盡是懷疑與疑惑。

我吸了一口氣，抑制住自己的脾氣。「年輕人，你聽著。我雖不知道所有的細節，但是推敲一下便知道了。也許那女人早就知道自己快死了；說不定就是因為她快死了，所以她才選定了幼小無助的貓，強迫貓跟自己牽繫在一起。如果牽繫雙方強弱懸殊，那麼強的那一方是可以完全凌駕、控制弱的那一方的，像那女人與小貓的牽繫便是一例。那女人可以強制主導小貓，隨意地進駐、遷出小貓的身體；那女人死後，她不但不肯隨著自己的身體而死，反而還躲進了貓的身體裡。」

我停下腳步，等到晉責轉過頭來看我的時候，我再平靜地接口道：「而那女人的下一個目標，就是你。」

「你說什麼瘋話！她愛著我哪！」

我搖了搖頭。「我感覺得出她野心勃勃。那女人想要再度擁有人身，因為她不想做貓，也不甘在貓天年已盡之後一起死去；所以她得找個人，而這個人必得是有原智，同時又對原智一無所知。既然如此，她何不找個既位高權重又符合這個條件的人？如果這人是王子，那豈不更好？」

他的表情很矛盾。他多少知道我說的是實話，所以他感到很羞愧，因為他竟然被人騙得團團轉；但同時他又很想把我的話斥為無稽。我斟酌用字，以免他惱羞成怒。

「依我看，是那女人選擇了你；你從頭到尾都沒有機會決定自己的牽繫伴侶，而貓也是一樣。如今你牽繫的對象，並非單單是貓，而是那女人與貓的綜合體。而且那女人之所以要跟你牽繫在一起，並不是出於她對你的愛戀；老實說，那女人對你的愛，不會比她對貓的愛更多。你快別想錯了。這絕對是個有人主導，而且精心策畫的大計；而你只不過是花斑幫的工具罷了。」

「胡說八道！」王子提高聲調叫道，他聲嘶力竭地吼道：「你是騙子！」

他的胸口因為呼吸急促而劇烈起伏；我幾乎感覺得到，要不是我的精技指令還羈絆著他，他就撲上來扭打了。我謹慎地沉默了一會，等我評斷他能控制自己的時候，才平靜地開口說道：「你先前罵我是雜種、是小偷，現在罵我是騙子。做王子的人應當謹言愼行，不會隨便開口羞辱人，除非他認爲光靠頭銜就足以保護自己。所以，我要以羞辱回敬你，同時也給你個警告：如果你躲在王子的稱謂之下，用難聽的話罵我，那麼你只能算是懦夫。你若敢再度羞辱我，那麼就算你貴爲王子，也別妄想我手下留情。」

我瞪著他，直到他像是被大狼訓斥過的小狼一樣，受不了我的注視，轉開臉望向別處爲止。我壓低了聲音，迫使他仔細地諦聽我說的每一個字：「你並不笨，晉責，你明知道我不是騙子。那女人已經死了，而且你遭人利用。你希望事實並非如此，但是事實歸事實，你就算把我的話斥爲無稽也沒有用。你大概一直在祈禱未來能發生什麼事情以證明我大錯特錯；不過你這個希望注定要落空。」我深深吸了一口氣。「我唯一能說的好話是，這些其實並不是你的錯。應當要有人保護你，以免你無知受害；應當要有人從小教導你原血者的種種知識才對。」

但是我無從對自己或是對晉責坦承，「應當有人」的那個人，其實就是我；我就是那個從他四歲起，便以精技夢牽繫，讓他見識到原血者行止的那個人。

我們不發一語地在沙灘上走了很長一段路；我默默地領著他，朝那根纏著海藻的樹枝而去。我離開王子之後，要多久才會回來接他，我無從預估。他能把自己照應好嗎？一想到懸崖上的藏寶格，我就惶惶不安；這些曠世珍藏，一定是屬於某個主人的，而且這些珍寶的主人，可能對任何闖入這片沙灘的人都恨之入骨。可是我又不能帶著他一起回去；有他在，只會礙事而已。最後我打定了主意：讓他獨處一陣，自己照應自己，說不定對他反而好。至於我若是爲了要拯救弄臣和夜眼而送命了呢？嗯，至少花斑幫也別想染指王子了。

我咬緊牙關，走過沙灘，並把那些不祥的思緒存在心中。晉責開口的時候，我們已經快走到那根樹枝旁了。晉責的聲音非常低沉。「你之前說，你的精技是我父親教的；那麼我父親可曾教你——」

就在此時，晉責腳下絆到了什麼東西；他跌倒的時候，鞋尖把半埋在沙裡的金鍊子勾了起來。他坐起來，咒罵兩句，把絆腳的鍊子拉開。我看得目瞪口呆，因爲那條鍊子鬼斧神工，竟是用馬毛一般細的金線編起來的。晉責把長度約莫垂於胸前的鍊子纏在掌心裡，最後一拉，把一個小塑像從沙子裡拉了起來。這個金屬墜子約有晉責的小指那麼大，上面上了彩釉。

這塑像塑的是一名成年女子。我們一起注視那張驕傲的臉龐。打造這塑像的師傅爲她點上了黑眼睛，並以暗金色做爲她的肌膚色調；她的頭髮上了黑釉，黑髮上頂著藍冠；她的衣裳敞開，露出胸部；裙襬下伸出一雙暗金色的赤腳。

「她眞是美。」我說道。晉責沒有答腔。

王子的心思完全被那個小塑像佔住了；他把塑像翻過去，看著她背後的長髮。

「不曉得這是什麼做的，這墜子輕得像沒有重量。」

我們兩人同時在此刻抬起頭來。這有可能是因爲我們的原智在警告著我們有個生物逐漸逼近；但我認爲是另有原因，因爲我聞到了一種臭不可言的味道。不過就在我轉頭以尋找臭氣的來源之際，我竟幾乎認定那是股甜美的香氣——但也只是幾乎而已。

有的東西，你看過一眼就畢生難忘；險惡猙獰的心靈如觸鬚般向你伸來，就是一例。恐懼橫掃我全身；我直覺反射地立起精技牆，將那個心靈封鎖在外——我本來還以爲自己已經忘了這個技巧。而我豎立起精技牆之後所得到的報應，就是我在轉身面對那個恐怖怪物的時候，聞到了那股臭味的全數威力。

那個怪物跟我一樣高，不過跟我一樣高的只是那怪物站起來的部分，牠還有一部分是拖在地上的。我說不出牠比較像是爬蟲類，還是比較像海中的哺乳動物。怪物臉上竟配上一對平坦的魚眼睛，看來很不協調；牠頭上頂著碩大的腦袋；瞪著我們看時，下巴像閥門似的掉了下來；牠的嘴大得吞得下兔子，嘴裡伸出了黏膩的深灰色舌頭。我們瞪著那個怪物看的時候，牠一縮舌，俐落地把下巴闔上。

然而王子卻神魂顛倒地朝那怪物直笑，而且還搖搖擺擺地走上前一步，湊近那怪物，這可眞把我嚇壞了。我伸手牢牢地按住晉責的肩頭，並將拇指深深掐入他的肌肉裡，試圖在無損於我自己精技牆的情況下，重新激起晉責與我之間的精技牽繫。「跟我來。」我平靜但堅定地說道，然後便把晉責拉到我身邊；晉責就算沒有積極遵從，至少他並沒有反抗。

那怪物越站越高；牠舉起鰭一般的手臂時，喉嚨兩側的囊袋也跟著吹漲腫大。接著牠突然張開魚鰭般又寬又大，末端還長了爪子的手。然後那怪物開口了，像是吹氣似的把話說出來；牠那扭曲話語的音波，像是石頭般打在我身上。「你們不是從小徑來的，那你們是怎麼來的？」

「我們是從——」

「住口！」我對王子警告道，並粗魯地搖了他一陣。我押著王子，倒退著離開那怪物，但是那怪物也拖著其貌不揚的身體，游移著朝我們逼了過來。那怪物是從哪裡冒出來的？我狂亂地四下張望，唯恐看到成群的怪物，但還好只有這麼一隻。那怪物突然往前一探，便將身體橫生阻隔在台地與我們之間。我的反應則是朝海裡退去，反正橫豎大海都是我們要去的方向，也是我唯一想得出來的生路。我心裡祈禱著潮水快讓精技石柱露出來。

「把東西放下！」那怪物噴著氣對我們說道。「從海裡沖刷到寶藏海灘的珍寶，必須永遠留在此地。把你們找到的東西放下來。」

王子打開了手掌，那塑像掉了下來，但是鍊子仍纏在他那張開的指間。

「放開！」那怪物催促得更急了。

我估量著相見如賓的時刻已經用完，接下來就要硬碰硬了。我以左手拔出了劍，因爲我唯恐一鬆手，王子便救不回來。「你別過來。」我警告道。我的腳踩破了一些長在崎嶇岩石上的藤壺，冒險回頭瞄了一眼。此時我已經看得到那些方方正正的石柱，不過石柱才剛露出頭來而已。但是那怪物錯認了我回頭看的意義。

「原來是你們的船把你們丟在這裡的！別傻了，海上什麼也沒有。把寶物放開。」那怪物講話時，有個嘶嘶作響的聲調，最是令人不安。怪物的嘴跟蜥蜴差不多，都是沒有嘴唇的，但是牠張開大口的時候，露出了無數的利牙。「這海灘上的珍寶不能給人！大海既帶來珍寶，就是要這些珍寶消失在人間！人類不配擁有這些東西。」

我們腳下踩到了海藻，發出了響聲。王子腳下一滑，幾乎跌倒；我抓住他的肩膀，拉著他站穩。再走了三步，我的腳便踩在海水裡。

「你們游不遠的！」怪物警告道。「沙灘會連人帶骨地把你們吞噬掉！」

我微微地感覺到彷彿有股遙遠的輕風，那是怪物在以恐懼感襲擊我們二人。王子的心靈沒有設防，所以他立刻狂野地嘶喊道：「我不想淹死！求求你，我可不想淹死！」當晉責轉過頭來望著我的時候，他驚恐得眼球上下左右都露出了眼白。我並不把他看作是懦夫；別的心靈將恐懼感加諸於我不設防的思緒上時會產生什麼後果，我清楚得很。

「晉責，你一定要相信我，相信我。」

「我辦不到！」王子狂喊道。而且我也相信他的確無法相信我。此時他心裡矛盾到了極點，因爲一方面，我的精技指令勒令他順從我，可是另一方面，那怪物源源發散的恐懼波又將晉責密密籠住。海水已經淹到膝蓋；每一波打上來的浪花，都阻擋了我們的去路。那個行動緩慢的怪物毫不遲疑地追了上來；我敢說，那怪物在海裡一定比在陸地上更自在。精技石柱已經近了；黑色的記憶石總是在我心中激發一股似有若無的困惑感，此時也不例外。說也矛盾，我竟將自己推向令人頭昏轉向之處，以求一條生路。

「把寶物還來！」怪物命令道，在此同時，牠的指爪尖端冒出了一滴滴綠色的劇毒液；然後牠高舉指爪，狀甚恐怖。

我一氣呵成地收劍、用左手環住晉責，攬著他潛入海中。怪物也潛入海中追了上來，而且我似乎從那一對非人的眼睛裡看到一絲掛慮，不過就算牠擔心也已經太遲了。我們已經游入冰冷的海水中，我的手指頭摸索著，摸上了傾斜的石柱。我還來不及警告王子，精技石柱就把我們吸了進去。

我們踉蹌地走進了幾乎可稱之爲溫暖的午後。我一時沒抓穩，王子便毫無生氣地隨著一團原本包在我們周圍的鹹海水，掉落在鋪著鵝卵石的馬路上。我吸了一口氣，接著四下張望。「走錯地方了！」其實我早想到我們可能會走錯地方，但是因爲急著逃離沙灘怪物，所以也管不了這麼多。精技石柱的每一面都刻了一個符文符號，而這個符文符號則告訴你精技石柱的這一面會把你送到什麼地方去；這眞的是很高明的設計，只是那些符文符號代表什麼地方，根本沒人知道。然後我突然整個人跳了起來，因爲我現在才想到，藉著精技石柱來去要冒多大的風險：萬一精技石柱被埋在石堆裡，或是斷裂破碎呢？我眞不敢想像果眞如此的話，那我們要從石柱裡出來的時候，會是什麼光景。我渾身發抖地眺望眼前陌生的景物。我們站在古靈城市的廢墟裡；此地看來有點眼熟，我不禁納悶，這莫非就是我曾經藉著另外一根精技石柱而到訪過的那個古靈城市？但是現在沒時間解釋，也沒時間多考慮。這條路錯得離譜。我原本的打算是不帶這個拖累的傢伙，隻身藉由精技石柱趕回去搶救我的摯友；但是我既不能把他丟在危險重重的沙灘上，也不能把他丟在缺乏物資的荒涼廢墟裡。看來我是非得帶著他一起走不可了。「我們得回到原來的地方。」我對王子說道。「我們必須走原來的路線，才能回到公鹿公國。」

「不好吧！」王子顫聲說道；我的直覺是，他所畏懼的並不是沙灘怪獸。通過精技石柱，會讓人有掏空的感覺；然而當年帝尊卻無情地指使他的精技小組成員在精技石柱之間來來去去，根本不在乎有多少人因為在精技石柱間往返頻繁而瘋掉。我當然不會像帝尊那樣無情地指使王子頻繁地往返精技石柱，只不過，我既沒有別的選擇，也沒有多餘的時間。

「我知道。」我溫和地說道。「但是我們一定得馬上走，再晚的話，潮水就又淹上來了。」他似懂非懂地望著我。我心裡估量著，到底少說一點，免得那女人透過晉責而知道太多事情比較重要，還是讓晉責保持神智清明、不瘋掉比較重要；最後我決定把對那女子的顧慮丟在一邊。晉責得多少知道一點才行，要不然，我把他從精技石柱裡帶出來的時候，他說不定會成了口水直流的白癡。「我們得回到沙灘上；沙灘上的那根石柱，有一面會把我們帶回公鹿公國。但到底是哪一面，我們得找一下才知道。」

那少年乾嘔了兩聲，然後蹲在鵝卵石鋪的路上，以手腕猛壓太陽穴。「我恐怕沒法子再來一次。」他虛弱地說道。

我硬下心腸。「多等無益。」我警告道。「我會盡可能把你攬得緊一點。但是我們得現在就走，王子。」

「那東西可能還在等我們！」他狂亂地喊道，不過依我看來，他對於精技通道的恐懼，遠大於他對任何怪物的恐懼。

我彎下身，伸手把他拉起來，而且雖然他不斷掙扎，但我還是把他拖回石柱裡。

我從未在這麼短的時間內接連通過精技石柱兩次。我對於蒸騰的熱氣毫無心理準備，而且我們從石柱裡冒出來的時候，我還不小心吸了一鼻子溫熱的海水。我隨即站了起來，並將晉責的頭托高到水面以上。精技石柱不斷散發熱力，所以周遭的海水熱燙燙的。而且，事情被王子料中了。我以雙臂將王子虛軟的身體抱起來，然後搖搖頭、把臉上的水甩掉之際，聽到海灘上有驚訝的嘟囔聲；原來海灘上聚集了四隻形狀恐怖的怪物，而不是只有一隻而已。怪物一看到我們，便蠕動著橫過沙灘，潛入海中。沒時間多想、多看，也沒時間選擇石面了。王子四肢無力地躺在我懷裡。我把王子抱緊，並且冒著自己的精技牆可能破碎的危險，努力將王子的心靈聚合成團。一波海浪打得我腳下一軟，跪了下來，我趁此伸手按壓在精技石柱蒸騰的表面上。我們一下子就被吸了進去。

這次通過精技石柱的過程非常難受。我發誓我真的聞到一股怪異的味道，那味道似乎很熟悉，可是很難聞。*晉責呀，晉責。晉責王子。瞻遠王室的繼承人。珂翠肯之子。*我將王子散落破碎的思緒，包裹在我自己的思緒之中，並以我想得到的每一個名字呼喚著他。

呼喚到最後，晉責竟有了回應。*我認識你。*我只感覺到他發出了這個思緒，不過在這之後，晉責便好好把持住自己，並緊緊依靠著我。我們之間的牽繫其實很被動，而且當我們終於被沖到陰霾天空下的綠野中時，我心裡不禁納悶道，我是否把王子的心靈，完整地從寶藏海灘帶了回來。

25

贖金

以下爲孩童具有精技潛能的徵兆：

孩童爲具有精技力之父母所生。

孩童經常在體能競爭之中脫穎而出，而且競爭之際，對手往往不是失誤、精神恍惚，就是表現失常。

孩童的記憶中，有些事件並非孩童親身經歷的事件。

孩童經常做夢，不但夢境鮮明，而且某些夢的知識遠超過孩童本人的體驗。

——唐·尼德森，威德國王的精技師傅

土墩蹲伏在我們身後的山坡上。雨淅瀝地下，雖不大，但雨勢堅決。草又密又溼。我突然連站起來的力氣都沒有，更沒有力氣撐住王子，所以我們就一起夾纏著倒在草地上。最後我好不容易才跪起來，我將王子的身體放平，讓他躺在草地上。他雖睜開眼睛，但是兩眼卻呆滯無神，我唯有從他喘息的呼吸聲才知道他仍活著。

我們又回到公鹿公國來了，不過我們的處境，卻比離開此地時好不了多少。

我們兩人都溼透了。過了一會兒，我察覺到一股怪味，這才發現我們身後的石柱在輻射出熱氣，而那股怪味則是石柱把水分蒸發出來的味道。那條金鍊子仍纏在王子指間，而那個小塑像也仍吊在鍊子末端。我把項鍊拿起來，捲收在我的口袋裡。我收項鍊的時候，王子全無反應。「晉責？」我靠近了些，並直視著他的眼睛。他的眼睛並未看著我；而且雨水就這樣淅瀝地掉在他的臉上，以及他睜得開開的眼睛裡。我輕拍他的臉頰。「晉責王子？你聽得見我的聲音嗎？」

他緩慢地眨了個眼。眨眼算不上是什麼回應，但總比全無反應的好。

「你一下子就會好起來了，你只要在這裡躺一下就會好了。」雖然嘴上這樣講，但我心裡並無把握，不過我還是把他留在溼草地上，自己爬到土墩上瞭望。四下無人，周遭就是起伏的山野、幾棵枯樹，此外並沒什麼可看的。一群掠鳥飛來，降落，爲了吃食而彼此吱喳地爭吵起來。草原之外便是連綿的森林。看來附近並無任何立即的威脅，不過似乎也沒有什麼可吃喝的東西，或是可以遮風擋雨的地方。晉責若是有得吃、喝，或是能夠好好休息，一定會恢復得比較快，這點我非常確定，而且我唯恐少了這幾個要素，他會陷得更深、更缺乏反應，但是我所需要的東西，卻比吃、喝、休息更爲重要。我想知道我的二位摯友是否還在人間。我很想不顧一切理性考量，強烈地探尋夜眼；我很想呼喊夜眼，以便找出牠的下落。不過我也知道，我若是付諸實行，那就眞的是愚蠢至極，而且粗率可笑，因爲此舉等於是把我的所在位置通報給附近所有的原智者知道，並且提醒他們多加準備，因爲我馬上就來了。

我強迫自己條理分明地思考。我需要迅速找個遮蔽處。依我推想，那女人跟那頭貓，很可能是時時刻刻都在探尋王子，說不定現在她們就已經找上門來。下午將盡，夜晚就要來臨，而晉責曾經跟我說，如果我不在天黑之前把王子交給花斑幫的人，他們就會把夜眼與弄臣殺掉。所以，我總得想個辦法把王子藏在安全的所在，然後偷偷潛入花斑幫拘禁夜眼與弄臣的地方，把他們救出來。這一切得趕在日落之前辦好。

我想破了頭，但是這附近最近的客棧，就是「花斑點王子客棧」；我看王子在那裡是受不到什麼誠意招待的。可是公鹿堡遠在天邊，不但要長途跋涉，還要渡河才會到。我想來想去，也想不出什麼安全的所在可以託付王子。其實以王子目前的狀況而言，我根本不能離開他，而且如果我們再度透過石柱進行精技旅行的話，那麼王子的心靈就毀了——就算我們出來的時候，身體毫髮無傷也是一樣。我再度瞭望周遭空蕩蕩的風景。我喪氣地承認道，雖然我有幾條路可以選，但是卻沒有一條路是走得通的。我突然決定，我們要動一動，邊走邊想想看有沒有更好的辦法。

我下土墩之前再度四下張望；這一次我的眼角看到了一點異狀，雖沒看到是什麼形體，但是卻看出樹叢後面有個東西動了一下。我立刻蹲低凝視。過了一會，樹叢後走出一隻動物。是一匹黑色的大馬。原來是黑瑪；而且牠現身之後，便朝我直打量。我慢慢地站了起來，黑瑪離得太遠，我不可能追得上牠。花斑幫逮住夜眼和弄臣的時候，黑瑪一定是逃掉了。我不禁納悶，不曉得麥爾妲現在怎麼了。我注視了黑瑪好一會，不過只是站在原地回視牠，此外什麼也沒做。我轉過身，下土墩去找王子。

晉責王子還是沒回神，不過至少此時他已經縮成一團發抖，這表示他對冰冷的雨水有一點反應了。我雖然為他擔心，但說來令人愧疚，我卻也慶幸他現在仍神智不清——說不定這麼一來，王子就無法以原智去跟花斑幫通報我們位在什麼地方了。我把手放在他肩頭上，盡量溫柔地說道：「讓我扶你起來走幾步路，走一走，我們就暖和了。」

不曉得他是否覺得我這兩句話說不通，反正我扶他站起來的時候，他呆滯地往前看。站起來之後，手臂交叉抱胸的他便拱著背發抖。「走吧。」我雖然這麼說了，但他根本沒動；直到我我伸手攙著他，並說「現在邁步，跟我一起走」之後，他才踉踉蹌蹌、搖搖晃晃地邁開步子。我們一起以龜速前進。

過了良久，我逐漸發覺背後有馬蹄聲。我回頭一瞥，只見黑瑪跟了上來，不過我一停，黑瑪也跟著停下來。我一放開王子，王子便虛脫無力地軟倒在地，所以黑瑪一看便覺得可疑。我重新把王子攙扶起來；我們繼續緩慢沉重地前進時，我再度聽到背後傳來顛簸的蹄聲。

我乾脆不理會黑瑪，讓牠自己趕上來。然後我坐了下來，讓王子偎靠在我身上，等待黑瑪的好奇心壓過牠天生的疑慮。

我不去注意黑瑪，而最後牠果眞自己湊了上來，溫熱的鼻息噴在我後頸上；但即使黑瑪離我這麼近，我都沒轉頭去看牠，反而神不知、鬼不覺地伸手抓住從黑瑪頭上懸垂下來的馬韁。

據我猜測，黑瑪大概也幾乎樂得讓我逮住。我慢慢地站起來，並撫摸著牠的脖子。黑瑪全身都是汗沫，馬具都溼透了。雖然繫著馬銜，但還是湊合著吃了草料。牠大概曾試圖以翻滾將馬鞍磨下來，因爲馬鞍的一邊看來沾滿了泥巴。我牽著牠走了一小圈之後，果然證明了我先前的疑慮：黑瑪跛了。牠一定是被什麼人或獸——大概是有原智牽繫的獵犬吧——所追趕，但由於黑瑪善跑，所以逃了出來。黑瑪遭劫之後仍留在這一帶，我已經很驚訝了，而牠看到我時還肯回來找我，我的驚訝更不在話下。不過在這個情況下，黑瑪是不能奔跑的，否則對人或對馬都不安全，最好還是慢慢地走吧。

我花了一點時間哄騙王子站起來、上馬；但直到我失去耐性，並喝令王子站好，給我上馬去之後，王子才依言而行。

晉責對於對話並無反應，但是我下簡單命令的話，他會照做。我這才了解到我之前下的精技指令印得有多深，以及晉責與我之間的精技連繫有多麼強韌；我之前命令他「別反抗我」，而晉責大概是多少把這句話解釋爲「不得反抗我的命令」。然而即使晉責肯合作，要讓他上馬還是很吃力；而我努力把他抬上馬之後，便擔心他會從另外一邊栽下去。依我看來，黑瑪是絕對無法容忍一次載兩人的，所以我根本沒試圖上馬騎在晉責後面，而是牽著黑瑪前行。黑瑪跛著走，王子坐得搖搖晃晃，但是並未摔下來。他的臉色很糟，原本的成熟與雍容都不翼而飛，此時他看起來像個病懨懨的小孩，眼睛周圍有黑圈，嘴邊流下口水。他看起來簡直像快死了似的。一想到這個可能性的種種後果，我的心就直往下沉。王子若死了，瞻遠家族的血脈就斷了，六大公國也會就此分裂；蕁麻會死得很慘，而且很痛苦。我絕不能讓事情演變到那個地步。我們走入一處空曠的樹林，驚起了一隻烏鴉；那烏鴉一邊飛起，一邊嘎嘎叫著，彷彿在兆示著什麼不祥之事。眞是個惡兆。

我發現自己走著走著，就跟王子與黑瑪講起話來了。我以博瑞屈那種寬慰的語調，重述博瑞屈講過的那些振奮人心的話；這種安定心神的儀式，是我自小就體驗過的。「我們一起走喔，等一下就好了，對了，就這樣；最糟的已經過去，這樣就對了，這樣就對了。」我不停地說道。

講了一陣子之後，我改爲哼歌，而且我哼的也是博瑞屈在治療受傷的馬兒，或是爲母馬接生的時候常常哼的調子；我想，黑瑪或王子有沒有因此而得到安慰，那還在其次，但這個熟悉的曲調的確使我心情鎭定了不少。過了一會兒，我開始大聲地講起話來；與其說是講給他們聽的，不如說是講給自己聽的。「這個嘛，看來切德說得沒錯。橫豎你都會施展精技，不管有沒有人教你；而且恐怕你在原智方面也是如此。年輕人啊，原智在你的血液裡流動，而且儘管有人可以被禁絕使用，但我看你的原智是禁不了的。再說我也不認爲原智應該禁絕不用。不過，我說原智不該禁絕不用，並不表示你就可以這樣子耽溺其中呀。說眞的，在這方面，原智與精技並無二致；一個人應該要對自己的法力設限，也應該要對自己設限。而設下限制，正是長大成人的過程。所以呢，如果我們熬得過這個難關，那我就教你。說是教你，其實也是順便教我自己。我看哪，我也該靜下來研讀一下精技經卷了。不過我滿怕的。這兩年來，精技力彷彿復發的潰瘍似的在我身上蔓延。我眞不知道我會被精技帶到哪裡去；我猜大概是因爲我有狼性的關係吧。求艾達神吹口氣，讓我的狼還有弄臣一切平安；千萬別讓他們兩個只是因為認識我的關係，就飽受折磨甚至送命。要是夜眼還是弄臣有個什麼萬一……禍到臨頭，你才知道他們在你心裡的分量有多麼重，這眞是怪啊，你說是不是？然後你心裡想著說，要是他們有什麼萬一，那麼你一定活不下去，可是最令我膽戰心驚之處就在於，你還是活下去了，而且不管有沒有他們相陪，你都非得活下去不可。到時候你會變成什麼模樣，誰知道呢？要是夜眼走了，那我該怎麼辦？就說小白鼬吧，這麼多年了，我還牢記在心裡。小白鼬就挺下來啦，雖說牠那小小的心靈之中，只剩下唯一的念頭，那就是要殺——」

「我的貓呢？」

他的聲音很輕柔。他的心靈還夠清醒，讓他能開口講話；我心裡的一塊大石頭終於落了地。但同時我連忙回顧我方才不著心思的漫談，並希望王子沒有注意聽我講的話才好。

「您覺得如何，王子？」

「我感覺不到我的貓。」

我沉默了一陣，最後才說道：「我也感覺不到我的狼。有的時候，我的狼會需要與我分開一下。」

他沉默了很久，久到我以為他不會回答了，然而就在此時，他開口說道：「這不一樣。是她硬要把我跟貓分開。她好像是要以此來處罰我。」

「為什麼要處罰？」我裝出平靜輕盈的聲音，像是在討論天氣似的問道。

「因為我沒殺你。因為我連試圖殺你都沒有。她就是無法了解為什麼我不殺你。我也說不出個所以然來。但是因為我不殺你，所以她很生氣。」晉責這番話講得很簡單，而且很眞心，感覺上，這個人好像一切的禮儀與應對技巧都淘洗淨了。我察覺到，我們進入石柱的精技旅程，除去了晉責身上的重重保護，所以現在他非常脆弱。王子講話與論理的方式，跟受到重創的士兵差不多，也跟重病發燒的人相去不遠；他所有的防衛都鬆懈下來了。他好像是因爲相信我才講這一番話似的。不過我勸自己說，別指望王子會相信我，也別信他會相信我；他只是因爲吃了不少苦頭，才眞心地講了幾句話，如此而已。我謹愼地斟酌用字。

「那女子與您在一起嗎？」

他慢慢地點了個頭。「如今她總是時時刻刻跟我在一起，她不肯讓我獨處。」晉責吞了口口水，猶豫地補充道：「她叫我別跟你講話，也別聽你的話。眞的很難。她一直在推擠我。」

「那你想殺我嗎？」

晉責又停頓了好一會才開口，看來他像是光聽到話還不夠，必須消化一下才能聽懂我在問什麼。但是他並不是要回答我的問題。

「之前曾經說她已經死了，她聽了非常氣憤。」

「但我說的是實話呀。」

「她說以後再跟我解釋。她說，等我聽了她的解釋就明白了。」晉責並未看著我說話，而且當我注視著他的時候，他還把整個頭轉到另一邊去，彷彿不想看到我似的。「然後她……她就變成我了。而且她還拿刀子刺你。因爲我……因爲那不是我。」他此時到底是困惑還是羞恥，我說不上來。

「因爲你不會殺我？」我幫他補了一句。

「對。」王子坦承道。我聽到了這個字，心裡竟然如此欣慰，我自己都感到驚訝。原來王子不肯殺我；我還以爲他之所以停手，只是因爲我下了精技指令的緣故。「我不肯照她的話去做。我有時候會令她失望，但這次她是眞的光火了。」

「因為你忤逆女人跟貓的心意，所以她們要處罰你；而她們處罰你的作法，就是把你孤立起來。」

王子緩慢且嚴肅地搖了搖頭。「不。貓才不在乎我殺不殺你；貓樂得永遠跟我在一起。但是那女子……她因為我不夠忠心而感到很失望；所以她……她就把我們——把我跟貓拆開。那女子認為，我應該會努力證明我配得上她才對；既然我不肯證明我的忠誠，那麼她跟貓怎麼信得過我？」

「而所謂證明你對她們的忠誠，就是那女人叫你殺人的時候，你就得殺人？」

他沉默了很久。我不禁反省，當年的我，是切德叫我殺人，我就殺人；那既是對國王盡忠，也是我與祖父談好的條件——只要我肯忠於他，他就會讓我受教育。

但我發現我並不希望珂翠肯的兒子對任何人如此忠誠。

王子嘆了一口氣。「她認為的忠誠還不只這樣呢。她要求凡事都要由她做主；無論事情大小，每次都得由她作主。她叫貓獵什麼，貓就獵什麼；她要貓什麼時候打獵，貓就什麼時候打獵；她就要我像貓那樣。當她攬著貓跟我的時候，那個感覺像是愛情。但是她也會不理我們，但就算她不理我們，我們還是掌握在她手裡……」王子看得出我聽不太懂，所以過了一會，他平靜地補充道：「我不喜歡她利用我的身體來對付你。而且，就算她沒試圖殺你，我還是不喜歡那樣。當時她猛然把我推到一旁，就像……」我知道晉責其實並不想把這話說出來，不過我很佩服他硬逼自己把話講出來的勇氣。「就像她不喜歡做貓的事情時，就把貓推到一旁一樣。比如說，她很不耐煩梳毛，或是玩玩具，這時她就會把貓推走。貓也不喜歡她那樣，但是貓不知道要如何回敬她。但我知道，而我把她推回去的時候，她氣得火冒三丈。此外，貓感覺到我把她推了回去，這也使她氣憤難平。依我看，她之所以懲罰我，最大的原因，是因為我把她推了回去。」王子搖了搖頭，讓自己定定神，然後問道：「她好眞實。你怎麼確知她死了呢？」

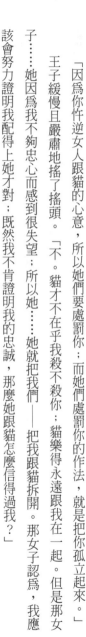

我沒辦法對他撒謊。「我……我感覺得到。夜眼也感覺得到她已經死了。夜眼說，那女人死纏在貓身上，像寄生蟲似的扒梳在貓的血肉之間。貓成了這個樣子，夜眼感到很遺憾。」

「噢。」他講話聲音很小。我回頭瞄了一眼，發覺他現在的臉色不是蒼白，而是死灰了。他的眼神望向遠處，然後思緒又轉了回來。「我剛得到貓的時候，貓最愛我替牠梳毛了；我把貓照顧得很好，所以貓那一身毛柔順光亮。但我們離開公鹿堡之後……有的時候，貓希望我替牠梳梳毛，但是女人總是說，我們沒時間梳毛。貓不但瘦了，毛也變得粗硬糾結。我很擔心，但女人總是叫我別多慮；她說那只是因爲換季的關係，過一陣子就好了。而我還信了她。雖然貓眞的希望我爲牠梳毛。」晉責看來像是大受打擊。

「把這些事情告訴你，我自己也不好受。」

「現在已經無所謂了。」

我默默地牽著馬走了一大段路，心裡沉思著晉責最後面這句話到底是什麼意思。是什麼無所謂？是王子不在乎我是否遺憾，還是王子不在乎那女人是生是死？

「她講過好多事情，我以前都深信不移。但是我已經知道——他們找上來了。是烏鴉去把他們找來的。」晉責突然以有點自責的語氣，欲言又止地說道：「他們知道要待在石柱附近守候。這些石柱的傳聞很多。之前她不准我提，現在才肯讓我講出來。都已經無所謂了，她才肯讓我講。她覺得這樣很幽默。」王子突然在馬鞍上坐直了起來，他的臉上重現生機。「噢，貓！」王子輕嘆道。

我大爲恐慌，努力把自己的心情按捺下來。我迅速掃視周遭的地平線，但是沒看到半個人，什麼都沒有。但是剛才王子說他們找上來了，而且我確信他並不是信口開河。既然晉責與我同行，同時又與貓牽繫在一起，那麼我必然躲不過他們；就算我跨上黑瑪，坐在王子身後，逼著黑瑪跑到口吐白沫而死，我們還是逃不過花斑幫的掌心。我們離公鹿堡太遠，而我除了公鹿堡之外，沒有別的安全所在，也沒有別的盟友。他們派了烏鴉來偵查動靜；這點我早該猜到的。

我不再克制，反而直接地探尋狼。我至少也要知道狼是不是還活著。

我碰到狼了；不過我一下子就被苦不堪言的痛楚包圍起來。不知道狼是生是死固然糟糕，然而唯一比不知道狼是生是死更糟糕的，就是發現到狼生不如死。此時狼痛不欲生，而且還奮力地把我排除在牠的思緒之外。

我猛撞夜眼的牆，但是牠牢牢地把我鎖在外面。我心裡納悶，夜眼的防衛竟如此激烈堅決，說不定牠連我在撞牠的牆都不曉得。夜眼這種舉動，令我想起雖死卻仍緊握著劍的士兵——或者是互咬住彼此的咽喉，然後一起死去的狼。

就在宛如酷刑般地吸一口氣的這瞬間，花斑幫的人出現了；我們前方的山坡上出現了一些人，另有幾個從我們左手邊的森林裡冒出來；而我們身後則大約有六個人從草原上逼過來，那個騎戰馬的高個子也在其中。那隻烏鴉從我們頭頂上飛過去；這次烏鴉的嘎嘎叫聲像是在嘲笑我們。我想從他們縮緊的包圍之中找個縫隙逃出去，結果是徒勞無功，因爲他們把每一個方向都顧全了；我若是騎上黑瑪，朝間隔的隙縫而去，那麼衆人將會輕鬆地包抄上來，所以我不管朝哪個方向衝去，都是死路一條。我停下來，拔出長劍，腦中突然閃過一個很愚蠢的念頭：如果要死，我寧可以惟眞的寶劍搏命而死，不想以這把尋常的刀刃走完人生的最後一程。我等著對方出招。

他們並不急著攻上來，反而好整以暇地圍上來。也許他們覺得我眼睜睜地看著他們寸步逼近，是很好玩的事情吧。這也好，我多的是時間思考；接著我收劍入鞘，反而拔出小刀。「下來。」我平靜地說道。晉責低頭看我，顯得有點困惑。「下馬。」我命令道。於是他下了馬，不過他的後腿點地之前，我還是得攙扶他一下。接著我橫胸抱住晉責，並謹愼地把刀子抵在他的喉嚨上。「對不起了。」我誠心誠意地對晉責說道，冷酷地下了決定。「不過與其讓那個女的稱心如意，你還不如死了的好。」

王子一動也不動地站著；不過，他到底是不想冒著生命危險反抗我，還是根本不想反抗，這我就不知道了。「你怎麼知道她對我有何企圖？」晉責平淡地問道。

「因爲我知道若換作是我，我會怎麼做。」

我告訴自己，這句話其實說得不甚眞切。我絕不會只爲了延長自己的生命而佔用他人的身體。我自視太高，所以這種事情我不屑做。我的自視高到我寧可殺了王子，也不會讓別人爲此而將他的身體佔爲己有；而且就算明知道王子一死，我女兒便性命不保，我也會毫不遲疑地下手——不過這箇中的道理，我不願多想。因此，我將我的刀子，架在惟眞唯一繼承人的脖子上，並看著花斑幫的人圍上來。等到他們近到聽得到我的喊聲，我便叫道：「再近一步，我就把他殺了。」

他們的首領就是騎戰馬的那個人。他舉起手來，示意衆人停下腳步，他彷彿爲了測試我的決心似的，隻身騎上前來。那人寸步逼近，我則把王子抓得更緊。「我只消輕輕一動，王子就沒命了。」我對那人警告道。

「噢，你這話不通嘛。」那高個子答道，並繼續策馬朝我們走來。黑瑪噴了噴鼻息，對他的坐騎投以疑問。「你說說看，要是我們都乖乖地停下來，那你要怎麼辦？難不成你要站在原地，直到餓死爲止嗎？」

「讓我們走，不然我殺了王子。」我補充了一句。

「你這話也一樣笨。要是放你們走，那我們得到什麼好處呀？要是我們得不到王子，那王子還不如死了的好。」他的聲音低沉有磁性，而且中氣十足。他一頭黑髮，臉龐俊美，像戰士般的坐在馬上。換作是在別種情境下見到他，我會認為這人值得我跟他交個朋友。然而此時他的徒眾卻因為我可憐兮兮地想要反抗他而哈哈大笑。那匹高頭大馬雄壯威武地走上前來；從馬的眼神就可以看出，馬與騎士之間深刻地牽繫在一起。「而且你要考慮一下，如果你在我走上前來時把他殺了，那你會有什麼下場。王子若死了，那我們會很討厭你；而且就算王子死了，你還是沒機會逃走。再說，你也別想指望我們會讓你死得痛快。所以啦，換我給你開個條件：你把那少年交給我，我就讓你一刀斃命。你放心，我說話算話。」

這個條件還眞是體貼。從他那莊重的態度和謹愼的言詞看來，我深信那人一定會信守承諾。酷刑的折磨令人生不如死，所以若能一刀斃命，還眞令人動心。不過我可不喜歡沒交代遺言就死了。

「眞不錯。」我不得不讓步。「不過他可是王子啊，怎麼只抵我一條命而已？這樣吧，你把狼跟那個黃金色的人放了，那我就把王子交給你，之後你對我要殺要剮隨便你。」

在我手臂環抱、刀鋒抵喉之下，王子動都不動。我幾乎沒感覺到他的呼吸，不過我卻感覺到他彷彿乾土吸水似的，把我講的話都聽了進去。我們之間固有的那個細絲般的精技牽繫發出了警告：這裡面大有內情；王子正同時施展原智與精技之力，與某個人結合在一起。我握緊刀柄，以防那女人控制了王子的身體。

「此話當眞？」晉責以輕得我幾乎聽不見的細小聲音問道。但這到底是晉責問的，還是那個貓女問的？

「句句實言。」我誠心誠意地撒了個謊。「只要他們放了黃金色的人跟狼，我就把你放了。」錯了，得等你死了我才放人。而且我會連殺兩刀，先割斷你的喉嚨，再割斷我的喉嚨。

那高個男子乾笑一聲。「恐怕太遲了。人跟狼都已經死了。」

「不，他們沒死。」

「沒死嗎？」那男子騎得更近了。

「狼死了我會知道。」

此時他不需要高喊便能與我對話了，他自信滿滿地說道：「既然如此，你還處處與我們作對，這不是太反常了嗎？不過，光憑你這句話，我就會讓你多留幾天再死。」他的眼裡湧出溫情，語調裡則掩不住眞正的好奇。「爲什麼會這樣？以艾達神與埃爾神所統管的生死爲名，爲什麼你要與自己的族類作對呢？難道說你樂於見到那些人加諸於我們身上的事情，像是鞭笞、吊死、分屍與焚屍？你爲什麼甘爲那些人賣命？」

我則大聲說話，讓所有人都能把我的話聽得一清二楚。「因爲你對這孩子做這種事情是不對的！而那女人對貓所做的事情也是不對的！你們自稱爲『花斑幫』，並以自己的血統爲榮，但是你們的所作所爲，卻違反了原血者的祖訓。那女人對自己的貓做出這種事情，已是天理難容，而現在她還要對王子做這種事情，更是無從寬貸，你怎麼一再縱容？」

那男子的眼神霎時冷若冰霜。「這少年是瞻遠家的人。他萬死也不足以贖罪，這算什麼？」

聽到這話，王子變得僵直。「路德威，這是你的眞心話嗎？」晉責的語氣裡既稚嫩又意外，聽來令人心碎。「之前我們同行時，你還說得好聽；你說我繼位之後，一定會團結天下子民，並讓人人享有同樣的正義。你還說——」

路德威鄙夷地搖了搖頭，顯然對於晉責如此好騙感到不屑。「只要能讓你安安靜靜地跟我們走，要我講什麼話都可以。我用好聽話來拖延時間，好讓牽繫關係更加穩固。我從貓身上看到一些跡象，所以我知道時機已經成熟了；現在佩娜汀隨時都可以佔有你。要不是你脖子上架著刀，佩娜汀早就將你據爲己有。但是佩娜汀可不想死兩次；死過一次就夠多了。佩娜汀死得非常緩慢，又喘又咳地，一天天虛弱下去。我母親已經死得很慢了，但就連我母親也死得比佩娜汀快。他們雖把我母親吊死了，但是他們把她切成大塊、餵入大火之中時，我母親仍一息尚存。至於我父親呢，呃，我敢說，他一定覺得瞻遠家的帝尊士兵處置我母親的時間，彷彿有數年之久似的。」路德威氣憤地朝晉責笑笑。「所以啦，我們家跟瞻遠家的關係根深蒂固。這是舊債囉，晉責王子。我想，佩娜汀臨死的那一年，唯一高興的時光，就是我們一起計畫如何使你上鉤。瞻遠家的人取走了我家好幾條人命，如今由瞻遠家的人來讓我家的人復活，那是再合適也不過。」

原來仇恨的種苗起因於此。瞻遠家的厄運，不來自於高祖，而來自於近世；這個設計王子的圈套，原來是起因於王子的叔叔太過傲慢且殘暴。帝尊遺害於我的，也是仇恨，但是我封閉了自己，不讓心中滋生憐憫。花斑幫是我的敵人，他們飽受痛苦的煎熬是一回事，但不應與危害這少年混爲一談。「那佩娜汀是你的什麼人呢，路德威？」我平淡地問道；我本以爲答案不出我所料，但聽了還是嚇一跳。

「佩娜汀是我的雙生妹妹；男人與女人之間最像能有多像，我們就有多相像。佩娜汀不在了之後，我就是我們家獨傳的血脈了。這個理由夠了吧？」

「我可不這麼想。但是你認爲這樣就夠了，所以你盡一切努力，讓你的同胞妹妹復活於人的血肉之間。你偷來了這少年的身體，以便讓佩娜汀安居；而且即使此舉違反了原血者堅信不移的信條，你也照做不誤。」我講得義憤填膺，但就算我的話感動了路德威手下的戰士，他們也不動聲色。

路德威到了我長劍可及的範圍外便停住，然後傾身直瞪著我。「這當然不只是出於我爲亡妹的悲悼。別當你自己是侍奉瞻遠家的僕從，爲你自己著想一下，爲你自己的族裔著想一下。別去考慮那些限制東、限制西的原血古訓。原血乃是艾達神的賜禮，所以我們應該要活用這個天賦！這可是個大好良機，而且天下所有流著原血的人都均霑利益。我們可以讓眾人聽聽我們的心聲；還可以讓瞻遠家族的人坦承那個古老的傳聞其來有自：原智的確流傳在瞻遠家族的血液裡，而且跟精技一樣的濃。這少年總有一天要繼承王位；我們可以讓他為我們所用。長久以來，原血者一直遭到酷刑處決，然而這少年握有權力之後，便可以將之終止。」

我咬住下唇，裝作沉思狀。路德威一定想像不出我心中到底在衡量什麼因素。如果我如他所願地，那麼瞻遠家族仍有傳人——至少在形體上有傳人；蕁麻可以過著她自己的生活，不必捲入命運的糾纏；而且這樣做，說不定對原血者與六大公國之間的關係也有好處。只要我任由晉責一輩子受盡折磨，那麼弄臣和我的狼都得以脫逃，蕁麻可以活下去，而且也許原血者終能免於處決的厄運。就連我都能求個活命。交出一名少年，就可以換得這一切；就用他這條性命，去跟其他所有人的性命衡量比較。

我下了決心。

「如果你講的是真話——」我欲言又止地說道，瞪著路德威。

「那麼你會投靠我們？」

路德威相信我不得不在死亡與妥協之間擇一；而我則故意讓眼神飄移閃爍，然後輕輕地點了個頭。接著我伸手把領子拉開一點。

吉娜的珠子探出來瞪人。我心裡對路德威乞求道，你喜歡上我了，你相信我的話，而且還想跟我交朋友。接著我發表了懦夫感言：「我對你也有大用處，路德威。王后指望黃金大人把王子帶回公鹿堡；要是你殺了黃金大人，只有王子一人回去，那他們不免疑心黃金大人出了什麼事，以及他為什麼會出事。但如果你讓我們活命，由我們帶王子回公鹿堡，那我倒可以把王子態度的轉變解釋得很漂亮，這一來，他們就會不疑有他地迎回王子。」

路德威的眼神在我身上游移，他爲了讓自己心服，於是問道：「黃金大人眞的會照單全收嗎？」

我不屑地嘖嗤一聲。「他又沒有原智。他眼睛看到什麼就是什麼，而我們把王子活生生且毫髮無傷地帶了回來。他念茲在茲的就是回公鹿堡的時候要受到英雄式的盛大歡迎；他會相信是我談判得法，使王子順利獲釋，而且會樂得以此到宮廷上邀功。你如果帶我們去見黃金大人，然後咱們大夥兒在他面前演一齣戲，那就更像了；咱們當面送他跟我的狼上路，並向他保證王子跟我一定會跟上去。」我狀似精明地點了點頭，彷彿是在勸服我自己一般。「說老實話，咱們最好是把黃金大人送遠一點，別讓他看到那女人佔有這少年的情況，因爲他說不定會納悶王子是不是出了什麼事。所以一定要讓黃金大人先走。」

「你好像很關心他的安危哪。」路德威刺探道。

我聳聳肩。「他付的錢多，派的活兒又少，而且又不嫌棄我的狼。狼跟我兩個都年紀大了，像這樣的好任務可不容易找。」

路德威咧嘴直笑，不過我從他眼裡看出，他私底下對我這種下人的價値觀頗爲不齒。我把領口拉得更開一點兒。

他朝晉責瞄了一眼。少年的眼睛定定地望著他。「不過有個問題。」路德威從容不迫地說道。「我們是談妥了沒錯，但是這孩子一無所得；他說不定會當著黃金大人的面，把我們拆穿了。」

我感覺到晉責吸了口氣，打算要答腔，於是我把他壓得更緊，希望他靜一靜，讓我想想該怎麼回答，但是他還是說了。「我一來在意能不能活下去。」晉責清清楚楚地說道。「無論以後活得多麼不堪；二來在意我的貓。就算你妹妹辜負了貓與我，但貓對我一片眞情，所以我絕不會拋下貓，任由貓獨自落在你妹妹手裡。而如果你妹妹要佔有我的身體，那麼這也許是我必須付的代價，因爲我竟然誤信讒言，以為你們兄妹倆，一個會忠誠擁戴我，一個會眞心愛上我。」晉責的聲音既穩定且高昂，所以傳得很遠。我發覺路德威身後有一、兩名騎士轉開了頭，彷彿晉責的話刺傷了他們似的；不過沒有一個人挺身而出，為晉責說句話。

路德威嘴唇一彎，露出了淡淡的微笑。「那咱們就此說定了。」接著他空出一手對我伸過來，彷彿握個手就可以把這個條件定下來似的。路德威露出不設防的笑容，對我說道：「放開那孩子，別用刀抵著他了。」

我則以奸詐的笑容回敬他。「我看不急吧。你剛才不是說了嗎，現在這個佩娜汀隨時都能取走王子的身體？果眞如此，你一定認為我派不上用場；到時候你說不定把我殺了，接著你親自把王子送交給黃金大人，最後讓人質安然返回公鹿堡。那可不成。咱們得照我開的條件走，否則免談。再說，這年輕人說不定會變卦；而這把刀子恰可提醒他，除非我首肯，否則他別想輕舉妄動。」我心裡納悶道，不曉得晉責聽不聽得出我這句話裡的深意。我直盯著路德威，以一貫的音調說道：「我要眼見黃金大人與我的狼平安離去。只要你信守諾言，我們兩人就隨你處置。」

這個盤算太短視了。我主要的謀略，是要他們帶我們去見弄臣和夜眼；但是見到弄臣和夜眼之後該如何，我就無法可想了。我不斷笑吟吟地注視著路德威，不過我也察覺到，別人已經驅馬湊近來了。我把刀柄握得很穩。不曉得什麼時候，王子伸手上來抓住我的手腕；我幾乎沒注意王子的動作，因為表面上看來，雖像是他在抗拒我的刀鋒，但其實他不但沒給我找麻煩，反而好像還刻意讓刀子牢牢地抵在他自己的喉嚨上。

「那就照你開的條件吧。」路德威終於讓步。

一邊要上馬，一邊要拿刀子威脅王子的性命，還眞是難以兩全，不過我們還是辦到了。晉責雖是受害者，但是卻處處與我配合，我眞擔心路德威會看出來。在那當下，我眞巴不得王子先前已受了充分的精技訓練。我們之間的精技牽繫實在太弱，所以我無法藉此得知他的心思，而晉責又不曉得如何單單對我釋出心思。我只感覺得到他憂慮不安，而且心意已決；至於他下了什麼決心，我就分辨不出了。黑瑪得載著兩個人走，所以牠很不高興，然而我心裡也很不是滋味。一來我本來就不想讓黑瑪有腿傷加劇、甚至無法挽回的危險，二來就算我們有機會逃跑，到那時候黑瑪也早就又倦又痛了。黑瑪每跛著腳走一步，都像是在指責我。但是我別無選擇。我們跟在路德威身後，而路德威的同伴則圍在我們身邊。這些人看著我的眼神不懷好意；我認出有一名女子，是曾經在那場短暫的打鬥中碰上的，至於跟我格鬥過的那兩名男子則都不在其中。先前與王子爲伍的那些同伴，從頭到尾都沒有對王子顯露出憐憫或友善的徵象。不過晉責似乎並不在意；他專心一意地騎馬前行，而我的刀子則壓在他的心口。

我們走回頭路，穿越山丘，經過土墩，朝森林而去。我們路經的土地起伏得有些古怪，而我不久便推斷，多年前此地應該是個小鎭之類的地方。如今草原與樹木又佔據了大地，然而曾經犁過的田野，無論經過多少年，總是比周圍平緩些。當年用以分隔牧場的石牆，此時爬滿了青苔；而且原本就酷愛石礡地的薊叢與黑刺莓之間，還冒出青草來。那石牆似乎在說：「沒人能長生不老。然而只要四層石礡堆起來的牆，就撐得比你所有的夢想更爲久遠，而且等你的後世子孫老早忘卻你曾在此地生活的時候，我們石牆仍屹立不搖。」

這一路上晉責一語不發，我則隨時都把刀尖指向他的心口。我的確堅信，如果我察覺到那女人要取走晉責的身體，那麼我會毫不遲疑地把刀子刺進去。晉責的心思似乎飄得很遠。我則利用這個時間評估周遭衆人；他們連路德威在內，一共有十二個人。

最後我們來到一處從山腰處鑿出來的山洞。山洞外，向外延伸出兩道久遠之前搭蓋的石牆，圍出了一大片空地；一扇破舊的木門隨便地靠在旁邊。依我看來，這地方以前是個羊圈；這地方晚上用來圈羊倒好，若是雨勢太大，或是雪下得太深，便把羊往山洞裡趕就成了。黑瑪抬起頭來嘶叫了一聲，對繫著的麥爾妲和其他三匹馬打招呼。我算了算，一共有十五匹馬；這眞是個不小的勢力，雖說其中有一匹是我的馬。

眾人下馬；我自己先下馬，然後把王子拉下來。王子腳點地的時候搖晃了一下，但我把他扶住了。他的嘴唇動著，彷彿自言自語，但是我卻什麼話也沒聽到，而他的眼睛則怔怔地望著遠處。我把刀子緊按在他脖子上，對眾人警告道：「如果佩娜汀膽敢在你們放人之前就佔有這少年，那我還是會把王子殺了。」路德威聽到我這番威脅似乎很驚訝，但他接著便叫道：「佩娜汀！」那獵貓聞言，便從山洞裡躍了出來；獵貓以深仇大恨的眼神死盯著我，並以執拗女子的氣憤步伐，而非貓族輕盈謹愼的腳步，朝我走過來。

王子低下頭望著走近的獵貓；晉責雖沒說話，但是我感覺到他在獵貓離開他的身體時，困難地呼出一口氣。路德威走上前去，單膝在獵貓身邊跪下，輕聲地對貓說道：「我已經談好條件了。只要我們放走他的朋友，他就會將王子毫髮無傷地交給我們；除此之外，他還會陪妳返回公鹿堡，讓眾人順利地接納妳。」

我不知道是佩娜汀對路德威做了肯定的信號，抑或只是路德威單方面認爲佩娜汀已經首肯；反正路德威接著便站了起來，大聲地對我說道：「進去。你的同伴在裡面。」

我很不願意跟著路德威走進山洞；在空曠處，我們還有渺茫的機會可以逃跑，但到了山洞裡，我們脫身就無望了。我只能用一個想法來鼓勵我自己，那就是他們別想把晉責弄到手，我只消一眨眼的工夫就能割斷晉責的喉嚨。我能不能讓自己死得這麼痛快，那很難說，至於夜眼與弄臣，那就更顧不到了。

進了洞裡，只見一個小小的火堆，一股熱騰騰的烤肉香撲鼻而來，我的胃腸立刻抗議起來。

這裡是他們的營地，不過在我眼中，與其說這是軍事要塞，不如說這是山賊的營寨。想到這裡，我便警告自己，我不該以爲路德威能夠完全制住他手下的人馬；這些人雖追隨路德威，但是這並不表示他們徹底臣服於首領的權威。我一邊探視著山洞裡的陰暗處，腦海裡一邊轉著這個可親可愛的念頭，而路德威則輕聲細語地跟留守在山洞裡看守人犯的人講話。路德威並未指派人把我跟王子看住；所有人的目光都盯著路德威，所以我輕而易舉地從那一團人之間溜了出來。有兩、三個人注意到我的動靜，但是沒人制止我；吉娜的護符仍壓在我襯衫領口外，而且我臉上的笑容輕鬆自然，再說，我明明只是朝山洞的深處走，又不是要逃到山洞外面去。這一點又證明了路德威的領導權是非正式的。我原先唯恐花斑幫是一股原智大軍，如今則厭惡地推測道，花斑幫可能不過是原智匪徒罷了。

我的心先找到了我的摯友，然後我的眼睛才看出山洞最裡面，有兩個互相依偎的身影。我也不待他們允許，便繼續把刀架在晉責的脖子上，朝他們走去。

洞底不但狹窄，而且洞頂低矮；而弄臣與夜眼便蜷睡在這小小的地方。弄臣那件精緻華麗，但已經變得殘破髒污的斗篷，就是他們的床。夜眼側躺著，因爲疲倦而睡著了；弄臣蜷著身體，把夜眼護在中間。他們兩人都髒兮兮的。弄臣額頭上綁著一條繃帶；他面如土色，毫無光彩，臉上有一邊都是瘀青；他的靴子被人拿走了，所以他那一雙纖細蒼白的腳露出來見人，不但帶著傷痕，而且看起來很無助。狼的咽喉處染著血液與口水，而牠呼吸的時候還帶著吹哨聲。

我很想現在就在他們身邊跪下來，但又不敢把架在晉責喉嚨上的刀子拿開。

「快醒來。」我輕聲地呼喚道。「你們兩個，快醒來。我是回來找你們的。」

狼的耳朵抖了一下，然後便睜開眼睛來看著我；接著牠動了一下，想要抬起頭來，而這個騷動，把弄臣也驚醒了。弄臣睜開了眼睛，難以置信地瞪著我，臉上的表情非常絕望。

「你們兩個一定得起來。」我輕聲地催促道。「我跟花斑幫談好了條件，不過你們兩個得先上路才成。你們兩個能走路嗎？」

弄臣像是深更半夜被人叫起來的小孩子似的，眼睛睜得大大地，然後他僵硬地坐了起來。「我……什麼條件？」他望著我頸項上的護符，輕輕地嗯哼了一聲，刻意轉頭望向別處。我連忙把我的領口拉高起來。現在千萬別讓什麼護符蒙蔽了他的心靈；他最好是趁現在能走趕快走，別因爲任何人工影響力而不願離去。

路德威朝我們走來，晉責的獵貓也跟了上來。路德威不太高興，因爲我沒等他便上前跟他的人犯私下講話。我迅速地以只有弄臣聽得到的聲音說道：「除非你們兩個平安離去，否則我會殺了王子；不過一旦你們上路了，王子與我很快就會跟上去。相信我。」

然後我與弄臣和夜眼單獨講話的時間便結束了。狼費勁地坐起來，接著把自己的身體撐離地面；牠站著的時候，身體後段不住搖晃，而且還先蹣跚地倒向一邊，然後牠才把自己挺直起來。牠渾身臭味，那是血漬、尿與化膿發炎的混合味道。我沒法子騰出一手來摸牠；我兩手都忙著威脅晉責的生命，無暇他顧。夜眼走上前來，把牠染血的頭靠在我腳上，然後我們倆的思緒便藉著肌膚接觸而彼此交流。

噢，夜眼。

小兄弟，你騙人。

是啊。我把他們全騙倒了。你能代替我把沒有氣味的人送回公鹿堡去嗎？

恐怕不行。

聽到你這麼說，我就放心了；我原來還擔心你會說：「我們會一起死在這裡。」

我寧可留下來，死在你身旁。

我寧可不要目睹那種場面。你若是留下來的話，我會分心，反而耽擱到該做的事情。

那蕁麻怎麼辦？

這個想法就難以清楚表達了。我不能爲了一個人的生命，而葬送了另外一人的生命。我沒那個權力。如果我們都得死，那麼……我的思緒戛然而止。我想起我陷於精技流的時候，碰上那個偉大神體的奇妙片刻，並與夜眼分享當時的安心與自在感。也許弄臣說錯了；時間本來就只能按原來的軌道運行，無法改變。也許這一切早在你我出生之前就注定好了。也許下一個白色先知，會選個比較高明的催化者也說不定。我感覺到弄臣對於我的哲學冥想棄之不顧。

那就讓他死得俐落一點吧。

我盡量。

我們彼此的心思接觸再細微也不過，他人難以察覺；夜眼篩去了痛楚與擔憂，單純地與我交流思緒。此次再度相遇，彷彿大旱之後得到雨露滋潤一般。我開始咒罵自己，我與夜眼相伴多年，但我怎麼任由自己把時間用於追求精技？一想到夜眼與我的心思交流已經結束，我便不禁感到心傷惋惜，而且我直到現在才完全體會到我們彼此的陪伴有多麼甜美。我的狼離死只有一、兩步之遙；而不待這個下午過完，我大概也已經自殺，或者被人殺了。原本我們擔心的是，對方若是死了，自己怎麼活得下去，如今這個困境消失得無影無蹤，取而代之的是無可避免的現實發展：無論是夜眼或我，都難逃一死。

弄臣努力地站起來；他那金黃色的眼睛在我臉上搜尋線索，但我不敢讓他看出任何跡象。路德威開口的時候，弄臣挺起胸膛，儼然又是黃金大人了。

「您的朋友已經代您將一切講清楚了。我們已經跟您的朋友證明，我們從頭到尾都無意傷害王子，只是要讓王子親眼看到，我們這些他人口中稱之爲『原智者』的，只是具有艾達神賜予的特殊天賦，並不是邪惡到必須吊死分屍的壞份子。我們所求無他，不外是要讓王子眼見爲憑。在這期間，造成我們之間誤會甚深，以及您爲了釐清事況而受傷，我們深感遺憾。但現在您可以騎著您的坐騎離開了；狼也可以走。您的朋友與王子很快就會跟上去。我們誠摯地希望，等您們返回公鹿堡之後，王子爲會我們說幾句好話。」

黃金大人看看路德威，再看看我，然後又看回路德威。「而那把刀子是？」

路德威歉然地說道：「恐怕您的僕人對我們不甚信任哪。雖然我們一再保證，但是您的僕人還是認爲，他必須威脅晉責王子的性命，直到他滿意地看到您們離開爲止。您有如此忠心耿耿的僕人，眞是可喜可賀。」

這一番話的邏輯破綻之大，大到牛都走得過去了。黃金大人眼神一閃，我便知道他起了疑心，但由於我慢慢地點了個頭，所以他也點了個頭以示同意。他不知道我們在玩什麼把戲，不過他相信我。然而不待天黑，他就會咒罵自己爲何盲目地信任了我。我封閉自己的內心，不准自己想這些事情。這宗買賣雖差勁，但是這已經是我盡自己能力幫我們幾個人所爭取到的最佳條件了。我逼著自己說出昧心之論：

「大人，如果您帶著我這條好狗先行離去的話，王子與我很快就會跟上去的。」

「我看我們今天是走不遠，也走不快了。你的狗傷得很重，這你一定看得出來。」

「您無須匆忙。我很快就會跟上去，然後我們可以一起返家。」

黃金大人還是憂心忡忡，但表面上還是很平靜。大概只有我一人知道他內心在反覆掙扎。在他眼裡，這個狀況不合常理，但我顯然希望他帶著狼離去。我幾乎看到他做出了決定：他彎腰撿起那件一度燦爛華麗，如今卻被血漬與泥土染污的斗篷，然後抖一抖，帥氣地把斗篷披在肩上，彷彿那斗篷仍然不失原本的風貌。「那麼，我的靴子和我的馬，當然會還給我了？」此話一出，那位時時刻刻都意識到自己出身比別人更高貴的貴族青年，又重新出現了。

「當然。」路德威應和道；不過我看到路德威身後的群眾之中，有幾個人對他怒目相視。麥爾妲是匹好馬；對於逮到黃金大人的人而言，這馬絕對是個豐厚的獎賞。

「那我們就走了。湯姆，你要快快跟上來。」

「當然了，大人。」我謙卑地扯謊道。

「王子也要一道跟來。」

「除非王子先我而走，否則我絕對不會離開。」我誠心誠意地允諾道。

「好極了。」黃金大人確認道。他對我點點頭，但是弄臣的眼睛卻對我投以疑惑的眼光。接著他轉過去，冷冷地朝路德威看了一眼。「你待我的方式，與尋常的流氓盜匪無二。王后與王后的衛隊一看就知道我的處境，這我無從隱瞞。湯姆．獾毛與我肯跟王后美言幾句，說你們已經悔過，這已經算是你們走運了；要不然的話，王后一定會派出大軍，把你們一網打盡。」

弄臣的確是把這個一肚子不高興的貴族演到了盡善盡美的程度，不過我差點就忍不住吼出來，叫他趁著還能脫身的時候趕快離開。那隻迷霧之貓從頭到尾都像家貓盯著老鼠洞似的注視著晉責。我幾乎可以感覺到那女人恨不得立刻就徹底佔有晉責的身體。依我看來，別說路德威管不住手下這一群流氓，說不定他連這女人都管不住。要是那女人自作主張地佔有晉責，要是晉責顯露出那女人進襲的跡象，那麼我就非得殺了晉責不可，無論弄臣逃出去了沒有都一樣；所以我巴不得他們趕快走。黃金大人怒視著路德威之時，我只能面露微笑，希望他的眼光不會太挑釁；但接著黃金大人還大膽地以他那金黃色的眼睛，掃視群聚上來的匪徒。我不知道那些人心裡怎麼想，但我相信他這一打量，就把每一張臉孔牢牢地記在心中；我察覺到有好些暴徒因爲他這一看而怒氣橫生。

至於王子，則從頭到尾都被我一手緊緊圈住、另一手拿刀架在他脖子上。他就是換得我摯友性命的贖金。他一動也不動地站著，彷彿他什麼也不想似的。他平淡地迎向獵貓望向他的目光；我不敢猜測他們在四目相交之際傳達了什麼心思，就連那貓後來移開目光，望向王子身後遠處，我也不敢猜測到底是發生什麼事。

路德威在氣憤之餘，臉上的肌肉緊繃了起來，但他的臉色一會兒便恢復了。「您當然必須對王后報告啦。不過王后聽到自己的兒子講述這幾日的體驗之後，也許會比較同情我們的處境。」接著他輕輕地做了個手勢，於是他身後的衆人便散開了。我並不嫉妒黃金大人，因爲他必須走過充滿敵意的甬道。

我低頭看著夜眼。牠靠在我的腿上，緊壓了一會兒。我把我的心思縮到如同針尖一般細。*你們出去之後，就盡快找個地方藏身。盡量帶他躲得離大路遠一點。*

夜眼對我投以哀悽愁苦的目光，然後我們的心靈便分開了。接著夜眼踉蹌地跟在弄臣身後走出去，雖然四肢僵硬，但是卻走得很有自尊。我不知道牠能走多遠，不過這一室的獵犬與獵貓恨牠入骨，而夜眼至少不用死在這裡，而且弄臣會陪著牠。這就是我能爲自己掙到的最大慰藉了。

山洞的洞口有一拱圈的亮光，我看到有人把麥爾妲牽到那光暈之中，將馬交給弄臣。弄臣接過馬韁，但並沒有騎上去，反而是牽著麥爾妲慢慢走，以配合如今已經連走都走不快的夜眼。我望著他們的背影，目送著那一人一馬一狼慢慢地遠離我。他們的身影越縮越小，突然我察覺到晉責仍站在我的臂彎裡，而且呼吸起伏的頻率與我相符。

生命已離我而遠去，如今我要在此擁抱死亡了。「對不起。」我低聲在晉責耳邊說道。「我會盡量俐落一點。」

他已經知道了。我兒的回答比微風還要輕：「且慢。我心裡仍有一個小角落是屬於我的。我想我還能再擋她一陣。我們盡量讓他們走遠一點吧。」

26

犧牲獻祭

六大公國的人，通常將「王國」想像爲單一民族住在共有的土地上，並由君主所統治。然而我們雖通常將「群山國」稱之爲「王國」，但是群山人對領土與統治者的概念，與此大不相同，因爲「群山國」並不符合上述定義的三大要素。群山的人民並不來自同一民族，而是包括了漂流不定的獵人、游牧者、路線固定的商人與旅行者，以及在群山各地的小農莊裡討生活的人們；這些人彼此之間少有共同的利益，這是可想而知的。

因此，這些人民的「統治者」並非傳統概念中的國王，也就不足爲奇了。群山國統治者的先祖，並非「國王」，而是「仲裁者」，也就是善於調停不同人之間爭端的智者。齊兀達人傳說中的「國王」，都是願意爲了人民挺身而出，即使失去財產，甚至犧牲自己生命也在所不辭的統治者。群山人贈予他們的統治者的恐怖稱號，便是由此而來的。群山人不將君主稱之爲「國王」或「王后」，而是稱呼君主爲「犧牲獻祭」。

——駿騎・瞻遠所著之《關於群山王國》

路德威的手下像是淤積的溼沙似的，慢慢地群聚上來，在光線與我之間，堵成了黑壓壓的一片。我環顧四周，望著這一圈瞪著我看的敵人。他們身後有亮光，而洞裡又陰暗，所以我很難看出他們臉上是何表情；不過我的眼睛適應了之後，我便開始研究每一張臉龐。他們泰半是年輕男子，其中有四名年輕女子；而且沒有一個人是年紀比路德威還大的。這裡面沒有原血的老人家，花斑幫是年輕男子的幫派。四名男子具有同樣的超大方牙；他們必是兄弟，至少也是堂親或表親。有的人臉上表情淡漠，沒有一張臉稱得上是友善；雖有人笑著，但都是不懷好意的奸笑。我再度鬆開領口，但就算吉娜的護符發揮了什麼效用，我也看不出來。我開始納悶，這裡面是不是有人跟我在小徑上殺死的那人是親戚。有的人帶著動物，但是動物的數量並沒有我想像中的多；人群之中有二犬一貓，另外有個人肩膀上停了一隻烏鴉。

我無從得知接下來會發生什麼事情，所以我保持沉默，繼續等待。王子的貓一直蹲伏在我們身前的地上；我注意到貓的眼睛轉開了好幾次，但每次貓望向他處之後，總會再度將眼光轉回王子身上，並以不像人，反而像貓的熱切凝視盯住王子。方才路德威到洞口去，假裝跟黃金大人送行，現在他信心滿滿地朝著我們走來。

「我看你那把刀子可以放下來了。」路德威平直地說道。「我的承諾，我說到做到，現在該你了。」

「這恐怕不大好吧。」我對路德威警告道，扯了個謊：「這孩子剛才還掙扎著想要逃走，我看唯一能讓他乖乖站著的，就是這把刀子了。這刀子最好還是留著，留到她……」我思索用字。「留到她順利進去為止。」我蹩腳地把話說完。我看到周遭有一、兩張臉孔因為感到不自在而扭曲了，於是刻意地補了一句：「直到佩娜汀完全地把這少年的身體佔為己有為止。」我看到一名女子不安地吞口水。

路德威的打算令他手下的部分追隨者感到困擾，但他似乎完全沒注意到。他那親切和藹的態度絲毫未變。「我看還是別這樣吧。待會我的親妹妹就要寄居於那個身體裡，然而現在你還拿刀子架在他的脖子上，我看了就難過。麻煩將刀子放下來，閣下。這裡都是我們自己人，沒什麼好怕的。」接著路德威伸出一手來接我的刀子。

我從個人親身經驗中得知，一個人越是熱絡，對我的威脅就越大；不過我還是慢慢地露出笑容，並把我的刀子從王子的脖子上放下來。但是我並未把刀子交給路德威，而是收進繫在我腰帶上的刀鞘裡。我另外那隻手則一直放在王子的肩膀上；我們位於山洞最裡面，地方較狹小，所以如果需要的話，我可以一把將王子甩到我身後，並且完全將他護住。不過據我看來，我們應該是不太有這個需要了；因爲我打算親手殺了他。二十年前，切德曾要求我反覆練習徒手殺人的各種方式，所以我知道如何不出聲音地殺人、如何迅速地殺人，也知道如何讓人慢慢地痛苦死去。我只希望我現在跟當年一樣地俐落且準確。最好的策略，是等到那女人完全佔有王子的身體之後再迅速出手，讓那女人根本來不及逃回那隻小貓的身體裡，便立即跟著盡責的身體一起死去。到時候，我還有時間在他們把我按倒之前自殺嗎？這就難說了。不過這些事情還是不要多想的好。

王子突然發話了：「我不會掙扎的。」他把我放在他肩膀上的手抖開，在低矮的洞頂所允許的範圍內站得直挺一些。「我眞是傻啊。既然我這麼傻，也許我受這個罪是活該。不過我本來以爲……」他的目光掃視著我們周圍的群眾，並朝某些人多瞧了一眼；而有幾張臉孔在他這麼一打量之下，頓時變得猶豫躊躇起來。「我本來以爲你們是眞心地把我當作你們自己人；畢竟當時你們彷彿很眞誠似的對我大加歡迎，又處處幫忙。至於我與貓的牽繫——那是我前所未有的感覺。而當那個女人走入我心中，對我說她——對我說她愛我的時候——」他本來有點遲疑，但最後仍強迫自己把話講出來。「我還以爲我找到了眞愛，值得我放棄我的王冠、我的家人，甚至放棄我對人民的職責的眞愛。我眞是傻呀。所以了，她叫佩娜汀，是不是？她從未告訴我她叫什麼名字，而且我也從未看過她的臉——那是當然了。嗯。」接著他屈膝盤坐在地上，對著那頭目不轉睛地看著他的獵貓張開雙臂。「貓，來吧。至少妳是眞心愛我的。我知道妳跟我一樣，都不喜歡這麼做，但就讓我們把這事了結了吧。」

然後王子抬起頭來看我。他眼裡閃過我無法解析的深意；這一瞧，嚇得我背脊發涼。「你別看輕我，我不是十足的大傻瓜。貓眞的愛我，而我也愛著貓；至少貓與我之間，一直都是很眞誠的。」獵貓爬到王子的大腿上之後，人貓之間的牽繫，會因爲接觸而加強；到時候，那女人就能輕而易舉地進入他身體裡了。但此時他那一對黑眼睛定定地看著我。我突然在他的五官之間發現珂翠肯的影子，因爲他竟是如此平靜地接受眼前即將要發生在自己身上的慘事。晉責對我說道：「如果我能藉此而使貓免於受到她的侵犯，那我會歡欣鼓舞；可惜現在我只不過是與貓一起陷入那女人的牢籠之中罷了。到時候，佩娜汀會同時與貓和我牽繫在一起，然而她之所以跟我們牽繫在一起，純粹只是爲了要取用我們的身體而已。佩娜汀從來就不需要我們的心靈，她只會利用我們的心靈來對付貓與我。」

接著瞻遠家族的晉責轉開頭，不再看我。他閉上了眼睛，低下頭，貓則步步走近。洞裡悄然無聲，連呼吸聲也不聞；所有人都屛息等待。有幾張臉孔變得蒼白且不自然；一名男子看到貓以輕盈謹愼的腳步走上前去，便一邊打冷顫，一邊轉開了頭。貓像尋常貓族在標示地盤時一般，將長著斑紋的額頭貼在王子的額頭上摩來摩去。貓以側臉擦過王子的臉時，那綠色的眼睛直盯著我看。

現在就殺我。

貓的心靈接觸雖然銳利清楚，但實在是太意外了，我實在反應不過來。

吉娜的貓兒是怎麼跟我說來著？茴香曾說，所有的貓都會說話，不過貓兒自會決定要在什麼時候、跟什麼人講話。我清楚地感覺到，碰觸到我的，是貓的心靈，而不是女人的心靈。我一動也不動地瞪著那頭嬌小的獵貓。牠將嘴巴張到最大，彷彿全身竄起一股大到難以表達的痛楚；然後牠甩了甩頭。

你這個愚蠢的笨狗兄！白白浪費了大好機會。現在快殺我！

這幾個字有如棍棒一擊地打入我心中。「不！」晉責大叫道；這時我才領悟到，貓之前講那五個字的時候，只講給我聽，所以晉責並不知情。這時晉責伸手要把迷霧之貓抓住，但是貓從地上一躍而起，先跳到晉責肩膀上，然後躍到我身上，也不管這一躍會在晉責肩上抓出什麼傷口。貓朝我撲上來時，不但伸出利爪，而且露出嘴裡的利牙；那紅口白牙，對比是多麼鮮明呀！我想伸手去取佩刀，但是貓的動作實在太快；牠的前爪深深地勾住我胸肌，後爪則橫掃我的肚腹；接著貓將頭轉開，而我仰倒在山洞的角落裡時，只見到貓的利牙朝我的臉欺下來。

我陸續聽到別人的喊叫聲。路德威吼道：「佩娜汀！」而王子則痛苦地大喊：「不！不！」但是我忙著拯救自己的眼睛，也無暇注意他們了。我一手將貓推開，另一手伸長去拔刀子，不過貓爪仍緊緊地勾在我身上，所以我根本就無法把貓推走。貓與我一起倒下來的時候，我雖轉開了頭，卻不小心將自己的喉嚨暴露在貓的白牙之下；貓順理成章地逮住這個機會，一口咬下去，幸虧被吉娜做的護符擋了一下，而我在感覺到貓的利牙刺入我脖子之際，也好不容易把刀子拔出來了。我不知道我到底是在跟貓對抗，還是跟那女人對抗，我只知道貓想要置我於死地。是貓要我死、還是那女人要我死，固然有很大的差別，但是無論答案無何，都無法使我住手了。此時貓仍攀在我胸前，要將牠刺死實在困難，我的刀子第一次刺到牠的脊骨，第二次刺到牠的肋骨；第三刀，我好不容易將刀子送進牠心臟。貓鬆開我的喉嚨，發出臨死的哀嚎，但是牠的爪子仍緊勾著我的胸。貓的後腿將我的襯衫撕爲一條條的碎布，而我的肚子上貓爪掃過之處，則像著火一樣把貓丢到旁邊去的時候，晉責一把將貓搶了過去。

「貓，噢，貓！」晉責叫道，像摟小孩似的把毫無生機的貓屍緊緊摟住。「你把貓殺了！」晉責大聲地對我指責道。

「佩娜汀？」路德威狂亂地問道。「佩娜汀！」

要是與晉責牽繫在一起的貓沒有意外喪命，說不定晉責多少有心情裝出那女人已佔有他心靈的模樣；但是晉責連擺個樣子都沒有，所以我還來不及站起來，路德威的靴子便朝我的頭飛來。接著我以差可比擬弄臣當年矯捷狀的姿態翻身躍起。我的刀子仍插在貓身上，但我的佩劍還在。我拔劍，朝路德威刺過去。

「你快跑！」我對王子叫道。「逃得遠遠的。貓用牠的生命來換取你的自由，你可別辜負了貓！」

路德威的個子比我高大，手比我長，所以若是使起劍來，他刺得到我，我卻搆不著他。我當機立斷，雙手掄劍砍下去，趁著他的劍還沒離鞘，便砍斷了他的前臂。他大叫一聲，彎身下去把斷臂撿了起來，彷彿敬酒舉杯一般地把那斷臂高高舉起。衆暴徒在震驚之餘愣了一會，但已經足夠我橫走兩步，將晉責丟到我身後去。晉責剛才沒逃，而現在要逃已經太遲了；也許原本一切就都太遲了。他跪下來，懷裡抱著貓；我像瘋子似的揮劍，威脅那些暴徒退後。「站起來！」我對晉責吼道。「把刀子拔出來用！」

我多少感覺到身後的他站了起來；至於他有沒有把刀子從貓身上拔出來，我就不知道了。我突然閃過一個念頭：他該不會拿刀朝我背上刺進去吧？接著一波暴徒湧上前來；有的人不是因爲自己想要衝上前，只是被後面的人推擠上來。兩名男子拉起路德威，將他拖出我用劍所及的範圍之外；又有個人從那三人之間擠上來，要找我單挑。然而山洞此處實在太狹窄，無從施展劍法，只容粗暴的殺戮。我揮出第一劍，便令那人開膛破肚，收劍前又劃傷了另一人的臉；這一來他們不再躁進，而是一夥兒朝我衝上來。要不是因爲他們人數衆多，互相阻擋，否則攻勢會更淩厲。當我不得不退後時，感覺到王子站到我身邊來，突然之間，我們兩人的背都抵著洞底的山壁。一名男子趁我不備就要攻上來，此時王子衝上前去，朝那人就是一刀，然後又回身防守自己右手邊的敵人。那人像野貓一般的尖叫，並失手砍傷了自己人，而意外掛彩的那人也痛得大叫。

我知道我們沒機會逃走，所以當那枝箭從我耳邊飛過去，結實地插在我身後的洞壁上時，我也沒什麼警覺。不曉得是哪個笨蛋，還浪費力氣吹號角。我既不理會一一倒在我面前的男子，就更不會理會那號角聲了。我身前有一名男子瀕死，而我則在另外一人的背上補了一劍。我大步上前一步，完全將晉責護在我身後，並勝利地對所有人怒吼道：「有種就上來受死！」我用空出來的那隻手做手勢，示意他們上來。

「刀劍放下！」有個人叫道。

我再度揮劍，但是原本上前來堵我的那些人讓了開去，並將他們的劍丟在地上。他們讓開一條路，讓弓箭手朝我走來。其他的弓箭手護著那人；那人的下一枝箭已搭在弓弦上，箭尖直指著我心口。「把劍放下！」那人再度叫道；原來他就是曾經埋伏在樹上放箭射傷月桂，後來又與月桂一同逃走的那名少年。就在我站著喘氣，心裡打算著我到底該不該逼他殺我之際，站在他身後的月桂發話了；月桂雖努力鎮靜地說話，但是她的聲音卻在顫抖。

「湯姆・獾毛，把劍放下。我們是友不是敵。」

打鬥使得世界縮小，並使所有的生命都變得微不足道。我過了一會兒才回神過來，而且我很幸運，因爲他們還讓我有時間回神。我四下張望，想要理出個頭緒來：我面前是那個弓箭手、月桂，和月桂身後的那批拉著弓、搭著箭的人。月桂身後的是陌生臉孔，而且年紀比路德威的手下大得多；他們一共是六男兩女，大多拿著弓，但有幾個只拄著手杖；而且有的弓箭是瞄準路德威的手下。路德威的手下已經放下武器，跟我一樣；路德威則躺在同伴之間，痛得在地上打滾，而且仍緊緊抓著斷手。我只要走個兩步，就可以把路德威解決了。我吸了一口氣，然後我感覺到晉責抓住我的上臂，並且堅定地按住我。

「劍放下，湯姆。」晉責平靜地說道；霎時間，我彷彿聽到惟眞那令人心神安定的聲音在我耳邊響起。我的手臂失了力氣，劍尖也垂到地面。我每喘一口氣，喉嚨的傷口都像是受到燒炙的折磨。

「劍放下！」那弓箭手吼道，他又走近了一步，而我聽到弓拉緊的繃緊聲。我感覺到心臟再度跳得飛快，我開始計算我得上前幾步才能把那人擊倒。

「等等！」黃金大人突然插嘴道。「給他一點時間，讓他定定神。經過一場殺戮，他早已恍惚了。」他擠過了層層的弓箭手，大步地朝我走來，一點也不在意有好幾把弓瞄準著他的背；就連那些滿不情願地讓路給他的花斑子，他也沒多瞧一眼。「輕鬆一點，湯姆。」他彷彿在安撫馬似的對我說道。「一切都過去了，一切都過去了。」

他走上前來，伸出一手放在我手臂上，此時衆人彼此竊竊私語，彷彿他做了一件很重要的事情。他的手碰到我，我手裡的劍便鬆脫落地。站在我身邊的晉責突然跪了下來。我低頭望著晉責；他手上與襯衫胸口染了血漬，但看來並不是他的血；他把我的刀子丟下，把僵硬的貓從地上抱起來，摟在懷裡，貼在胸前，像是撫慰娃兒似的抱著貓前後搖晃，並喃喃說道：「貓啊，我的貓啊。」

黃金大人臉上顯得至爲關切。「王子殿下。」他擔心地開口道，並彎身伸手去摸那少年，但是我抓住了他的手，並把他拉到一邊。

「別吵他。」我平靜地建議道。「給他一點時間哀悼吧。」

然後我的狼踉踉蹌蹌地擠過人群，朝我走來；狼走到了我身邊，於是我也跪了下來。

在這之後，就少有人注意湯姆．獾毛和他的狼了。他們開始把路德威和他的手下驅離王子身邊，並任由狼與我彼此依偎在一起。這也好，因爲這一來我們不但有時間相聚，還可以觀察周遭的動靜。我們密切地注意著王子。那個弓箭手原來叫做鹿親，而鹿親帶來的其中一人是年老的療者。這位老婦人將自己的弓放下來，走到王子身邊；她並未試圖碰觸王子，只是觀察王子哀悼喪貓的情況。夜眼與我則警戒地守護在王子的另外一邊。那療者朝我看了一眼。當我們的眼神相遇之際，我只感覺到她的眼神既衰老、疲倦又爲悲愁所苦；我想，恐怕我的眼神也跟她一樣。

他們將我殺死的那些花斑子的屍體拖到外面，橫披在他們的馬上。我聽到馬蹄聲漸漸遠去，才領悟到他們放走了花斑幫的人，但是這時才想到已經太遲了。我咬著牙；反正就算我早就察覺，也無法阻止他們放人。路德威是最後走的；已經不是領袖的他，搖搖晃晃地坐在他那匹口吐白沫的戰馬上，另有一名年輕的騎士坐在他身後把他扶住。最令我不安的就是這個。我不但把王子從路德威身邊搶過來，又擊斃了他雙生妹妹的靈魂所寄居的那隻獵貓，最後還砍斷了他的手臂。我原有的敵人就已經夠多，這次卻又多添了路德威這個勁敵，但我實在無能爲力。如今路德威逃走了，我只能誠心地祝福，我往後不須後悔此刻眼睜睜地看他離去。

療者雖一直讓王子抱貓哀悼，但是太陽接觸到地平線的時候，她的眼神便越過王子看向我，平靜地吩咐道：「把貓屍拿開。」

要讓王子放開逐漸冰冷的貓屍，眞是天大的難事。我謹愼地斟酌用字。這不是用精技命令逼他把貓放開的時候，因爲重點是他心裡準備好了沒有。最後晉責終於讓我把那隻迷霧之貓從他大腿上拿起來，而我則嚇了一大跳，因爲這貓太輕了。死掉的動物由於僵硬無力，所以感覺上通常比活著的時候還重；但是這貓死後，卻再也無法隱藏生前的慘狀。「那貓像是被蟲子啃光了似的。」夜眼曾經如此評論道，而且這話的確說得不差。這貓境遇不好，牠那一度光滑柔亮的毛皮，如今粗糙乾澀，而且全身瘦得只剩一把骨頭。貓一死，牠身上的跳蚤便離開了，而且若以健康的動物而言，那跳蚤的數量實在太多。療者將貓從我手裡接過去時，眼裡露出怒意。她說話的聲音很輕；我不知道晉責有沒有聽到，但是我聽到了。「她甚至不讓貓當貓哪。她完全將貓的身體佔爲己有，並試圖變成披著貓皮的女人。」

佩娜汀強要迷霧之貓按照人類的方式生活。長時間的睡眠、慢慢地吃到飽，以及好整以暇地整理身上毛皮，乃是靈活好動的貓兒所不可或缺的，但是佩娜汀卻不讓貓兒享有這些權利，更不許貓兒玩耍、打獵。花斑幫的人使用原智時，竟只顧著要滿足人類的目的，想來眞令人厭惡。

療者捧著貓屍往外走，王子與我跟在後面，夜眼則走在王子與我中間。外頭已有個蓋了一半的石堆，在等著那具小小的屍體了。隨著鹿親而來的人，此時都走到外面來參加貓的葬禮；他們的眼神很是悲傷，但是悲傷中卻帶著尊敬。

由於晉責哀傷痲木到無法講話，所以療者代晉責說出悼詞：「貓已經去了。牠是爲你而死，因爲牠一死，你們二人才得以解脫。貓留在你心裡的貓跡，你要好好珍藏，至於你與貓分享的人跡，就讓它隨貓而去吧。現在你們分開了。」

他們將石堆的最後一塊石頭堆上去時，王子搖搖晃晃地幾乎跌倒，但當我伸手扶住他的肩膀時，他卻把我的手抖開，彷彿我的手玷污了他似的。我不怪他。貓命令我殺死牠，並盡最大的努力逼我出手；然而就算我殺了貓是讓貓遂了心願，我也不指望晉責會原諒我。葬了貓之後，療者便拿出一杯藥汁；她一邊把藥汁交給王子，一邊說道：「你有一部分與貓同在；而這是給你體驗貓的死亡的。」黃金大人與我都還來不及勸阻，王子便咕嘟咕嘟地把藥汁喝下去了。接著療者便示意我應該把王子帶回山洞裡；回到洞裡後，王子躺在貓死去之處，而且又再度深深哀悼起來。

我不知道療者給王子喝的是什麼藥汁，但是那少年令人傷心的啜泣慢慢消止，變爲沉睡的粗啞呼吸聲，而且他攤開的四肢看來毫無生機。「小小的死亡體驗。」方才療者對我解釋道，我聽了非常驚駭。「我讓那少年小小地死去一陣，讓他享有一段空白的時間。貓死掉的時候，他也跟著死了，這道理你是明白的。所以他需要空白的死亡時間；你別想騙他說他根本沒死過。」

那藥汁的確讓晉責陷入與死亡只有一線之隔的沉睡之中。療者把王子放在草墊上，將他的身體擺放得有如屍體一般；她一邊拉好王子的手腳，一邊嚴厲地說道：「瞧他脖子和背上的瘀青這麼嚴重。他還只是個孩子，他們怎麼就發狠毒打他？」

我羞愧得不敢承認把他打得一身是傷的人就是我。我不發一語，而療者則一邊搖著頭，一邊以毯子將王子蓋好。然後她突然示意我走到她身邊讓她療傷。「把狼也帶過來。那孩子的心傷比流血的傷口還要嚴重；如今那孩子的心傷既已打點好，我就有空瞧瞧你們兩個了。」

療者用溫水清洗了我們的傷口，又敷上油膩膩的藥膏。夜眼很被動地接受療者的碰觸。牠密不透風地把自己封閉起來，以免疼痛外洩，所以連我幾乎都感覺不到牠的存在了。療者在處理我胸口與肚子上的爪痕時，執意地跟我說個不停；她竟紆尊降貴地跟我這種變節者講話，我把這歸功於是吉娜的護符發揮了效用。

不過療者對於我戴在脖子上的項鍊護符只有一個評語，那就是我大概是靠這個而保住一命。「貓的原意是要置你於死地，這是錯不了的。」療者有感而發地說道。「但我敢說那不是貓的錯，也不是那少年的錯。你看看那少年；照我們的標準來看，他還只是個孩童呀，他什麼都不懂，怎麼能跟動物牽繫在一起呢？」療者嚴厲地訓示道，彷彿這一切都是我的錯。「這孩子對我們的習俗作風一無所知，怪不得他現在傷得這麼深。我犯不著騙你；他很可能會就此死去，或者一直活到臨死之前，那個哀愁的瘋狂情緒都揮之不去。」療者說著，把綁在我肚子上的繃帶扯緊，補了一句：「應該要有人教他原血者的風俗的；應該要有人教他如何對待自己的原智法力呀。」她朝我瞪了一眼，但我沒有答腔；只是默默地把如今已近乎碎布條的襯衫穿回去。療者轉身離去時，我聽到她不屑地噴鼻嗤了一聲。

夜眼疲憊地抬起頭，靠在我的膝蓋上，藥膏與血塊染在我褲子上。夜眼打量著那個沉睡中的少年。

那你要教他嗎？

我看就算我肯教，他也不肯學了。他的貓死在我手裡啊。

那誰要教他呢？

我沒答腔，伸了個懶腰，在狼身邊躺了下來，然後一起跟狼守在瞻遠家的傳人旁邊，把外面的世界阻隔在外。

鹿親與黃金大人在山洞中段，離我們不遠之處坐著開會；療者在他們身旁坐了下來，另有兩名長者也坐在火堆的內圈。我垂眼觀察眾人；其他散落在火堆外圍的原血者，都狀似輕鬆地打點著夜晚的營地雜務。有幾個人倚在鹿親身後的被褥捲上；他們似乎以讓那個年輕人代替他們發言為滿足，但我的感覺是，他們才是這一團人裡眞正的掌權者；其中一人抽著一根長柄煙斗，另外一個滿臉鬍子的人，則在把他的腰刀磨尖，於是除了談話聲之外，單調的磨刀聲也縈繞不去。雖然那兩人看來很悠閒，但是我注意到他們十分注意會談中的對話；鹿親也許可以代表他們發言，但是他們仍注意聽鹿親講話，以便確認鹿親講的的確是他們的心聲。

這些原血者不是要跟湯姆．獾毛暢談，而是要跟黃金大人暢談。對他們而言，湯姆．獾毛不過是原血族群的叛徒，以及王室的走狗罷了。在他們眼中，湯姆．獾毛可能比月桂糟糕得多，因為大家都知道，月桂雖出身於原血家族，卻沒有原血的天賦；而月桂既然對於周遭蓬勃的生命半瞎半聾，所以她必得盡一己所能地謀個生計。她成爲王后的女獵人，是一點也不可恥的；我甚至感覺到那些原血長者對月桂有一股莫名的驕傲：如此殘缺之人能爬到這麼高的位置，他們覺得很欣慰。而我卻是自己決定要背叛原血族群。有個人把肉掛在火堆上，那肉香味誘人極了。

要不要吃一點？我對夜眼問道。

累得吃不下。夜眼拒絕了，而我也與牠有同感。但我之所以不吃還有另外一個原因：我不願跟將我倆排斥在外的人要東西吃。所以狼與我便在火圈以外的黑暗之中休息。弄臣幾乎沒有提到我，但我不願因此而感到傷心；黃金大人不能關切僕人的傷口，這跟湯姆・獾毛不能爲主人的瘀傷擔心，是一樣的道理。我們還是得把各自的角色演好。所以我裝睡，但其實卻垂著眼觀察他們，並傾聽他們的會談。

一開始，他們什麼都談，所以我是一點一滴地湊齊線索，再加上推測，才把事情釐清。鹿親的表叔是月桂的舅舅；所以鹿親講了這位表叔的哪幾個兒子長大結婚的舊聞。原來鹿親與月桂是多年不見的失聯親戚。是這樣啊。其實這也合理；月桂不是說過，她母親娘家在這一帶，而且這些親戚有原智嗎？鹿親與阿諾是夏初才與路德威帶領的花斑幫同行；這兩個人都因爲衆人對原血者的歧視而忿忿不平。路德威在妹妹死後，即投身爲原血者而奮鬥，並被推舉爲領袖。路德威跟大家說，他家只剩他一人，所以他沒有後顧之憂，而改變是需要犧牲的；平靜的生活乃是原血者的權利，而現在是原血者起來爭取權利的時候了。路德威使得這些原血者的子女膽敢站出來，做自己父母親所不敢做之事，他們會改變世界；是該讓原血群衆團結起來，一同生活，讓原血孩童公開施展自己法力的時候；世界是該變一變了。「路德威講得頭頭是道。而且義憤塡膺。你聽了之後會覺得，對，即使採取極端的作法也不爲過，因爲我們所求者，不過是我們原本就應有的生活權，也就是單純的平靜生活，並受到衆人的接納。如此而已。我們只是要追求單純的生活，並受到衆人的接納，難道這樣也不行嗎？」

「這個目的似乎很正當。」黃金大人禮貌地說道。「只不過，路德威所用的手段似乎……」黃金大人沒把話講完，而是讓大家自己去想這個未竟之言是什麼。可惡。殘忍。喪盡天良。正因爲黃金大人沒說，反而使得衆人把路德威的不檢之處都考慮了一遍。

衆人沉默了一會。「我之前並不知道佩娜汀附在貓體裡。」鹿親爲了替自己辯護，特別強調了這一點；但是他講完之後，衆人因爲疑心所以又沉默了一陣。鹿親幾乎是氣憤地望著洞裡各處的長者。「我知道你們一定會說，我應該會感覺到佩娜汀附在貓體上，但我就是沒感覺到。也許是因爲我學得不夠好；也許是因爲佩娜汀善於躲藏，比你們所知的還厲害。我發誓我先前眞的不知道。阿諾與我把貓送到貝馨嘉府上；貝府的人知道這原智貓是要致贈給晉責王子的禮物，爲的是要影響王子，使王子支持我們的目標。但是我以我的原血天賦發誓，貝府的人眞的就只知道這麼多；別說是他們，連我也被蒙在鼓裡。要不然的話，我才不會幫著他們幹這種事情呢。」

年老的療者搖了搖頭。「明明就是邪行歪道，還一直狡辯，況且事情都已經無法挽回了。」那老嫗對鹿親指責道。「我就是這一點想不通。你知道迷霧之貓一定要從貓窩裡抱來養，而且誰把貓抱來，以後貓就只爲這個人打獵。難道你都沒懷疑過？」

鹿親漲紅了臉，但他仍堅持道：「我眞的不知道佩娜汀附在貓身上。是啦，我是知道佩娜汀曾經與貓牽繫在一起；不過佩娜汀死了呀。我心裡只想到貓，至於貓的古怪行徑，我以爲是因爲貓哀悼佩娜汀的關係。這貓不送人，還能怎麼辦？這貓從未在野地裡生活過，把牠丟在山上，牠是活不下去的。所以我就把牠送到貝府去了，因爲貓是適合送給王子的禮物。我以爲貓有可能——」他突然不安地停頓了一下，然後才說道：「可能會想要再度跟人牽繫在一起。貓有權利再度牽繫呀，如果牠想要再度牽繫的話。不過王子來找我們的時候，我以爲事情就像路德威講的，王子是出於自己的意願，想要來學習我們的原血習俗。早知道內情如此，我怎麼會幫路德威？阿諾怎麼會爲眾人而死？」

我相信其中有幾人一定也跟我一樣，懷疑鹿親所言不實。但是這不是指責算帳的時候；眾人未予深究，讓鹿親繼續把事情說完。

「阿諾與我和路德威與花斑幫的人同行，做爲王子的伴從。我們原本打算將王子送往賽佛森林，讓他與花斑子住在一起，以便學習我們的習俗；至少路德威是這麼跟我們說的。當阿諾在郝勒比鎮上的花斑點王子客棧外頭被人打下馬的時候，我們知道我們非得逃命不可。我很不願把阿諾丟下來，但是我們花斑子在入幫之時都要宣誓，我們每一個人都願意在必要的時候，犧牲自己的生命以拯救眾人。當我們第一次設下埋伏，將追殺我們的那些懦夫掃盡的時候，我心裡只感到氣憤；那些人全死了，而我一點也不後悔。阿諾是我親兄弟呀！然後我們繼續前行，等眾人找到好地方落腳之後，路德威再度派遣我去小徑上守衛。當時路德威跟我說：『把他們擋下來，就算你爲此不得不犧牲自己的生命，亦不足爲惜。』而且我也十分贊同。」

鹿親停下獨白，望向月桂。「堂姊，我發誓，我當時眞的沒認出妳來。就連我的箭射中妳時，我也沒認出來。當時我一心只想著要把所有幫著殺害阿諾的人都解決了；但直到獾毛把我從樹上拖下來，我看到妳的傷勢之後，才察覺到自己幹了什麼好事。我竟然讓自己家族的人流了更多的血。」

「我原諒你。」月桂的聲音很柔，但是很清楚；她望著周遭的原血長者，說道：「就讓大家在此作證：鹿親是在不知情之下傷我，而且我原諒了他；我們之間既無須賠償，也無須復仇。只是在事發之時，我並沒想到這麼多；我想到的是，你是因爲我並無你們所擁有的天賦，所以才把我當作目標。」月桂乾笑兩聲。「直到獾毛脅迫你的時候，我才領悟到……我才領悟到，那其實無所謂。」月桂說著，突然轉過頭去望著鹿親。鹿親滿臉羞紅，但仍強迫自己與月桂四目相視。「你是我的親人，我的血親哪。」月桂柔聲強調道。「我們之間的共同點，遠大於我們之間的歧異。我生怕他爲了逼你開口而把你殺了。而且我也知道，就算你用箭射了我，甚至於就算我宣誓對王后效忠，我都不能眼睜睜地看你被人逼死。所以我趁著半夜裡，黃金大人跟他的僕人仍在熟睡時，鼓動我的堂弟一起逃走了。」接著月桂轉頭望著黃金大人。「先前您不讓我知道您與獾毛之間的祕密，並告訴我說我一定得相信您；所以那當下，我心裡拿定了主意，認爲我自己也有權要求您同樣地信任我。所以我趁您睡覺時離去，並且以我認爲是最好的辦法來解救王子。」

黃金大人坐著傾身鞠躬，嚴肅地點了個頭。

鹿親揉揉眼睛，彷彿他根本沒聽到月桂對黃金大人講的那番話似的接口說道：「月桂，妳錯了。我虧欠妳太多，而且我永遠都無法忘懷。小時候，妳到妳外婆家來的時候，我們都對妳不好。我們總是排斥妳；就連妳自己的親哥哥都說，我們大夥兒聰明自在，而妳卻像是在地裡鑽洞的眼盲地鼠。而且我還用箭射妳。我無權期待妳會幫助我；但是妳卻伸出援手。妳救了我一命。」

月桂的聲音很僵硬。「阿諾。」月桂說道。「我是爲了阿諾才救你的。阿諾與我一樣又聾又啞，因爲我們倆都沒有『家傳』的天賦。我去外婆家的時候，唯一的玩伴就是阿諾。但是阿諾不但愛你，還以自己的生命去救你。」月桂搖了搖頭。「而我是不會讓阿諾死得毫無價值的。」

是夜，他們二人一起逃出山洞。月桂勸鹿親說，綁架王子只會使原血者受到更大的迫害，並命令鹿親求訪影響力夠的長者出面，以要求路德威放人。月桂提醒鹿親，珂翠肯王后曾經譴責對原血者動用私刑的人；這位王后是幾代以來，第一個在這方面採取行動的人，難道鹿親現在要把珂翠肯王后逼得跟原血者作對嗎？月桂力勸鹿親，既然花斑幫將王子偷走，那麼原血者就必須將王子歸還回去；唯有如此才能贖罪。

接著她轉向黃金大人，以請求的口氣說道：「我們已經盡量迅速趕回來了。原血者必須散居各地、默默生活，這並不是原血者的錯。我們走了許多地方，努力聚集有影響力，並且願意跟路德威講道理的長者。這很困難，因為原血者的作法不是這樣：每一個原血者都應該對自己負責，而每一個家庭都各有自己的規矩。所以願意站出來壓制路德威、糾正路德威的人很少。」月桂的眼神離開黃金大人，於在場的長者臉上游移。「而各位是願意前來的少數人，所以我對各位致以十二萬分的謝意。而且如果各位願意的話，我會將各位的姓名稟報給王后知道，讓王后知道她欠了誰的恩情。」

「報上名字，好引來繩索與刀劍？」療者平靜地問道。「這時節還沒好到可以讓我們報上名字，月桂。反正我們知道妳的名字；如果我們有話對王后說，我們可以找妳通報。」

鹿親與月桂找來的人都是原血長者，不過這些原血長者既不自稱為「花斑子」，也無法寬貸花斑幫的行事作風。鹿親誠摯地對黃金大人說道，這些長者都是奉行原血者的古訓的；所以跟了路德威幾個月的鹿親，現在覺得很羞恥。鹿親發誓，他是因為氣憤世人對待原血者不公，所以才投效路德威，絕對不是因為他想要像花斑幫的人那樣操縱動物的意志、以動物來遂行個人目的才加入花斑幫。這兩年來，鹿親看過許多原血者被吊死、分屍，多到會讓一個人失去理性；不過感謝艾達神，他已經領悟到自己錯在哪裡了；而且也要感謝月桂，他希望堂姊能夠原諒他小時候對堂姊那麼殘忍。

他們之間的對話，彷彿有韻律的浪花一般，不斷地拍在我身上。我很想醒過來，把鹿親的話釐清楚，但是狼跟我都太累了。夜眼躺在我身邊，而我已經分辨不出哪裡是夜眼痛楚的終點，哪裡是我自己疼痛的起點。反正我也不在乎。就算現在夜眼與我之間所交流的，除了痛楚之外無他，我也欣然接受。至少我們仍擁有彼此。

王子就沒我們幸運了。我轉過頭去看看他；他仍在熟睡，而且不時呼氣，彷彿即使在睡夢中，他也仍在感嘆哀悼亡貓。

我感覺到我在有意識與無意識之間頻頻出入。狼的沉睡拉扯著我，那眞是甜美的誘惑。睡覺就是最好的治療，博瑞屈總是這麼跟我說。我祈禱博瑞屈的話是對的。博瑞屈的話彷彿是遠處傳來的樂聲一般，使我感受到夜眼正夢見打獵，但是我雖很想去跟牠分享美夢，但是我現在還得撐著。弄臣也許對月桂、鹿親和他們帶來的人很放心，但我覺得還是要提防。我對自己承諾道，我得繼續看著他們。

我在夢與醒之間轉過身去觀察他們。我遲滯地注意到，月桂雖然坐在黃金大人與鹿親之間，而且鹿親是她的堂弟，但是她所坐的位置，卻離黃金大人比較近。接下來他們所談的，與其說是解釋，不如說是談判。我注意聽著黃金大人以謹愼且理性的遣詞用字說道：

「我恐怕各位並未完全了解王后的處境。當然了，我也不能越權代替王后發言。我只是瞻遠王室的客人，不但初來乍到，而且來自於異國。然而，也許就是因爲這些限制，使我更能看清人們因爲距離過近而產生的盲點。王冠與瞻遠家族之名，不但不能保護晉責王子不會被人以原血者之名而處死，反而會產生火上添油的效果，使人非把王子殺了祭旗不可。珂翠肯王后禁止人民處決原血者，而且她的行動比前幾任在位者更爲積極，這是各位都承認的；但若是王后揭露自己的兒子有原智，那麼不但王后母子都會被迫卸任，而她爲庇護原血衆人所做的種種努力，都會被人懷疑是爲了保護兒子的私心所致。」

「珂翠肯王后宣布，不得因爲一個人有『原智』就將之處決，這的確是眞的。」鹿親答道。「但至今我們的族人仍不免光是因爲自己有原智就遭到厄運。事實非常明顯。想要殺害我們的人，總是捏造我們如何造惡作孽的情事；一個人撒謊、另一人發誓說自己親眼目睹，於是一名原血父親或是原血女兒就會被人吊死、分屍、放火燒掉了。也許如果王后也跟我父親一樣，認爲自己的兒子步步艱險，那麼王后會更積極地爲我們採取一點行動。」

鹿親身後的一名男子慢慢地點了個頭。

黃金大人優雅地伸出雙手。「我跟各位保證，我會盡最大的努力。我會完整地稟報王后，讓王后知道各位花了多少心力來拯救她的兒子。況且，月桂也不光是王后的女獵人而已；她還是王后的密友兼知己。月桂也會將各位千鈞一髮地救回王子的事實稟報給王后知道。除此之外，我就無能為力了；我無法代替王后許下諾言。」

倚在鹿親身後，方才點了個頭的那名男子靠上前去，伸手碰了鹿親的肩膀，等於是打了個「你繼續說下去」的信號；然後又往後一靠，等鹿親開口。鹿親看似不大自在；過了一會兒，他清清喉嚨，開口道：「我們會密切注意王后的舉止，以及她如何約束貴族。萬一他人發現晉責王子有原血的血統，那麼王子會受到多大的威脅，我們比誰都清楚；因為這正是我們的兄弟姊妹每天所面臨的危機。我們只希望自己的身分不至於曝光就好了。如果王后願意推己及人，同讓我們原血眾人得到庇護，免於生命的威脅，那麼原血者也會庇護王后之子的祕密。但是，如果王后忽略我們的處境，如果她對流血事件視而不見……那麼……」

「我知道您的意思。」黃金大人隨即答道；他的聲音冷淡，但是並不嚴厲。接著他吸了一口氣，說道：「在目前的狀況下，我看我們也不能多求什麼了。各位已經救回瞻遠家族的傳人，王后對各位一定是感激有加的。」

「我們也希望如此。」鹿親沉重地答道，而他身後眾人也都嚴肅地點了點頭。

睡意在對我招手。夜眼已經沉睡到幾乎一切都休止了。牠的毛上沾著藥膏，黏黏的，我的胸口與肚子上也是一樣。我們兩個全身上下幾乎沒有一處不痛，但我還是挪動一下，把頭靠在牠的頸背上，小心地伸手攬著牠。夜眼的毛黏在我的手上。營火會議的講話聲逐漸淡去，因為我敞開胸懷，遁入了夜眼心中；我的意識沒入了包圍著夜眼的疼痛牆，並深入到牠靈魂中溫馨且幽默的那個部分。

貓呀，比豪豬還糟糕。

糟多了。

不過那少年愛著貓。

貓也愛著那少年呀。可憐的男孩。

可憐的貓。那女人太自私了。

比自私更過分。簡直是邪惡。她自己的生命還不夠她用。

小貓眞是勇敢；牠緊緊地纏住那個女人，並帶著那個女人一起走。

貓的確勇敢。我停頓了一下。你看會有那麼一天嗎？你看將來原血者眞的能公開地施展原智法力嗎？

我不知道，不過若眞有那麼一天的話，倒是一件好事。你看我們兩個，因爲原智魔法被人污衊爲邪法，所以不得不隱居起來。不過……不過我們這樣過日子也滿好的。我倆的人生；你的人生與我的人生，滿好的。

是呀。現在休息吧。

休息。

我分不清我倆彼此思緒的分野，不過反正我也不需要知道。我沉入夜眼的睡夢中，然後我倆一起做夢。也許是因爲晉責失去了貓，所以我們格外珍惜此時我們仍能彼此心意相通，以及我們往日一起分享的許多甜美回憶。我們夢到一頭小狼，從舊房子的腐朽地板下逮到了一窩老鼠；又夢到一名男子與一頭狼一起把大山豬撂倒。我們夢見我們在及膝的深雪中，謹愼地欺近對方，然後又扭打、又嘶喊、又叫嚷。鹿血入口時熱烘烘的，柔軟的鹿肝風味濃郁，嚼起來很有滋味。接著我們沉入了比這些古老的記憶更深的地方，一起在最安祥自在之處入眠。療傷便是從這樣的沉睡中開始的。

夜眼翻身坐起，而且幾乎把我驚醒；牠起身，小心地渾身抖了一下，然後比較大膽地伸了個懶腰。夜眼那遠比我優越的鼻子告訴我，外面剛剛天亮，虛弱的陽光才剛碰到沾著露珠的草地，並驚醒大地的氣味。獵物馬上就要醒來；今天打獵一定豐收。

我好累。我抱怨道。真不敢相信你竟然起來了。你再休息一會兒嘛；咱們晚一點再一起去打獵。

你覺得累？我也很累呀，累得就算休息也回復不了了。所以只能去打獵。我感覺到牠的溼鼻子輕戳著我的臉頰，冰冰的。你不來嗎？我本來還以爲你一定很想跟我去打獵。

我想去，當然想去呀。但不是現在嘛；讓我再多睡一會兒。

好吧，小兄弟。你只能再多睡一會兒喔。趕快跟上來喲。

但我人雖爬不起來，心卻像以往一般與牠同行。我們離開有一股濃濃的人臭味的山洞，走過了葬貓的石堆；我們聞到死貓的氣味，以及狐狸的麝香味——曾有一隻狐狸循貓味而來，然後又因爲營火的煙味而走開。我們迅速地離開了身後的營地；夜眼不選林木森森的谷地，而是選了一處開闊的山坡。頭頂上是深藍色的天空，還留著幾顆尚未落下的星辰。我沒想到這一夜外頭冷成這樣；有些草的草尖仍結著霜，不過太陽一照，霜晶便登時消散了。空氣仍有些冷冽，而且每一種氣味都像亮晃晃的刀鋒一樣銳利。有了狼的鼻子爲輔，我聞到，也聞出了一切氣味。這世界屬於我們所有。該打獵了。我對夜眼說道。

正是如此，變動的時代來臨了，改變者。

草原上有好些肥鼠，正急急地啃著草葉末端的草籽，但是我們沒有多留，直到抵達山丘頂上才休息了一下。我們沿著山脊而行，聞著清晨的氣味，品嘗即將來到的這一天。谷底小溪邊的森林裡一定有鹿，而且這些鹿一定高大健壯，就算是狼群全數出動，也不見得能佔到上風，更何況此時夜眼是隻身。牠得需要我才能逮到這麼大的獵物；牠必須等到我這個幫手，才能下手。不過，夜眼仍在山脊上停了下來；晨風拂過牠的毛皮與耳朵，而牠則俯瞰著谷地裡那個牠一望即知的鹿群藏身處。

好一場打獵。我要去了，兄弟。夜眼非常堅決地說道。

光你一個？光你一個是沒法子把公鹿撂倒的！我嘆了一口氣，因為這下子我不能不去了。等等，我就去找你了。

等你？才不呢！為了替你探路，我總是得跑在你前頭。

然後牠快得像思緒一般從我身邊溜走，彷彿雲影似的奔下山坡。牠遠去之時，我倆之間的牽繫斷開了，像是風中的蒲公英般散落、飄飛；於是我們彼此的牽繫，不顯得小且祕密，反而開闊伸展，彷彿夜眼邀請了全世界的原智生物一起來分享我們之間的牽繫。我心裡頓時充斥著這一整片山坡上彼此交織、融合在一起的旺盛生命；那榮耀的生機，大得從我心中滿溢出來。我必得追上牠；如此奇特美盛的早晨，一定要與夜眼分享。

「等我！」我叫道，而我這麼一喊，也把自己給叫醒了。睡在離我不遠處的弄臣坐了起來，頭髮蓬亂亂地。我眨了眨眼；我嘴裡都是口水與狼毛，指頭深埋在夜眼的毛裡。我把夜眼摟近我身邊，然而我這麼一壓，卻把牠胸口最後一口氣給擠了出來。然而，夜眼已經走了。洞口外，大雨不絕地打了下來。

27

求師

精技師傅在教導精技之前，必須先去除學生對於學習精技的抗拒。有些精技師傅的規矩是，學生一定要與老師共處一年又過一天才能開始教；期限結束時，精技師傅便知道哪個學生已經做好準備，可以授課了；至於還沒準備好的學生，無論他們看來多麼有潛能，都會被送回家去過他們原來的生活。

有的精技師傅則認爲，這個技巧浪費了寶貴的精技天賦及潛能。他們採用比較直接的作法來去除學生的抗拒，而這種作法不著重於學生對師傅的信任，而是著重於學生對師傅的服從。爲了使學生全心全意地博取精技師傅的歡心，師傅會施以嚴厲的禁欲訓練；而師傅使學生屈服依從的工具，則是齋戒、寒冷、減少睡眠，以及紀律。這種作法建議在急需訓練大量精技同道，並組成精技小組時使用。以此法訓練而成的精技人素質不見得令人讚嘆，但只要是稍具天賦的學生，幾乎都可在硬逼之下發揮功能。

——精技師傅吉多的大弟子溫德爾所著之《心得》

年老的療者繼續讓晉責王子毫無知覺地昏睡了一天一夜。我知道黃金大人因此而變得惶惶不安，雖然月桂再三對黃金大人解釋，這種情形她看得多了，療者會這樣做是出於王子所需。就我個人而言，我很嫉妒晉責。我就無緣得享「小死」的慰藉，而且衆人都沒多說什麼。也許這多少是因爲我早就自甘流放；而一個人對社會既無貢獻，便別指望社會給你支援。但我倒不認爲他們因爲冷酷無情，所以才這麼淡漠。我除了是個社會的邊緣人之外，也是個成年人，因此他們認爲我對喪狼之痛，自有應付之道；而他們既素昧平生，所以無話可說，更不知道要怎麼做才能讓我寬慰。

我知道弄臣很同情我的處境，但是他也只能遠遠地望著我；他身爲黃金大人，所以無法跟我多說體己話。喪狼之痛，既孤單且令人麻木。失去狼的陪伴，就已經夠讓人傷心，但是失去狼之後，我也失了狼那優越感官的輔助；所以聲音變得閉塞，黑夜變得更黑，入鼻的氣味與入口的滋味都變得貧乏；感覺上，彷彿世界的活力被剝除殆盡。夜眼走了，把我孤零零地丟在幽暗且陳腐的世間。

我堆了個柴堆，以便替夜眼舉行火葬。原血長者顯然對我的作法不以爲然，但我還是要照我自己的方式哀悼夜眼。我用自己的刀子把頭髮割短，將那一束黑白參雜的頭髮丟進火裡；此外另有一撮又蓬鬆又長的金髮，與夜眼一同火化。我跟當年博瑞屈葬母老虎的時候一樣，在火堆旁待了一天，爲了和想要將火澆熄的滂沱大雨搏鬥，而時時添加柴火，直到夜眼連屍骨都化爲灰燼爲止。

次日清晨，療者終於讓王子醒來。她坐在王子身邊，監看著王子從藥物造成的昏迷中清醒過來。我雖站在一旁，卻也仔細地注意王子的一舉一動。我看到王子緩慢地從沉睡中回神過來；最先醒的是眼睛，然後是臉，接著他的手做了個有點緊張的抓握動作，不過療者伸出手，將王子的雙手握在她手裡。

「你不是貓，貓已經死了。你是人，而且你必須活下去。原血者的福氣在於我們可以與動物伴侶共享牠們的生活，但是這也是禍根所在，因爲動物伴侶的生命大多比我們短得多。」

接著療者丟下督責，起身離去，讓他自己去思考。不一會，鹿親與同行的原血長者便跨上馬走了。我注意到鹿親出發之前，找機會私下跟月桂談了一會，也許是想要敘敘舊吧。我知道切德一定會問我他們說了什麼話，但是我喪氣到根本不想偷聽他們說了什麼。

花斑幫逃走的時候留下了幾匹馬，而原血長者把其中一匹留給王子使用。那匹灰褐色的小型馬精神委靡，不過這馬跟淅瀝不停的雨勢一樣，反倒跟王子滿配的。中午之前，我們便上馬踏上歸途。

黑瑪的跛腳已經開始好轉了；我騎著黑瑪與王子並肩而行。月桂與黃金大人騎在我們前頭，兩人聊得起勁，不過他們談話的內容，我就是跟不上。倒不是他們故意講得很小聲不讓別人聽見，我看這跟我自己的聽覺變得遲鈍了有關係。我覺得麻木、暈眩，而且半盲。我之所以知道自己還活著，是因爲我的傷口作痛，而且雨水冰冷；但是除此之外，我的各種感官、各種情感，都像是被抹煞掉了。我再也無法無畏地在黑暗中活動；風再也不會捎來山坡上停著一隻野兔，或是方才有頭鹿跨過大路的味道；食物也變得乏味。

王子已經比先前好一點兒了。他跟我一樣優雅地控制住自己的哀悼，只讓陰霾與沉默顯露出來。我想，我們彼此之間大概都在暗暗怪罪對方的不是。但是對他而言，我的狼活得久——至少後來也算是死得其所，而我卻當著他的面把他的貓給殺了。這一層關係，似乎比我們之間仍有的那條細如蛛絲的精技牽繫更爲糟糕。我每次看到他的眼神，都不免領受到他的處境有多麼悲慘。至於他能不能感知到我對他的無言指責，那就很難說了。我知道怪罪他並不公平，但是我實在太痛苦，也顧不得什麼公平了。我一再想道，要是王子果眞人如其名，善盡自己的職責，乖乖待在公鹿堡，那麼不但他的貓不會死，連我的狼也不會喪命。不過我從未把這些話說出口。我犯不著說。

對於我們四人而言，回公鹿堡的這趟路都是苦不堪言。我們走到大路上之後，便朝北走。我們畢竟都不想再度造訪郝勒比鎮上的花斑點王子客棧；而雖然鹿親一再保證，花斑幫對王子的密謀，貝馨嘉母子並不知情，我們還是盡量離貝府的領地與莊園遠一點。雨勢下個不停。原血衆人盡量分些補給品給我們，但是數量並不多。我們遇上第一個小鎮之後，便在一家一無可取的小客棧裡過夜。黃金大人在客棧裡僱了個信差，並慷慨地多給酬勞，要那人盡快把一個卷軸送交給他在公鹿堡城裡的「表親」。然後我們便橫越鄉野，朝著下一個有渡船可以過河的村落前進。我們在大雨中紮營，啃著僅有的糧食，又冷又溼地窩著睡了一晚。再過幾日就是新月，我知道弄臣焦急地算著日子，想要在王子的訂婚大典之前把他送到家；不過我們走得慢吞吞地，所以我不禁懷疑，黃金大人之所以派遣信差到公鹿堡去跟王后通報我們的狀況，爲的是讓我們不用走得太趕。此外他這麼安排，也可能是要讓王子與我在回到熙來攘往的公鹿堡之前，多一點時間面對我們的喪貓、喪狼之痛。

一個人若是不因創傷致死，那麼創傷多少會癒合，而失貓、失狼之痛也是如此。王子與我剛失去伴侶時痛徹心扉，如今卻也進展到麻木慌亂、孤寂等待的程度了。我總是覺得，悲悼逝者像是在等待，不過不是等待傷口復元，而是等待自己習慣傷口罷了。

黃金大人與月桂不認爲這趟旅程像是王子與我所感覺得那般沉悶與寂寞，而這對我的脾氣並無幫助。他們並肩而行，而他們雖然沒有哈哈大笑，也沒有放聲高歌，但是他們幾乎講個不停，似乎頗以對方的陪伴爲樂。我告訴自己，我並不需要保母，而且弄臣與我也不該讓月桂與晉責知道我們之間深厚的情誼；但是我因爲失狼而寂寞萬分，而我所有的情緒之中，唯一比較不痛苦的就是憎恨。

新月的前三天，我們來到「新渡河口」。「新渡河口」實如其名，是新近才有的渡河口，我最後一次經過這一帶的時候還沒有這個小鎮。此處有個很大的船塢，河邊繫著一整排平底駁船。這個小鎮很新，那些簡陋的原木房屋和倉庫，就像傷口的結痂一樣粗糙。我們並未在此久留，而是直接前往渡河口，在大雨之中等待傍晚的那班渡船把我們送過河。

王子拉著他那匹平凡無奇的馬，默默地望著奔流的河水。由於這幾日大雨，所以河水洶湧翻滾，而且夾帶大量淤沙，但如今我對生命的愛太少，所以死亡也不足畏了。感覺上，渡船上的船伕與巨流搏鬥的顛簸搖晃，只不過是在拖延時間而已。拖延？我諷刺地對自己問道，我有什麼好趕的？我旅途的終點，既沒有家，也沒有爐火，既沒有妻子，也沒有兒女啊！我提醒自己，我仍有幸運；不過想清楚之後，我就知道這孩子並不屬於我。幸運已經是個年輕人了，他想要的是出去闖他自己的天地，我現在若硬攀著他，把他當作我生命的重心，那等於是水蛭的行爲。那麼，孤孑一身地站在這裡的我，到底算是什麼人呢？這個問題太難了。

渡船撞上岸邊的碎石坡時搖晃了一下，然後人們繼續奮力地把船拉上岸。我們開始渡河。公鹿堡只要再一天的行程就到了。舊月的光華偶爾從濃密的烏雲間露出來；我們是一定趕得及在晉責王子的訂婚大典之前回到公鹿堡的。大功告成。不過我卻一點都不覺得得意，甚至連頗有成就的感覺都沒有。我只希望這趟旅程趕快結束。

我們抵達對岸的時候，大雨滂沱地掃下來，所以黃金大人堅決地說道，我們不趕路了，今晚就在此過夜。此處的客棧，比河對岸的新鎮還要古老。雨水把這個小村落的其他建築物都遮去了，不過我似乎朦朧地看到一間供人租馬的小型馬廄，馬廄之外又有幾間散落的住家。這家客棧門口掛著個舊船舵，船舵上刻了個船槳，這就是他們的招牌；客棧以原木爲牆，牆上白漆脫落處，露出飽經風霜的灰色木料。由於風雨太大，所以客棧幾乎客滿。黃金大人和他的同行者衣衫襤褸，難以令人把他跟貴族身分聯想在一起；但幸運的是，他的銅板仍多到足以讓店東對他敬畏有加。他自稱是行旅的商人，名叫紅隼，並弄到了兩間客房，但是其中一間比較小，而且是在閣樓上；不過商人的「妹妹」果決地宣布那個小房間正適合她，所以「紅隼」與兩名僕人便要了那個大房間。就算王子對於我們所用的掩飾身分有何不滿，他也沒有顯露出來。兜帽立起、身披斗篷的他跟我一起站在門廊上，我們身上滴下來的水流了一地；最後有一名打雜的男孩子前來通知我們，說我們主人的房間已經準備好了。

我走入大門時，聽到大堂裡傳來一名女子清脆嘹喨的歌聲。當然啦；我心裡想道，這是當然。若要找人去監看旅館，有誰會比吟遊歌者更合適？椋音唱的是那首古老的抒情歌，歌詞講的是一對戀人因爲家人的反對，而雙雙逃走、爲愛殉情的故事。我連瞄都不朝那兒瞄一眼，不過月桂停在大堂入口聽了一會。王子無精打采地跟在我身後爬上樓梯，走進一間寬大但是簡陋的客房。

黃金大人已經坐在房間裡了。客棧派來的其中一個男孩子正在壁爐前起火，另有兩個男孩子正在把浴盆抬到角落，並以屏風圍起。房間裡有兩張大床，門口又擺了一張便床。房間的另一頭有個窗子；王子一到便乖僻地走到窗前眺望夜色。壁爐旁邊有個衣物架，而我也善盡僕人的角色，幫著黃金大人脫下溼透髒污的斗篷，掛在衣物架上；接著我也把自己的斗篷脫下來，一併掛在架上風乾，然後把黃金大人的靴子脫掉。而此時客棧的僕人則川流不息地在我們房裡進出，他們提來了一桶桶熱水，又端來餡餅、烤熱的水果、麵包與啤酒；他們動作精準，彷彿在變戲法似的突然湧現在房裡，然後又突然消失了。客棧的人通通退出之後，我牢牢地把門關緊。浴盆裡泡著入浴的香草，所以滿室香味撲鼻；我突然很想就沒入香味之中，從此被人遺忘。

黃金大人的講話聲把我喚回現實。「王子殿下，您的洗澡水已經備妥。您需要人服侍更衣嗎？」

王子站著，任由溼答答的斗篷掉落在地上；接著他朝斗篷打量了一會，彎身撿起，拿到衣物架上去晾乾。看他熟練地掛衣服的動作，顯然這少年是慣於打點自己需要的。「我自己來就可以了。謝謝您。」他平靜地說道，朝桌上熱騰騰的食物瞄了一眼。「別等我。別來正式儀節的那一套。讓你們在我入浴時餓肚子，一點意義也沒有。」

「這口氣果然與令尊一模一樣。」黃金大人盛讚道。

對於這一句恭維，王子鄭重地點了點頭，但沒說什麼。

黃金大人一直等到王子消失在屏風之後，才取出他跟店主人要來的紙、墨水與鵝毛，默默地就著一張小桌子振筆疾書。我從餐桌上拿了一個餡餅，走到壁爐邊站著吃餅，順便讓火力把我背後衣服上的溼氣蒸出來。黃金大人一邊寫最後幾個字，一邊對我說道：「嗯，至少我們待在這裡可以躲躲雨。我想我們今晚可以有個好眠，然後明天出發，不過不必太早出發。你認爲如何，湯姆？」

「如君所願。」我回答的時候，他開始把信上的墨跡吹乾，把信捲起來，從他那件曾經燦爛華麗的斗篷上抽了一條線，把信綁住。他將信遞給我的時候，一邊眉毛抬了一下。

他那個意思我絕不會搞錯。「別找我去。」我壓低聲音說道。

他離開寫字桌，走到排滿餐點的餐桌邊坐下，開始把吃食堆在自己的盤子裡，而且故意把盤子鍋子撞得叮噹響。他輕柔地低聲說道：「我也寧可別找你去，但恐怕非你不可。我雖衣冠不整，但是這兒仍可能有人會認出我是黃金大人，並納悶爲什麼我會跟那個吟遊歌者有所往來。我這趟出門早已打壞了名聲；你忘了我在長風堡的事情嗎？光那件事，我回到公鹿堡就得大費唇舌了。我也不能教晉責去。而就你我所知，月桂對於椋音背後的網絡並不知情；至於椋音，她雖有可能認得出月桂的身分，但是月桂遞給她的紙條，她可能根本不當一回事。所以恐怕非得是你不可。」

我也怕非我不可，而且我更怕我內心的叛逆，讓我其實眞的想奔下樓去，凝視著那吟遊歌者。男人爲了排遣內心深處的寂寞，什麼事情都做得出來；這未必是男人靈魂中最怯懦之處，但是我看過許多男人爲了排遣孤寂所做出的醜事。更糟的是，我還懷疑弄臣是不是刻意安排我去找她。很久以前，當我的心幾乎被寂寞呑噬之際，弄臣曾告訴椋音她可以上哪兒找我；而我也誤入歧途地從她的懷抱中得到安慰。但我已經立誓絕不再犯了。

不過我還是從弄臣手裡接過那個小紙捲，並以多年練就的技巧，純熟地將紙捲送入破爛的袖管中。我從寶藏沙灘撿回來的羽毛也在袖管裡，好端端地綁在我的前臂上。至少羽毛的祕密仍藏在我心中，而且直到我找個機會私下告訴弄臣之前，都不會有旁人知曉。

然後他大聲地說道：「我看得出來，雖然今天這麼累，你還是坐不住。你就去吧，湯姆。今天晚上王子與我自個兒打點就行了，而讓你去聽個小曲、喝杯啤酒也不爲過。你就去吧；我注意到你眼睛一直往大堂的方向瞧。我們不會介意的。」

我納悶他講這番話到底騙得了誰。王子一定知道，我哀悼失狼都來不及，現在不可能會有興趣聽歌；況且在花斑幫的營地時，他還親眼見到黃金大人聽從我的命令，與我的狼一同離去。但我還是大聲地感謝主人的體諒，然後離開房間。也許人跟人之間，本來就是裝模作樣的吧。我慢慢地走下樓梯，並在半路上碰到月桂。她對我投以好奇的眼光；我本想講一、兩句話，卻想不出要說什麼才好。我默默地與她擦身而過，雖不想讓她覺得我有不敬之意，但她若是因此而覺得我唐突，我也管不了那麼多了。

大堂裡人擠人。有的人大概是爲了聽歌而來，畢竟如今椋音已經聲名遠播，但也有許多人看來像是被大雨困在這裡，而且無力租個房間睡一晚；樂聲休止之後，這些人就只能就著大堂的桌子板凳暫宿一夜，等風雨過後再上路了。我再三強調明天我的主人會一併算帳，好不容易要到一些熱食和一杯啤酒；然後我走到大堂裡靠火爐的那一端，硬是擠進角落裡，就在椋音手肘邊的那張桌子旁坐下。我知道椋音來此絕非偶然；她一定一直在監視我們回程的狀況，而且她很可能有飛鴿傳書的管道，可以迅速地送個消息回公鹿堡。所以當椋音不但假裝沒注意到我，還繼續彈唱下去的時候，我一點也不驚訝。

椋音又唱了三首歌之後，便宣布她的喉嚨要休息一下，笛子也要清一清了。跑堂的男孩端來葡萄酒，放在我坐的桌子桌角。椋音坐下來喝酒時，我趁機將黃金大人的紙條從桌子底下遞了過去；然後便把最後一口啤酒灌到嘴裡，起身前去屋外廁所解手。

我回到客棧的時候，椋音就站在客棧滴著雨水的屋簷下等我。「信已經送出去了。」她跟我招呼道。

「我會告訴我家主人。」我本來要從她身邊走過去，但是她拉住了我的袖子，所以我停了下來。

「告訴我嘛。」椋音平靜地說道。

還是少說為妙，畢竟我不知道切德跟她說了多少。「任務辦成了。」

「我猜也是。」她酸溜溜地說道，嘆了一口氣。「而且我最好別問你，黃金大人到底辦的是什麼任務。不過，你跟我說說你的事情嘛。你這模樣糟糕透了……頭髮割短了，衣服破破爛爛的。到底出了什麼事情啦？」

我腦子裡閃過千百個念頭，但這千百個念頭裡，只有一個是我自己的事情，而且是我可以隨自己的意思愛講就講的。我答道：「夜眼死了。」

她沉默不語，淅瀝的雨聲填滿了空檔。「噢，蜚滋。」她溫柔地說道。接著她傾身將頭靠在我被貓抓傷的胸膛上；我看看她黑髮中顏色較淡的髮絲，也聞到她的香味與她喝的酒味；她雙手輕輕地拂過我的背，像是在安慰我。「又剩你一個人了。不公平，真的不公平。我認識的男人裡，就屬你最悲愁了。」風颳起來，雨水灑落在我們兩人身上，但是她仍抱住我，而這依偎保住了一絲暖意。她久久不發一語。我舉起手來摟住她，此刻彷彿又回到從前，相擁似乎勢所難免。她繼續靠在我胸膛上，並說道：「我住在河的盡頭的客棧，而且我有自己的房間。跟我來吧，讓我撫平你的傷痕。」

「我……謝謝妳。」我想跟她說，那個傷痕是補不起來的。要是她眞了解我這個人的話，她應該會知道這個道理。但是如果椋音自己感覺不出來，那麼用什麼話跟她講都沒用了。我突然變得很感激弄臣的沉默與疏遠。原來弄臣已經知道我的心結了：無論是什麼樣的親密感，都無法彌補失狼的痛苦。

大雨繼續下著。她鬆了手，抬起頭來望著我的臉，她的眉頭深鎖。「你今天晚上不會來找我了，對不對？」她以難以置信的口氣問道。

眞是奇怪啊。我自己的決心起起落落，但是椋音用這句話問我，反而幫著我做出正確的回答：「謝謝妳邀請我，但是去了我也不會好起來。」

「你確定嗎？」她努力裝出輕快的聲音，但卻不太成功。她動了一下，胸部碰到我；這個動作看似偶然，其實不然。我退了一小步，跟她離得開一些，兩手則放下來，垂在身側。

「很確定。我並不愛妳，椋音。不是那種愛。」

「這話你很久以前好像也跟我說過。不過這些年來不是也挺有幫助的嗎？你不是也好起來了嗎？」她的眼神在我臉上搜索，笑容自信滿滿。

其實我並沒有好起來；只是看來像是好起來而已。我可以把這兩句話剖白給她聽，但是這種坦承未免太過多餘。所以我只是說道：「黃金大人還在等我。我得上去找他。」

她緩緩地搖了搖頭。「這個哀愁的故事，怎麼有個如此悲傷的結尾？我是唯一從頭到尾都知情的見證人，可是我卻不能把這個故事唱出來。這故事要是編成了歌，那可是多麼賺人熱淚哪。你是國王之子，爲了父親的家族犧牲了一切，到頭來卻只在一個傲慢的外國貴族身邊謀到一個奔波勞累的僕人職位。他連一套像樣的衣服也沒替你準備。你做這種不體面的工作一定心如刀割。」她直視我的雙眼。她是想要從我眼中找到……找到什麼？憎恨？憤怒？

「其實這我倒不惱。」我有點困惑地答道。然後，像是有人把窗簾打開，讓光線一下子灑進來似的。我突然懂了，椋音並不知道黃金大人就是弄臣；她眞的認爲我現在不過是幫黃金大人送信的侍僕而已。饒是身爲吟遊歌者的椋音機伶敏捷，她還是只把黃金大人當作是富甲一方的遮瑪里亞貴族。我竭力忍住，不讓臉上浮出笑容。「謀了這個職位我很滿意，也很感謝切德幫我介紹。身爲湯姆．獾毛，我很滿足。」

她臉上閃過不可置信的模樣，最後退爲對我失望至極的表情。接著她笑了一笑，搖搖頭。「我早該知道你以身爲湯姆．獾毛爲滿足的。你一輩子追求的就是這個，你就是追求你自己的小小人生，不是嗎？你不想跟家族的責任與宮廷政治沾上邊。你只想做個平凡的小角色，庸庸碌碌地過一生就算了。」方才爲了不傷她的心而專挑沒刺的話講，現在看來我爲她所做的顧慮是白費心機了。「我得走了。」我再度說道。

「趕快去找你家主人吧。」她放開了我。她的嗓音好，又經過多年訓練，所以特別能傳情達意，而此時她話裡的怨毒之意可與蛇蠍比擬。

我竭力忍住才沒有開口答腔，轉過身去，我背對著她，走回客棧裡；然後我爬上樓梯，回到我們的房間，敲敲門，自己開門進來。晉責從枕頭上撐起來望著我。他的黑髮溼漉漉地，皮膚因爲洗過澡而發紅；這使他看來特別年輕。弄臣的床上空空的。

「王子殿下。」我對他招呼道，望向浴盆的圍屛，問道：「黃金大人？」

「他出去了。」晉責的頭又躺回枕頭上。「月桂來敲門，她說想私下與黃金大人一談。」

「噢。」我幾乎笑了出來。椋音若是聽到這種消息一定會好奇萬分吧？

「黃金大人託我告訴你，我們把洗澡水留給你用；還有，把你的髒衣服放在門外，因爲他已經安排人連夜洗好衣服，一早就送回來。」

「多謝，王子殿下。您能告訴我這件事，眞是感激不盡。」

「他說，請你把門鎖好。說他回來的時候會敲門叫你。」

「如君所願，王子殿下。」我走到門邊把門鎖上；我倒覺得他可能會混到天亮才回來。「在我入浴之前，您需要什麼別的嗎，王子殿下？」

「沒有了。還有，別用那種口氣跟我說話。」他翻過身去，背對著我。

我開始脫衣，脫下襯衫的時候，我一併把羽毛給解了下來。我在矮床上坐了一會兒，才開始脫靴子。我從海灘上撿回來的羽毛，從袖管裡滑了出來，如今藏在薄被底下。我把吉娜的護符解下來，放在枕頭上。接著我起身，將髒衣服放在門外，把門鎖上，然後走到圍屏裡。我一探腳到浴盆裡，晉責便問道：「你不問我爲什麼嗎？」

此時浴盆裡的水溫只有微溫，不過還是比外面的雨水熱得多。我把療者貼在我脖子上的綳帶拆下來；我一坐進水裡，肚子和胸膛上的抓傷就刺痛起來，但過一會兒就和緩了些。我沉得更深，連脖子也泡了進去。

「我說，你不問我爲什麼嗎？」

「我猜，那是因爲您不希望我稱您爲『王子殿下』，晉責王子。」我傷口上的藥膏化在水裡，藥草味暈了開來。白毛莨、沒藥。我閉上眼睛，整個頭沉入水裡。把頭浮出水面之後，我把剩下的一丁點肥皂抹在頭上僅餘的短髮上，然後望著泥巴滴落在水裡；接著又沉到水裡，把頭髮洗淨。

「你不該道謝連連，服侍我這個那個又對我百般順從。我知道你是誰。你的血統跟我一樣好嘛。」

我眞的很慶幸我們之間隔著圍屏。

我一邊思考，一邊撥水出聲，希望他會相信我沒聽到他剛剛講的話。

「很久以前，切德剛開始替我上課的時候，他講了很多故事；他講到他教過的另外一個男孩子，說他有多麼頑固，還有他多麼聰明。切德總是以這句話起頭：『我第一個小子在你這個年紀的時候……』然後就談起你如何捉弄洗衣房的人，或是你怎麼把裁縫師的大剪刀藏起來，讓裁縫找得心慌。你以前還養了一隻黃鼠狼作寵物，對不對？」

那隻黃鼠狼名叫「偷溜」，不過那是切德的寵物。我之所以偷走急驚風師傅的剪刀，是因爲切德的吩咐，而切德命我去偷剪刀，爲的是要培養我身爲刺客偷取與祕密行動的工夫。當然了，這點切德一定也沒告訴他。我開始覺得口乾。我撥水撥得更大聲，等著王子說下去。

「你是切德的兒子，對不對？切德的兒子，又比我父親年紀小，那就是我的堂叔了。雖然你的名字不會記在名冊上，但是堂叔就是堂叔，錯不了的。而且我也知道你母親是誰；她是至今仍有人提起，不過大家似乎都對她所知無多的人，那就是百里香夫人。」

我大笑出來，不過立刻以咳嗽聲掩飾。切德的兒子，而且是百里香夫人所出；這孩子爲了替我定出身分而安排這樣的血統，也未免操之過急了。百里香夫人，臭得令人走避，而且難以伺候的老潑婦，乃是切德捏造出來的人物；每當切德需要匿名出行的時候，他就會使用百里香夫人這個高明的僞裝身分。我差不多恢復了自若的神態，並清清喉嚨，說道：「不，王子殿下，恐怕您錯得離譜。」

接下來到我洗好澡，他倒是沉默了一陣子。我從浴盆裡出來，擦乾，從圍屏後走出來。我的矮床上早放了睡衣；弄臣一向是事事周到的。我把睡衣從一頭參差不齊的溼漉漉亂髮上套下去時，王子有感而發地說道：「你的疤痕好多。這些傷是怎麼來的？」

「因爲向壞脾氣的傢伙問了太多問題，王子殿下。」

「你連講話的調調都跟切德一模一樣。」

這句話可眞是惡毒而且失眞。我反駁道：「你怎麼變得這麼聒噪？」

「因爲現在沒人監視我們。你知道黃金大人跟月桂都是間諜吧？他們一個是切德派來的間諜，一個是我母親派來的間諜。」

他還以爲自己聰明絕頂；其實他若不想在宮廷政治裡滅頂，就得學著更小心點。我轉過身去，直盯著他看。「說不定我也跟他們一樣，你怎麼知道我不是間諜？」

他不相信，而且大笑起來。「你太粗魯了。你根本就不在乎我喜不喜歡你；而且你也不刻意討我歡心，或者引我透露心事。你不把我放在眼裡。你從來不奉承我。」他露出古怪的笑容，說道：「你不但在島上對我動粗，還根本就不怕我回來後會因此而把你處死。只有親人之間，就算暴力相向，也不必擔心會有什麼後果。」他歪著頭看我，而且我從他眼裡看到我最害怕的事情。原來他之所以花了這麼大工夫推測我的身分，是因爲他個人的強烈需要：他的眼裡流露出難以忍受的孤寂感。多年前，當博瑞屈強迫我與此生的第一個牽繫伴侶分開之後，我便緊緊黏附著他。當年的我雖然對那個馬廄總管又恨又怕，可是我對他的需要卻更強烈了；我非與博瑞屈相依相繫不可，因爲他經常陪著我，而且我要找就能找得到他。我曾聽人家說，所有的年輕人，都需要依附一個能夠經常陪伴自己，而且要找就找得到人的人。但我認爲，我自己的需求可能比一般孩童需要穩定的需求還要深切得多。我既然已經體會到原智那種徹底相依相繫的感覺，因此我再也無法忍受自己心靈的孤獨。我告訴自己，晉責之所以向我求援，多半是因爲吉娜的護符而起，而不是因爲他眞正關心我這個人。

「我是切德的手下。」我趕快說道，而且不加任何修飾。我才不要在欺騙與背叛之間來來往往。我不是他心目中所想像的人，而且我不想讓他依靠我。

「你當然是切德的手下呀。切德就是爲了我才把你找來呀。以前切德說過，他一定要幫我求得一個良師，又說那人教起精技來，比他還高明得多；那人一定就是你。」

切德上了年紀之後，口風的確比以前鬆了許多。

晉責在床上坐起來，扳著指頭細數他之所以如此推論的種種原因。我仔細地觀察他的眼神；他眼裡仍有哀悼亡貓的陰影，但是這一、兩天以來，他已經領悟到自己會活下去了。他扳起第一根手指頭，說道：「你的長相像瞻遠家的人；你的眼睛、下巴的輪廓……不過鼻子不像，我不知道你的鼻子像誰，但反正那不是家族遺傳。」接著他扳起第二根指頭。「精技是瞻遠家的人才有的法力，而我已經至少兩次感覺到你施展精技了。」最後他扳起第三根指頭。「你叫切德的時候就是叫『切德』，不是叫他『切德大人』，也不是叫他『切德顧問』。而且有一次我聽你稱我母后爲『珂翠肯』，不是『珂翠肯王后』，而是直呼她『珂翠肯』，彷彿你們是一起長大的。」

我們也算是一起長大的了。至於我的鼻子，呃，鼻子也是瞻遠家的家傳哪，只是我被帝尊送進地牢之後，鼻子就打歪了，而且無法復元。

我走到餐桌邊，拿起燭臺架子，把上面的蠟燭都吹熄了，只留下一根。我感覺到晉責的眼睛盯著我，看我走回去在我的便床上坐下來。這張床又矮又硬，而且還擺在門邊，以便我爲我那位好好大人開門。我躺了上去。

「怎麼樣？」晉責質問道。

「我現在要睡覺了。」也就是說，談話已經結束了。

他不屑地嗤了一聲。「如果是眞正的僕人，一定會先問問我的意思，才把蠟燭吹熄。然後才睡覺。晚安，湯姆・獾毛・瞻遠。」

「祝您好眠，仁慈的王子殿下。」

他又不屑地噴了噴鼻息。接著是一室沉寂，只聞得風雨打在屋頂上，以及潑灑在內院泥地上的聲音。在沉寂中，只有蹣跚的步履聲經過我們的門外。然而最難以忍受的沉寂是，多年以來，夜眼的感知原本一直穩定地在我內心深處發出信號，牠的感知是我冬日的暖流，是我黑夜中的明燈，如今這個信號卻沉寂無聲了。如今我總是淺眠，夢境裡只有人類世界的事物，很錯亂，而且很容易驚醒。我雙眼雖閉著，但是熱淚仍湧了出來。我張開嘴，無聲地以哽咽的喉嚨呼一口氣。

我聽到王子翻了身，又翻了個身。然後他悄然無聲地從床上爬起來，走到窗前。他默默地凝視著灑落在內院的大雨，看了好一會兒。「這個感覺會消失嗎？」他以非常輕柔的口氣問道，不過我知道這個問題是在問我。

我吸了一口氣，強迫自己以鎮定的聲音說道：「不會。」

「永遠都不會？」

「也許你會找到另外一個牽繫伴侶。不過第一個伴侶總是刻骨銘心。」

仍站在窗口的他又問道：「你有過幾個牽繫伴侶？」

我本來不想回答的。最後還是說了：「三個。」

他不看夜色了，轉過頭來望著黑暗中的我。「你會再找個伴嗎？」

「大概不會了。」

他離開窗口回到自己的床上。我聽到他窸窣地把被子蓋好。我本以為他會就此睡了，誰知他又開口道：「你會順便教我原智嗎？」

最好是有人教你一點東西，不過你也別這麼快就信任別人吧？

「我從沒說過要教你，不管是教什麼。」

他沉默了好一陣子，然後以幾乎可稱之爲慍怒的口吻說道：「好吧，雖然你不肯教，但我最好是能拜師學習比較好吧。」

之後房裡沉寂良久；我希望他就此睡了吧。他那未經修飾的言詞觸動呼應了我的心事，讓我備感不安。雨水猛烈地打擊著窗戶上的厚玻璃；房裡黑漆漆一片。我閉上眼睛，專心地注意自己的內心。然後我像是處理碎玻璃那麼小心地朝他探索而去。

他仍然在床上，也仍然像蹲伏著、隨時準備躍起的貓一般緊張。我感覺到他在等待我，而且時時觀察著我的舉動，但是他卻絲毫沒有感覺到我就站在他的心靈邊緣。他的原智感應未經琢磨，所以致今仍是粗糙古怪的工具。我退開了些，從各個角度審視他，彷彿他是我打算逮下來的小駒。他的謹愼，是焦慮與侵略的組合；那是他粗陋地打造出來的武器兼防護罩——而且那也不是純粹的精技。這很難描述，不過他的精技，就像是染著墨綠邊的白縧信號；而此時他是以他的原智感應來探查我的存在。人與人之間雖無法藉由原智來交流，不過原智可以讓我感應到居住著人類心靈的那個動物；而晉責也可以藉由同樣的方式來感應我。貓死之後，他頓失重心，所以此時他的原智網絡大開，積極地尋求親人的慰藉。我突然領悟到，我自己也是如此。

我停止探索，回到自己的血肉中。我立下高牆，以阻擋他那未經訓練的精技摸索。然而即使我立下高牆，仍有兩件事情是我無法否認的：第一，每次我循著晉責與我之間的精技牽繫去探尋他，我們之間的精技牽繫就更強化了些；第二，我根本就不知道如何才能斬斷我們之間的精技牽繫，更不知道要如何才能把我印在他心裡的精技命令抹除掉。

我的第三個感想，比前兩個心得更令我感到苦澀：我在往外探尋。其實我並不想再與別的動物牽繫在一起，但是少了夜眼之後，我也頓失重心，所以我的原智感應往外蔓延擴散。水瓶裡的水若是滿了，總會溢出來；同樣地，我的心靈裡充塞著原智，然後便汩汩流出，無聲地往外探索。早先我曾在王子的眼裡看到他對於依附與歸屬的急切渴盼。難道說，我的匱乏感也多到滿溢出來嗎？我關閉心靈，希望自己靜止一下。時間會治療我的悲悼之情；我一再重複這句謊言，講到自己睡著爲止。

陽光一從窗外灑進來照在我的臉上，我便醒了。我睜開眼睛，但是仍躺著不動。暴風雨之後照進來的淡白光線，清澈得像是在水裡洗過一樣。我心裡感到很空虛，就是一個人病了很久以後，終於開始康復時的那種感覺。夢境迅速地褪了，我只記得明亮的早晨、眼前是大海，以及風拂過我的臉的殘夢。我已經沒有睡意，但是我還不想起身面對這一天。我感覺此刻彷彿處在安全的氣泡之中，只要我保持不動，就可以繼續保有這一刻的平靜。我側躺著，用手與手臂枕著頭；過了一會兒，我才想到羽毛還綁在我的手臂上。

我抬起頭來想要看看羽毛，但是我眼前的房間突然打轉了起來，彷彿我喝了太多酒似的。今日的現實面一下子湧現出來——今天要騎一大段路回公鹿堡，之後要與切德和珂翠肯見面，還要恢復我身爲湯姆．獾毛的人生——而且立刻把我擊垮。我慢吞吞地坐了起來。

王子仍在他的床上睡覺。我轉過頭去，發現弄臣睡眼惺忪地望著我。他一手撐在床上，用拳頭支著下巴。他看起來很疲倦，但是臉上洋溢著歡欣的心情；這個效果使他看來年輕了好幾歲。

「我倒沒指望今早會在你的床上看到你。」我對他招呼道，然後問他：「你是怎麼進來的？我昨晚把門鎖上了呀。」

「是嗎？這倒有趣了。不過就算你因爲看到我在自己的床上而感到驚訝，也不會比我看到你睡在你自己的床上更加驚訝。」

我不理會他的諷刺，摸摸臉頰。「該刮鬍子了。」我自言自語，開始對這個念頭感到恐懼。自從離開長風堡之後，我就沒有刮過鬍子了。

「的確如此。我希望我們返回公鹿堡的時候，能盡可能看來體面些。」

我頓時想起我那件被貓爪抓得破破爛爛的襯衫，但還是默默點了個頭，沒多回嘴。然後我想起羽毛的事情。「我有個東西要讓你看看。」我一邊說道，一邊摸索枕頭底下，但就在此時，王子深吸了一口氣，睜開了眼睛。

「早安，王子殿下。」黃金大人對王子招呼道。

「黃金大人，湯姆．獾毛。」他疲倦地應道。「早安。」他的聲音與臉色似乎比起我們昨天趕了一天的路，剛抵達客棧的時候好不了多少。他又用正式儀節待我了；我頓感輕鬆不少。

「早安，王子殿下。」我招呼道。

於是這一天便展開了。我們在房裡吃了早點；早餐過後不久，客棧的人就把洗淨、補好的衣服送了回來。換上原來的衣服之後，黃金大人幾乎回復了從前的光采，而王子的模樣就算沒有王室的尊貴，至少也乾乾淨淨；但是我的衣服則與我先前擔心的一樣，那就是，這衣服就算是洗淨，其邋遢狀也救不回來了。我懇求替我們送早餐來的僕人幫我借個針線，因為襯衫雖補綴過，我仍想把袖口縫緊一點；但其實我是想要在襯衫裡縫個暗袋。黃金大人看看我，嘆了一口氣。「湯姆．獾毛，留你在我身邊當差，別的花費也都罷了，就是衣服的開銷驚人哪。算了，看看你其他方面能不打點得好一點吧。」

我們三人之中，只有我需要刮鬍子。黃金大人命人拿了熱水、剃刀與鏡子來給我。我刮鬍子的時候，他坐在窗邊，眺望著小鎮風光。我還沒開始刮鬍子時，就察覺到王子目不轉睛地盯著我；他看得津津有味，但我也只能當他不存在。不過我第二次割到臉的時候，雖然忍住一句粗話沒罵出口，卻忍不住口氣很衝地對王子說道：「看什麼看？你沒看過男人刮鬍子呀！」

他的臉色稍微暈紅了些。「是沒有。」然後他轉開了臉，並補充道：「我很少跟成年男子混在一起。噢，我是常常跟貴族男子進餐，也跟他們一起放鷹，也跟別的世族少年一起練劍。不過……」他突然想不出該怎麼接口才好。

黃金大人也突然從窗邊的椅子上站起來，並宣布道：「我想趁我們離開之前，在這個小鎮上逛一逛。當然了，如果王子殿下允許的話。」

「請便，黃金大人。如君所願。」

黃金大人出門的時候，我本指望王子會跟著出去，但是他卻逗留著不走。他注意看著我刮完鬍子，並在我把割傷了好幾處的臉上肥皀泡洗淨之後，極爲好奇地問道：「那會痛嗎？」

「有點刺刺的。其實，刮鬍子通常是不會割傷的，除非像我這樣，刮得太趕了，才會不小心弄出傷口來。」我爲了哀悼夜眼而割短的頭髮，此時亂七八糟地豎立起來。我心裡想道，若是椋音看到，一定會幫我把頭髮剪齊。我立刻責備自己怎麼起了這個念頭，並用水把頭髮抹平了。

「那種傷口很快就好了；乾掉之後，就會自動黏起來。」王子好心地指出。

「我知道，王子殿下。」

「你恨我嗎？」

這話突如其來地從他口中冒出來，所以我完全沒有心理準備。我把毛巾放下來，轉過頭去，與他四目相對。「不，我不恨你。」

「你若是恨我的話，我也能體諒。因爲你的狼跟別的事情。」

「夜眼。」

「夜眼。」他小心地唸出狼的名字。突然，他轉開頭。「我根本就不曉得我的貓的名字。」我知道他湧出熱淚，差點就哽咽不能言。我一動也不動地坐著，等著他恢復。過了一會兒，他深吸一口氣，說道：「我也不恨你。」

「那很好啊。」我坦承道，補了一句：「貓叫我把牠殺了。」雖然我盡了力，但這句話聽起來仍像是在幫自己辯護。

「我知道。牠說的我也聽到了。」他吸了一下鼻子，假裝咳嗽以掩飾過去。「而且就算你不肯出手，貓也會逼你殺牠。因爲貓的心意非常堅決。」

「這我當時就知道了。」我悲傷地答道，伸手摸摸脖子上新換的繃帶。王子看了，笑了出來，而我也不由得笑臉以對。

接下來他問了另外一個問題，而且講得非常之快，彷彿這個問題對他非常重要，重要到他幾乎不敢問出來似的：「你會留下來嗎？」

「留下來？」

「往後你會在公鹿堡待下來嗎？」突然，他在與我隔著桌子的對面坐下來，而且毫不遲疑地以惟眞的直率目光望著我。「湯姆・獾毛，你願意教我嗎？」

切德，我的恩師，曾經問我同樣的問題，而我推辭了；弄臣，我最要好的朋友，邀我返回公鹿堡，我也拒絕了。就算王后親口問我，我也能堅辭。但是當瞻遠家族的傳人問我的時候，我卻最多也只能對他說：「我知道的太少，還不足以教人。你父親教我精技的時候，是私底下傳授，而且他難得有時間爲我上課。」

他認眞嚴肅地看著我。「這世上還有別人比你更懂精技嗎？」

「沒有了，王子殿下。」我並未對他解釋，這是因爲我把其他懂精技的人都殺光了。我也說不上爲什麼我突然稱呼他的頭銜；感覺上，彷彿這時的氛圍一定要如此應對才是正確的。

「那麼你就自動升格爲精技師傅了。」

「不。」我只說得出這個字；因爲我的舌頭動得跟我的思緒一樣緩慢。我吸了一口氣。「我會教你。」我說道。「不過這就跟你父親當年教我的時候一樣；我有空就教，我能教多少就教多少。而且是私底下教。」

他不發一語地伸手橫過桌子，握住我的手，彷彿要藉著彼此的接觸把我們的合約定下來似的。「原智與精技。」他開始開條件。我的手心與他的手心相碰時，我倆之間的牽繫線上突然傳來精技的火花。

求求你。

他這個精技懇求做得很蹩腳，而且還是用原智力，而非精技力推動的。「再說吧。」我大聲說道。現在我就已經開始後悔了。「你說不定會改變心意。我既不是好老師，也不是有耐心的老師。」

「但是你把我看作是人，而不是把我看作『王子』。彷彿你對『人』的要求，比你對王子的要求還高似的。」

我沒答腔，而是看著他，等他開口。他講得躊躇猶豫，彷彿這些話使他覺得羞愧。「對我母親而言，我是她兒子，也是『王子』和『犧牲獻祭』。對其他所有人而言，我就是王子；隨時隨地，我都是王子。我既不是父親眼中的兒子，也不是手足眼中的兄弟。也沒有人當我是最要好的朋友。」他有點不自在地大笑起來。「因爲我是『王子』，所以大家待我非常好。不過人們與我之間總是有個隔閡。大家跟我講話的時候，都不把我當作是『我』，而把我當作是王子。」他聳起一邊肩膀，又撇了撇嘴。「除了你之外，從未有人訓我說我很笨，即使是我幹了天大的蠢事也一樣。」

我突然了解到，他爲什麼會這麼快就被花斑幫的詭計騙倒。因爲他想要被愛，他想跟別人相熟，希望別人跟他沒有隔閡。他想成爲別人最要好的朋友，即使那個「別人」只是一隻貓。我記得曾經有過一段時間，我把切德當作是全世界唯一能夠給我這一切感受的人；我也記得當年差點斷絕了這個關係的時候，我心裡有多麼恐慌。我知道任哪一個少年，不管是王子還是乞丐，都需要從別人身上求得這些感覺。但是我不敢說我是給晉責這些感覺的明智人選。切德，他怎麼不選切德？我腦海還在構想答案的時候，門上響起了敲門聲。

我開了門，發現門外是月桂。我的反射動作是探頭看看黃金大人有沒有站在她身後；但是不見黃金大人的人影。月桂皺著眉頭回望身後，接著回過頭來直視著我的臉。「我可以進來嗎？」月桂特意地說道。

「當然，月桂小姐。我只是以爲——」

月桂走進房裡，我把門關起來。她打量著王子，臉上露出鬆了一口氣的表情，同時對王子屈膝爲禮，接著她笑著對王子招呼道：「早安，王子殿下。」

「早安，女獵人。」晉責答得很嚴肅，不過他的確回答了。我瞄了那少年一眼，並領悟到月桂看到的是什麼。王子已經回復了；雖然他的臉色陰鬱，眼睛周圍也有黑圈，但此時他的內心並沒有流浪到我們看不見的遠處，而是與我們在一起的。

「看到您恢復得這麼快眞好，王子殿下。我來這裡是要問一下，您想要何時出發前往公鹿堡。太陽已經出來，而且雖說可能有點冷，但是天氣看來挺不錯。」

「我樂於把此事留給黃金大人去決定。」

「那好極了，王子殿下。」月桂四下張望，問道：「黃金大人不在？」

「他說他要出去走一走。」我答道。

我這句話把月桂嚇了一大跳；彷彿她突然發現椅子會說話似的。我這才想到我錯在哪裡。在王子面前，區區侍從的我是不該開口講話的。我趕快低頭望著自己的腳，以免他們看到我眼裡的懊喪神情；不過我暗暗決定，我既然要扮演僕人的角色，就一定要演到惟妙惟肖。難道我把以前切德為我做的訓練都忘光光了嗎？

月桂朝晉責看了一眼，她發現我講了之後，晉責沒多說什麼，於是便慢慢地說道：「原來如此。」

「當然了，很歡迎您留在此地等黃金大人歸來，女獵人。」晉責嘴上雖這麼說，但口氣卻是一副想要送客的樣子。自從黠謀當國王之後，我就沒見過別人把人與人之間的應對拿捏得這麼巧妙了。

「多謝，王子殿下，但如果可以的話，我想我會待在我房裡，等您派人來找我。」

「如君所願，女獵人。」晉責說著，又回頭去望著窗外了。

「謝謝您，王子殿下。」她朝晉責的背影屈膝為禮。月桂往門口走的時候，眼光與我短暫地接觸了一下，但我看不出她心裡在想什麼。月桂出去，門也關上之後，王子轉過頭來看著我。

「看吧。你知道我說的是什麼意思了吧，湯姆．獾毛？」

「她並沒有對您不敬，王子殿下。」

他示意我在桌邊坐下來。我坐在他對面的椅子上，而他則說道：「她對待我的態度，跟他們所有人待我的態度一樣：『如君所願，王子殿下』。但是在整個六大公國境內，我連一個眞正的朋友都沒有。」

我吸了一口氣，問道：「您的同伴都不算嗎？那些跟您一起打獵、騎馬的朋友呢？」

「這種同伴我多得是。我必須將每一個人都稱為朋友，而且我不能顯露出對任何一人有所偏好，以免其他同伴的父親認爲我輕忽冷淡。還有，艾達神保佑，我千萬別對任何一名年輕女子微笑；因爲我只要稍微顯露出想與對方結交的意圖，他們就會呼地一下子把那女子掃開，免得別人把我的行動解釋爲追求女伴。他們才不算朋友哪。我是孤獨的，湯姆．獾毛，我永遠孤獨。」他沉重地嘆了一口氣，低頭望著靠著桌緣的雙手。這一番剖白實在太激動了，跟這年輕人平常的樣子差得太遠。

我沒多想就把話說了出口：「噢，可憐的孩子。」

他抬起頭來，眼裡放出光芒，我則回以平淡的眼神。然後他臉上慢慢漾開笑容。「這就像是眞朋友的話了。」他說道。

緊接著，黃金大人就進門了。他那修長的指頭一閃，讓我看到用於飛鴿傳書的放信小管子，但那小管子一晃眼便沒入了他的袖管裡。對喔，他一定是去找椋音，看看公鹿堡有沒有傳消息來。公鹿堡的確傳消息給他了；無疑地，切德一定會把一切安排得好好地等我們回去。下一刻，黃金大人便打量著坐在我對面的王子。就算他覺得瞻遠家族的傳人坐在桌子對面，看著我補襯衫袖子，實在很古怪，他也沒顯露出來。

他的眼神絲毫沒有顯露出他已經先跟我打過招呼了；黃金大人跟王子打招呼的時候，看起來反倒像是他把全副注意力都放在王子身上。「日安，王子殿下。如果您喜歡的話，我們可以盡快出發。」

王子深吸了一口氣。「這樣很好，黃金大人。」

接著黃金大人轉過頭來，給了我一個久違的笑容。「王子都已經說了，湯姆．獾毛，還不趕快把你自己打點好，把我們的行李收一收？還有，好傢伙，那衣服你就別補了吧，至少你不用現在補。雖然你穿的衣服總是三兩下就破了，但總不能讓別人說我是個吝嗇的主人吧。你就穿這個吧，以免回公鹿堡的時候，丟了我們大家的面子。」說著他便丟了個衣包給我；打開一看，裡面是一件遠比我手上在補綴的這件牢固得多的粗布襯衫。至於原本想在襯衫裡縫個暗袋的打算，我看就打消了吧。

「感激不盡，黃金大人。」我以謙卑的口氣說道。「我會格外用心照顧這件襯衫，以免這襯衫慘遭與前三件類似的厄運。」

「說到就要做到。穿上吧，然後趕緊去通知月桂小姐，讓她知道我們馬上就要出發。回來的時候，繞到馬廄去，請他們備馬，再到廚房去，請他們把我們的午餐打包起來。我們中午就吃點冷雞肉、餡餅，配兩瓶葡萄酒，還要一些麵包——我一踏進來就聞到麵包出爐的香味了。」

「謹遵台令，大人。」我答道。

就在我把新襯衫從頭上套下去的時候，我聽到王子酸溜溜地問道：「黃金大人，這到底是因爲您認爲我是個蠢蛋，所以給我做了這麼一場戲？還是湯姆．獾毛堅持要演下去？」

我趕快把我的頭從襯衫裡探出來，因爲我不想錯過黃金大人臉上的表情；然而此時我面前的那人，卻是弄臣，而非黃金大人。他彷彿吟遊歌者般伸開雙臂，低頭一鞠躬，手中像是眞的拿著帽子似的收到膝蓋上，而他臉上則洋溢著燦爛的笑容。接著他站直起來，以勝利的神情朝我看了一眼；我看得一頭霧水，不過也只能咧嘴而笑以回報他的笑容。而弄臣看我一眼之後，便對晉責答道：「好心的王子，既不是我想做戲，也不是湯姆．獾毛想做戲，而是切德大人的意思啊。切德大人希望我們多多練習，因爲像我們這麼蹩腳的演員，若想騙倒一、兩個人，可得多加把勁排練哪。」

「切德大人。我早該知道你們兩個都是他的人。」我暗暗高興王子沒供出這消息是我先前跟他說的；至少現在他知道多少要學著謹愼一點了。他惱怒地直視著弄臣，眼光裡盡是不信任；接著那眼神一偏，把我也包括了進去。「不過你們兩人到底是何方神聖？」他以低沉的聲音問道。「你們兩個，你們到底是誰？」

弄臣與我想也不想地便對看了一眼，而我們竟在回答之間先彼此商量的這個行爲使王子變得光火。我一眼便看出他怒氣直升，因爲他的臉頰越來越潮紅。然而那少年的怒火之外，隱藏在他氣憤的眼神底下的，是深深的恐懼，他唯恐我說不定把他當作好騙的傻瓜；他是因爲我精心表演而對我投以盲目的信任嗎？弄臣與我之間默契十足，我會因此而容不下他這個新朋友嗎？我發覺他的坦率心情開始關閉，而且他正在撤退，想要躲回王族的高牆裡。我連忙伸出手，橫過桌面，緊握住他的手，也不顧此舉已經侵犯了所有貴族行爲守則；我透過精技，讓自己的眞誠意念透過這一觸流入他心裡，使他深信不疑，就像當年惟眞贏得他母親信任的作法那樣。

「他是朋友，王子殿下。他是我最要好的朋友，而且往後也很可能會變成你最要好的朋友。」我朝弄臣伸出另一手的時候，仍然目不轉睛地望著王子。我聽到弄臣走到王子身旁的腳步聲；過了一會兒，我感覺到弄臣沒戴手套的那手碰到我的手。我將弄臣的手拉過來，以王子與我的手，緊緊包住他那修長的指頭。

「如果你願意接納我的話。」弄臣謙恭地說道。「我會像效忠你的祖父，然後又效忠你的父親那樣地忠於你。」

28

歸鄉

六大公國與外島之間，自古就貿易與戰事不斷。我們彷彿潮水的漲退一般，時而與外島人貿易、通婚，時而向自己的親人舉戰、殺戮。長久以來，我們與外島之間的關係本來就很血腥，而紅船之戰之所以不同於以往，是因爲在紅船之戰中，外島人首度團結在單一的戰爭領袖之下。這位戰爭領袖名叫科伯・羅貝。各方對於科伯・羅貝的生平傳聞不一，但是最普遍的說法是，羅貝是以海上強盜兼劫掠海岸的盜匪起家的。他既善航又驍勇，所以攻無不克，而追隨他的人也個個發達；於是羅貝幫所向披靡、積貯金銀的消息傳遍各地，並吸引了更多有志一同的男子追隨羅貝。不久，他手下便有了一支劫掠艦隊。

即使如此，羅貝原來也可能只不過是個頗發達的強盜罷了，但是他並不以此爲滿足，反而一步進一步地強迫所有的外島島嶼都臣服於他的統治之下。

羅貝強迫外島諸島臣服於他的作法，與多年之後，他用以對付六大公國人民的作法——也就是「冶煉」——相去無多；同時，羅貝要求所有劫掠船的船體一律漆爲紅色，並勒令手下的匪徒只能劫掠六大公國的海岸。值得注意的是，科伯・羅貝的艦隊發生如上所述的戰術變化之時，六大公國的人開始聽到謠言，說羅貝身邊有位「蒼白之女」。

——費德倫所著之《紅船之戰紀事》

我們回到公鹿堡城的時候，已是下午將盡。然而，要不是弄臣刻意拖延，我們回到城裡的時間應該會早得多。

午後，我們在一處河岸沙地上用餐，而且耽擱了很久。我相信弄臣的用意，是要讓王子多享受一點平靜的時間，不要急於再度一頭捲入宮廷漩渦之中。大家都絕口不提新月升起之時，王子的訂婚大典會有多麼混亂、熱鬧。王子高高興興地與我們一起做戲，所以這一路上，他的坐騎都與麥爾妲並肩而行，而且他跟任何一名出身高貴的年輕男子一樣，對於黃金大人的粗野僕人不屑一顧。黃金大人措辭優雅地聊起打獵、晚宴以及遊覽奇妙異地的風情，王子聽得津津有味，而且絲毫不損及他那雍容大度的王室舉止。月桂騎在黃金大人的另外一邊，但是泰半時間都沉默不語。據我看來，王子頗以自己的新角色爲樂；我感覺得出在我們將他納入我們的圈子之後，他輕鬆了不少。他不是誤入歧途、被長者拖回家的少年，而是慘遭不幸之後，如今與朋友一同返鄉的年輕人。不過我也感覺到，越接近公鹿堡，他越加不安。他的焦慮情緒一出現，那情緒便透過我們之間的精技牽繫傳了過來。至於晉責能不能像我這樣清楚地感應到我們之間的橋樑，我就不知道了。

那年輕人的巨大變化，使月桂如墜五里霧中。王子似乎已經完全恢復了往日的精神，並將花斑幫造成的不幸拋在腦後。我不知道月桂有沒有聽出王子的大笑聲略顯尖銳，也不知道她有沒有注意到，每當王子的談興難以爲繼的時候，黃金大人便看似自然地補上話來；但是這些我都看在眼裡。看到那少年牢牢扣住黃金大人，我覺得寬心了不少，所以我樂得一人落單。不過到了午後，女獵人慢了下來，與我並騎，讓新交爲好友的王子與黃金大人興致高昂地談天說地。

「他好像完全變了一個人。」月桂有感而發地低聲道。

「的確如此。」我應和道，盡量不讓自己的聲音顯得冷嘲熱諷。由於晉責與黃金大人聊得旁若無人，所以月桂才紆尊降貴地來跟我講話。我知道我不該怪她，畢竟她讓自己的注意力與好感落在黃金大人身上，乃是很明智的選擇。對她而言，光是讓黃金大人注意到她，就已經是不小的成就了。我心裡納悶著，不曉得月桂回到公鹿堡之後，會不會努力維持這段關係；要是她成功了，那麼她會變成年輕小姐所嫉妒的焦點。我甚至還納悶，不曉得弄臣在月桂身上放了多少感情？我的好友是眞的拜倒在月桂的裙下嗎？趁著月桂默默地與我並騎，我好好地打量她。這個選擇已經很不錯了，畢竟人有可能做出比這糟糕得多的選擇。月桂既健康、年輕，又是個好獵人。我陡然察覺到，狼的價值觀在我腦中迴響。我屏息了一會兒，然後呼氣，讓痛苦的情緒過去。

月桂比我想像中的還要機敏得多。

「很遺憾。」她輕輕說道，連我都差點就聽不清楚。「你知道的，我並沒有原血的天賦；不知怎地，我的兄弟姊妹都有，卻唯獨我沒有。但是，我還是猜得出你有多麼痛苦。我母親的鵝死去時，她的哀慟情狀，我是親眼見到的；那隻鵝活了四十歲，比我父親活得還久……說句老實話，就是因爲這樣我才認爲，與其說原血天賦是上天的恩賜，不如說這是天譴；而且我也得老實承認，如果把風險與痛苦考慮進去的話，我眞搞不懂，爲什麼你們有原智不打緊，還要以原智去和動物牽繫在一起。動物的生命如此短促，怎麼還會有人任由動物完全擄獲自己的心呢？從這牽繫關係中所得到的，怎能抵得上每次動物伴侶死去時的痛苦？」

我無言以對。老實說，月桂雖憐憫我，但她的憐憫卻硬得像石頭。

「對不起。」過了好一會之後，月桂再度開口。「你一定覺得我鐵石心腸。像我就知道我表弟鹿親覺得我沒心肝。但是方才那番話，我不但對你說了，也對他說了。我就是不懂你們爲什麼要這樣做，而且我也不贊同你們這樣做。我總是認爲，就算有原智法力，最好也不要使用。」

「要是我有得選擇的話，我也會跟妳有同感。」我答道。「但我天生就是這樣子。」

月桂想了一下之後，說道：「而王子也是。但願艾達神保佑，永保王子的祕密安全無虞。」

「但願如此。」我沉重地說道。「而且祝福我自己的祕密也安全無虞。」我說著，朝月桂瞄了一眼。

「我看黃金大人應該不至於揭穿你的祕密，他並不把你當僕人看待，他太重視你了。」月桂答道。她壓根沒想到我有可能是在擔心她的口風守不緊；這就是她會謹守祕密的明證。過了一會兒，月桂補了一句話，並將我的思緒轉往完全不同的方向。「但願我的家族血統也不至於成爲衆人茶餘飯後的聊天話題。」

我照著月桂的答法答道：「我敢說，既然黃金大人一方面看重妳是他的朋友，一方面又看重妳是忠於王后的女獵人，所以有可能損及妳的信譽、置妳於險地的言語，黃金大人絕對一個字也不會吐露。」

月桂朝我瞄了一眼，害羞地問道：「他把我當作是朋友？是眞的嗎？」

月桂的眼神與嘴角的線條在在警告著我，要我別對這個問題打馬虎眼。「我看起來是這樣沒錯。」我略嫌僵硬地說道。

月桂的肩膀聳了起來，彷彿我送了個大禮給她。「而且你對他知之甚深，又認識他很久了。」她幫我補上兩句話。不過我不肯證實她的揣測。她轉開了頭，望向他處，自此過後我們就沒講什麼話，不過她卻一邊騎馬一邊哼歌，好像很快活的樣子。我注意到前頭不再傳來王子的講話聲；黃金大人仍天南地北地聊著，不過王子則直視前方，默默地不發一語。

我們抵達公鹿堡城的時候，烏雲下、河岸石崖上的公鹿堡，看來彷彿一抹黑影似的。王子把他的兜帽拉高，遮去了大半張臉，並落到後面來與我並騎。此時月桂與黃金大人同行，看來這個轉變令她頗開心。

晉責與我幾乎沒講什麼話，因爲我們各自忙著想自己的心事。我們會爬上陡坡，從比較少人走的西門進入公鹿堡；我們出門的時候走的就是西門，所以回去也循原路。我們再度經過山腳下那些散落在原野間的小屋。我看到第一戶人家在門楣上掛著翠綠的枝葉時，還覺得他們這麼早就擺出慶典裝飾，未免太過急躁；但當我們繼續前行，看到別的人家也是如此，而且最後還遇上一群正努力地把慶典拱門立起來的工人，而旁邊的村民則忙著把漂亮的花枝草葉編在一起，以便待會兒纏繞在拱門上。我們經過時，黃金大人和善地招呼道：「現在就做這個會不會太早啦？」

一名衛兵吐了口口水，大笑起來。「怎麼會太早呢，大人？再慢就來不及啦！大家都認爲暴風雨會將訂婚船拖慢下來，但是那些外島人反而將暴風雨的威力借爲己用，還提早到了！中午時，載著外島貴主的儀隊船隊就到了；我們還聽說貴主在太陽下山之前就會上岸，所以一切都得趕快準備好咧。」

「眞的嗎？」黃金大人顯得很訝異。「呃，我也不敢誤了慶典哪。」然後他笑著對月桂說道：「月桂小姐，恐怕您我得快快回去了。至於你們兩個年輕人，就慢慢來也不打緊。」話畢，他一夾馬腹，麥爾姐便靈活地衝了出去，而月桂所騎的白帽也撒腿就跑。王子與我彼此作伴，不過我們走得不疾不徐。我們仍沿著蜿蜒的馬路而上，黃金大人與月桂則已經循路而上，並疾如星火地衝進了公鹿堡大門。但是走到了一叢濃密的樹林時，我示意黑瑪離開大路，並做手勢要王子也跟上來。我們所走的，其實只是一條我已經快要忘記的小小獸徑，所以晉責落在我身後。我們沿城堡的高牆而行，來到多年前狼找到的那個出入城堡的捷徑。如今濃密的棘叢早已掩去了那個出入口，但是我仍懷疑此處並非完全摒除不用。我們在城堡的高牆邊下了馬。

「這是什麼地方？」晉責一邊問道，一邊把兜帽撥到背後，並且好奇地四下張望。

「這是讓我們等待的地方。我不會冒險帶你從任何一個城門走進城堡裡。切德自會派人來找我們，而且我敢說，他一定會安排一個妥當的辦法讓你回堡，不僅如此，他還會讓一切像是你從未離開過。衆人都認爲這些日子你都在閉關，現在才要出來迎接你的未婚妻；而這也符合你的個性。所以我們可不能逆勢而行。」

「我懂了。」晉責悽涼地說道。我們頭上的烏雲越聚越多。「那現在怎麼辦？」王子輕聲問道。

「等。」

「等。」他說著嘆了一口氣。「要是熟眞的能生巧的話，那我現在早已經是等待的大師了。」他的口氣聽起來比他的年紀蒼老許多。

「至少你現在到家了。」我勸慰道。

「是啊。」話雖如此，但是他毫無歡欣之情。過了一會兒，他問道：「感覺上我好像離開公鹿堡一年了，但事實是連一個月都不到。我還記得我躺在床上數著日子，數著還有幾天就是新月，數著我再過多久就得面對這一切。然後——有一陣子，我以爲我永遠都不必面對這一切了。今天一整天，想到我就要回到我的舊生活，想到我得重拾舊日的線頭，將所有的細節裝得好像我從未離開過似的繼續把日子過下去，心裡就覺得怪怪的。這一切眞是太沉重了。一整天我都在勸自己說，回來了還可以過一、兩天平靜日子。我本來是很想獨處一陣，把心緒理一理，想想看自己改變了多少。然而，今天晚上前來見證我的訂婚典禮的外島特使團就到了。今天晚上，我母親與外島貴族，就要決定我今後的命運。」

我想對他笑一笑，但又覺得這一笑彷彿是在把他送去處決；畢竟我當年也差一點就陷入他這種命運之中。「就要見到你的新娘了，你一定很興奮吧。」

他白了我一眼。「說我擔憂還比較貼切。雖然馬上就要見到她，但是我喜歡她也好，不喜歡她也好，現實的狀況都不會改變，想起來挺可怕的。」他乾笑了一聲。「當然了，並不是說我為自己擇伴就高明到哪裡去。」接著他嘆了一口氣。「她今年十一歲。才度過十一個夏天啊。」晉責轉開了頭，望向他處，接口道：「我要跟她談什麼？談洋娃娃？談刺繡課？」他交叉雙臂、抱在胸前，補了一句：「我看外島的人，甚至不教女人讀書寫字。別說是女人，就連男人都不學讀書寫字了。」

「噢。」我搔破了頭想講句話，但就是想不出要講什麼才好。如果我跟晉責點破，說十四歲並不比十一歲大到哪裡去，那似乎有點兒傷人。我們默默無語地等待。

大雨毫無徵兆地傾倒下來，淋得我們滿頭滿身；這場雨來得很突然，是那種大到連耳朵裡都會積水的雨。不過雨這麼大，使得我們根本無法交談，我倒心生感激。我們兩個狼狽地蹲下來躲雨，而我們的馬則昂頭站著淋雨。

等到切德來接王子回堡的時候，王子與我都全身溼透，而且冷得打顫了。在這滂沱大雨之中，切德沒說什麼，只是匆忙地打了個招呼，並保證他會盡快找時間見面，然後他們二人就走了。我酸溜溜地咧嘴笑著，他們就這樣把我丟在這裡淋雨。那老狐狸並未關閉這個祕密通道，但是他不想讓我知道入口在哪裡；跟我原先想的一樣。我深吸了一口氣。嗯，我的任務辦成了。我把王子平安地帶回公鹿堡，而且他仍來得及參加他自己的訂婚大典。這到底是什麼感覺呢？勝利、歡欣、振奮嗎？才不呢。是溼、累，而且餓。冰冷徹骨。而且孤獨。

還有空虛。

我跨上黑瑪，在大雨中行進，身後牽著王子的馬。天色越來越暗，王子的馬在層層的溼葉子上滑了一、兩次，所以我不得不放慢速度。我們推開樹叢往前走，而連樹叢上都含飽了水；我本以為溼成這樣已經是極限了，沒想到身上還變得更溼。等我走到通往公鹿堡的大路邊時，才發現此時大路上擠滿了人馬車轎。我猜他們大概不會讓路給我先走，也不可能准許我跟他們同行，所以我只好騎坐在黑瑪背上，牽著那匹無精打采的土黃馬，等著訂婚的行列走完。

迎面而來的是火炬隊，他們高舉著亮晃晃的火炬照路。再來是王后的衛隊；他們身穿白紫相間的制服，別著狐狸徽章，騎白馬，非常招搖而且淋得溼透。王后衛隊之後，是混著同行的王子衛隊與外島戰士。王子衛隊身穿象徵公鹿堡的藍色制服，別的是象徵瞻遠家族的公鹿徽章，而且是用兩條腿走路；我猜這是為了對外島的人表示禮貌。

護衛外島貴主前來的衛兵都是水手兼戰士，而非騎兵；他們全身皮衣，又鑲了大量毛皮，但也都溼得滴水了；照這樣看來，今晚大廳的爐火把他們衣飾上的水氣逼出來的時候，大廳裡的毛皮味一定濃得把人燻倒。他們排成單行，走路的姿態搖搖擺擺的，應是由於海上生活過久，為防甲板突然隨浪抬起把人翻倒，所以每踏出一步都蹲一下，而且即使到了陸地上也一樣。對他們而言，多多佩掛武器才能彰顯財富，而穿戴一身的財富，就是最好的武器；所以他們的腰帶上閃耀著珠寶的光芒，我還看到有個人身上帶的斧頭把柄上竟纏著金圈。我暗暗禱告，今晚這些各有所屬的衛隊混在一起的時候，可千萬別滋事；畢竟紅船之戰時的雙方老兵，都聚集在一處了。

接下來是外島的貴族，他們騎著本地人提供的馬匹，一副很不自在的樣子。我看到一些六大公國的貴族與他們同行；然而我之所以認得他們，並不是因為我認得他們的臉，而是因為他們佩戴的徽章。我沒想到提爾司大公這麼年輕；有兩名年輕女子佩掛畢恩斯公國的徽章，而我雖看出她們臉上有家族血統的特徵，但我以前卻從未見過她們。此外還有好些高大的武人，大踏步地從我面前經過，而我則站在雨中望著他們走遠。

之後便是晉責王子未婚妻的車轎。這車轎上蓋著如奔雲般翻滾的巨大白幔，並由王室最好的馬來拉；舉著火炬、陪在轎子旁邊走的貴族青年，不但溼透，而且連膝蓋都被泥漿濺黑了；垂掛在車轎周圍的花束與花環，被狂風暴雨吹得七零八落。這訂婚的車轎被風雨如此摧殘，像是個惡兆，然而因爲車轎裡坐著那小女孩，所以一切都改觀了。

車轎的簾子不是被狂風吹開，而是原本就通通拉了起來。陪作女伴的那三名六大公國的少女不但渾身溼透，而且好像很在意雨水打溼了她們盤編妥當的頭髮，又浸溼了她們的衣裙；然而坐在她們之間的那個小女孩，儘管風雨飄搖，卻仍樂在其中。那小女孩的墨黑長髮直接攏在背後，並未束綁，雨水使她的溼髮像是海豹的毛皮似的緊貼在她頭上，而她那又大又黑、水汪汪的眼睛，也令我想起海豹的眼睛。她經過我面前時直瞪著我，並露出燦爛的笑容與雪白的牙齒。正如王子所言，這的確是個十一歲的小孩子。她是個健壯強韌的小東西，顴骨高、肩膀方正，而且她顯然下了決心：這一趟到山頂上的城堡旅途中，她每一刻都不想錯過。她穿著象徵公鹿堡的藍色衣裳，頭上戴著少見的藍色飾物，這大概是爲了表示對未婚夫的尊重；不過她藍衣底下的長罩衫，是用細膩的白色皮革做的，而且上面用金線繡著躍起的獨角鯨。我瞪了回去，心裡只覺得我曾在哪裡見過她，還是我曾經見過她家族的誰，但是我還沒想出來，那頂車轎便走遠了。這時大雨直下，不過我還是得繼續等下去，因爲爲了彰顯外島貴主的身分，所以她的車轎後面還有許多她的人，與我們的人。

終於所有的貴族與貴族衛隊都過去了，我這才示意黑瑪走上已經被踩踏得泥濘不堪的大路。我們混在一大群要湧入公鹿堡的商人和做小買賣的人之中；有的人把他們的物品扛在肩上，像是大圈乾酪，或是上好的烈酒，有的人則駕著小板車。我誰也沒有驚動，便跟著人潮流進了公鹿堡的大門。

馬廄裡負責照管馬匹的小廝，爲了應付今天源源不斷湧入的馬匹而忙得不可開交。我把王子的土色馬交給他們，但是我跟他們說我要自己打點黑瑪，而他們也樂得從命。冒險自己打點黑瑪，可能有一點愚蠢；我說不定會碰到阿手，而阿手說不定會認出我。但是今天來了這麼多陌生人，馬廄裡又有這麼多馬要照料，這應該不太可能發生。

馬廄小廝指點我把黑瑪帶去「舊馬廄」；如今僕人的坐騎都安置在那裡了。我到了之後才發現，「舊馬廄」就是博瑞屈在我小時候照管馬匹，而且我還曾經是博瑞屈副手的那個馬廄。把馬兒上下打點妥當，將牠安頓在馬欄裡的這個熟悉工作，給我心裡帶來幾許安寧。馬匹與乾草的味道、間隔遙遠的提燈所散發的黯淡光芒，以及馬匹安祥的嘶聲，在在都使我寬心安慰。我又冷又溼又累，但是在公鹿堡的馬廄裡，我卻感到一股久違了的、近乎像是「家」一般的感覺。世界上的一切都變了，但是在馬廄裡，一切都跟原來差不多。

這個思緒縈繞在我腦海裡，伴著我拖著沉重的腳步，經過繁忙的內庭走進僕人用的門裡。公鹿堡的一切都變了，但卻又與昔日幾乎無二。我經過時，廚房裡頭仍傳來熱氣、廚具碰撞聲與講話聲；插著旗子的守衛室入口也仍泥濘一片，並照樣冒出被汗水或雨水溼透的羊毛衣衫的味道，以及潑灑出來的啤酒與熱騰騰的大肉的味道；大廳裡流傳出音樂、笑語與進餐的聲音。一身華服的太太與小姐們從我身邊經過，她們的侍女則皺著眉頭瞪我，彷彿在責怪我竟敢把水滴在她們女主人的衣飾上。大廳入口外，兩名貴族少年正在以言語刺激另外一人，說他若不敢跟哪個女孩子講話就是膽小鬼；其中一名少年的襯衫，以尾巴尖端一叢黑毛的白鼬尾來鑲邊，另一人的襯衫領口則密密麻麻地打上大滾邊，使他連轉頭都很困難。我不禁憶起當年急驚風師傅是如何用華麗的衣裳來折磨我，所以對他們的處境備感同情。我穿的雖是粗布衣服，但至少這衣服還能讓我自由活動。

想當年，雖然我不過是個私生子，但若碰上這種大場合，我是非得出席不可的；而且惟真與珂翠肯一同坐在主桌上時，我還往往坐在離他們很近的地方。當年我以瞻遠家族的蜚滋駿騎的身分，品嘗精心烹調的料理，與貴族小姐夫人閒談，聽著六大公國最好的樂曲歌聲。但是今晚我是湯姆・獾毛，而且如果我後悔自己無緣參與盛典，那我就是天底下最笨的大傻瓜。

舊日時光一一湧現，使我差一點就爬上通往我以前那個房間的樓梯；幸虧我及時發現，才改而走向黃金大人的房間。我敲了敲門，開門進去。黃金大人不在，不過各種跡象顯示他回來過了，看來他一定是洗過澡，又換上了光鮮的衣服，而且其匆忙倉卒，不在話下。珠寶盒仍放在桌上，珠寶被他搜得亂七八糟，光滑的桌面上也散落著許多飾物；他試過四件襯衫，然後便隨便丟在床上；地上則倒臥著幾雙他試了又覺得不合適的鞋子。我嘆了口氣，將房門關上，把其中兩件襯衫塞回衣櫥裡，另外兩件襯衫摺好放進抽屜裡，然後好不容易才把滿爆出來的衣物與堆積如山的鞋子都塞在裡面，並關上衣櫥門。我在壁爐裡添了些柴火，在燭台上點了幾根蠟燭，免得他晚歸時摸黑，並把壁爐的灰燼清掉。最後我環顧一室，卻覺得這個溫馨的房間格外空虛。我探索著自己心底，原本狼總是在此佔據一角，但如今牠已經不在了。

總有一天，我對我自己說，總有一天，我會習慣那個空空如也的角落；但是此時此刻，我卻不想一人面對孤獨。

我拿了一根蠟燭，走進我自己那間黑漆漆的房間。一切都與我離去時一模一樣。我把房門緊緊地關上，撥動開關，疲倦地爬上狹窄的樓梯，前往切德之塔。

我多少指望切德會因為急著想聽聽我的報告而待在他的塔裡等我，但是塔裡空無一人。當然了，他現在一定是在下面的盛會之中。不過即使切德人不在塔裡，這房間對我的歡迎仍絲毫不減。壁爐邊有個浴盆，爐火上的勾子吊著冒著熱蒸氣的大燒水壺。桌上擺著顯然與樓下宴饗貴族們同樣的佳餚，另外還有一瓶葡萄酒；餐盤，只有一個，酒杯，僅有一只。我本來要開始為自己悲嘆了，但就在此時，我發現壁爐邊除了切德平常坐的椅子之外，多了另外一張舒服的椅子，而且那張椅子上擺著一疊毛巾和一件藍色的羊毛袍子。切德還為我準備了擦拭傷口的軟麻布、繃帶，和一罐藥香撲鼻的軟膏。切德要打點的事情，無疑地一定多得千頭萬緒，但是他在百忙之中還為我想得這麼周全。我提醒自己，切德真的很為我著想，雖然我知道這一桶桶的熱水不可能是他自己提上來的。這麼說來，切德有個僕人囉？還是他新收了學徒？謎底有待探查。

我把滾燙的熱水倒入浴盆中，加入冷水調節水溫。我在餐盤上堆了如山的美食，連同開了瓶的酒一起放在浴盆邊。接著我把溼得重沉沉的衣服脫了，把吉娜給我的護符放在桌上，又把我的羽毛藏在切德的書庫中灰塵積得最厚的卷軸堆裡。我撕掉脖子上的繃帶，踏進浴盆裡，坐下，往後一靠，然後便一邊泡水，一邊吃東西喝酒，順便散漫地洗澡。我骨子裡的寒氣慢慢地化解開來，至於停滯不去、沉甸甸的傷感，則似乎打算久留了。我的思緒飄呀飄，不知今晚椋音會不會在大廳獻唱？不知黃金大人是否擁著月桂在舞池中共舞？而晉責王子又對於他那位被暴風雨送到他們檻前的孩童新娘做何看法呢？我往後一靠，不用杯子了，直接就瓶口喝酒，後來大概就睡著了。

「蜚滋？」

老人的聲調很是擔憂。他這一叫把我驚醒，我撥著水，在浴盆裡坐直起來，仍然一手握著酒瓶。切德在我打翻酒之前及時接住酒瓶，然後砰的一聲把酒瓶放在桌上。「你還好吧？」切德質問道。

「我一定是睡著了。」我覺得頭昏腦脹。我瞪著切德，他衣飾華麗，黯淡的火光映著他耳朵與頸子上的珠寶。我突然覺得他像是陌生人似的，而且被切德逮到我赤裸裸、醉醺醺地躺在冷去的洗澡水裡睡著，實在困窘。「我先出來再說。」我喃喃地說道。

「是啊。」切德鼓勵道。他走過去替火爐添柴，而我則費勁地從浴盆裡爬出來，擦乾，並套上藍袍子。我的手腳因爲泡得太久而起皺。切德將一把小燒水壺加滿了水，掛在壁爐的鍋架上燒，然後從擱板上拿了一只茶壺、兩個茶杯。我看著他站在一排用軟木塞緊緊塞住的藥草罐子之前調配茶的配方。

「現在多晚了？」我昏沉沉地問道。

「晚到博瑞屈會說這是大清早了。」切德答道。他搬了張小桌子，放在壁爐前那兩張舒服的椅子之間，並把茶具排在小桌上；接著他在他那張破舊的椅子上坐下來，並示意我在桌邊的另外一張椅子上坐下。我坐了下來，並仔細審視切德。他顯然是一整夜都沒睡，不過他非但沒有倦容，反而容光煥發；他的眼睛明亮，雙手也很穩定。他交疊雙手，放在大腿上，一語不發地垂眼看著自己的手。過了好一會兒，他才輕輕地說道：「很遺憾。」接著他抬起頭來望著我。「我不會假裝我完全了解你失去夜眼的痛苦。你的狼眞是好得沒話說。要不是牠的話，多年前珂翠肯根本無法逃出公鹿堡；而且珂翠肯常常跟我提起，你們逃去群山王國這一路上，夜眼如何爲大家張羅肉食。」切德正視著我，說道：「你有沒有想過，要不是那匹狼的話，今天你我都不會坐在這裡了？」

在這個時候，我實在不想談起夜眼，就算講到的是夜眼種種的好，我也不想聽。我沒答腔。在一陣尷尬的沉默之後，我開口說道：「那麼，今天晚上關於訂婚典禮那些事情，順不順利？」

「噢，今晚只是爲他們接風的宴會而已；訂婚典禮的正式儀式要到新月的那一日，也就是後天才舉行呢。我們得等到六大公國的大公都到齊了，才能舉行大典。到那時候，公鹿堡裡的人會多得疊到屋樑上，而且公鹿堡城也會擠得人山人海。」

「我看到那位『貴主』了。她還只是個小孩子嘛。」

切德臉上浮起古怪的笑容。「如果你說她『只是』個小孩子，那麼你大概不算是見過她。她是……含苞待放的王后哪，蜚滋。她實在是王子的良偶佳配，外島人肯把她許給王子，眞是天大的好運。」

「王子也有同感嗎？」我頂了回去。

「他——」切德突然激動起來。「跟你的老師傅問東問西，你這算什麼啊？還不快點報告，你這菜鳥！」他嘴上雖這麼說，臉上卻帶著笑。

所以我就開始報告了。水滾的時候，切德泡了茶，泡得差不多了，便幫我們兩個一人倒了一杯；這茶味又澀又濃。我不知道切德泡的是什麼茶，但是一喝下去，疲倦感與酒意全都消了。我把這一路上直到抵達渡口旅館之前的大小事情都說給他聽。切德跟以往一樣，面無表情地聽我報告；就算我講的什麼消息令他吃驚或失望，他也掩飾得很好。從頭到尾，他只在聽我講到我硬把晉責扳倒在沙灘上時，才皺了一下眉頭。

我講完之後，他深吸了一口氣，接著站了起來，在屋子裡踱來踱去，最後終於走回來，並重重地坐在椅子上。

「這麼說來，王子有原智。」切德緩緩地說道。

切德這麼說，實在令我大感意外。「你不信？」

他慢慢地搖了搖頭。「之前我一直希望是我們弄錯了。那些原血者知道晉責有這個淵源，對我們而言簡直像是芒刺在背；那些花斑幫的人只要把這件事情抖出來，馬上就會要了我們的命。」接著他眼神轉爲內斂。「得把貝馨嘉府盯緊一點。我想想，噢，好，王后會請貝馨嘉夫人收容一名出身良好，但是前途堪慮的年輕女子。此外我也得打聽一下月桂家族的背景。好啦，我知道你對此有什麼想法，但是事關王子，不得不謹愼。還有，你怎會讓花斑幫的人從你面前溜走？不過話又說回來，當時你也無能爲力。這很麻煩。要是只有一、兩人，甚至三人，我們都能料理乾淨，往後高枕無憂；然而現在不但有十來個原血者知道了，連那些花斑幫的人也知道了。」切德想了一下。「你看能用錢買通他們閉嘴嗎？」

聽到他如此謀畫計策，實在令人喪氣，不過我知道這不能怪切德，因爲這是他的天性；這就跟怪罪松鼠爲何要把自己找到的核果藏起來一樣沒道理。「這些人沒辦法用錢收買。」我堅定地說道。「而我們的實際行動說不定可以讓他們滿足。他們提的要求，都照著去做。多表示善意。請王后堅定地保護原智者，讓原智者免於被處決的厄運。」

「王后已經這麼做了！」切德辯護道。「王后爲了你著想，所以早就大聲疾呼，而且還一再宣導。根據六大公國的法律規定，不得單純以有原智爲由處決人民，而其他罪名必須經過核准才能定刑。」

我吸了一口氣。「那麼這些法律有確實執行嗎？」

「負責在各國境內執法的，是各國大公。」

「那麼公鹿公國呢？」我柔聲問道。

切德沉默了一會。我看到他咬了一下嘴唇，凝視前方，他在評估局勢。最後，他終於問道：「你認爲如果我們公鹿公國更嚴格地執行這些法律，這樣子他們就會滿足嗎？」

「這總是個起頭嘛。」

切德深吸了一口氣，吐了出來。「我會跟王后討論。這倒不用我多費口舌。老實說，到目前爲止，我一直都在扮演把王后拉住的角色；我總是勸她，她既然前來治理這些人民，就得多尊重這些人民的習俗，因爲王后她——」

「習俗！」我忍不住叫出來。「謀殺與酷刑也能算『習俗』？」

「她靠的是不太穩定的聯盟關係，才有今天的局面！」切德越講越激動。「在紅船之戰結束之後，要讓六大公國維繫不墜，簡直需要特技表演的工夫，這全憑輕巧的運作，而且你得知道何時得採取強硬立場，何時得放開手。」

我想起河邊殘留不去的氣味，以及從樹上垂下來的斷繩。「我看還是讓她去決定她要對這件事採取什麼立場的好。」

「在公鹿公國。」

「至少在公鹿公國。」

切德伸手遮嘴，然後摸摸下巴。「很好。」他終於不情不願地讓步了；我突然發現，這是我第一次跟切德談判。回想起來，我的談判技巧不太好，不過話說回來，我原本認為我只不過是在報告事情原委罷了。除了我之外，我還能指望誰去幫原血者講講話？黃金大人？巴不得沒人把她跟原血者聯想在一起的女獵人月桂？要是我剛才態度更強硬一點就好了。然後我想了一想，發現我還有機會：等我跟珂翠肯王后見面的時候，我還可以下下工夫。

「那麼，我們王后怎麼看晉責王子的新娘呀？」

切德瞪著我，良久才說道：「你這是在叫我報告嗎？」

我遲疑了，因為切德的口氣有點不尋常。這是陷阱嗎？切德問這一句話，是要釣我上鉤嗎？「我只是問問而已。我沒權——」

「啊哈。這麼說來，晉責搞錯了，而且你沒答應要教他？」

我想來想去，也想不通這兩件事情怎麼扯得上邊，最後還是放棄了。「假設若我答應了呢？」我謹慎地問道。

「假設你答應了，那麼你不但有權知道，而且還有必要知道。如果往後你要教導王子，那麼對王子有所影響的事情，你樣樣都必須知道。不過，假設你沒答應他，假設你打算回去過你的隱士生活，假設你問這個問題，只不過是想打聽家族的閒話……」切德越說越輕，剩餘的，就留給我去想像了。

這是切德的老招，我看得多了。你講話欲言又止，就會有人跳出來把話尾續上，而且在續上話尾的時候，可能會不小心流露出自己的心思。所以我不但不接口，反而瞪著我面前那杯茶，並且故意啃著大拇指指甲；結果最後是切德傾身橫過桌子，氣惱地把我放在嘴裡的手拍掉。「怎麼樣？」切德質問道。

「之前王子是怎麼跟你說的？」

這次輪到他沉默良久了。我以野狼的警戒態度等著他開口。

「他什麼也沒說。」切德終於勉強地承認道。「我只是抱著個希望而已。」

我靠回椅子上，我的背碰到椅背時，不禁痛得皺眉。「噢，老傢伙。」我一邊警告著他，一邊搖了搖頭。然後，雖然我不想露出自得狀，但還是浮出了笑容。「我本來以爲你年紀大了之後，稜角都磨平了，但你還是這麼尖銳。你爲什麼要在我們兩人之間挑撥這件事情？」

「因爲我現在是王后的顧問，不是你的導師了，孩子；另外則是因爲，我也擔心我會像你說的那樣，稜角磨平了，變得忘東忘西，於是我精心操控的所有線頭，一下子在我手裡扭絞纏結起來。所以啦，我不管做什麼事情都盡量謹慎，甚至比謹慎更加謹慎。」

「你泡的是什麼茶？」我突然問道。

「這是我最近在嘗試的新藥草。這些都是精技經卷裡提過的藥草。而且我跟你保證，這裡面絕對沒有精靈樹皮；我絕對不會讓你喝到任何有可能損及你的精技力的東西。」

「好。不過這些東西會讓人變得『銳利』？」

「對。但是變得『銳利』是要付出代價的，這你大概已經想到了。一切事物都有代價啊，蜚滋，這你我都很清楚。所以今天下午，你我都會躺在床上抱頭大睡，這點無庸置疑。不過眼前呢，至少我們兩個都腦筋清楚。好啦，快告訴我吧。」

我吸了一口氣，心裡想著要怎麼講才好。我抬起頭來，一眼瞄到切德的壁爐上，木質爐台的正中央仍插著那一把刀子。我心裡衡量著我曾經許給點謀國王的信任、年輕的自信與其他一切。切德順著我的目光，望向那把刀。「很久以前。」我柔聲說道。「你曾要求我去國王的房裡偷個東西，當作是跟國王開個玩笑，並藉此測試我對國王的忠誠。你明知道我愛你。所以你就想辦法測試我到底是對你愛得多，還是對國王效忠得多。你還記得嗎？」

「記得。」切德嚴肅地答道。「到現在我仍很後悔。」切德吸了一口氣，呼了出來。「而且你通過了考驗。就算你愛我至深，你也不會為此而背叛國王。不過我知道這個測試不啻是把你推入火坑，蜚滋駿騎，但那是因為國王陛下要求我測試你。」

我慢慢地點了個頭。「這我了解。而如今呢，我也跟你一樣，宣誓對瞻遠家系效忠。不過你既沒宣誓效忠我，我也沒宣誓效忠你。我們彼此之間，乃是愛的關係，沒有誓言的羈絆。」此時切德非常仔細地審視著我，他那兩道白眉毛都糾結在一起了。

我吸了一口氣。「我的忠心，是獻給王子的，切德。所以王子要跟你說多少，應該由他自己決定。」我又深吸了一口氣，然後在極度的遺憾之中，割捨了我一部分的生命。「老朋友，正如你所言，如今你已是王后的顧問，而非我的導師；所以我也不再是你的學徒了。」我低頭看著桌子，並且硬下心腸，因為接下來這幾句話實在很難說出口。「我對王子而言是什麼身分，王子自會決定；但是我再也不必向你報告我私下與王子所談的一字一句了，切德。」

他突然站了起來，而且令我大爲恐慌的是，他那銳利的綠眼睛裡竟流下兩行淚水。他的唇顫抖著，久久不能言；然後他繞過了桌子，走到我面前，兩手捧起我的頭，彎身在我額頭上一吻。「感謝艾達神與埃爾神的保佑。」他粗嗄地說道。「你現在是他的人了，所以我走了之後，他還是會很安全。」

我驚訝得說不出話來。切德慢慢地走回自己的位子旁，坐了下來，爲我們兩人添了茶。他轉過頭去揩眼睛，又轉回頭來望著我，接著把我的茶杯朝我這兒推過來，並說道：「很好。現在我是不是該報告了？」

29

公鹿堡城

任何小花園添增個茴香花床都會更加出色，不過茴香的滋長蔓延很快，一定要多加注意。秋季時將茴香的花實摘下，以免鳥兒啄食之後，將茴香籽散播在您整個花園裡，於是您整個春天光是拔除茴香葉子就拔不完了。大家都知道茴香滋味甘甜，但是茴香其實也有藥效；茴香籽與茴香根都有助消化；嬰兒腸胃不適，可以將茴香葉曬乾、熬製成藥湯來飲用，便可紓解；咀嚼茴香籽，能使口氣清香；茴香籽碾製成的藥糊，則可治療眼睛疼痛。餽贈茴香爲禮時，有人說茴香的花語是「力量」，也有人說是「奉承」。

——梅利巴克所著之《草本植物誌》

切德警告我會一直睡到下午，然而我不但整個下午都呼呼大睡，還睡到了晚上才醒。醒來時，我人在我那間黑漆漆的小房間裡，而且獨自一人，霎時間還以爲自己死了。我翻身下床，靠著摸索摸到房門，然後便衝了出去。外面的亮光與流動的空氣令我睡意全消。一身上下打扮得無懈可擊的黃金大人正坐在寫字桌前，對於我突然衝進大房間的舉動，他只是若無其事地抬起頭來瞄我一眼。「噢，終於醒了。」他同情地說道。「要不要喝點葡萄酒？吃點硬麵包？」他做著手勢，要我到火爐邊的桌椅上坐下來。

我走到火爐邊的小桌上，只見桌上的餐點擺得精美無比。我撿了一張離我比較近的椅子坐了下來。一時間，只覺得舌重眼澀。「我搞不清楚切德是用什麼藥草泡茶，但是我以後絕對不再喝了。」

「我倒搞不清楚你在說什麼，不過依我看來，這應該無關緊要。」他站起來走到桌邊，幫我們二人倒了酒，然後責難地朝我瞄了一眼，無奈地搖了搖頭。「你眞是無可救藥哪，湯姆．獾毛。你看看你自己：整天睡覺，出來的時候穿著破舊的袍子，而且頭髮有一半是倒豎著的。比你更糟糕的僕人，恐怕是沒處尋了。」他一邊說著，一邊在桌邊的另一張椅子坐下來。

我想不出該怎麼回答才好。我感激地慢慢啜著酒，考慮要吃點東西，卻發現自己沒什麼胃口。「你晚上過得快不快活？你可曾盡興地與女獵人月桂共舞？」

他挑起一邊眉毛，彷彿我問了這個問題令他既費解又驚訝；接著他突然冒出笑容，於是他一下子又變成我的弄臣了。「啊，蜚滋，你應該早就知道，我的人生，本來就是跳不完的舞，而且我總是以不同的舞步，與每一個舞伴共舞呀。」接著他如同以往一樣，機敏地改變了話題，問道：「那麼，你今天晚上好嗎？」

我知道他話裡的意思。「應該算是很好的了。」我要他放心。

「啊。很好。這麼說來，你打算去公鹿堡城看一看？」

我自己都還沒想到，他就知道我的心思了。「我想去看看幸運，問問他拜師學藝順不順利。除非你需要我留下來。」

他朝我的臉打量了好一會，彷彿他在等我多做解釋似的。然後他說道：「你就去城裡吧。今晚當然有更多慶祝活動，不過我會努力把自個兒打點好。但是有一點千萬拜託，您離開我的房間時，可千萬打扮得體面一點。黃金大人已經聲名狼藉得可以，再讓人傳聞他養了個晝伏夜出的僕人，那可真消受不起了。」

我噴了個鼻息。「我會盡量。」我慢慢地從桌邊站起來，我的身體已經重新找回了舊日的各種痠痛。弄臣窩在面對火爐的大椅子上，他嘆了一口氣，往椅背一靠，並把他的長腿伸向溫暖的火邊。在我開始朝我的房間走去的時候，弄臣開口了。

「蜚滋，你知道我是愛你的吧？」

我驀然停下，不知該怎麼辦才好。

「我實在是很不願意走到非殺了你不可的地步哪。」弄臣接口道。我認出他原來是惟妙惟肖地在模仿我的聲音與口氣；我不解地瞪著他。弄臣坐直了起來，從椅背上探出頭來，對我露出痛苦的笑臉。「你以後再也別替我收衣服了。」他警告道。「凡樂林產的絲料做的衣服，收起來的時候一定得用掛的。絕不能摺。」

「我會努力謹記在心。」我謙遜地保證道。

他又窩回椅子裡，並拿起他的葡萄酒杯。「晚安，蜚滋。」他輕輕地對我說道。

我回到自己的房間，並找出一件以前的舊束腰外衣和一條舊緊身褲。穿上去之後，只覺得衣物鬆鬆垮垮。褲子根本穿不住，連日缺乏飲食，加上劇烈的活動，使我消瘦了不少。我把束腰外衣拉平一點，但是上面的污漬就無法補救了。衣服還是原來的衣服，只是我來到公鹿堡之後，看衣服的眼光變了；這衣服對我的農莊生活而言正合適，然而我若是打算待在公鹿堡、替王子上課，那麼我就得再度做城裡人的打扮。這個結論雖言之成理，不過當下卻沒什麼用處。我從廣口水罐裡倒了些水出來洗臉，又想辦法就著我那面小鏡子把頭髮梳平，卻徒勞無功，最後還是放棄了。然後我披上斗篷，吹熄蠟燭。

我鬼鬼祟祟地從黃金大人的房間中穿過去的時候，房間裡只見閃爍的火光。經過火爐前的那張椅子時，我對他說道：「晚安，弄臣。」他沒開口，而是舉起他那優雅的手指，輕輕地朝著走向門口的我點一點，算作是道別。我溜了出去，心裡卻不知怎地，覺得自己好像少做了什麼事情似的。

城堡裡瀰漫著慶典的氣氛，每一個人都期待著今晚再度享受美食、音樂與跳舞，門楣上裝飾著花環，而且大廳裡的人比平常多上許多。一處小廳堂裡傳出吟遊歌者的歌聲，而三名來自法洛公國，穿著五彩服飾的青年站在那廳堂門口聊天。我身上破舊的衣衫與參差不齊的頭髮引得有些人困惑地瞄我一眼，不過基本上而言，混在這麼多新來的賓客與僕人之間，並沒什麼人注意到我，而我出城堡的時候也沒人擋住我問話。雖然雨不停下著，但是通往公鹿堡城的陡峭大路上熙來攘往，城裡比平常更為熱鬧。每當公鹿堡有什麼大場合，公鹿堡城的生意總是特別好，而晉責的訂婚大典更是絕佳的商機。我擠在商人、做買賣的人和辦差的僕人之間往山下走，騎馬的貴族男子與乘轎子的貴婦則從我身邊經過，趕赴山頂城堡裡的夜晚慶典。等我走到公鹿堡城的時候，街上更是人山人海。酒店裡人滿為患，樂聲傾洩而出，誘惑著過路人往裡面走；小孩子則在街上亂跑，享受一下子多了這麼多陌生人的興奮感。節慶的氣氛會感染，所以我朝吉娜的店舖走去時，也如大家一樣露出笑容，跟陌生人彼此互道晚安。

我經過其中一個門口時，看到一名青年鼓動如簧之舌，勸誘一名侍女留下來再聊一會；那侍女眼睛明亮，露出甜蜜的笑容，不過她還是用幾句好聽話回絕了那青年。他們兩人的斗篷上都掛著水珠；而那青年苦苦哀求之時，眼神如此誠摯，如此青春不經事，使我不敢多看，趕緊走了過去。接著我心裡不禁絞痛了一下，因為我想到晉責王子永遠不可能知道那一刻是什麼感受，永遠不會嘗到偷偷一吻的甜美滋味，也無法體會到不曉得女伴會不會多陪自己一下的那種期待與忐忑的感覺。他無緣領受，因為別人已經幫他擇定了妻子，而他剛成年的那幾年，必須用於等待妻子長大成人。我不敢祝福他們會很幸福。我最多只能誠心期望他們不會令彼此苦不堪言。

我一邊轉著這些念頭，一邊循著曲折的窄小街道走到吉娜家的門口。我在吉娜家的門口站住，心裡突然覺得自己這樣闖進去很怪。吉娜的門關著，窗戶的護窗板也關攏了；燭光從其中一片關不緊的護窗板裡漏了出來，那亮光沒有什麼迎客的氣氛，只是說盡了那一家子有多溫馨。時間已經很晚，我這時來訪，可能會打擾人家。我緊張地把亂髮梳整齊一點，並對自己保證我不會進去，只站在門口問問幸運在不在；我可以帶幸運去酒店裡喝點啤酒、聊聊天。我跟自己說，這樣很好，這可以讓幸運知道，現在我把他當作是成年男子來看待了。我吸了一口氣，輕輕地敲敲門。

我聽到屋裡有椅腳磨過地板的刮聲，以及貓跳到地上的悶響，接著吉娜的聲音從窗戶裡傳了出來：「誰呀？」

「蜚滋……湯姆．獾毛。」我咒罵著自己不聽話的舌頭。「呃，抱歉這麼晚來打擾妳，我知道我應該常常來看幸運，但是前陣子我出門了——」

「湯姆！」就在我倉卒解釋之間，門突然大開，還差點打到我。「湯姆．獾毛，進來，快進來！」吉娜一手拿著蠟燭，但是她用另外一手抓住我的衣袖，把我拉了進去。屋裡很暗，只有爐火的火光照明；有張矮桌子，旁邊擺了兩張椅子。桌上有個冒著熱氣的茶壺，茶壺邊有個空杯子，其中一張椅子上丟著編織到一半的東西，連編針都還插在上面。我進來之後，她把門關緊，示意我靠到火爐邊取暖。

「我剛泡了接骨木茶，你要不要喝一點？」

「那多謝——我不是故意來打擾妳，我只是想來看看幸運他——」

「好啦，溼斗篷給我。啊，溼得在滴水呀！就掛在這裡好了。這個嘛，你坐下來吧，你可有得等了，因為你那個小淘氣現在人不在。老實告訴你，我一直在想，你越早回來跟他講講話，對那年輕人越好。倒不是說我喜歡說長道短，不過他真的需要人勸一勸。」

「妳是說幸運？」我難以置信地問道。我才朝火邊走了一步，吉娜的貓便趁此突然把我一隻腳踝纏住。我踉蹌地停下來，差一點就踩到貓。

我要坐大腿。靠火爐近一點。

茴香那堅定不移的聲音在我心中響起。我低下頭去看牠，牠也抬起頭來看我；我們的目光交接了一剎那，然後同時因為本能的禮貌而轉開頭。不過，就這麼一剎那，茴香便已看透我殘破的靈魂。

牠用臉頰摩摩我的腳。抱抱貓，你就會好起來。

好不起來了。

牠仍執意地摩著我的腳。抱貓。

我不想抱貓。

牠突然憑後腿站起，而前爪一攀，那邪惡的小爪子不但勾進了我的緊身褲，也刺進了我的肉裡。不准頂嘴！把貓抱起來。

「茴香，快下來！怎麼對客人這麼沒禮貌？」吉娜失望地喊道。她要去抱貓，不過我已經迅速地彎下身，把茴香的爪子從我肉裡拔出來了；但是我卻仍無法脫身，因為我還來不及站起來，茴香已經跳到我肩膀上。就體型這麼大的貓而言，牠算是很靈敏的了。牠停在我肩膀上，不重，反倒像是有人伸出了一隻友善的大手放在我肩上。把貓抱起來。抱了貓，你就會好起來。

一邊扶穩茴香一邊站起來，比想辦法把牠拉開容易得多。吉娜咯咯笑了起來，又連聲道歉，但是我跟她說這沒關係。吉娜拉了一張面對著那個小火爐的椅子讓我坐，並把坐墊拉平。我坐了下來，但是我一坐，椅子就往後傾，原來這是張搖椅。我一坐定，茴香就挪到我大腿上，而且立刻舒服地蜷成一團。我交握雙手放在茴香身上，以顯示我不把牠放在眼裡。牠瞇著眼睛看我一眼。對我好一點。她最疼我了。

我愣了好一會兒才找到原來的思緒。「妳是說幸運？」我再問了一次。

「就是幸運。」吉娜肯定地說道。「他現在早該到家了，因爲他師傅希望他明天天亮之前就要到舖子裡。而現在他人在哪裡？去跟賀瓊恩太太的女兒廝混去了。那個絲凡佳呀，儘管年紀輕輕，就已經聲名遠播了；她絕對會使幸運分心，而且甚至連她自己的母親都說，絲凡佳最好是乖乖留在家裡，多幹點活兒、多磨練自己的手藝。」

吉娜叨叨地說著；她的語氣有一點煩躁，又有一點覺得好笑。她會這麼關心幸運倒令我很驚訝。她說話的時候，我竟浮起一股嫉妒感：幸運是我的小孩，該牽掛的應該是我啊！吉娜一邊說著，一邊幫我們兩人倒了茶，並坐回自己的椅子上，繼續打起毛線來。她落坐之後，朝我瞄了一眼，這是從我敲門以來我們第一次眼神交會。她坐直起來，傾身往我這邊靠，眼睛不斷地打量著我。

「噢，湯姆！」她以非常同情的聲音叫道。「可憐的傢伙，你出了什麼事啦？」

有如耗子都被逮來吃掉的鼠窩那麼空虛。

「我的狼死了。」

我竟然如此唐突地把眞相講了出來，連我自己都覺得驚訝。吉娜不發一語地凝視著我。我知道她無法了解，也不指望她會了解；然而，吉娜無言以對的沉默拉長了之後，反而讓我覺得她說不定會了解我的心，因爲她並沒有用尋常的空話來搪塞我。接著她突然把編織的東西放下，朝我靠過來，並且伸手放在我的前臂上。

「你沒事吧？」吉娜問道；她這不是客套話，她是眞心在期待我的答覆。

「需要時間。」我對吉娜說道，而且這是我第一次坦承時間的確可以治療傷痛。我雖覺得這個思緒像是在背叛夜眼，但我卻也曉得時間一久，我總會復元。而且在那一刻，我也第一次體會到黑洛夫努力要講給我聽的那個境界；我靈魂裡的狼性騷動起來，而我彷彿眞正在與夜眼交流思緒般地聽到夜眼在對我說：*對，你會好起來，而且本當如此。*黑洛夫曾說，這就像回憶，但卻比回憶更加深刻。我動也不動地坐著，感受這個比記憶更加深刻的感覺。然後這個感覺消逝了，接著我渾身打了個冷顫。

「喝茶呀，你都冷得發抖了。」吉娜勸道，傾身在火爐裡多添柴火。

我依言喝茶，把茶杯放下時，朝掛在火爐爐台上的護符瞄了一眼。閃爍的火光映照在那護符的珠子上。那護符是「殷勤待客」之意。茶熱熱甜甜，又紓解身心，貓躺在我大腿上呼嚕地輕鳴，還有一個女人親切地望著我。這是因爲爐台上的護符對我發生作用嗎？就算是，我也不在乎。我心裡有個聲音要我更加放鬆；茴香心滿意足地堅持道：*拍拍貓，你就會好起來。*

「那孩子要是聽到這個消息，恐怕心會碎了。他知道狼會去找你。狼跑掉之後，我很擔心，但是狼久久不回，幸運便跟我說，妳別怕，狼去找湯姆了。噢，他聽到這個消息一定很傷心。」吉娜說到這裡，突然住口不言；然後她頑固地宣布道：「不過他跟你一樣，時間久了也會復元。噢，他現在早該回來了。」吉娜擔心地說道，繼之問道：「你要拿他怎麼辦？」

我想起多年前的自己，還有惟眞，甚至想起年輕的晉責；我們都爲重重的責任所限，所以把愛玩愛鬧的心羈絆住了。幸運的確是早就該回來，早該上床睡覺，以便明早去師傅的舖子裡幫忙；他還只是個學徒，所以前途還不明朗，他這時哪有本錢與閒情去追女孩子呢？我是可以把他管緊一點，提醒他要好好盡自己的本分，幸運會聽我的。但是幸運既不是國王的兒子，甚至也不是皇家的私生子，他大可盡著本性去玩鬧。我往椅背上一靠，椅子前後搖動，我心不在焉地摸著貓。過了好一會之後，我開口道：「放任他去。我想我會放任他去。就讓他去跟女孩子談戀愛，過了該睡的時候還不睡，隔天早上會頭痛欲裂，還因為遲到而被師傅訓斥。」我轉過頭去望著吉娜，火光在她那和善的臉龐上跳舞。「我想我會讓那孩子盡情享受青春。」

「你看這樣明智嗎？」她嘴上雖這麼說，臉上卻漾著笑容。

「我看是不太明智。」我慢慢地搖頭道。「這樣做既愚蠢且美妙。」

「啊，好吧。那你要不要再留下來喝杯茶？還是你得趕回堡裡去做你的事情？」

「我今晚無事一身輕。沒人會掛念我。」

「好啊。」她說著便以欣喜到可稱之為恭維的態度，再度幫我添滿了茶。「那你就在這兒留久一點。這兒可有人掛念你呢。」吉娜一邊啜了一口茶，一邊笑望著我。

茴香吸了口氣，開始低沉地呼嚕呼嚕作響。

後記

有一段時間，我以爲我人生中最重要的成就，就是寫出六大公國的歷史；六大公國歷史的起頭也不曉得起了多少次，但是每次都寫得偏了，不管如何地敘述偉大的故事，到頭來總變成絮絮叨叨地描述自己的生平小事。我越是研究他人書寫下來或是口耳相傳的事蹟，就越是覺得，我們之所以嘗試書寫這樣的大歷史，爲的不是要保存知識，而是爲了要以一定的講法把過去講死。寫這樣的大歷史，就好像我們把壓平、乾燥過的花朵舉起來，並說，我第一次看到這朵花的那一天，花就是長得這個樣子；然而逝去跟花朵一樣，是抓不住的；花朵失去了香氣與活力，原本的嬌嫩變得乾燥易碎，色彩也褪掉了，於是你朝這朵壓平、乾燥過的花朵再看一眼的時候，會發現到這根本不是你想捕捉、留存起來的鮮花模樣，而且花朵盛開綻放的那一刻已永遠遠去了。

我寫我自己的歷史，也寫我自己的心得。我以筆墨將自己的思緒與想法寫成文字，並將這些文獻保存起來，認爲這就是我。我堅信，只要把思緒與想法用文字定下來，便可強迫過往的一切產生意義，於是因果關係自然浮現，而且事件的脈絡與條理也躍然紙上。也許我這樣做是爲了要評斷自己吧，不只是評斷自己做了什麼，而是一併評斷自己變成什麼樣的人。有好幾年的時間，我每天晚上都忠實地以文字對自己解釋我的世界與我的生命爲何；我把寫就的卷軸放在架子上，深信我已經捕捉到了我這一生歲月的意義。

然而有一天，當我回顧這一切時，卻發現我精心寫就的卷軸已經裂爲碎片，躺在雜沓的院子裡，任由吹過的溼雪所掩埋。我坐在馬上俯視這些卷軸，於是我領略到，雖然我殫精竭慮地遽下定義並加以理解，但是過往的一切早已掙脫了我文字所限；而且人類的過往一向是如此。歷史並不比未來更加固定且死硬；過往的一切，其實比你剛才呼出去的那一口氣遠不了多少。

（下冊完）

中英名詞對照表

A
A History of the Earwood Line 耳木家系史
An Account of the Red Ship War 紅船之戰紀事
anticula trance 入定
Antler River 鹿角河
Arkon Bloodblade 阿肯・血刃
Arno 阿諾
Avoin 艾孚因

B
Baldric 勳綬（國王）
Baylor 貝勒
Bearns 畢恩斯
Beast Magic 野獸魔法
Bedel 畢德爾
Bingtown Traders 繽城商人
Bingtown 繽城
bit 馬銜
Black Rolf 黑洛夫
Blackness of spirit 晦澀性靈
Blade 布雷德
Bolt 波爾特
bond 牽繫
Bounty 慷慨（國王）
Bramble Creek 黑刺莓溪
Branedee Downs 布蘭迪草丘
Brawnkenner 布肯納
Bresinga 貝馨嘉
Buck River 公鹿河
Buckkeep Town 公鹿堡城
Buckkeep 公鹿堡
Burrich 博瑞屈

C
Capelin Beach 胡瓜魚海灘
carris seed 卡芮絲籽
Carrod 愒懦
carryme 帶我走
cataclysmic event 催化事件
catalyst 催化劑
Celerity 婕敏
Chade Fallstar 切德・秋星
Chaky 闞積鎮
Chalced States 恰斯國
Changer, The 改變者
Charim 恰林
Charm 護符
Chivalry 駿騎*（譯注：博瑞屈之子駿騎，也叫〔Chiv〕小駿。）
Chyurda 齊兀達人
Civil 儒雅

Cleansing of Buck 公鹿的光復
Clover 酢漿草
Constance 堅媜（王后）
Cormen 科門村
coterie 同道
Coteries 小組
Cotterhills 農工丘
Councilor 私人顧問
Counting-man 帳房
Cresswell 魁斯維
Crias 克利亞斯
Crowsneck 鴉頸鎮
Croy 克洛伊

D
dead-eye 三孔纜索盤
Deerkin 鹿親
Delayna 狄蓮娜
Delleree 黛樂莉
Delvin 戴文
Dewin 德溫
Diseases and Afflictions 疾病與病源
Divden 第維頓村
Dog-magic 狗崽子魔法
Don Needleson 唐・尼德森
Doplin 杜普林
Doublet 無袖外套
Dovlen 杜夫稜
Downs 草丘家族
Dream-sharing 傳夢
Duff 布丁
dusting 沙浴
Dutiful 晉責（王子）

E
Ealynex 易靈貓
Earwood 耳木家族
Eda 艾達
Eklse 愛克賽城
El 埃爾
Elderling 古靈
Elegance 雅緻
elfbark 精靈樹皮
Ember 餘燼
Eyod 伊尤（國王）

F
Faith 娇念
Farrow 法洛公國
Farseer 瞻遠
Fedwren 費德倫
Fennel 茴香
Fillip Bresinga 妃麗・貝馨嘉
FitzChivalry 蜚滋駿騎
Fixation 迷心病
fjord 峽灣*（譯注：兩個懸崖之間窄而深的海灣，多見於挪威海岸。）
Fool 弄臣
Forge 冶煉鎮

Frugal 儉樸（王后）

G
Galen 蓋倫
Galeton 長風鎮
gates of death 死亡之門
Gindast 晉達司
Golden 黃金大人
Grayling 灰鱒家族
Grupard 速波貓

H
Hailfire 雹暴
Hallerby 郝勒比鎮
Hammerby Cove 漢莫比灣
Hands 阿手
Hap 幸運
Hardin's Spit 哈定岬
Hartshorn 賀瓊恩
Hasty 急驚風
Hedge Magics 鄉野術法
Hedge witch 鄉野女巫
Herbal 草本植物誌
hetgurd 首領團
Hilda 希爾妲
Hisspit 嘶苴
Hod 浩得
Holly 荷莉

I
Ice Towers 冰塔
Ice Town 冰城
Icefyre 冰華
Island Aslevjal 艾斯雷弗嘉島

J
Jack 傑克
Jaglea Earwood 佳蕾雅・耳木
Jamallia 遮瑪里亞
Jamallian 遮瑪里亞人
Jerrit 潔立德
Jinna 吉娜
Jinna 吉娜
Justin 擇固
Justin 擇固

K
Kebal Rawbread 科伯・羅貝
Keep 城堡*（譯注：字意爲城堡主樓，但就譯爲城堡。）
Kelstar's Riddle 凱士達的謎題
Kerry 凱瑞
Kestrel 紅隼
Kettle 水壺嬸
Kettricken 珂翠肯（王后）
King Charger 衝刺國王
King's Champion 吾王鬥士

King's Circle 吾王廣場

L
Lacey 蕾細
Lady Amity 親善夫人
Lampcross 燈火渡口
Lane 私家小路
Laudwine 路德威
Laurel 月桂（冠）
Lebven 莉柏嫩
Leggings 緊身褲
Lesser Tor 綠陵
link 牽繫

M
Malta 麥爾妲
Marple Pond 梅波湖
Meditation 靜坐
Meribuck 梅利巴克
Mishap 不幸
Miskya 米絲佳
Mistcat 迷霧之貓
Molly 莫莉
Moonseye 月眼城
Mountain Kingdom 群山王國
Mountain Queen 群山王后
Mountains 群山山脈
Myblack 黑瑪

N
narcheska 奈琪絲卡
Narwhal 獨角鯨
Near Islands 近鄰群島
Neatbay 潔宜灣
Nettle 蕁麻
Newford 新渡河口
Nighteyes 夜眼
Nim 小敏*（譯注:「敏捷」之小名。）
Nimble 敏捷
Nosy 大鼻子

O
Oath stones 誓言石
Observation 心得
Old Blood Tales 原血者傳奇
Old Blood 原血者
Ollie 歐力
Otter 水獺
Out Islands 外島
Outislander delegation 外島特使團

P
Pale Woman 蒼白之女
Parela 芭蕾拉
Patience 耐辛（王后）
Peladine 佩娜汀
Piebald, Prince 花斑點王子
Piebald, the 花斑幫
Pitbank 河灣谷
Pocked Man 麻臉人

Pretender,the 王位覬覦者
Prince Rurisk 盧睿史王子
purple flag 紫招花

Q

Quilo 吉多

R

Rain River 雨河
Rain Wilds River 雨野河
Rain Wilds 雨野原
Reaver 瑞維
Red Ship War 紅船之戰
Red Ship War 紅船之戰
Red Ships；Red-Ship Raiders 紅船劫匪
Regal 帝尊
Regent 攝政王
Ripplekeep 漣漪堡
Rippon 瑞本
robe 袍子
Roving Grayson 羅文・葛雷森
Ruddy 紅兒
runes 符文

S

Sa 莎神
Sacrifice 犧牲獻祭
Sandsedge 沙緣
Sara 莎拉
Sarcogin 沙寇金
Scentless One 沒有氣味的人
Scrandon 史寬頓
Scroll 卷軸
Sefferwood 賽佛森林
Selkin 席爾金
Shoaks 修克斯
Shrewd 黠謀（國王）
Silva Copperleaf 銀瓦・銅葉
Sitswell 坐穩
Six Duchies 六大公國
Skill one 精技人
Skill 精技（n.）；技傳（v.）
Skill-dream（v.）做了精技奇夢
Skillmaster 精技師傅
Skill-pillar 精技石柱
Skill-Road 精技之路
Skill-seeing 精技視見
Sleet 阿霙
Slek 史列克
Slink 偷溜
Small Ferret 小白鼬
Smithy 鐵匠
smoke 燻煙
Sooty 煤灰
Spice Island 香料群島
Springfest 春季慶
Stablemaster 馬廄總管
Starling Birdsong 椋音・鳥轉
Stone game 石子棋
Stone Garden 石頭花園

Stubtail 扁尾
Svanja 絲凡佳
Swift 迅風
Sydel 惜黛兒

T

Tag Reaverson 泰格・瑞維森
Tallman 塔爾曼
Ten Voyages with Jack 傑克的十大海上歷險
The Cult of the Bastard 雜種幫
The Gray One 灰衣人
the Other 異類
The Out Island Chronicles 外島紀事
The Politics of the Piebald Cabal 花斑幫集團的政治運作
Thyme 百里香
Tilth 提爾司
Tom Badgerlock 湯姆・獾毛
Tradeford 商業灘
Travels in the Six Duchies 六大公國紀行
Trenury 傳紐利村
Tups 公羊（貓名）
Twinet 崔妮

V

Valet 近侍
Verity 惟真
Versaay's Uses of Pain 惟薩伊之痛苦大全
Verulean 凡樂林
vision 幻象
Vixen 母老虎

W

weasel 黃鼠狼
Wemdel 溫德爾
White Prophet 白色先知
White 白者
Whitecap 白帽
Wielder 威德（國王）
Will 欲意
Wisdom 睿智（國王）
Wit Magic 原智魔法
withers 鬐甲骨
Withywoods 細柳林
Witness Stones 見證石
Witted one 原智者

奇幻基地書籍目錄

http://www.ffoundation.com.tw/

BEST 嚴選

書號	書名	作者	定價
1HB004X	諸神之城：伊嵐翠	布蘭登．山德森	520
1HB009	最後理論	馬克．艾伯特	320
1HB013	刺客正傳 1：刺客學徒（經典紀念版）	羅蘋．荷布	299
1HB014	刺客正傳 2：皇家刺客（上）（經典紀念版）	羅蘋．荷布	320
1HB015	刺客正傳 2：皇家刺客（下）（經典紀念版）	羅蘋．荷布	320
1HB016	刺客正傳 3：刺客任務（上）（經典紀念版）	羅蘋．荷布	360
1HB017	刺客正傳 3：刺客任務（下）（經典紀念版）	羅蘋．荷布	360
1HB018	2012：失落的預言	麥利歐．瑞汀	320
1HB019	迷霧之子首部曲：最後帝國	布蘭登．山德森	380
1HB020	迷霧之子二部曲：昇華之井	布蘭登．山德森	399
1HB021	迷霧之子終部曲：永世英雄	布蘭登．山德森	399
1HB025	方舟浩劫	伯伊德．莫理森	320
1HB027	血色塔羅	尼克．史東	380
1HB028	最後理論 2：科學之子	馬克．艾伯特	320
1HB029	星期一，我不殺人	尚—巴提斯特．德斯特摩	320
1HB030	懸案密碼：籠裡的女人	猶希．阿德勒．歐爾森	320
1HB031	迷霧之子番外篇：執法鎔金	布蘭登．山德森	320
1HB032	2012：降世的預言	麥利歐．瑞汀	320
1HB033	彌達斯寶藏	伯伊德．莫理森	320
1HB034	颶光典籍首部曲：王者之路（上）	布蘭登．山德森	499
1HB035	颶光典籍首部曲：王者之路（下）	布蘭登．山德森	499
1HB036	懸案密碼 2：雉雞殺手	猶希．阿德勒．歐爾森	320
1HB037	末日之旅．上冊	加斯汀．柯羅寧	399
1HB038	末日之旅．下冊	加斯汀．柯羅寧	399
1HB039	懸案密碼 3：瓶中信	猶希．阿德勒．歐爾森	380
1HB040	刀光錢影：戰龍之途	丹尼爾．艾伯罕	380
1HB041	懸案密碼 4：第 64 號病歷	猶希．阿德勒．歐爾森	380
1HB042	皇帝魂：布蘭登．山德森精選集	布蘭登．山德森	320
1HB043	第一法則首部曲：劍刃自身	喬．艾伯康比	380
1HB044	第一法則二部曲：絞刑之前	喬．艾伯康比	380
1HB045	第一法則終部曲：最後手段	喬．艾伯康比	450
1HB046	刀光錢影 2：國王之血	丹尼爾．艾伯罕	380
1HB047	末日之旅 2：十二魔．上冊	加斯汀．柯羅寧	380
1HB048	末日之旅 2：十二魔．下冊	加斯汀．柯羅寧	380

書號	書名	作者	定價
1HB049	陣學師：亞米帝斯學院	布蘭登．山德森	320
1HB050	太和計畫	馬克．艾伯特	360
1HB051	刀光錢影 3：暴君諭令	丹尼爾．艾伯罕	380
1HB052	血戰英雄	喬．艾伯康比	420
1HB053	審判者傳奇：鋼鐵心	布蘭登．山德森	320
1HB054	懸案密碼 5：尋人啟事	猶希．阿德勒．歐爾森	380
1HB055	北方大道．上冊	彼德．漢彌頓	420
1HB056	北方大道．下冊	彼德．漢彌頓	420
1HB057	刺客後傳 1：弄臣任務（上）（經典紀念版）	羅蘋．荷布	360
1HB058	刺客後傳 1：弄臣任務（下）（經典紀念版）	羅蘋．荷布	360
1HB059	刺客後傳 2：黃金弄臣（上）（經典紀念版）	羅蘋．荷布	360
1HB060	刺客後傳 2：黃金弄臣（下）（經典紀念版）	羅蘋．荷布	360
1HB061	刺客後傳 1：弄臣命運（上）（經典紀念版）	羅蘋．荷布	450
1HB062	刺客後傳 1：弄臣命運（下）（經典紀念版）	羅蘋．荷布	450

謎幻之城

書號	書名	作者	定價
1HS005Y	基地（紀念書衣版）	以撒．艾西莫夫	280
1HS007Y	基地與帝國（紀念書衣版）	以撒．艾西莫夫	280
1HS010Y	第二基地（紀念書衣版）	以撒．艾西莫夫	280
1HS010Z	基地三部曲（紀念書衣版）	以撒．艾西莫夫	840
1HS000U	基地三部曲（經典書盒版）	以撒．艾西莫夫	840
1HS011Y	基地前奏（紀念書衣版）	以撒．艾西莫夫	420
1HS012Y	基地締造者（紀念書衣版）	以撒．艾西莫夫	420
1HS012Z	基地前傳（紀念書衣版）	以撒．艾西莫夫	840
1HS000V	基地前傳（經典書盒版）	以撒．艾西莫夫	840
1HS013Y	基地邊緣（紀念書衣版）	以撒．艾西莫夫	420
1HS014Y	基地與地球（紀念書衣版）	以撒．艾西莫夫	450
1HS014Z	基地後傳（紀念書衣版）	以撒．艾西莫夫	870
1HS000W	基地後傳（經典書盒版）	以撒．艾西莫夫	870
1HS000Z	基地全系列套書 7 本（紀念書衣版）	以撒．艾西莫夫	2550

日本名家

書號	書名	作者	定價
1HA026	艾比斯之夢	山本弘	380

幻想藏書閣

書　號	書　　名	作　　者	定價
1HI001C	靈魂之戰 1：落日之巨龍	瑪格麗特．魏絲等	480
1HI002C	靈魂之戰 2：隕星之巨龍	瑪格麗特．魏絲等	480
1HI003X	靈魂之戰 3：逝月之巨龍（新版）	瑪格麗特．魏絲等	480
1HI004	黑暗精靈 1：故土	R．A．薩爾瓦多	380
1HI005	黑暗精靈 2：流亡	R．A．薩爾瓦多	380
1HI006	黑暗精靈 3：旅居	R．A．薩爾瓦多	380
1HI007	南方吸血鬼 1：夜訪良辰鎮	莎蓮．哈里斯	280
1HI010	南方吸血鬼 2：達拉斯夜未眠	莎蓮．哈里斯	280
1HI012	南方吸血鬼 3：亡者俱樂部	莎蓮．哈里斯	280
1HI029	南方吸血鬼 4：意外的訪客	莎蓮．哈里斯	280
1HI032	南方吸血鬼 5：與狼人共舞	莎蓮．哈里斯	280
1HI033	南方吸血鬼 6：惡夜追琪令	莎蓮．哈里斯	280
1HI034	南方吸血鬼 7：找死高峰會	莎蓮．哈里斯	280
1HI035	南方吸血鬼 8：攻琪不備	莎蓮．哈里斯	280
1HI036	黑暗之途 1：無聲之刃	R．A．薩爾瓦多	380
1HI037	南方吸血鬼 9：全面琪動	莎蓮．哈里斯	280
1HI038	邪馬台國戰記 II：炎天的邪馬台國(完結篇)	桝田省治	399
1HI039	南方吸血鬼 10：噬血王子的背叛	莎蓮．哈里斯	280
1HI040	黑暗之途 2：世界之脊	R．A．薩爾瓦多	380
1HI041	黑暗之途 3：劍刃之海	R．A．薩爾瓦多	380
1HI042	南方吸血鬼番外篇：我的德古拉之夜	莎蓮．哈里斯	299
1HI043	獵人之刃 1：千獸人	R．A．薩爾瓦多	399
1HI044	南方吸血鬼 11：精靈的聖物	莎蓮．哈里斯	280
1HI045	獵人之刃 2：獨行者	R．A．薩爾瓦多	399
1HI046	獵人之刃 3：雙劍	R．A．薩爾瓦多	399
1HI047	地底王國 1：光明戰士	蘇珊．柯林斯	250
1HI048	地底王國 2：災難預言	蘇珊．柯林斯	250
1HI049	地底王國 3：熱血之禍	蘇珊．柯林斯	250
1HI050	地底王國 4：神祕印記	蘇珊．柯林斯	250
1HI051C	龍槍編年史 I：秋暮之巨龍	崔西．西克曼&瑪格麗特．魏絲	480
1HI052C	龍槍編年史 II：冬夜之巨龍	崔西．西克曼&瑪格麗特．魏絲	480
1HI053C	龍槍編年史 III：春曉之巨龍	崔西．西克曼&瑪格麗特．魏絲	480
1HI054C	龍槍傳奇 I：時空之卷	崔西．西克曼&瑪格麗特．魏絲	480
1HI055C	龍槍傳奇 II：烽火之卷	崔西．西克曼&瑪格麗特．魏絲	480
1HI056C	龍槍傳奇 III:試煉之卷	崔西．西克曼&瑪格麗特．魏絲	480
1HI057	靈視者哈珀康納莉 I：觸墓驚心	莎蓮．哈里斯	280
1HI058	靈視者哈珀康納莉 II：移花接墓	莎蓮．哈里斯	280
1HI059	靈視者哈珀康納莉 III：草墓皆冰	莎蓮．哈里斯	280
1HI060	靈視者哈珀康納莉 IV：不堪入墓	莎蓮．哈里斯	280
1HI061	地底王國 5：最終戰役	蘇珊．柯林斯	250
1HI062	死亡之門 1：龍之翼（全新封面）	崔西．西克曼&瑪格麗特．魏絲	360

書號	書名	作者	定價
1HI063	死亡之門 2：精靈之星（全新封面）	崔西．西克曼&瑪格麗特．魏絲	360
1HI064	死亡之門 3：火之海（全新封面）	崔西．西克曼&瑪格麗特．魏絲	360
1HI065	死亡之門 4：魔蛟法師（全新封面）	崔西．西克曼&瑪格麗特．魏絲	360
1HI066	死亡之門 5：混沌之手（全新封面）	崔西．西克曼&瑪格麗特．魏絲	420
1HI067	死亡之門 6：迷宮歷險（全新封面）	崔西．西克曼&瑪格麗特．魏絲	420
1HI068	死亡之門 7：第七之門（完）（全新封面）	崔西．西克曼&瑪格麗特．魏絲	360
1HI069	南方吸血鬼 12：神祕的魔法鎖	莎蓮．哈里斯	280
1HI070	滅世天使	蘇珊．易	280
1HI071	天使禁區	麗諾．艾普漢絲	250
1HI072	南方吸血鬼噬血真愛全方位導覽特典	莎蓮．哈里斯	650
1HI073	御劍士傳奇 1：鍍金鎖鍊（全新封面）	大衛．鄧肯	360
1HI074	御劍士傳奇 2：火地之王（全新封面）	大衛．鄧肯	420
1HI075	御劍士傳奇 3：劍空(完)（全新封面）	大衛．鄧肯	420
1HI076	幸運賊	史考特．G．布朗	320
1HI077	歷史檔案館	薇多莉亞．舒瓦	320
1HI078	歷史檔案館 2：惡夢	薇多莉亞．舒瓦	320
1HI079	流浪者系列：傷痕者	賽爾基&瑪麗娜．狄亞錢科	380
1HI080	南方吸血鬼完結篇：吸血鬼童話	莎蓮．哈里斯	280
1HI081	尼爾女巫	薇多莉亞．舒瓦	300
1HI082	流浪者系列．前傳：守門者	賽爾基&瑪麗娜．狄亞錢科	360

魔幻之城

書　號	書　　名	作　　者	定價
1HF012	時光之輪 2：大狩獵（上）	羅伯特．喬丹	300
1HF013	時光之輪 2：大狩獵（下）	羅伯特．喬丹	320
1HF025	時光之輪 3：真龍轉生（上）	羅伯特．喬丹	320
1HF026	時光之輪 3：真龍轉生（下）	羅伯特．喬丹	320
1HF030	時光之輪 4：闇影漸起（上）	羅伯特．喬丹	320
1HF031	時光之輪 4：闇影漸起（中）	羅伯特．喬丹	320
1HF038	時光之輪 4：闇影漸起（下）	羅伯特．喬丹	320
1HF044	時光之輪 5：天空之火（上）	羅伯特．喬丹	320
1HF045	時光之輪 5：天空之火（中）	羅伯特．喬丹	320
1HF046	時光之輪 5：天空之火（下）	羅伯特．喬丹	320
1HF050	時光之輪 6：混沌之王（上）	羅伯特．喬丹	320
1HF051	時光之輪 6：混沌之王（中）	羅伯特．喬丹	320
1HF052	時光之輪 6：混沌之王（下）	羅伯特．喬丹	320
1HF068	時光之輪 7：劍之王冠（上）	羅伯特．喬丹	320
1HF069	時光之輪 7：劍之王冠（下）	羅伯特．喬丹	320
1HF080	時光之輪 1：世界之眼（上）	羅伯特．喬丹	360
1HF081	時光之輪 1：世界之眼（下）	羅伯特．喬丹	360
1HF085	時光之輪 8：匕之道　（上）	羅伯特．喬丹	380
1HF086	時光之輪 8：匕之道　（下）	羅伯特．喬丹	380
1HF087	時光之輪 9：寒冬之心（上）	羅伯特．喬丹	380
1HF088	時光之輪 9：寒冬之心（上）	羅伯特．喬丹	380
1HF089	時光之輪 10：光影歧路（上）	羅伯特．喬丹	400
1HF090	時光之輪 10：光影歧路（下）	羅伯特．喬丹	400
1HF091	時光之輪 11：迷夢之刃（上）	羅伯特．喬丹	480
1HF092	時光之輪 11：迷夢之刃（下）	羅伯特．喬丹	480
1HF093	時光之輪 12：末日風暴（上）	羅伯特．喬丹&布蘭登.山德森	499
1HF094	時光之輪 12：末日風暴（下）	羅伯特．喬丹&布蘭登.山德森	499
1HF095	時光之輪 13：闇夜之塔（上）	羅伯特．喬丹&布蘭登.山德森	520
1HF096	時光之輪 13：闇夜之塔（下）	羅伯特．喬丹&布蘭登.山德森	520
1HF097	時光之輪 14 最終部：光明回憶（上）	羅伯特．喬丹&布蘭登.山德森	560
1HF098	時光之輪 14 最終部：光明回憶（下）	羅伯特．喬丹&布蘭登.山德森	560

少年魔法城

書　號	書　　　　名	作　　　　者	定價
1HY006	奇幻小百科：勇者鬥怪物教戰手冊	周錫	180
1HY007	奇幻小百科：奇幻冒險夢幻隊伍	黃美文	180
1HY008	奇幻小百科：中世紀城主你來當	米爾汀	180
1HY025	Slayers! 秀逗魔導士	神坂一	99
1HY026	Slayers! 秀逗魔導士 2：亞特拉斯的魔導士	神坂一	200
1HY029	Slayers! 秀逗魔導士 3：賽拉格的妖魔	神坂一	200
1HY030	Slayers! 秀逗魔導士 4：聖王都動亂	神坂一	200
1HY032	Slayers! 秀逗魔導士 5：白銀的魔獸	神坂一	200
1HY033	Slayers! 秀逗魔導士 6：威森地的黑暗	神坂一	200
1HY035	Slayers! 秀逗魔導士 7：魔龍王的挑戰	神坂一	220
1HY037	Slayers! 秀逗魔導士 8：死靈都市之王	神坂一	220
1HY039	Slayers! 秀逗魔導士 9：貝賽爾德的妖劍	神坂一	220
1HY040X	Slayers! 秀逗魔導士 10：索拉利亞的謀略	神坂一	220
1HY041	Slayers! 秀逗魔導士 11：克里姆佐的執迷	神坂一	220
1HY042	Slayers! 秀逗魔導士 12：霸軍的策動	神坂一	220
1HY043	Slayers! 秀逗魔導士 13：降魔征途的路標	神坂一	220
1HY046	Slayers! 秀逗魔導士 14：瑟倫狄亞的憎惡	神坂一	220
1HY049X	Slayers! 秀逗魔導士 15：屠魔者（完結篇）	神坂一	220

境外之城

書號	書名	作者	定價
1HO003	天觀雙俠・卷一	鄭丰（陳宇慧）	250
1HO004	天觀雙俠・卷二	鄭丰（陳宇慧）	250
1HO005	天觀雙俠・卷三	鄭丰（陳宇慧）	250
1HO006	天觀雙俠・卷四（完）	鄭丰（陳宇慧）	250
1HO018	筆靈 1：生事如轉蓬	馬伯庸	199
1HO019	筆靈 2：萬事皆波瀾	馬伯庸	240
1HO020	靈劍・卷一	鄭丰（陳宇慧）	250
1HO021	靈劍・卷二	鄭丰（陳宇慧）	250
1HO022	靈劍・卷三（完）	鄭丰（陳宇慧）	250
1HO023	筆靈 3：沉憂亂縱橫	馬伯庸	240
1HO024	筆靈 4：蒼穹浩茫茫	馬伯庸	240
1HO025	神偷天下・卷一	鄭丰（陳宇慧）	250
1HO026	神偷天下・卷二	鄭丰（陳宇慧）	250
1HO027	神偷天下・卷三（完）	鄭丰（陳宇慧）	250
1HO028	五大賊王 1：落馬青雲	張海帆（老夜）	280
1HO029	五大賊王 2：火門三關	張海帆（老夜）	280
1HO030	五大賊王 3：淨火修練	張海帆（老夜）	280
1HO031	五大賊王 4：地宮盜鼎	張海帆（老夜）	280
1HO032	五大賊王 5：身世謎圖	張海帆（老夜）	280
1HO033	五大賊王 6：逆血羅剎	張海帆（老夜）	280
1HO034	五大賊王 7（上）：五行合縱	張海帆（老夜）	280
1HO035	五大賊王 7（下）（終）：五行合縱	張海帆（老夜）	280
1HO036	三國機密（上）：龍難日	馬伯庸	320
1HO037	三國機密（下）：潛龍在淵	馬伯庸	320
1HO038	奇峰異石傳・卷一	鄭丰（陳宇慧）	250
1HO039	奇峰異石傳・卷二	鄭丰（陳宇慧）	250
1HO040	奇峰異石傳・卷三（完）	鄭丰（陳宇慧）	250
1HO041	風起隴西（第一部）：漢中十一天	馬伯庸	280
1HO042	風起隴西（第二部）（終）：秦嶺的忠誠	馬伯庸	240
1HO043	西遊祕史 1：大唐泥犁獄	陳漸	300
1HO044	西遊祕史 2：西域列王紀	陳漸	320

F-Maps

書　號	書　　　名	作　　　者	定價
1HP001	圖解鍊金術	草野巧	300
1HP002	圖解近身武器	大波篤司	280
1HP004	圖解魔法知識	羽仁礼	300
1HP005	圖解克蘇魯神話	森瀨繚	320
1HP007	圖解陰陽師	高平鳴海	320
1HP008	圖解北歐神話	池上良太	330
1HP009	圖解天國與地獄	草野巧	330
1HP010	圖解火神與火精靈	山北篤	330
1HP011	圖解魔導書	草野巧	330
1HP012	圖解惡魔學	草野巧	330
1HP013	圖解水神與水精靈	山北篤	330
1HP014	圖解日本神話	山北篤	330

聖典

書　號	書　　　名	作　　　者	定價
1HR009X	武器屋（全新封面）	Truth in Fantasy 編輯部	420
1HR014X	武器事典（全新封面）	市川定春	420
1HR026C	惡魔事典（精裝典藏版）	山北篤等	480
1HR028C	怪物大全（精裝）	健部伸明	特價 999
1HR031	幻獸事典（精裝）	草野巧	特價 499
1HR032	圖解稱霸世界的戰術——歷史上的 17 個天才戰術分析	中里融司	320
1HR033C	地獄事典（精裝）	草野巧	420
1HR034C	幻想地名事典（精裝）	山北篤	750
1HR035C	城堡事典（精裝）	池上正太	399
1HR036C	三國志戰役事典（精裝）	藤井勝彥	420
1HR037C	歐洲中世紀武術大全（精裝）	長田龍太	750

城邦文化奇幻基地出版社

Fantasy Foundation Publications

http://www.ffoundation.com.tw

TEL：02-25007008 FAX：02-25027676

BEST嚴選 058

刺客後傳1
弄臣任務・下冊（經典紀念版）

原著書名／The Tawny Man Trilogy 1: Fool's Errand
作者／羅蘋・荷布（Robin Hobb）
譯者／麥全
企劃選書人／楊秀眞
責任編輯／楊秀眞、王雪莉
行銷企劃／周丹蘋
業務企劃／虞子嫺
行銷業務經理／李振東
總編輯／楊秀眞
發行人／何飛鵬
法律顧問／台英國際商務法律事務所　羅明通律師
出版／奇幻基地出版
城邦文化事業股份有限公司
台北市104民生東路二段141號8樓
電話：(02)25007008　傳眞：(02)25027676
網址：www.ffoundation.com.tw
e-mail：ffoundation@cite.com.tw
發行／英屬蓋曼群島商家庭傳媒股份有限公司城邦分公司
台北市104民生東路二段141號11樓
書虫客服服務專線：(02)25007718・(02)25007719
24小時傳眞服務：(02)25170999・(02)25001991
服務時間：週一至週五09:30-12:00・13:30-17:00
郵撥帳號：19863813　戶名：書虫股份有限公司
讀者服務信箱e-mail：service@readingclub.com.tw
歡迎光臨城邦讀書花園　網址：www.cite.com.tw
香港發行所／城邦（香港）出版集團有限公司
香港灣仔駱克道193號東超商業中心1樓
電話／(852) 2508-6231　傳眞／(852) 2578-9337
e-mail：hkcite@biznetvigator.com
馬新發行所／城邦（馬新）出版集團　Cité (M) Sdn Bhd
41, Jalan Radin Anum, Bandar Baru Sri Petaling, Lumpur,
57000 Kuala Lumpur, Malaysia.
Tel: (603) 90578822　Fax:(603) 90576622
e-mail：cite@cite.com.my

封面設計／黃聖文
插畫繪製／郭慶芸（Camille Kuo）
書衣設計／楊秀眞
文字校對／金文蕙
排版／浩瀚電腦排版股份有限公司
印刷／高典印刷有限公司
■2005年（民94）3月8日初版五刷
■2016年（民105）8月23日二版2刷

售價／360元

國家圖書館出版品預行編目資料

刺客後傳1弄臣任務・下冊／羅蘋・荷布（Robin Bobb）著; 麥全譯 - 初版 - 臺北市：奇幻基地：家庭傳媒城邦分公司發行；民103. 09
面：公分. -（BEST嚴選：058）
譯自：The Tawny Man Trilogy 1: Fool's Errand
ISBN 978-986-7576-65-9
874.57　　103004840

ISBN　978-986-7576-65-9
EAN　471-770-208-741-8

Printed in Taiwan.

廣 告 回 函
北區郵政管理登記證
台北廣字第000791號
郵資已付，免貼郵票

104台北市民生東路二段141號11樓

英屬蓋曼群島商家庭傳媒股份有限公司城邦分公司 收

請沿虛線對摺，謝謝

奇幻基地

每個人都有一本奇幻文學的啓蒙書

奇幻基地官網：http://www.ffoundation.com.tw
奇幻基地粉絲團：http://www.facebook.com/ffoundation

書號：1HB058　　書名：刺客後傳 1 弄臣任務．下冊（經典紀念版）

奇幻戰隊好讀有禮集點贈獎活動

活動期間，購買奇幻基地作品，剪下封底折口的點數券，集到一定數量，寄回本公司，即可依點數多寡兌換獎品。

點數兌換獎品說明：

5點 奇幻戰隊好書袋一個

10點 2012年布蘭登·山德森來台紀念T恤一件
有S&M兩種尺寸，偏大，由奇幻基地自行判斷出貨

15點 【蕭青陽獨家設計】典藏限量精繡帆布書袋
紅線或銀灰線繡於書袋上，顏色隨機出貨

兌換辦法：

2014年2月～2015年1月奇幻基地出版之作品中，剪下回函卡頁上之點數，集滿規定之點數，貼在右邊集點處，即可寄回兌換贈品。

【活動日期】：即日起至2015年1月31日

【兌換日期】：即日起至2015年3月31日（郵戳為憑）

其他說明：

＊請以正楷寫明收件人真實姓名、地址、電話與email，以便聯繫。若因字跡潦草，導致無法聯繫，視同棄權

＊兌換之贈品數量有限，若贈送完畢，將不另行通知，直接以其他等值商品代之

＊本活動限臺澎金馬地區讀者

【集點處】

1	6	11
2	7	12
3	8	13
4	9	14
5	10	15

（點數與回函卡皆影印無效）

個人資料：

姓名：＿＿＿＿＿＿＿＿＿＿＿＿＿＿＿＿ 性別：☐男 ☐女

地址：＿＿＿＿＿＿＿＿＿＿＿＿＿＿＿＿＿＿＿＿＿＿＿＿＿＿

電話：＿＿＿＿＿＿＿＿＿＿＿＿ email：＿＿＿＿＿＿＿＿＿＿＿＿

想對奇幻基地說的話：＿＿＿＿＿＿＿＿＿＿＿＿＿＿＿＿＿＿＿＿

＿＿＿＿＿＿＿＿＿＿＿＿＿＿＿＿＿＿＿＿＿＿＿＿＿＿＿＿＿＿

請剪下右側點數，貼於背面的集點處，集滿5點以上，即可寄回兌換抽獎